MAREK
KRAJEWSKI

Festung Breslau

w serii ukazały się:

MROCZNA SERIA

MAREK
KRAJEWSKI

Festung
Breslau

wydawnictwo
w.a.b

Patronat medialny:

Partner promocji:

Wrocław miasto spotkań

Ultio doloris confessio est.
(Zemsta jest przyznaniem się do cierpienia.)

Seneka, *O gniewie*

Na koniec przybył ów goniec w masce z krwi błota lamentu
wydawał niezrozumiałe okrzyki pokazywał ręką na Wschód
to było gorsze niż śmierć bo ani litości ni trwogi
a każdy w ostatniej chwili pragnie oczyszczenia

Zbigniew Herbert, *Posłaniec,*
z tomu *Raport z oblężonego miasta*

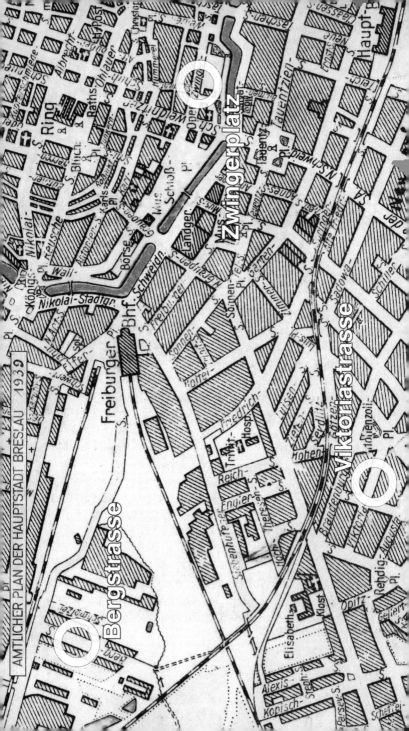

Wiedeń, wtorek 23 marca 1954 roku,
druga po południu

Walter Kridl, recepcjonista w wiedeńskim hotelu „Kärntnerhof", pobrzękiwał nerwowo kluczami i nieufnie obserwował starego mężczyznę, który opadł ciężko na stojący w holu fotel i wachlowaniem kapelusza osuszał czoło z potu, jaki wycisnął z niego ciepły wiosenny dzień. Recepcjonista Kridl nie darzył zaufaniem klientów, którzy swą przesadną elegancją, błyskiem sygnetów i spinek oraz przylepionymi do głowy i często przyczesywanymi pasemkami włosów przypominali mu przemytników, gangsterów lub agentów tajnych służb, zbijających fortuny na styku stref okupacyjnych w naddunajskiej metropolii. Ludzie ci gęstymi brodami i wielkimi okularami przeciwsłonecznymi usiłowali ukryć dawną – nierzadko hitlerowską – tożsamość, a sprowadzaniem do pokojów nastoletnich prostytutek – swą starczą niemoc. Oto jeden z nich rozwala szeroko giry, myślał z niechęcią Kridl, patrząc na starego mężczyznę, zaraz zacznie postukiwać papierosem o papierośnicę, której budulcem są pewnie złote żydowskie zęby, będzie dmuchał wokół wonnym dymem i strzeli palcami na recepcjonistę, żądając „panienki o pełnych kształtach". Mężczyzna nie zachowywał się jednak zgodnie z przypuszczeniami recepcjonisty – nie tylko niczego nie żądał, lecz nawet papierosa nie zapalił, a jego szorstka, szczeciniasta broda oraz

7

ogromne czarne okulary ukrywały nie wstydliwą przeszłość, lecz biało-czerwone blizny po oparzeniach – a może, nie ustępował w myślach Kridl, i jedno, i drugie. Reszta – sygnet, złota bransoleta, buty błyszczące jak lustro, niemczyzna o dziwnej, nieznanej Kridlowi melodii – niepokoiła i pasowała do stereotypu grubej ryby z wiedeńskiego półświatka, która wpłynęła tutaj, w mętną wodę czterech mocarstw, by robić ciemne geszefty.

Ludzie, którzy pojawili się na schodach, również niepokoili recepcjonistę. Ujrzał ich po raz pierwszy wczoraj – czterech młodych mężczyzn, którzy wtargnęli do holu z pijakiem w naciągniętym na oczy kapeluszu. Rzucili go wtedy na ten sam fotel, na którym teraz rozpierał się starzec z poparzoną twarzą, i przypomnieli Kridlowi o rezerwacji dokonanej kilka dni temu przez Polizeidirektion. Recepcjonista o nic wtedy nie pytał, rzucił jedynie okiem na legitymację policyjną, wydaną na nazwisko Jörg Hanuschek, wydał właścicielowi legitymacji klucze do pokoju numer pięć, szybko schował do kieszeni rzucony mu banknot dwudziestoszylingowy i patrzył, jak szpice butów pijaka stukają o kolejne stopnie schodów, a przyciasne marynarki agentów policyjnych nieomal pękają na ich potężnych plecach. Po chwili uruchomił wciąż sprawny system podsłuchowy, zamontowany tu przez gestapo wkrótce po radosnym włączeniu Austrii do Tysiącletniej Rzeszy, pokrętło ustawił na piątce i przyłożył rozpalone z ciekawości ucho do starej tuby. Niestety – dźwięki z pokoju rozczarowały Kridla. Przez dwadzieścia cztery godziny tuba przekazywała jedynie szuranie butów po podłodze i szum wodospadu spłukującego klozet. W pokoju numer pięć nikt przez dobę nie wypowiedział ani jednego słowa.

Teraz również dwaj mieszkańcy pokoju numer pięć i starzec, który wstał z fotela na ich widok, nie wypowiedzieli ani słowa. Stary zdjął na sekundę okulary i Kridl

8

zobaczył wyłupiaste przekrwione oczy w pełnych blizn oczodołach. Na agentach – w odróżnieniu od recepcjonisty – nie zrobiło to najmniejszego wrażenia. Kiwnęli głowami i pokazali leciwemu elegantowi drogę na schody. Kiedy zniknęli w korytarzu, Kridl przekręcił gałkę na cyfrę „pięć" i przyłożył ucho do tuby. Podkręcił głośność i skoncentrował się. Znów zapłonęło mu ucho. Nie z ciekawości jednak, lecz od silnego uderzenia, które zrzuciło go z krzesła. Drobne ciało Kridla zawirowało w ciasnej przestrzeni dyżurki, a jego buty załomotały o drewniane ściany.

– Nieładnie, nieładnie tak podsłuchiwać – mruknął wysoki człowiek w kapeluszu i pochylił się nad Kridlem. Następny i ostatni cios, zadany w drugie ucho, pozbawił recepcjonistę zmysłu słuchu. Leżał wciąż na podłodze, język wychodził mu z ust, a oczy z orbit.

Człowiek w kapeluszu postawił obok tuby podsłuchu przedmiot wyglądający jak małe radio tranzystorowe. Włączył je, podniósł deskę lady oddzielającą recepcję od holu i znalazł się na stanowisku pracy Kridla. Posadził go na krześle, płaskim uderzeniem dłoni nacisnął mu na czoło służbową czapkę, pochylił się nad nim i napisał na kartce: „Nie dotykaj tego, bo dostaniesz w ucho. Stoję za tobą". Potem wszedł za kotarę, która oddzielała recepcję od zaplecza, wyjął identyczny przedmiot jak ten, który postawił obok tuby, przyłożył do niego mikrofon, który następnie podłączył do małego magnetofonu szpulowego wyjętego z kieszeni płaszcza. Kablem połączył drugie gniazdo magnetofonu z małą słuchawką, którą wcisnął do ucha. Zamienił się w słuch:

– ...zaświadczenie, że jesteśmy z Mossadu? Może mam panu dać jeszcze pieczątkę? A pan w zamian wylegitymuje mi się jako agent CIA...

– Niech pan nie ironizuje. Jeśli w człowieku, którego mi pan pokaże, rozpoznam zbrodniarza wojennego, a panowie nie są stąd, skąd mówią, lecz na przykład z Odessy, to co wtedy?

– Czy ja wyglądam na Niemca? Na esesmana? Jest pan starym człowiekiem i naszym gościem. Dlatego przełknę tę zniewagę. Wystarczy panu mój numer obozowy czy pokazać coś jeszcze?

– Tak, pokaż mi tego człowieka (*trzaśnięcie drzwiami*).

– Tu jest, siedzi na kiblu. Zdejmij mu maskę, Awram! (*szelest materiału*).

– Zna pan tego człowieka?

– (*chwila milczenia*) Nie, nie znam... Proszę mi powiedzieć, jaka jest jego przypuszczalna obecna tożsamość. To mi pomoże...

– Po co? Jeśli go pan nie rozpoznaje, to dziękujemy już panu, a tego człowieka puszczamy wolno.

– Nie wie pan, że w wypadku zbrodniarzy wojennych ofiara wypiera z pamięci wszystko...

– Pan był ofiarą? O ile wiem, to raczej pan rozkazywał (*z irytacją*). No już! Niech pan mu się jeszcze raz przyjrzy!

– Rozkazywać to ty sobie możesz swoim chłopakom na Pustyni Judzkiej! (*trzaśnięcie drzwiami*).

– Niech pan poczeka, kapitanie Mock! Uniosłem się... Nazywa się on Helmut Crestani i jest kupcem z Zurychu. Podejrzewamy, że naprawdę jest to Obergruppenführer SS Hans Gnerlich, zastępca komendanta w Gross Rosen, później komendant obozu pracy w Breslau...

– Nie, to na pewno nie jest Hans Gnerlich.

– Na pewno?

– Tak, z całą pewnością to nie on.

– (*po długiej chwili milczenia*) Dziękujemy, panie kapitanie. Do widzenia!

– Do widzenia!

– (*trzaśnięcie drzwiami*) Awram, napoić go i po cichu podrzucić z powrotem do jego hotelu!

Starszy pan żwawo schodził po schodach. Walter Kridl, mając w uszach dźwięk katedralnych dzwonów, nawet na niego nie spojrzał – ani wtedy, gdy zbliżał się do recepcji, ani nawet wtedy, gdy przekraczał jej próg. Nie podniósł wzroku, kiedy starszy pan w okularach i wysoki człowiek w kapeluszu opuszczali razem hol. Przez łoskot spiżu przedarł się cienki dźwięk – dzwonek u drzwi zabrzęczał wysoko. Przedarło się również jedno zdanie wypowiedziane przez człowieka z poparzoną twarzą. Kridl nie był pewien, czy dobrze usłyszał, i kiedy tydzień później przesłuchiwała go policja, zastrzegał się dziesięć razy i skarżył na huk rozkołysanego spiżu, zanim powtórzył policjantom to, co zdawało mu się, że usłyszał z ust poparzonego mężczyzny. Zanim to jednak powiedział, bardzo długo rozwodził się nad tonem jego głosu, przepełnionym ulgą i radością, i kiedy wreszcie przesłuchujący go stracili cierpliwość, wyznał ze strachem, że stary wykrzyknął:

– Mamy go!

Wrocław, wtorek 25 kwietnia 1950 roku,
dziewiąta rano

Kapitan Wacław Baniak opierał swe ciężkie ciało o okienny parapet, dmuchał z irytacją w zakurzone liście paprotki i patrzył tępo, jak drobiny pyłu wirują w słońcu. Potem zwrócił przekrwione od niewyspania oczy na zalaną słońcem ulicę Łąkową, gdzie stały trzy mercedesy – bezpieczne pod czujnym okiem dwóch wartowników w mundurach KBW. Na pustym placu, gdzie niegdyś „pyszniła się perła żydowskiej architektury" – jak się wyraził pewien współpracujący z Baniakiem autochton – czyli ogromna synagoga, podpalona przez hitlerowców w Noc Kryształową, kilku chłopców zamiast siedzieć w szkole strzelało do siebie z drewnianych karabinów. Baniaka irytowały ich wrzaski, bo urągały powadze miejsca i instytucji, którą reprezentował. Jeśli już ktoś mógłby w tym miejscu krzyczeć, to na pewno nie ci smarkacze, lecz powinni wyć wrogowie władzy ludowej, którymi kapitan Baniak zapełniał kazamaty dawnej siedziby gestapo przy staromiejskiej fosie.

Myśl o synagodze i Żydach nie pomagała mu bynajmniej w leczeniu kaca, jaki sprowokował wczoraj w restauracji „U Fonsia" trzema setkami wódki i który utrwalił w swym apartamencie przy placu Powstańców Śląskich, w czym dzielnie sekundował mu jego szofer i dwie sprowadzone przez niego dworcowe dziewczyny. Żydzi kojarzyli mu się przede wszystkim ze zwierzchnikiem, majorem Antonim Fridmanem. To właśnie on wsadził dziś rano do gabinetu Baniaka swą długą głowę i polecił mu zająć się sprawą, której rozwiązanie przekraczało możliwości umysłowe i zdobycze edukacyjne Baniaka, te bowiem ograniczały się do szkoły podstawowej i dziewięciomiesięcznego kursu dla oficerów politycznych. Fridman, absolwent prawa na Uniwersytecie Jana Kazimierza we Lwowie, lubił dręczyć Baniaka słowami, których ten nie rozumiał. Rzucając dziś na jego biurko akta pewnej sprawy, o której wyraził się, że „nie można jej odłożyć *ad Kalendas Graecas*", wystawiał język z radości, a jego blisko osadzone oczy biegały jak kulki.

Baniak splunął w kąt pokoju i obcasem wtarł ślinę w wypastowane deski podłogi. Wiedział doskonale, że błyskotliwy awans zawdzięczał nie swej inteligencji czy skromnemu wykształceniu, lecz uporowi, pokorze i umiejętności trzymania języka za zębami. Nawet w największym upojeniu alkoholowym nie mówił o niczym innym niż o swoim ukochanym Uhowie nad Narwią, gdzie zaciągał dziewczyny do stodoły, za co dostawał od ojca po pysku, oraz o pewnej Maryni, która muskularnymi nogami ubijała kapustę w beczkach. Nade wszystko zaś wiedział, że świetlaną przyszłość otworzył przed nim stary frontowszczyk, kapitan Anatolij Klemiato, który wypatrzył go wśród gorliwych białostockich milicjantów, pochwalił jego leśną przeszłość, uwieńczoną współpracą z partyzantką radziecką, osiągnięcia w sporcie i w strzelaniu, a potem skierował na zakończony maturą kurs dla politruków. Kapitanowi Klemiato odwdzięczył się Baniak bezwzględną walką z reakcją na Białostocczyźnie, co jego dobroczyńca docenił, chwaląc przed swymi zwierzchnikami prostotę działań swojego pupila: „Wot Wacia Baniak, maładiec. Dla niewo każdyj, kto do wojny sdał egzamin na attiestat zriełosti, eto rieakcjonier". Szczęście Baniaka w rodzinnych stronach trwało kilka lat, natomiast we wrocławskim UB, dokąd trafił za swym pryncypałem – szybko się skończyło. Kapitan Klemiato wyjechał do bratnich Niemiec, rządzonych przez towarzysza Ulbrichta, a na jego miejsce przybył major Fridman, który tylko czekał na okazję, aby pozbyć się niedouczonego podwładnego i przyjąć na jego miejsce swego przyjaciela, dawnego towarzysza z KPP, Edwarda Marczuka. Teczka, którą teraz Baniak obracał w zrogowaciałych od pługa palcach, była w jego rozumieniu taką właśnie szykaną ze strony Fridmana, miała ona wykazać niekompetencję Baniaka i przygotować grunt do okazania serca Marczukowi.

Baniak po raz kolejny przejrzał zawartość teczki i po raz kolejny zmoczył podłogę gęstą śliną. Poza krótką notatką o znalezieniu zwłok i raportem medyka sądowego leżała tam zapisana ołówkiem kartka, której treść była kapitanowi nieznana, mimo że sformułowano ją w języku, który wielokrotnie słyszał w kościółku w Uhowie, a mianowicie po łacinie. Czaszka pękała mu od myśli, że to kolejna zasadzka Fridmana. Widział już oczyma wyobraźni, jak major zaleca mu poszerzenie wiedzy ogólnej i szydzi z ignorancji przy jego własnej sekretarce, pannie Jadzi Wesołowskiej, o której względy Baniak nadaremnie się ubiegał, podczas gdy Fridman zdobył je po kilku krótkotrwałych i stanowczych atakach, których precyzji mógłby mu pozazdrościć generał Władimir Głuzdowski – zdobywca twierdzy Wrocław.

Kapitan podszedł znów do okna, spojrzał na pusty plac po synagodze i przypomniał sobie ładną formułę autochtona („pyszniła się perła żydowskiej architektury"), której użył zresztą kiedyś na przyjęciu w prezydium Miejskiej Rady Narodowej, wywołując szydercze szepty majora Fridmana, sączone w kształtne uszka panny Jadzi. I nagle Baniaka olśniło. Przestały go irytować wrzaski dzieciarni, która kłóciła się, kto ma w zabawie być „Niemcem", a kto „Polakiem". Trudny wyraz „autochton", który w roku 1950 był we Wrocławiu na porządku dziennym i musiał natychmiast zostać przyswojony przez mniej światłych przedstawicieli nowej władzy, skierował myśli kapitana ku innemu urodzonemu we Wrocławiu pół-Niemcowi, którego nienawidził już tylko za to, że ten poprzedzał swoje nazwisko świeżo otrzymanym tytułem doktora.

Baniak splunął jeszcze raz, tym razem użyźniając ziemię w doniczce z paprotką, i otworzył drzwi do sekretariatu. Panna Jadzia poprawiła misterną fryzurę à la Ingrid Bergman i popatrzyła wyczekująco na swojego szefa. Lubił to spojrzenie pełne pokory i gotowości do działania. Rzucił krótko i szorstko:

– Wysłać dwóch ludzi po cywilnemu na Uniwersytet po Manfreda Hartnera. Mają go tu przyprowadzić. Jak najszybciej! I przynieść mi jego teczkę! Też jak najszybciej! No, ruszać się!

– Po doktora Manfreda Hartnera, tego doktora, który już kiedyś u nas był? – upewniła się panna Jadzia.

– To nie sanacja!!! – wrzasnął. – Za sanacji to były doktory i profesory! Tera są wszyscy równi!

14

Ujrzał niepokój w oczach panny Jadzi. Wyszedł z sekretariatu, napawając się swoją władzą oraz myślą o mocarnych nogach Maryni.

Wrocław, wtorek 25 kwietnia 1950 roku,
jedenasta przed południem

Kapitan Baniak skończył czytać teczkę personalną Manfreda Hartnera, kiedy panna Jadzia poinformowała go o przybyciu tegoż. Baniak odpowiedział, że przyjmie go później, i wyszedł z gabinetu bezpośrednio na korytarz. Minąwszy aresztantów popychanych przez prostych, szczerych chłopaków z mazowieckich wsi, zszedł na śniadanie do kantyny. Tam zjadł zupę pomidorową i płucka na kwaśno. Oba puste talerze wytarł dokładnie chlebem i dopiero teraz wypił szklankę herbaty i setkę wódki. Poczuł, że kac odchodzi, udał się do swojego gabinetu, włączył radio i wysłuchał hejnału z wieży kościoła Mariackiego w Krakowie. Kroki chodzącego po wieży strażnika i kolejne frazy hejnału uśpiły go i dopiero przebój Marii Koterbskiej *Mkną po szynach niebieskie tramwaje* wyrwał kapitana z płytkiego snu, podczas którego pływał w rozlewiskach Narwi. Po przebudzeniu zapiął mundur, przejechał po nim szczotką, zapiął mocno pas, nie przyjmując do wiadomości rosnącego brzucha, i otworzył drzwi do sekretariatu.

– Wejść – rzucił krótko do łysiejącego szatyna, który siedział na krześle i przeglądał notatki zapisane w nieznanym Baniakowi alfabecie.

Kapitan usiadł za biurkiem, a szatynowi wskazał jedyne krzesło w tym pomieszczeniu. Wyjął papierośnicę i przysunął ją swojemu rozmówcy do nosa. Kiedy ten odmówił, w Baniaku wezbrał gniew. Ten szwabski skurwysyn, pomyślał, gardzi moimi cygaretami.

- Nazwisko i imię? - powiedział, ledwo tłumiąc gniew.
- Doktor Manfred Hartner - odpowiedział przesłuchiwany najczystszą polszczyzną, bez śladu niemieckiego „r".
- Zawód?
- Nauczyciel akademicki.
- Gdzie pracuje?
- Uniwersytet Wrocławski, Instytut Filologii Klasycznej.
- Czego uczy?
- Greki starożytnej. A ściśle mówiąc, dialektu attyckiego.
- Nie wymądrzać się - syknął Baniak. - Pochodzenie?
- Inteligenckie. Ojciec Leo Hartner, dyrektor Biblioteki Uniwersyteckiej we Wrocławiu, matką moją jest Polka, Teresa z Jankiewiczów, pani domu.
- Pani domu - powtórzył Baniak zajadle i zadał dotkliwy cios: - Jesteś zatem pół-Szwabem, czyli półhitlerowcem, co? Prawda, Szkopie?
- To, że jestem pół-Niemcem - powiedział jeszcze ciszej Hartner - nie znaczy, że jestem hitlerowcem. Słyszy pan kapitan, jak mówię po polsku? Czuję się wrocławianinem i w tym mieście chcę żyć, mieszkać i pracować...
- Zostaniesz tu, jak ci na to pozwolimy - przerwał mu Baniak. - A przede wszystkim wtedy dostaniesz pozwoleństwo, kiedy zmienisz to faszystowskie imię, rozumiesz? Na przykład na „Marcin". Ładne imię, co, Marcinku? - Nie doczekawszy się reakcji, warknął: - Data urodzenia?
- 16 września 1923 roku.
- Co robiłeś podczas wojny?
- W roku 1942 zdałem maturę we wrocławskim Gimnazjum św. Macieja. - Hartner wyjął z portfela życiorys i odczytywał ważne daty ze swojego życia: - We wrześniu tegoż roku zostałem zmobilizowany i walczyłem w oddziałach Afrika Korps. 13 maja 1943 po kapitulacji w Afryce Północnej trafiłem do angielskiej niewoli. Od lipca 1943 do

maja 1945 przebywałem w różnych obozach jenieckich na Bliskim Wschodzie. W maju 1945 zostałem zwolniony z obozu w Bejrucie i wróciłem do Wrocławia. W listopadzie tegoż roku wstąpiłem na polski Uniwersytet Wrocławski, gdzie podjąłem studia filologii klasycznej. Pracę magisterską napisałem w zeszłym roku, a doktorat obroniłem przed miesiącem.

– Masz szybkie tempo...

– Za magisterium uznano moją pracę maturalną z gimnazjum... Doktorat napisałem pod kierunkiem profesora Wiktora Steffena. Praca nosi łaciński tytuł...

– No dobra – przerwał Baniak. – Dla mnie jest ważne, że znasz łacinę. Przetłumacz mi to, tu na miejscu. – Rzucił mu kartkę z teczki od Fridmana. – I nie próbuj zmyślać, jeśli chcesz rzeczywiście pozostać w piastowskim Wrocławiu i pracować dla socjalistycznego państwa. Masz tera okazję coś dla niego zrobić...

Hartner spojrzał na kartkę i po kilku sekundach powiedział:

– To jest Kazanie na Górze w wersji łacińskiej z Ewangelii chyba według świętego Mateusza, „Błogosławieni ubodzy w duchu, błogosławieni cisi" et cetera...

– Przedstaw mi to tłumaczenie na piśmie – mruknął Baniak, poirytowany tym, że wykształceni ludzie tak wiele mówią po łacinie, co według niego zbliżało ich do klechów i przez to oddalało od prawdziwego, materialistycznego obrazu świata.

– Nie przetłumaczę tak, jak jest w polskim przekładzie Biblii. Ale przetłumaczę to dosłownie...

– To tłumacz i nie gadaj!

Hartner zanurzył stalówkę w atramencie i zaskrzypiał nią po papierze kiepskiej jakości. Piękna kaligrafia deformowała się w granatowych rozlewiskach, stalówka potykała się o kawałeczki drewna wystające z szorstkiej

17

powierzchni, by w końcu przebić nędzny papier i postawić rozgwiazdę o atramentowych brzegach, tam gdzie powinna być ostatnia kropka. Baniak niecierpliwie zaglądał Hartnerowi przez ramię i odczytywał biblijne błogosławieństwa, jakimi Chrystus obdarzył na Górze swój lud: „Błogosławieni ubodzy w duchu, ponieważ ich jest królestwo niebios, błogosławieni łagodni, ponieważ oni wezmą ziemię w posiadanie, błogosławieni, którzy płaczą, ponieważ oni będą pocieszeni, błogosławieni, którzy są głodni i spragnieni sprawiedliwości, ponieważ oni będą nasyceni, błogosławieni miłosierni, ponieważ oni sami doznają miłosierdzia, błogosławieni czystego serca, ponieważ oni będą widzieć Boga, błogosławieni czyniący pokój, ponieważ będą nazwani synami Bożymi, błogosławieni, którzy cierpią prześladowanie z powodu sprawiedliwości, ponieważ ich jest królestwo niebios, błogosławieni jesteście, kiedy będą wam złorzeczyć i was prześladować, i przeciwko wam mówić wszystko złe, kłamiąc z powodu mnie". Baniak przestał ruszać ustami, co – jak się domyślił Hartner – oznaczało koniec lektury.

– Dziękuję wam, Hartner. – Kapitan przeszedł z „ty" na „wy", co miało być dla naukowca nie lada wyróżnieniem.
– To wszystko? – zapytał z radością, wyobrażając sobie zdumienie Fridmana, kiedy ten ujrzy przekład łacińskiego tekstu.

– Niestety, nie wszystko – Hartner potarł dłonią łysiejącą potylicę. – Tu jest jeszcze tekst pisany tą samą ręką, jednak dość niedbale i chyba w dużym pośpiechu. Dlatego jest trudno czytelny... – Filolog odchylił się wraz z krzesłem i spojrzał uważnie na swego rozmówcę. – Obywatelu kapitanie, jeśli pan chce, abym to dokładnie przetłumaczył, muszę znać kontekst i okoliczności.

Baniak zapatrzył się w okno, skąd już raz zstąpiło na niego natchnienie. Teraz jednak nie szukał inspiracji do podjęcia właściwej decyzji, wiedział, jak ma postąpić, czytał już w aktach Hartnera o jego chorobliwej niechęci opuszczania prapolskiego miasta nad Odrą i znał sposób na złamanie jego oporów przed współpracą z UB. Wystarczyło jedno jego słowo, jeden telefon do właściwego człowieka, urzędującego kilka korytarzy dalej, by Hartner znalazł się w miejscu – w przekonaniu Baniaka – dla siebie odpowiednim, a mianowicie na Syberii, gdzie niemieccy jeńcy wojenni pracowali przy wyrębie tajgi. Nie o to chodziło Baniakowi, kiedy wytrzeszczał oczy na poniemiecką kamienicę, w której niegdyś mieściło się towarzystwo kredytowe, o czym informował wytarty napis „Credit-Anstalt", przebijający spod łuszczącej się farby, kapitan UB myślał tylko o jednym: co oznacza słowo „kontekst". W końcu nie wytrzymał i wrzasnął do Hartnera:

– Przestańcie mi tu pierdolić za uszami i mówcie, co chcecie wiedzieć! Ale już!

– Co to za list? Gdzie go znaleziono? Muszę to wszystko wiedzieć, zanim przetłumaczę to ostatnie zdanie. To zdanie może być kluczowe...

– Wisz, co ci zrobię, Marcinku, jak piśniesz słowo na temat tego, co tera ci powiem? – Baniak pociągnął nosem, zamknął okno i rozsiadł się wygodnie. – Wyjedziesz stąd daleko, oj, daleko...

– Nie pisnę słowa – Hartner przypomniał sobie ojca, z którym w latach trzydziestych spacerował po wrocławskim Rynku i który obiecywał wspólne piwo w „Piwnicy Świdnickiej", kiedy Manfred osiągnie pełnoletność.

– Dobra, poznasz to, co tu jest – Baniak stuknął mocno palcem w teczkę. – Zapalisz? – wyciągnął w kierunku Hartnera papierośnicę, w której tkwiły za gumką papierosy „Górnik". Filolog pomyślał o „Piwnicy Świdnickiej", gdzie kiedyś usiądzie przy stole, zamówi piwo, a duch jego ojca będzie szybował nad stołami. Wtedy wzniesie symboliczny toast. Częściowo wypije, a kilka kropel uleje pod stół – uczyni tak, jak czasem robił ojciec, kiedy wypijał za spokój duszy dziadka zakłutego na Saharze przez Tuaregów. Aby to jednak zrobić, musi pozostać w tym zrujnowanym mieście. Spojrzał w przekrwione oczy Baniaka i tym razem nie odmówił papierosa.

Breslau, czwartek 15 marca 1945 roku, szósta rano

Przez podłogę mieszkania Mocków na Zwingerplatz 1 przebiegł krótki dreszcz. Była to delikatna wibracja, wywołana charakterystycznymi detonacjami pocisków miotanych z Schweidnitzer Vorstadt przez nebelwerfery w kierunku południa, skąd azjatyckie hordy wciskały się do twierdzy Breslau. Eberhard Mock postawił stopę na podłodze i poczuł tę wibrację. Zinterpretował ją jako jeden z ostatnich spazmów ginącego miasta. Przez chwilę kiwał się na łóżku w tył i przód, wbijając wzrok w gmach Teatru Miejskiego, widoczny za szarym prostokątem okna. Niebo nad teatrem przecinane było nieustannie smugami katiusz i salwami haubic z dalekiej Gräbschener Strasse. Podniósł się ciężko i suwając niezgrabnie kapciami po zakurzonej podłodze, ruszył do łazienki. Tam, opierając się obiema rękami o ścianę, stał nad muszlą i bez użycia dłoni uwalniał organizm od płynnych toksyn, które zgromadziły się w nim w ciągu nocy. Jak zwykle z niechęcią i smutkiem wsłuchiwał się w rzadkie pluski i starcze ciurkania i jak zwykle z nostalgią wspominał noc, kiedy przed czterdziestu laty wraz z innymi studentami stał na Werderbrücke i wysokim, rzęsistym strumieniem oddawał Odrze nadmiar piwa, jakie wpompował w siebie z okazji zdanego egzaminu z historii starożytnej. Moja młodość przepadła, myślał, podciągając kalesony, i umarła wraz profesorem Cichoriusem, który bardzo wnikliwie pytał mnie wtedy o marsz Dziesięciu Tysięcy pod wodzą Ksenofonta, umarła wraz ze zgliszczami knajpy Kündla, gdzie piliśmy po egzaminie, wraz z moją drogą żoną Sophie, która gdzieś wędruje – od łóżka do łóżka, a nawet wraz z moją twarzą, którą osmaliła płonąca papa podczas jednego z ciężkich bombardowań Hamburga pół roku temu. Zdjął z twarzy aksamitną czarną maskę i przyjrzał się swojemu obliczu w lustrze przeciętym przez półkoliste pęknięcie, jakie pojawiło się na nim po wczorajszym wybuchu na defiladowym Schlossplatz. Bacznie zlustrował powierzchnię szkła. Drżało w regularnych interwałach. Przez szum wody usłyszał trzy wybuchy w oddali. Przesunął palcami po biało-czerwonych bliznach, które charakteryzowały się niezwykłą regularnością: ich linie wychodziły z miejsca, gdzie szpakowaty sztywny zarost brody zmieniał się w całkiem siwą linię wąsów, jak wachlarz obejmowały policzki, by zbiec się znów przy nasadzie nosa, wypaliwszy po drodze brwi i rzęsy przy wyłupiastych oczach. Spojrzał na oczy, których barwa stawała się coraz bardziej wodnista i nieokreślona, i na siwe włosy, które oplatały głowę falującą, lecz coraz rzadszą siatką. Kolejne trzy wybuchy. Bardzo bliskie. W otwartych drzwiach ujrzał swoją żonę Karen. Spodziewał się, że w jej oczach po raz tysięczny dojrzy radość, jaką dzisiaj rano objawiła na wieść, że jej Ebi wybronił ją przed obowiązkiem pracy przy budowaniu barykad i rozbiórce domów. Ujrzał jednak zupełnie coś innego. Cień obrzydzenia. Rzadko widywała go bez maski.

– Ktoś wali w drzwi, Ebbo – powiedziała Karen. W chwili zdenerwowania nie była w stanie ukryć skandynawskiego akcentu. Białka jej małych oczu były prawie niewidoczne. Pomarszczone oczodoły wypełnione były wielkimi źrenicami i niebieskimi niegdyś tęczówkami. – Boję się spojrzeć przez wizjer, Ebbo. Może to Ruscy...

– Nie, to nie Ruscy... Nie mieszkamy przecież na linii frontu. – Włożył maskę, szlafmycę i owinął się szlafrokiem jak zbroją. Podszedł do drzwi, zabierając po drodze walthera w kaburze, który zawsze wisiał w przedpokoju. Kiedy przyłożył oko do wizjera, drzwiami wstrząsnęły kolejne uderzenia. Otworzył drzwi i powiedział do Karen: – Nie bój się, ten człowiek cię nie zgwałci. W odróżnieniu od Rusków nie siada na wszystko, co się rusza... – Zobaczył łzy pojawiające się w oczach Karen i krzyknął, kiedy już uciekała do zwolnionej przez niego łazienki. – Naprawdę nie chciałem cię teraz urazić!

– Teraz? Powiedziałeś: teraz? – zapytał stary mężczyzna stojący na progu. Był ubrany w wytarty kolejarski szynel i czapkę ze złamanym daszkiem. Czuć było od niego alkohol. – Ty mnie, gnoju jeden, dwadzieścia lat temu obraziłeś, kiedy zaniechałeś śledztwa w sprawie śmierci mojego Erwina!

– Bądź dokładny, jeszcze nie minęło dwadzieścia lat – mruknął Eberhard Mock, wpuszczając do mieszkania swojego starszego brata Franza.

Breslau, czwartek 15 marca 1945 roku,
kwadrans na siódmą rano

Marta Goczoll, stara służąca Mocków, z niechęcią rozpakowywała na polecenie swego chlebodawcy pudło z porcelanową zastawą mannheimską. Jeszcze wczoraj wieczorem owijała w pakuły filiżanki i wkładała je do kartonowego pudła na rozkaz swej chlebodawczyni. Mogliby się w końcu umówić, myślała z rozdrażnieniem, co zrobią z tą porcelaną. A tak pakuj, człowieku, wieczorem, kiedy pani płacze, że trzeba uciekać, rozpakowuj rano, kiedy pan chce kawy! I idź jeszcze do pracy! A jakże! Służąca Marta postawiła przed panem i przed jego bratem filiżanki z charakterystycznym czerwonym stemplem R.P.M. Napełniła je pachnącą kawą zbożową. Na małym talerzyku ułożyła karmelowe cukierki, które wczoraj usmażyła z mleka i cukru. Mężczyźni siedzieli naprzeciw siebie i nie odzywali się ani słowem. Marta Goczoll myślała, że to z jej powodu. Zaczęło ją to bawić i postanowiła trochę dokuczyć panu Eberhardowi za to, że wczoraj wieczorem i dziś rano tak oschle potraktował panią, natrząsał się z jej lęków i – choć błagała go, żeby opuścili miasto – rozpakowywał wciąż pudła czekające na przeprowadzkę, wyciągał z nich wciąż inne przedmioty: a to szachownicę, na której rozstawiał figury i grał nimi sam ze sobą, a to album ze zdjęciami, z których wycinał fotografowanych i palił w piecu, a to w końcu ukochane przez panią porcelanowe figurki, które ustawiał na kredensie, ich stałym miejscu – gdzie, jak mawiał, miały stać po wieczne czasy, choćby całe miasto zalała bolszewicka barbaria. Stara służąca dokuczała zatem panu, poruszając się powoli pośród pudeł i kufrów w jadalni, wycierając bez końca chusteczką wyimaginowane krople kawy spływające z dzióbka dzbanka i wciąż zmieniając jedne łyżeczki na inne, które – według niej – były bardziej odpowiednie do tej zastawy. Czekała, kiedy pan się zdenerwuje i każe jej wynosić się do kuchni, lecz to nie następowało. Nagle przypomniała sobie o obowiązku pracy, jaki został przed kilkoma dniami nałożony na mieszkańców miasta. Przeklinając po cichu zarządzenia nowego komendanta twierdzy Generalleutnanta Niehoffa, udała się do kuchni, skąd zaraz miała wyruszyć do swej codziennej pracy – rozbierania gołymi rękami zboru Lutra przy Kaiserstrasse. Nie mogła przeboleć, że musi sprzątać pozostałości przepięknych kamienic, które barbarzyńskim rozkazem zostały zrównane z ziemią, aby powstało lotnisko w środku miasta. Pan zasłonił twarz maską i wpatrywał się w obrus, podobnie jak jego brat –

ale ten ostatni nie miał żadnej maski. A przydałaby mu się, pomyślała służąca, patrząc przez drzwi kuchenne na ogorzałą twarz Franza Mocka, pooraną bruzdami od ciężkiej pracy i alkoholu. Marta miała zrobić swej pani jakieś śniadanie, które by ukoiło choć na chwilę jej skołatane nerwy. Kiedy znalazła się w kuchni, wyjęła z lnianego worka kupiony wczoraj razowy chleb, ukroiła kromkę i rozsmarowała na niej łyżkę ulubionej przez panią marmolady z pigwy – niezbyt grubo, tak jak pani lubi. Nasłuchiwała przy tym, czy bracia Mock zaczęli w końcu rozmawiać. Marta Goczoll myślała, że milczeli właśnie z jej powodu. Myliła się.

Breslau, czwartek 15 marca 1945 roku,
wpół do siódmej rano

Pierwszy przerwał milczenie Eberhard:

– Dlaczego mi ubliżasz w moim własnym domu?

– Nie przeproszę cię. – Franz zapalił papierosa i napełnił pokój śmierdzącym dymem. – Nie czujesz się obrażony. Gdyby tak było, tobyś mnie nie wpuścił...

– Wpuściłem cię, bo jesteś moim bratem. Odwiedzasz mnie po wielu latach z obelgą na ustach...

– Jesteś przede wszystkim bohaterem, Ebi. – Franz zdusił papierosa w zrogowaciałych palcach i schował niedopałek do wewnętrznej kieszeni kolejarskiego szynela. – Czujesz się bohaterem, Ebi?

– Daj cygareta i przestań chrzanić – powiedział cicho Eberhard.

Franz nie zastosował się do żadnego z poleceń swojego młodszego brata. Wyjął z płaszcza starannie złożony wycinek „Schlesische Tageszeitung" i zaczął czytać, często się przy tym zacinając: „Hauptmann und Polizei-Hauptsturmführer,

62-letni Eberhard Mock, słynny w latach dwudziestych i trzydziestych dyrektor kryminalny Prezydium Policji w Breslau, wykazał się wielkim bohaterstwem podczas barbarzyńskiego nalotu bombowego na Drezno w lutym br. Jako pacjent leczący ciężkie oparzenia twarzy w jednym z drezdeńskich szpitali uratował z płonącego budynku szpitalnego pannę Elfriede Bennert, córkę ordynatora, doktora Ernsta Bennerta. Sam przy tym odniósł znaczne obrażenia cielesne. SS-Brigadeführer Walter Schellenberg, w zastępstwie Führera, osobiście odznaczył Hauptmann-und Hauptsturmführera Mocka krzyżem za zasługi wojenne. Wobec zaistniałej sytuacji trybunał ludowy w Breslau postanowił zakończyć postępowanie wobec kapitana Eberharda Mocka w związku ze sprawą Roberta z roku 1927. Decyzję sądu należy uznać za jak najsłuszniejszą. Bohaterski żołnierz niemiecki, ratujący życie młodej niemieckiej dziewczynie, wynoszący ją na własnych rękach wśród ognia i rzezi, zasługuje na najwyższe uznanie i zwolnienie z dawno przebrzmiałych, zawinionych lub niezawinionych oskarżeń".

Franz przestał czytać i ponowił pytanie:

– Czujesz się jak bohater, Ebi?

– Tak. – Eberhard pociągnął łyk znakomitej kawy zbożowej Seeliga, a potem powoli zdjął z twarzy maskę i rzucił ją na stół. – Zawsze przy porannym goleniu czuję się jak bohater...

– Przecież się nie golisz, zapuściłeś brodę. – Twarz Eberharda wydała się Franzowi podobna do twarzy pewnego samobójcy rozjechanego przez pociąg kilka tygodni temu: wyłupiaste oczy i usta rozciągnięte wśród blizn. – Wyglądasz jak prawdziwy bohater. Jak dzielny podróżnik z Afryki... Szkoda, że nie czytała tego artykułu moja Irmgard... Tak cię lubiła, Ebi... Może nawet bardziej niż mnie... Mówiła zawsze: „Szkoda mi Ebiego, że nie znalazł sobie dobrej kobiety, taki chłop na schwał..." Może sama żałowała, że nie ma takiego męża jak ty... Chociaż teraz pewnie by nie chciała na ciebie patrzeć... Patrzą na ciebie jeszcze kobiety tak jak kiedyś? Uśmiechają się jeszcze do ciebie?

Eberhard skręcił sobie papierosa i czekał, aż karmelkowy cukierek rozpłynie mu się w ustach. Czekał, aż przestanie się pocić w chłodzie poranka, aż pot przestanie zwilżać płaty skóry na twarzy i sól zacznie piec wypalone papą kratery. Nic nie mówił i czekał, aż Franz zmieni temat. Ten jednak wciąż mówił o swojej żonie Irmgard.

– Lubiłeś ją też, co, Ebi? – Wykruszył niedopałek na gazetę, tytoń wsypał do długiej fajki i przytknął do niego zapałkę. – Podobała ci się moja żona? Zachowaj ją w pamięci taką, jaka była, bo już jej nie zobaczysz...

Eberhard milczał i wciąż czekał, aż Franz wyjawi mu cel swojej wizyty. Przestał się pocić, lecz czuł silne napięcie. Ssał cukierek, czubkiem języka dotykał swych całkiem licznych własnych oraz równie licznych sztucznych zębów i myślał o swoim przedwojennym dentyście, doktorze Moritzu Zuckermannie, który był wyznawcą doktryny księdza Sebastiana Kneippa i wszystkim zalecał wodny żywioł, zanim znalazł się w ciemnej dolinie synów Hinnoma – w Auschwitz.

– Dwa lata temu, nagle, którejś nocy... – Franz zadrżał, podobnie jak szyby z naklejonymi paskami papieru w kształcie litery x. „Organy Stalina" obudziły się na dobre. – Usiadła na łóżku, zaczęła się czochrać po głowie, potem śpiewać. Zwariowała. Mówiła wciąż o śmierci Erwina i o tobie, Ebi... Przeklinała cię za śmierć naszego dziecka... Wiesz, co znaczy przekleństwo wariata? Ono zawsze działa, tak mówił nasz świętej pamięci ojciec.

– No to niech spełni się to przekleństwo! – Eberhard oparł masywne ręce na stole. – O niczym innym nie marzę!

– Jesteś bohaterem, nie możesz zginąć marnie, jak tego chciała ta wariatka, moja żona... Zresztą to przekleństwo było takie, że... – Franz oparł łokcie na stole i rozkasłał się, aż zabrzęczała pajęczyna porcelany.

– Przychodzisz do mnie po latach, Franz... – Mock na powrót włożył maskę i zapalił papierosa. Gdzieś niedaleko huknęły haubice. – ...aby opowiedzieć mi o swojej żonie... Najgorsze jest jednak to, że nie dokończyłeś. Co się z nią w końcu stało?

– Z takich jak ona oczyszczają teraz nasz naród – Franz złapał oddech. – Zabrali ją... Po tygodniu czochrania się... Kiedy się nie myła i śmierdziała jak ścierwo...

– Ty chyba jesteś chory, Franz. – Eberhard z troską podszedł do brata i położył mu ręce na ramionach. – Ten kaszel to nic dobrego... – Odwrócił głowę od zionącego wódką oddechu. – Pomyśl, stary, ona zwariowała i wygadywała głupoty, przecież ja znalazłem mordercę Erwina... To był...

– Przestań chrzanić, to nie był ten, którego złapałeś. – Franz wstał, wyjął z kieszeni spodni złożoną wpół kartkę papieru maszynowego i rzucił ją na stół. – Zobacz!

Eberhard przeczytał kilkakrotnie i poszedł do sypialni, wydawszy służącej dyspozycje w sprawie garderoby. Nie zwrócił uwagi na proszące, zapłakane oczy swej żony Karen. Nie dbał teraz o stan jej ducha, o gwałcących Niemki Azjatów, o zagładę miasta, o swoją poparzoną twarz. Najbardziej go teraz interesował zapas amunicji do walthera.

Breslau, czwartek 15 marca 1945 roku,
ósma rano

W twierdzy Breslau auta i dorożki zostały w ogromnej mierze zastąpione przez riksze. W dobie wojennego kryzysu paliwowego był to niezastąpiony środek lokomocji – sprawnie i szybko poruszały się po ulicach zablokowanych częściowo przez góry gruzu lub kolumny wojsk. Poza tym rikszarze, weterani przenoszący rozkazy i meldunki pomiędzy pułkami, byli – w odróżnieniu od dorożkarskich koni – całkowicie zobojętniali na wybuchy pocisków, chmury kurzu, kamienne nawisy ruin i lamenty rannych, którzy siedzieli na krawężnikach i czekali godzinami na patrole sanitarne. Riksze, zwykle przerobione dwukołowe i dwudyszlowe wózki, były przeznaczone dla jednego, ewentualnie dwóch pasażerów: dla matek z dziećmi, par narzeczonych czy też dla tęgich niewiast z małymi pieskami. Eberhard i Franz Mockowie, dwaj potężnie zbudowani mężczyźni, ledwo mieścili się na siedzisku, poręcze wciskały im się boleśnie w biodra, a kolana prawie ocierały się o zakurzone błotniki. Te niewygody zdawały się wcale nie przeszkadzać Eberhardowi, który co chwila podnosił do oczu kartkę otrzymaną od brata i usiłował wywnioskować z niej cokolwiek o autorze tekstu.

Więcej się dowiedział raczej o samej maszynie do pisania i niektórych jej czcionkach. Mała litera „t" przypominała prawosławny krzyż, ponieważ podwojona była jej poprzeczka, zarówno duże, jak i małe „o" składały się z dwóch okręgów przesuniętych o pół milimetra, a „r" chwiało się raz w jedną, raz w drugą stronę. Te osobliwości czcionki maszynowej niczego jednak nie mówiły o autorze dziwnego tekstu, który dziś w nocy zaniepokoił Franza Mocka i sprawił, że odwiedził swojego od lat niewidzianego brata. Tekst był krótki i brzmiał: „Przeszukaj mieszkanie nr 7 na Viktoriastrasse 43. Jest tam coś, co pomoże ci odnaleźć mordercę twojego syna. Śpiesz się, dopóki nie weszli tam Rosjanie".

Eberhard powąchał kartkę i niczego nie wyczuł poza słabą wonią stęchlizny – ledwie wyczuwalnym zapachem dusznego gabinetu, brudnego magazynu, a może zaszczurzonego składu materiałów piśmiennych? Franz patrzył na

28

brata ze zdumieniem, kiedy ten podniósł kartkę do ust, jakby chciał ją polizać. Nie uczynił jednak tego, ponieważ riksza szarpnęła, omijając grupę wychudzonych niewolników z literami „P" naszytymi na rękawach, i zatrzymała się na miejscu podanym przez Eberharda – pod wiaduktem na Höfchenstrasse. Obok nich przemaszerowała kolumna Volkssturmu, składająca się z nastoletnich chłopców, z ich oczu wyzierała odwaga i pewność siebie. Franz wysiadł, Eberhard zapłacił rikszarzowi, a ten z ulgą popedałował w stronę dworca.

Bracia przyglądali się dzielnym obrońcom twierdzy Breslau. Chłopcy ustawili się w dwuszeregu przed swoim dowódcą, niewysokim porucznikiem, i z werwą zaczęli odliczać. Porucznik słuchał w roztargnieniu ich krótkich szczeknięć i wodził zmęczonym wzrokiem po filarach wiaduktu. Nagle jego wzrok zatrzymał się na Eberhardzie Mocku. W jego oczach nie było już znużenia – pojawił się błysk rozpoznania. Ruchem ręki wezwał swojego zastępcę, wydał mu kilka poleceń i sprężystym kuśtykaniem zbliżył się do Mocków.

– Witam serdecznie, Herr Kriminaldirektor – zakrzyknął porucznik, wyciągając dłoń na powitanie.

– Witam pana, panie poruczniku. – Eberhard uściskał mocno jego prawicę. – Panowie się poznają... To mój brat Franz Mock, a to pan porucznik Bruno Springs.

– Już pan wygląda znacznie lepiej, Herr Kriminaldirektor. – Springs przyjrzał się poparzonej twarzy Mocka. – Lepiej niż cztery miesiące temu...

– Pan porucznik – wytłumaczył Eberhard bratu – widział mnie tuż po moim wypadku w Hamburgu... Spotkaliśmy się w szpitalu w Dreźnie i powspominaliśmy z przyjemnością dawne czasy, kiedy razem pracowaliśmy na Schuhbrücke...

- Ale wie pan co, Herr Kriminaldirektor? - Springs jeszcze raz użył starego tytułu Mocka. - Teraz uświadomiłem sobie, że pracowaliśmy też w nowym budynku prezydium nad fosą, ale bardzo krótko, bo pan zmienił firmę niedługo po sprawie Marietty von der Malten...

- Stare dzieje, poruczniku Springs... Teraz sprowadza mnie do pana również pewna dawna sprawa... Chyba nie-zupełnie zakończona...

- Skąd pan wiedział, gdzie mnie znaleźć? - zdumiał się Springs.

- Czytałem wczoraj w naszej frontowej gazecie, że pańscy ludzie pomagali gasić pożar laboratorium dentystycznego przy Sadowastrasse. Szukałem więc pana w tych okolicach - wyjaśnił Mock. - Muszę skorzystać z pańskiej znajomości podziemnego Breslau... No co cię tak zdziwiło, Franz? - zwrócił się do brata. - Na Viktoriastrasse możemy dostać się tylko kanałami i piwnicami... Od wczoraj albo przedwczoraj ulica jest pod okupacją... - pochylił się do zarośniętego ucha Franza i tłumiąc wstręt przed wonią przetrawionej wódki, szepnął: - Pamiętasz to zdanie z kartki „Śpiesz się, dopóki nie weszli tam Rosjanie"? Napisano je najpóźniej przedwczoraj... Ktoś nie miał aktualnych danych z linii frontu... Tak, Franz, idziemy na front...

Breslau, czwartek 15 marca 1945 roku,
kwadrans na dziewiątą rano

Jeden z chłopców Springsa szedł przodem i oświetlał drogę latarką. W podziemne korytarze weszli przy parowozowni i po dziesięciu minutach marszu - najpierw przez szereg niewielkich hal fabrycznych, a potem długim, prostym tunelem, oświetlonym brudnożółtymi żarówkami oplecionymi kagańcami drutu - dotarli do potężnych drzwi. Ich przewodnik nacisnął dzwonek, rozsunęła się zasuwa i w betonie drzwi pojawiło się za zakratowanym okienkiem nieufne oko wartownika. Oko stało się bardziej ufne pod wpływem stałej przepustki. Druk z podpisem nowego komendanta twierdzy Niehoffa otwierał wejście do podziemnego świata Breslau.

Był mroczny i pełen kurzu, wzbijanego butami żołnierzy i kołami motocykli, które jeździły szerokimi tunelami i znikały w bocznych ulicach podziemia. Przewodnik od Springsa chłonął to wszystko z najwyższą ciekawością poszukiwacza przygód, lecz wkrótce zwyciężyła obowiązkowość żołnierza Volkssturmu i chłopak, poprawiając przestarzałe włoskie caracano, wrócił do swych naziemnych obowiązków. Wartownik zostawił ich samych, by po chwili zjawić się w towarzystwie nieogolonego porucznika Wehrmachtu w przysypanym tynkiem mundurze, obok niego dreptał gruby adiutant z lampą naftową.

– Nazwisko? – porucznik był nieufny, podobnie jak przed chwilą jego podwładny.

– Kapitan Eberhard Mock – usłyszał w odpowiedzi i zobaczył legitymację policyjną. – A to mój brat Franz Mock.

Porucznik kazał adiutantowi wysoko podnieść lampę. Przez długą chwilę lustrował elegancki strój Eberharda: wypastowane lakierki, nienagannie skrojony dwurzędowy garnitur z granatowej wełny przetykanej srebrnymi prążkami, białą koszulę i krawat koloru wina, któremu towarzyszyła trójkątna chustka tejże barwy, zatknięta w kieszonce. Spod kapelusza patrzyły na niego wyłupiaste oczy, które były jedynymi żywymi punktami w wypalonych martwych fałdach skóry.

– Porucznik Georg Lehnert – przedstawił się oficer. – Czytałem o panu, panie kapitanie. Te blizny to straszne pamiątki po pańskim bohaterskim wyczynie w Dreźnie, czy tak?

– Niezupełnie. Poparzyła mnie papa podczas bombardowania Hamburga – odpowiedział zmęczonym głosem Eberhard. Tylko w tym tygodniu kilkunastu jego rozmówców zwróciło uwagę na poparzenia. A bywało ich więcej. – Natomiast zdarzenie, o którym pan mówi, rzeczywiście nastąpiło przed miesiącem podczas bombardowania Drezna...

– Dlaczego jest pan bez munduru, kapitanie? – zapytał wprost Lehnert, którego mocno irytowała diamentowa szpilka w krawacie Mocka.

– Pozwoli mi pan przejść, poruczniku, czy będzie mnie pan jeszcze pytał o moją sztuczną szczękę? – Mock wyjął papierośnicę i z uśmiechem poczęstował Lehnerta. – Mam do spełnienia ważną misję na Viktoriastrasse. Zostawiłem tam coś bardzo ważnego, co w żadnym wypadku nie może wpaść w ręce wroga. Jestem oficerem policji...

– Ponieważ ma pan ważną przepustkę, może pan poruszać się swobodnie po obszarze będącym pod moim dowództwem – Lehnert udał, że nie dostrzega pojednawczego gestu Mocka, i nie wziął papierosa. – Muszę jednak pana ostrzec, że niektóre korytarze prowadzące do piwnic po drugiej stronie frontu zostały przez nas zasypane, inne – zabetonowane, a jeszcze inne – zaminowane. O ile pamiętam, przejście na Viktoriastrasse jest obsadzone przez pluton spadochroniarzy z 26. pułku, uzbrojonych w sturmgewehry. Proszę ustalić z nimi hasło, żeby pana nie zabili podczas powrotu...

– Jak tam dojść, panie poruczniku? – to pytanie zadał Franz. Mrużył oczy od kurzu, a na języku czuł kamienny smak cementu. Gdzieś niedaleko obracało się z hukiem wrzeciono betoniarki.

– Podziemne korytarze są dokładnie pod ulicami. – W Lehnercie większą podejrzliwość niż elegancja Eberharda wzbudzało niechlujstwo Franza. – Zna pan Wrocław, trafi pan wszędzie – wskazał głową na tabliczkę z napisem „Sadowastr.", umocowaną na środku ściany korytarza. – Takie tablice są wszędzie. Gorzej będzie z trafieniem do właściwej piwnicy. Ale na razie podziemne miasto jest całkowicie w naszym władaniu. Wszędzie są nasi ludzie. Oni panom wskażą drogę do właściwej piwnicy.

Nad nimi zadudniło i mężczyźni na podziemnej ulicy odnieśli wrażenie, że zatrząsł się sufit. Eberhard zaciągnął się mocno papierosem i sam już nie wiedział, czy wciąga do płuc tytoniowy dym, czy też cementowy pył. Ze zgrozą zauważył, że warstwa takiego pyłu pokrywa jego garnitur. Przejechał dłonią po materiale i z wściekłością stwierdził, że wtarł kurz w strukturę wełny.

– Pozwoli pan zauważyć, kapitanie – uśmiechnął się kwaśno Lehnert – że pana strój nie jest najodpowiedniejszy do poruszania się po podziemiach Breslau. Dlatego zapytałem o mundur...

Eberhard spojrzał na swój zakurzony garnitur i noski butów od Andritschkego, które przed sekundą straciły swój blask. Nie wiadomo dlaczego przypomniał sobie lata gimnazjalne i słowa nauczyciela gimnastyki, byłego atlety Dietera Czypionki. Kiedy po lekcji chłopcy rzucali się na siebie, aby wyrównać sportowe rachunki, Czypionka, sam nienagannie ubrany, z wąsami pachnącymi pomadą, wchodził do szatni cuchnącej gumą i smrodem hormonów, rozdzielał walczących chłopców i – nawet się nie krzywiąc – mawiał: „Panowie, dżentelmen nawet w tym smrodzie powinien pozostać dżentelmenem". Eberhard powtórzył Lehnertowi słowa Czypionki, zamieniając słowo „panowie" na „panie poruczniku", a „smród" na „piekło". Zły z powodu zabrudzonego garnituru, nawet nie zauważył, że do grona dżentelmenów zaliczył jedynie siebie. Franz, wyraźnie poirytowany próżną – według niego – gadaniną, nawet tego nie zauważył, a porucznik Lehnert skrzywił się tylko i powie-

dział coś szybko wartownikowi, czego obaj bracia nie do-
słyszeli z powodu ostrzegawczych okrzyków sanitariuszy,
którzy nieśli kogoś na noszach. Wartownik zazgrzytał wielkim kołem, odcinając wejście, przez które się tutaj prze-
dostali. Lehnert wskazał na stojący kilka kroków od nich
motocykl zündapp z bocznym wózkiem:

– Mogę panu pożyczyć mój motor, kapitanie. – Lehnert
konsekwentnie używał stopnia wojskowego, nie policyjnego. – Szybciej pan dojedzie.

– Dziękuję, panie poruczniku. – Mockowi nie dawało
spokoju słowo „dżentelmen" i postać Czypionki. Zobaczył
swojego nauczyciela gimnastyki: jego sterczące wąsy, łysą
głowę, zmiażdżone małżowiny uszne i maniery angielskie-
go lorda. Powiedział w zamyśleniu: – Profesor Czypionka
rzekłby: „Przepraszam za swoją arogancję".

– Nie rozumiem, kto by to powiedział?

– Ktoś nie z tego świata. – Mock usiadł na kanapie motocykla, przekręcił kluczyk na baku i kopnięciem uruchomił silnik. – Ktoś ze świata zmarłych... Z Pól Elizejskich...
Wie pan, dlaczego zawsze poza domem chodzę w garniturze? Po prostu okazuję cześć temu miastu... Tak jak do
obiadu zawsze siadam w krawacie, okazując cześć Temu,
który mi daje pożywienie... Głupi nawyk... Tutaj powinno
się chodzić w zwierzęcych skórach i z maczugami.

Franz z trudem wgramolił się do wózka i podziękował
Lehnertowi, zdejmując na chwilę kolejarską czapkę z kanciastej głowy. Porucznik nie zauważył tego. Myślał o starym
elegancie, który zawsze okazywał szacunek miastu Breslau,
niezależnie od tego, w jakiej formie ono istnieje, niezależnie
od tego, kto nim włada, nieważne, w jakiej będzie ono
postaci: prawdziwej, podziemnej czy urojonej. Myślał również o swojej córce, która kilka tygodni temu w niedalekim
Ohlau stała się zdobyczą wojenną ludzi z mongolską fałdą

na czole. Miała tyle samo lat, ile dziewczyna uratowana w Dreźnie przez kapitana Mocka.

Breslau, czwartek 15 marca 1945 roku,
dziewiąta rano

Do podziemnego Hohenzollernplatz, skąd miał prowadzić tunel do piwnicy domu przy Viktoriastrasse 43, dojechali po dziesięciu minutach jazdy w ogłuszającym huku silnika, zwielokrotnionym przez puste korytarze. Nagle ujrzeli prowizoryczny szlaban i nieprzyjazne twarze w hełmach Wehrmachtu. Zakurzony garnitur Mocka i fotografia w legitymacji policyjnej, niewiele przypominająca pierwowzór, wywarły na dowódcy plutonu kapralu Hellmigu zdecydowanie mniejsze wrażenie niż przepustka wystawiona przez kapitana Springsa. Mock – ku irytacji Hellmiga nienawidzącego obcych języków – jako hasło i odzew podał łacińską maksymę *dum spiro spero**. Napisał ją węglem na ścianie korytarza, aby każdy wartownik mógł ją przeczytać, zanim naciśnie spust. Potem przez bardzo niskie, grube stalowe drzwi przeszli linię frontu. Trzask odrzwi był jak wybuch bomby, jak końcowy akord, jak huk więziennej bramy.

Eberhard poczuł ukłucie lęku, kiedy zdał sobie sprawę z tego, że są na ziemi wroga. Przeraziła go cisza, którą zakłócał świdrujący cienki pisk. Zapalił latarkę i obejrzał dokładnie betonowe ściany schronu, w którym się znajdowali. Oprócz drzwi był w tym pomieszczeniu zwykły właz. Franz na znak Eberharda pokręcił zardzewiałym kołowrotem, odchylił grubą stalową pokrywę włazu i po chwili poczuli ruch powietrza, które niosło ze sobą zapach stęchlizny, szczurzych odchodów i smród rozkładającego się ciała

---

* Dopóki oddycham, mam nadzieję.

ludzkiego, przypominający woń przysmażonej marchwi połączoną z siarkowodorowym odorem gazów gnilnych. Eberhard wszedł na wrogi teren, przeciął smugą światła ciemność piwnicy i ujrzał wzdęty gazami brzuch leżącego na plecach żołnierza niemieckiego. Sprawne oko długoletniego policjanta natychmiast dojrzało krew oblepiającą dziurę w głowie, kawałki metalu tkwiące w piersi i w udach, połamane paznokcie i zryty tynk ściany.

– Spóźnił się pewnie podczas odwrotu – szepnął Eberhard do brata, przełknąwszy ślinę. – Jego ludzie już zamknęli właz, a on drapał ścianę, dopóki go nie dosięgnął ruski granat.

Franz nie słuchał, zajęty oczyszczaniem swego zalkoholizowanego organizmu z resztek wódki. Kiedy wydał już ostatnie kaszlnięcie, splunął siarczyście i spojrzał na brata przekrwionymi oczami.

– Scheisse, co tu się stało?

– Tak wygląda front, nie widziałeś nigdy trupa? – zapytał Eberhard i oświetlił napis cyrylicą na ścianie. Pod napisem była strzałka wskazująca niewielkie wzniesienie w klepisku piwnicy. – Uważaj, tu mogli zakopać miny. Ruscy piszą swoim alfabetem. To dla nas jak szyfr. Wiedzą o tym...

Podszedł do drzwi jednej z piwnic. Wisiały na jednym zawiasie.

– Chodź, pomóż mi. – Wskazał drzwi. – Ułożymy je jak barierę, żebyśmy nie wpadli na miny, kiedy będziemy wracać.

Zrobili to, ciężko oddychając. Eberhard przeskoczył ciało, płosząc kilka szczurów. Jeden z nich otarł się o nogawkę spodni Franza, który aż podskoczył z odrazy. Eberhard oświetlił małe stworzenie i przyjrzał mu się uważnie.

– Okręt „Breslau" jeszcze nie tonie, skoro na nim pozostałeś – powiedział cicho do szczura.

Ruszyli przed siebie, świecąc pod nogi. Na klepisku roiło się od pcheł, gdzieniegdzie zapiszczał szczur, z jakichś otwartych drzwi splądrowanej piwnicy wyleciał ze świstem nietoperz i zniknął w ciemnościach. Eberhard szczególnie uważnie szukał wzgórków na klepisku i rosyjskich napisów na ścianach. Oświetlał poza tym wnętrza piwnic i wchłaniał zapach kompotów wylewających się z rozbitych słoików, woń sfermentowanego wina i przegniłych worków. Potykali się o deski, stare koła rowerów i fragmenty mebli. W końcu doszli do końca korytarza. Eberhard zgasił latarkę i po chwili jego oczy przyzwyczaiły się do ciemności. Nie była ona zresztą absolutna. W nieokreślonej oddali czerń piwnicy złamana była bladą poświatą, która wycinała z ciemności kilkanaście równoległych kresek. Eberhard zorientował się po kilku sekundach, że są to krawędzie stopni, na których załamywało się światło padające ze szczytu schodów.

– Jest wyjście z piwnicy – szepnął do brata i ruszył ku poświacie.

Po chwili obaj stali przy wejściu do piwnicy i nasłuchiwali odgłosów z klatki schodowej. Słyszeli jedynie szelest gazet poruszanych przeciągiem i trzaskanie okna na jakimś niskim półpiętrze. Eberhard otworzył drzwi i znaleźli się na krętych schodach, prowadzących na parter budynku. Pokonali je, przykleiwszy się prawie do ściany. Na parterze kamienicy fruwały płachty „Schlesische Tageszeitung". Ogromne tytuły apelowały do niemieckiego patriotyzmu i domagały się ostatecznego odpędzenia bolszewików spod bastionu europejskiej cywilizacji.

Weszli na drewniane schody, po których tańczyły plamy światła ze świetlika wieńczącego dach kamienicy. Opierając się o chybotliwą poręcz, wspięli się na pierwsze piętro. Nagle znów trzasnęło okno pchnięte pędem przeciągu. Uderzenie było tym razem tak silne, że jedna z szybek pękła i jej okruchy pofrunęły z żałosnym brzęczeniem w czeluść szybu wentylacyjnego. Na klatkę schodową wdarło się wściekłe ujadanie sfory psów. Bracia Mock zastygli w oczekiwaniu. Nic się nie wydarzyło. Psy szczekały pod kamienicą, gazety zsuwały się po schodach z łagodnym szmerem.

Mieszkanie numer 7 było otwarte na oścież. Na drzwiach wejściowych krzywe, wymalowane białą olejnicą litery oznajmiały: „Uwaga, tyfus", i straszyły trzema wykrzyknikami. Eberhard się nie przestraszył. Wszedł do środka. Był w zaśmieconym przedpokoju. Rozsypana kasza gryczana zachrzęściła mu pod butami. Drzwi do czterech pomieszczeń były pozamykane. Wiedział, że najbezpieczniej będzie wejść do pokoju naprzeciwko, ponieważ stamtąd znów będzie mógł kontrolować cały przedpokój. Szeptem kazał Franzowi pozostać w drzwiach wejściowych, a sam ruszył ciężkim truchtem naprzód, z przeraźliwym trzaskiem miażdżąc po drodze ziarna kaszy. Wpadł na drzwi lewym ramieniem i znalazł się w małym pokoju, którego okno wychodziło na zalaną słońcem ulicę.

Pokój był pozbawiony sprzętów. Jedynie firanka trzepotała na wietrze wiejącym z rozbitego okna. Eberhard zbladł i wyszedł z pokoju.

– Nie wchodź tutaj – powiedział drżącym głosem.

Franz nie posłuchał go i ruszył w stronę pokoju. Deptał z wściekłością kaszę gryczaną, odpychał rękę brata, przedzierał się przez zasieki jego ramion. „Tam jest coś, co pomoże ci znaleźć mordercę twojego syna" – przekonywał autor listu. W tym pokoju jest coś, co pomoże mi znaleźć mordercę Erwina, myślał Franz i napierał swym ciężkim, kolejarskim, spracowanym ramieniem na drzwi blokowane przez Eberharda. Ten popchnął mocno brata w przeciwną stronę, wszedł z powrotem do pokoju i zamknął się od wewnątrz na klucz, który tkwił w zamku. Pokój był pozbawiony sprzętów. Ale nie był pusty. Jedna z firanek trzepotała na wietrze. Natomiast druga oplatała jakąś leżącą na podłodze postać.

– Otwieraj, sukinsynu! – Franz podniósł głos i załomotał w drzwi.

Eberhard pochylił się i – wbrew zaleceniom naukowej kryminalistyki – zaczął zsuwać firankę z postaci. Nie było to łatwe, ponieważ była ona przyklejona w dwóch miejscach galaretą krwi.

– To nie był twój syn, tylko mój, otwieraj! – Franz tym razem kopnął w drzwi. – Muszę wiedzieć, co tam jest!

W górnej części firanki krew tworzyła okrąg o średnicy około czterech centymetrów. Było to w miejscu, gdzie przykryta tiulem postać mogła mieć usta. Wyglądało to tak, jakby uszminkowano komuś usta krwią, następnie otworzono je na oścież i naciągnięto leżącemu firankę na głowę – wiśniowoczarne „o" odbite na bieli półprzezroczystego materiału.

– Jak nie otworzysz, to rozpierdolę te drzwi – Franz zrozumiał, że krzyki mogą zwabić Rosjan, i mówił spokojnie. Z jego płuc dobywała się jakaś gruba, nigdy wcześniej przez Eberharda niesłyszana nuta.

Zsuwał powoli firankę z ciała. Plama krwi zastygła również w miejscu, gdzie powinno się kończyć przedramię. Czuł, jak pulsuje mu szyja. Nie wytrzymał i – nie dbając o integralność miejsca zbrodni – zdarł całą firankę z ciała.

– Wchodzę – powiedział Franz i runął na drzwi. Z futryny posypało się trochę gruzu i chmurka tynku spłynęła wprost na marynarkę Eberharda.

Eberhard otrzepał się i przyjrzał leżącej postaci. Była to istota płci żeńskiej, naga od pasa w dół. Od pasa w górę spowijał ją zbyt duży, czarny mundur SS. Zdobiły go kolorowe cekiny.

– Otwieraj, proszę cię, Ebi – szeptał Franz do dziurki od klucza.

Istota zamiast ust miała krwawą miazgę. Obok jej głowy leżała butelka z rozbitą szyjką. Na szyjce zasychały plamy krwi. Wiosenny wiatr dmuchnął w okno, istota poruszyła ręką, do której przed chwilą była przyklejona krwią firanka. Uczyniła ruch, jakby chciała pomachać Eberhardowi. Nie mogła tego jednak uczynić. Było to niemożliwe z jednego powodu – nie miała czym machać, jej dłoń została ucięta. Franz runął na drzwi i wpadł do pokoju w aureoli kurzu.

Breslau, czwartek 15 marca 1945 roku,
dziesiąta rano

Kobieta byłaby lekka dla braci Mock, gdyby mieli oni dwadzieścia lat mniej. Ponieważ jednak byli w wieku, który Marcin Luter uznałby za schyłkowy, ciążyła im nieznośnie. Transportowanie jej tylko odrobinę ułatwiały prowizoryczne nosze, sporządzone naprędce z zasłon wiszących w drugim pokoju. Związali je u końców w potężne węzły, które teraz z trudem przyciskali obiema rękami do obojczyków. Nie mogli na niczym zawiesić tego nosidła, na żadnym drągu czy kiju – w mieszkaniu nie było niczego oprócz zasłon, firanek i tapet. Ogołocono je nawet z muszli klozetowej.

Franz szedł z przodu, jego brat – z tyłu, a pomiędzy nimi zakrwawiona kobieta huśtała się jak w kołysce. Przez materiał ściekła druga – jak zauważył Eberhard – kropla krwi. Mocno zaciśnięty nad nadgarstkiem kobiety jedwabny krawat od Amelunga, który miał zapobiec wykrwawieniu, nie spełniał, jak widać, swojego zadania. Kiedy znaleźli się na schodach do piwnicy, Eberhard położył ciało pod drzwiami i ciężko, z lekkim sykiem wciągał powietrze do swych płuc perforowanych przez tytoń od prawie pięćdziesięciu lat. Nie przestając świstać i dyszeć, ruszył do góry i nie reagował na nerwowe szepty brata, który nie rozumiał, po co Eberhard wraca. Kiedy był na poziomie parteru kamienicy, lekko pchnął oszklone wahadłowe drzwi, prowadzące do wejścia głównego. Rozkołysały się oba skrzydła. Przez szparę, która pojawiała się w coraz krótszych interwałach, dostrzegał jedynie bramę otwartą na ulicę i kunsztowną mozaikę, wzorem starorzymskich domów, przedstawiającą szarpiącego się na smyczy psa i napis *Cave canem*. Wszedł do przedsionka i zlustrował uważnie listę lokatorów. Przez chwilę powtarzał sobie cicho jedno z nazwisk.

Nagle usłyszał miękkie dźwięki rosyjskiej mowy i stukot butów na trotuarze. Rzucił się na zimne płytki podłogi dokładnie w tym momencie, kiedy w bramie pojawił się rosyjski patrol. Eberhard, modląc się o łaskę milczenia dla Franza, poczuł na swym policzku śliską maź. Zamknął oczy i usiłował spiąć każdy swój mięsień, by udawać *rigor mortis*. Rosyjscy żołnierze minęli bramę kamienicy i odstukali swój marsz w oddali. Eberhard podniósł się z kałuży oleju i ze zgrozą obserwował ciemne, tłuste plamy, które znaczyły marynarkę i prążkowaną popelinową koszulę.

Cicho minął wahadłowe drzwi i zatrzymał się gwałtownie. Drzwi jednego z mieszkań na parterze otwarły się od przeciągu. Mock podszedł do nich i przez chwilę lustrował przedpokój zawalony krzesłami, a także obrusami wywleczonymi z otwartej na oścież szafy. Na środku przedpokoju stała maszyna do szycia marki „Singer". Zamykając drzwi od mieszkania, zauważył na nich mosiężną tabliczkę „Usługi krawieckie. Alfred Uber", i zszedł na piwniczne schody. Franz pochylał się nad kobietą i coraz natarczywiej zadawał jej jedno pytanie:

– Co ty wiesz o moim synu Erwinie Mocku? Mów wszystko, kurwo jedna!

Eberhard zniżył się do brata i ze zgrozą zauważył, że Franz ściska jej policzki w swych sękatych palcach. Kobieta była jeszcze bardzo młoda. Z jej okaleczonych ust, ściśniętych przez Franza w wąski ryjek, nie dobywało się jednak nic oprócz krwi i śliny. Eberhard odsunął się pod ścianę i zadał cios z góry, trafiając obcasem podzelowanym blaszką w środek kolejarskiej czapki. Franz stoczył się z kilku schodków i uderzył głową o ścianę. Spod złamanego daszka wypłynęła strużka krwi. Eberhard podszedł do brata, podniósł go z kolan i wyszeptał mu do ucha kilka zdań tonem tak słodkim, jakby sączył miłosne zaklęcia:

– Ta kobieta została zgwałcona przez Ruskich, a do ust wepchnięto jej obtłuczoną butelkę. Nie nazywaj jej kurwą, bo cię zabiję. Idziesz ze mną czy nie, ty świński ryju?

– Idę – szepnął Franz i chwycił za swój węzeł kołyski.

Breslau, czwartek 15 marca 1945 roku, jedenasta rano

Aż do stanowiska porucznika Lehnerta nigdzie nie napotkali sanitariuszy, mimo że wzywali ich przez radiostację już z punktu strażniczego kaprala Hellmiga. Eberhard prowadził bardzo wolno motocykl i rozglądał się dokoła. Za nim siedział Franz, a w wózku leżała zwinięta w kłębek dziewczyna, opatulona śmierdzącym smarami kolejarskim szynelem.

W podziemnym mieście błyskały brudnożółte latarnie na ścianach i palniki acetylenowe. W ich świetle Eberhard zauważył dreszcze przebiegające przez twarz dziewczyny. Dodał gazu i zastanawiając się, jak dalece starł nosek swojego eleganckiego włoskiego buta, wrzucił trzeci bieg. Nie zważając na zasadę prawego, która jako jedyna z zasad ruchu drogowego działała w podziemnym Breslau, pędził

42

przez Sadowastrasse ku stanowisku porucznika Lehnerta, gdzie przed godziną widział sanitariuszy. Teraz w tym miejscu nie było nikogo poza wartownikiem.

Eberhard zatrzymał motocykl, sypiąc spod kół obłoki kurzu.

– Wzywaj lekarza! – krzyknął do wartownika. – To rozkaz! – wrzasnął, widząc jego nieskoordynowane ruchy.

Bracia wynieśli w kołysce dziewczynę i ułożyli ją na plecach, zakrywając jej pudenda zasłoną. Opaska uciskowa z krawata lepiła się od krwi. Dziewczyna zajęczała i podniosła powieki. Wpatrywała się przez chwilę w Eberharda. Pod jej delikatną i cienką skórą przebiegł kolejny dreszcz. Źrenice rozszerzyły się gwałtownie. Płuca ciężko pracowały, pompując bąbelki krwi do jej ust. Krew coraz węższym strumieniem zasilała żyły. Na ciało wystąpiły czerwone plamy. Zwieracz odbytu się rozluźnił. Zdrowa dłoń dziewczyny chciała zacisnąć się na łokciu Eberharda. Ten poczuł jedynie lekkie muśnięcie – jakby pieszczotę. Bąbelki krwi pękały na wargach, szorstkich i suchych, serce przestawało pracować. Pochylił się nad dziewczyną. Z jego wyłupiastego oka spłynęła łza. Kiedy dziewczyna umierała, kapitan Eberhard Mock po raz pierwszy dzisiaj nie myślał o swojej zniszczonej garderobie.

Breslau, czwartek 15 marca 1945 roku,
południe

Mock bez pożegnania rozstał się z bratem krótko po wyjściu na powierzchnię. Nie chciał na niego patrzeć, nie zainteresował się tym, dlaczego brat idzie w kierunku kościoła Zbawiciela. Patrzył przez chwilę, jak zgarbiony starzec Franz Mock szura starymi sztybletami po zapiaszczonej kostce ulicy i sunie kamiennym kanionem, wśród wysokich kamienic Gustav-Freytag-Strasse. Spojrzał na zamordowaną dziewczynę, którą jego brat nazwał „kurwą". Jej szczupłe gołe nogi wysuwały się z kołyski, cekiny munduru lśniły w słońcu. Mock splunął gorzką nikotynową śliną i usiadł na krawężniku obok ciała dziewczyny. Mimo niesmaku zapalił ostatniego papierosa, który tkwił w złotej papierośnicy, i zamyślił się głęboko.

Spokoju nie dawały mu dwa pytania, które jak natarczywe osy kłuły jego mózg. Gdyby nie one, dawno już by zgłosił śmierć „dziewczyny z cekinami" odpowiednim służbom, które – podobnie jak Mock – zaklasyfikowałyby to zabójstwo jako kolejny bestialski mord Rosjan, a sam Mock całą sprawę odłożyłby w swej pamięci *ad acta*. Gdyby nie te dwa pytania, wróciłby do domu, wypił szklankę wina, podroczył się z żoną, oddał dozorczyni ubranie do czyszczenia, a sam zszedłby do piwnicy, by przywitać się ze swoimi jedynymi przyjaciółmi. Jednak te dwa pytania dręczyły go nieustannie i kazały mu siedzieć na brudnym krawężniku obok zamordowanej zbrukanej dziewczyny. Rozumiał doskonale, dlaczego Rosjanie przebrali dziewczynę w mundur SS. Ta psychologiczna kompensacja była dla niego jasna jak słońce. Akt gwałtu jest aktem podporządkowania i zwycięstwa gwałcącego nad gwałconym. To dlatego kryminaliści poprzez gwałt rytualny podporządkowują sobie innych więźniów, którzy od momentu największego poniżenia, jakim jest przyjęcie spermy gwałciciela i odegranie roli kobiety, służą gwałcicielowi nie tylko zresztą seksualnie. Mock o tym wszystkim wiedział, ponieważ ciemne sprawy więziennictwa poznał w ciągu prawie trzydziestu lat pracy w policji równie dobrze, jak reakcje swoich dwu żon, kilkunastu kochanek i kilkudziesięciu prostytutek, z którymi zawarł bliższą znajomość. Motyw gwałtu na wrogu był zatem dla Mocka zrozumiały, przebranie kobiety z wrogiego plemienia w najbardziej znienawidzony mun-

44

dur, a potem zgwałcenie jej w tymże mundurze było symbolicznym aktem podporządkowania sobie wroga i zapowiedzią zwycięstwa nad nim. Nie mógł jednak zrozumieć, dlaczego gwałciciele znad Wołgi, do niedawna zwykłe mużyki, dla których niczym dziwnym nie było – według niemieckich wyobrażeń – wychędożenie świni w chlewiku, dlaczego ci barbarzyńcy pracowicie przyszyli – i tu Mock odchylił materiał zasłony i policzył – około dwudziestu cekinów do munduru SS? Czyżby takie wyrafinowanie godne Kaliguli mogło stać się udziałem niepiśmiennych debili, którzy pragnęli spółkować wszystko jedno z kim – z kozą, kobyłą, kobietą czy ze zwiniętym w rulon płaszczem? Mogli oni nosić ze sobą taki wyszywany cekinami mundur i przebierać weń każdą złapaną Niemkę, ale w tym wypadku po dokonaniu gwałtu zdjęliby mundur z dziewczyny, by go użyć przy następnej okazji. Dlaczego mundur był wyszyty cekinami? To było pierwsze pytanie dręczące Mocka.

Zrabowanie wszystkiego, co dało się wynieść z mieszkania, poza zasłonami i firankami, było całkowicie zrozumiałe dla Mocka jako konsekwencja wojny. Zdobywanie łupów wojennych było i przyczyną, i skutkiem większości wojen świata. Dlaczego jednak mieszkanie numer 7 zostało kompletnie ograbione, a w zakładzie krawieckim na parterze Rosjanie nie zainteresowali się ani meblami, ani maszyną do szycia? To było drugie pytanie, które Mockowi nie dawało spokoju.

Przypomniał sobie przedśmiertne spojrzenie dziewczyny. Gdyby mogła wydobyć ze swych zmaltretowanych ust coś więcej niż krwawe bąbelki śliny, pewnie kazałaby Mockowi przyrzec, że złapie mordercę, zmusiłaby go do złożenia obietnicy na zbawienie swojej duszy, że będzie przez całe swoje życie szukał kilku Rosjan, o których nic nie wiadomo poza tym, że lubią cekiny. Mock cieszył się w gruncie rzeczy, że dziewczyna nie mogła mu nic powiedzieć,

45

że umarła w ciszy, ponieważ – gdyby mu kazała – złożyłby uroczystą obietnicę, którą by później złamał, zresztą nie pierwszą i nie ostatnią w swoim życiu.

– Tak, zrobili to Ruscy – powiedział do siebie. – Co z tego, że wyszyli mundur cekinami, co z tego, że obrabowali właśnie to mieszkanie, a zakładu krawca Ubera nie, co z tego, do jasnej cholery? To byli Ruscy. Bolszewicy i barbarzyńcy. Koniec kropka. Koniec śledztwa.

U wylotu Brüderstrasse pojawiła się furmanka. Ciężko zeskoczył z niej gruby kapral, w którym Mock rozpoznał adiutanta porucznika Lehnerta.

– Sprowadziłem dla pana kapitana furmankę – powiedział kapral zasapanym głosem. – Na rozkaz porucznika Lehnerta. Mam panu pomóc wnieść na nią ciało, a furman ma towarzyszyć panu aż do odwołania. Jest opłacony.

– Dziękuję, kapralu...

– Prochotta.

– Bardzo panu dziękuję, kapralu Prochotta. – Mock wstał i z przyzwyczajenia otrzepał rękawy marynarki. – Nie pamiętam, żebym dziś po raz drugi widział porucznika Lehnerta.

– Przyszliśmy z porucznikiem Lehnertem, kiedy ta dziewczyna już nie żyła. Był pan wtedy... – Prochotta szukał właściwego słowa – ...nieobecny duchem... Nawet pan nie słyszał chyba wskazówki porucznika Lehnerta, gdzie należy szukać jej krewnych... Mam ją panu powtórzyć?

– Ładnie pan to powiedział, kapralu. – Mock pochylił się nad ciałem, ręce i nogi dziewczyny ułożył tak, aby nie wystawały poza obręb nosidła, chwycił za jeden węzeł i polecił wzrokiem Prochotcie, by uczynił to samo. – Wszystko słyszałem... Proszę podziękować ode mnie panu porucznikowi.

Ponieśli ciało kilkanaście metrów, a potem rozkołysali je i wrzucili z głuchym stukotem na furmankę. Zarośnięty siwą szczeciną furman z daleka śmierdział alkoholem. Mock spojrzał na niego i przypomniał sobie scenę z szóstej księgi *Eneidy* Wergiliusza. Na pożegnanie kiwnął głową kapralowi Prochotcie, potem chwycił się burty furmanki, stopę oparł na kole i odbił się od ziemi. Wybił się tak mocno, że omal nie wylądował na leżących na podłodze zwłokach. Usiadł na desce opartej o burty wozu. Kiedy woźnica odwrócił się do niego z pytaniem: „Dokąd jedziemy? Na który cmentarz?", Mock wyrecytował Wergiliuszowy opis przewoźnika dusz Charona:

portitor has horrendus aquas et flumina servat
terribili squalore Charon, cui plurima mento
canities inculta iacet, stant lumina flamma,
sordidus ex umeris nodo dependet amictus*.

Woźnica strzelił z bata i furmanka powoli ruszyła przed siebie. Woźnica niczemu się nie dziwił.

Breslau, czwartek 15 marca 1945 roku,
trzecia po południu

Woźnica Otto Taraba uznał swojego klienta za zupełnego wariata, kiedy ten najpierw kazał mu jechać na Zwingerplatz, gdzie zniknął w jednej z bram, by po kilkunastu minutach pojawić się w błyszczących oficerkach i w nienagannie dopasowanym mundurze policyjnym. Otworzył papierośnicę i poczęstował Tarabę nieznanym mu dotąd gatunkiem tytoniu, który niewiele miał wspólnego z tym,

---

* Tych wód i rzek strażnikiem jest groźny przewoźnik Charon – plugawy, brudny, zmierzwiona, siwa broda mu spływa na piersi, oczy goreją ogniem, z ramion zwisa zabłocona opończa, grubym sznurem przewiązana. Vergilius, *Aeneis*, 6, 298–301. Cyt. za: Wergiliusz, *Eneida*, przeł. Wanda Markowska, Warszawa 1987, s. 84.

czym Taraba codziennie nękał swe płuca. Następny adres brzmiał – obóz zbiorczy na Bergstrasse.

Dojechali tam po trzech kwadransach. Mock legitymował się przed dowódcami kolejnych patroli żandarmerii polowej. Dojazd na Bergstrasse trwał tak długo, bo żaden z oficerów i podoficerów, przed którymi Mock musiał się tłumaczyć, nie słyszał o jego wyczynie opisywanym szeroko przez prasę, a poparzona twarz kapitana okazywała się w takich momentach nie przepustką, lecz wzbudzającą podejrzliwość przeszkodą. Nie ułatwiały też podróży kolejne alarmy przeciwlotnicze, podczas których Mock i jego przewoźnik kryli się pod wozem, stary koń zaś – ku zdziwieniu ich obu – reagował na wycie syren, huk samolotów i wybuchy bomb równie obojętnie, jak przewożony przez niego ładunek.

Po ominięciu barykad i stanowisk obronnych, których nie brakowało zwłaszcza w okolicach Dworca Fryburskiego, furmanka zajechała wreszcie w boczną uliczkę; po prawej stronie biegł wysoki mur fabryki maszyn Lindnera. Po przeciwnej stronie, w dawnym azylu dla bezdomnych, znajdował się obóz zbiorczy. Prowadziła do niego brama zwieńczona napisem „Arbeit macht frei". Mock wylegitymował się przed znanymi mu z widzenia policjantami i zgłosił chęć rozmowy z ich dowódcą. Bez zbędnej zwłoki został wpuszczony za bramę. Na dużym placu apelowym rozejrzał się dokoła. Kilkanaście drewnianych baraków stało wokół brudnej sadzawki, obok której dwaj sztubowi rozmawiali cicho po polsku i oczyszczali jakiś siennik z wszy i pluskiew. Robactwo pływało po powierzchni wody i Mock miał wrażenie, że sadzawka ożyła. Wyobraził sobie, że pluskwy dostają się do stojącej obok studni. Z niesmakiem odwrócił wzrok i zlustrował osobliwy schron obok sadzawki. Był to wykopany w ziemi dół, przykryty wiklinowymi koszami tworzącymi jakby dach.

Jeśli przed czymś ten schron mógł osłaniać, to jedynie przed odłamkami. Kiedy zapadała cisza, wyraźnie było słychać dźwięki rosyjskiej mowy, dobiegajace z megafonów ustawionych dwa kilometry dalej, za torami kolejowymi przy klasztorze Elżbietanek. Byli na linii frontu.

Obserwacje i refleksje Mocka przerwał młody policjant w mundurze ozdobionym pagonami z dystynkcjami podporucznika.

– Podporucznik Hermann Schmoll, adiutant komendanta Gnerlicha – przedstawił się, trzaskając obcasami i wyrzucając w górę prawe ramię. – W czym mogę pomóc, kapitanie?

– Tu będziemy rozmawiali? – zapytał Mock, odpowiadając hitlerowskim pozdrowieniem.

– Niestety nie mogę pana zaprosić do baraku komendanta, ponieważ ma on ważnych gości, a pan nie był umówiony. – Porucznik Schmoll wyraźnie się zakłopotał. – Może usiądziemy w gabinecie lekarskim? Albo może w wartowni? Jak pan kapitan wie, nasz obóz jest bardzo mały... Nie ma tu odpowiednich pomieszczeń... Już wiem! – klasnął w dłonie. – Porozmawiamy w baraku sanitarnym.

– Mały i niegroźny obóz zbiorczy, co, poruczniku? – ironizował Mock. – Trzymacie tu jedynie kilku Polaków z powstania w Warszawie...

– O skazanych może pana poinformować tylko komendant. – Schmoll wydął policzki. – Nie zostałem upoważniony do udzielania takich informacji. Proszę. – Uczynił nieokreślony ruch ręką. – Chodźmy do baraku.

Poszli bez słowa wzdłuż drutów kolczastych. Nad barakiem, do którego się zbliżyli, powiewała biała flaga z czerwonym krzyżem. Świetny drogowskaz dla bomb, pomyślał Mock. Wypielęgnowany trawnik dokoła baraku kojarzyłby się Mockowi raczej z sanatorium, gdyby nie kolczaste druty i klatki, w których rzucały się wściekle owczarki niemieckie. W tymże baraku – jak głosiła przymocowana doń tablica – mieściła się siedziba komendantury obozu. Obok stała wartownia, obsadzona kilkoma policjantami. Do nozdrzy Mocka doszła przenikliwa, cuchnąca woń. To z otwartych baraków zionęło ekskrementami i wilgotnym, zaczadzonym powietrzem. Oprócz piętrowych prycz wewnątrz znajdował się tam drewniany stół, ławki i mały żelazny piec.

Mock odwrócił wzrok i wszedł za swym przewodnikiem do baraku z czerwonym krzyżem. W niewielkiej klitce stał mały stół, dwa krzesła i policjant, który nudził się w kącie. Schmoll natychmiast go odprawił. Na ścianie wisiał oprawiony w ramy plakat wzywający do zaciemniania okien. O szyby biła gałązka zaschniętego czarnego bzu. W oknie mignął jakiś mężczyzna ubrany w szary garnitur i kapelusz tegoż koloru.

– Będę mówił krótko. – Mock oparł brodę na pięści. – Dziś na moich rękach zmarła młoda dziewczyna. Muszę o jej śmierci powiadomić kogoś, kto jest osadzony w tym obozie.

– Już panu mówiłem, kapitanie – Schmoll założył nogę na nogę – że nie udzielam informacji...

– Ja wcale nie żądam od pana informacji – powiedział spokojnie Mock. – Ja tylko chcę się zobaczyć z więźniarką Gertrudą von Mogmitz. Każdy w Breslau wie, że hrabina siedzi w tym obozie...

Porucznik zamyślił się. Jego długie, wypielęgnowane palce zagrały na blacie stołu fragment etiudy Brahmsa.

– Nie może się pan widzieć z osadzoną von Mogmitz – powiedział melodyjnym głosem Schmoll. – Wszelkie decyzje dotyczące tej osadzonej podejmuje osobiście pan komendant, SS-Obersturmbannführer Hans Gnerlich. To zrozumiałe... Jest ona wyjątkowo niebezpieczna...

– To idź, kretynie, do twojego Pana Boga i powiedz mu, że w mieszkaniu Rüdigera i Gertrudy von Mogmitz na Viktoriastrasse znalazłem zgwałconą przez Ruskich dziewczynę

– Mock słowa te cedził bardzo wolno. – I że ta dziewczyna zmarła mi po godzinie na rękach. Potem ją tutaj wiozłem przez całe miasto... Rusz zatem dupsko i przekaż komendantowi te oto słowa: albo mi pozwoli na identyfikację zwłok, czyli na rozmowę z hrabiną von Mogmitz, albo zostawię wam trupa w sadzawce na środku placu apelowego...

Schmoll nadąsał się i wyszedł bez słowa. Poszedł w kierunku drzwi z szyldem „Komendantura obozu". Mock odetchnął. Wiedział, że nie zrealizowałby swojej groźby. Chwytając ludzi w kleszcze szantażu, nigdy wcześniej nie blefował. Ale wszystko się zmieniało i psuło. Nawet jego słynne imadło szantażu – ulubiona metoda postępowania z ludźmi w ciągu trzydziestu lat pracy w policji – w obozie Breslau-Bergstrasse nie działało.

Breslau, czwartek 15 marca 1945 roku,
wpół do czwartej po południu

Przez pół godziny nikt Mocka nie wyprosił z pokoju widzeń, a zatem było wielce prawdopodobne, że Schmoll wystraszył się groźby, choć była nierealna, i postanowił całą sprawę zreferować szefowi. Było też bardzo możliwe, że bał się narazić wysokiemu funkcjonariuszowi kripo, było nie było – starszemu rangą oficerowi. Mock spacerował po pokoju i w końcu tak go zirytował plakat, na którym kostucha siedząca na nieprzyjacielskim samolocie z góry raziła bombą oświetlony dom, że wyszedł z baraku. Furman, który go tu przywiózł, znudził się czekaniem, przyciągnął furmankę blisko bramy, wyprzągł konia i pozwolił mu wyjadać obrok z worka. Mock doskonale widział zielony plusz zasłon spowijających ciało dziewczyny. Mijały minuty, dopalały się kolejne papierosy, woźnica drzemał na koźle, obudzone wiosennym słońcem muchy zlatywały się do ciała dziewczyny, a katiusze znaczyły niebo swoimi ogonami. W oddali, mniej więcej nad Prezydium Policji przy miejskiej fosie, wykwitła ogromna kita czarnego dymu. Ciekawe, w co trafili, zastanowił się Mock i wpadł na osobliwy pomysł: dlaczego jeszcze nikt nie zorganizował zakładów – co zostanie najpierw zniszczone, a co później, która kobieta zostanie najpierw zgwałcona, a która później, czy Breslau padnie w marcu czy w kwietniu?

Nagle do Mocka podszedł mężczyzna w szarym garniturze, ten sam, którego kapitan zauważył podczas rozmowy ze Schmollem. Około czterdziestki, gładko ogolony, krawat źle dobrany, rejestrował Mock, garnitur z dobrej wełny, ani strażnik, ani więzień, zatem kto?

– Profesor filozofii Rudolf Brendel – powiedział cicho mężczyzna, jakby czytał w myślach Mocka. – Niech pan wejdzie z powrotem do baraku, wyprosi stamtąd strażnika, uchyli okno na dziedziniec i stanie obok. Jestem przyjacielem hrabiny Gertrudy von Mogmitz.

– Wreszcie – szepnął do siebie Mock – wreszcie ktoś, kto być może zidentyfikuje zmarłą, zanim zlecą się do niej wszystkie muchy z Breslau.

Zrobił tak, jak mu polecił dziwny rozmówca, i po chwili strażnik obdarzony przez Mocka papierosem ćmił go spokojnie w drewnianej wygódce za barakiem, a sam Mock stał w pokoju widzeń przy ledwo uchylonym oknie i uważnie słuchał tego, co mówił mu profesor filozofii Rudolf Brendel, który wlazł między rabaty okalające barak.

– Słyszałem od Schmolla, że chce pan się widzieć z hrabiną. To niemożliwe. Może pan się widzieć tylko ze mną.

– Nie chcę rozmawiać z panem, lecz z hrabiną. Dlaczego miałbym rozmawiać z panem? Ona jest Mojżeszem, a pan Aaronem? – Mock czuł się osobliwie, kierując pytania do ściany.

– Jestem jej przyjacielem – zza okna dobiegła szybka odpowiedź. – I jedynym człowiekiem, który jest łącznikiem pomiędzy nią a światem zewnętrznym. A pan kim jest, kapitanie, i czego pan chce od hrabiny?

Mock, zanim odpowiedział, zamyślił się głęboko. Trwało to dłuższą chwilę. Nie miał najmniejszych wątpliwości, że rozmawia z szaleńcem. Po co mu ta rozmowa? Co jest tak ważne, aby tracić cennego papierosa na rzecz strażnika z pokoju widzeń – czerwonogębego prostaka (sądząc po wymowie – z Zagłębia Ruhry), który trzyma teraz ostatniego z zapasu astorów między kciukiem a palcem wskazującym i dmucha w kiblu niczym parowóz? Identyfikacja, pomyślał, chcę ją zidentyfikować lub oddać do bezimiennej mogiły. Nie chcę więcej widzieć jej rozerwanych ust, zaschniętej krwi na łonie i ścięgien wystających z odciętego przegubu. Rozmawiam z tym wariatem, bo jest to jedyna osoba, która w ogóle chce rozmawiać ze mną w tej sprawie.

– Identyfikacja zwłok – powiedział Mock. – Oto, co mnie tutaj sprowadza.

– Co ma z tym wspólnego hrabina?

– Zwłoki znalazłem w jej mieszkaniu na Viktoriastrasse – uprościł znacznie Mock.

– Mężczyzna? Kobieta? W jakim wieku? – zza okna dobiegły szybkie pytania.

– Młoda kobieta, około dwudziestu lat.

Zapadła cisza. Żadnej reakcji Brendla. Mock wychylił głowę przez okienko. Nikt nie stał już wśród krzewów i rabatek. Mock drgnął. Ktoś dotknął jego ramienia. Profesor Brendel był w pokoju widzeń i patrzył na niego przerażonym wzrokiem. Jego twarz pokrywały chorobliwe wypieki.

– Może mi ją pan pokazać? – zapytał Brendel.

Breslau, czwartek 15 marca 1945 roku,
trzy kwadranse na piątą po południu

Woźnica Otto Taraba leżał na swoim wozie, obok trupa, i kurzył najtańszy tytoń, napawając się ciepłem wiosennego popołudnia. Podobnie jak jego stara kobyła całkowicie zobojętniał na wszystko, co przerażało ostatnich mieszkańców twierdzy Breslau – w Rosjanach widział jedynie tych, którzy dadzą mu więcej zarobić, produkując większą liczbę zabitych, swoich rodaków zaś, ginących na obrzeżach miasta, przeliczał wyłącznie na wódkę i tytoń – bo tylko taką zapłatę uważał za najpewniejszą w trudnych dzisiejszych czasach. Obecny kurs był wyjątkowy, bo Taraba podjął się go, otrzymawszy normalne honorarium – w jednostkach monetarnych. Do pełni szczęścia brakowało mu jeszcze dwudziestu flaszek bimbru i dlatego stawał się mniej wybredny w kwestii zapłaty. Kiedy już osiągnie liczbę czterdziestu butelek, położy się na swym starym wozie i będzie pił wiele dni, przerywając tę błogą czynność podrzucaniem obroku starej kobyle. Wtedy już mu będzie wszystko jedno. Przed laty ustalił, że wakacje są wtedy, gdy w jego stajni zgromadzi się czterdzieści flaszek wódki, co nie było wcale łatwe, zważywszy na bieżące zużycie.

Zobaczywszy, że jego pasażer zbliża się do zasieków z jakimś cudakiem w szarym garniturze, woźnica Taraba podniósł się nieufnie z wozu i gryząc w zębach trawkę, przyglądał się wojskowemu ze spaloną gębą, który wykonywał jakieś gwałtowne ruchy. Byli koło dwudziestu metrów od wozu.

– Co jest? – krzyknął Taraba.

– Odsłoń i pokaż jej twarz temu panu – odkrzyknął stary oficer.

Taraba wymacał głowę trupa i zdjął z niej zasłonę. Potem chwycił dziewczynę za włosy i wyciągnął głowę poza krawędź wozu. Cudak w szarym garniturze oparł się gwałtownie o budkę wartowniczą, stary oficer machnął ręką, woźnica upuścił trupa z powrotem na deski swego karawanu, położył się na wozie obok trupa i zaczął kontemplować osobliwe dźwięki rosyjskiej mowy, które – wzmocnione megafonami – dobiegły bardzo wyraźnie zza linii frontu.

Breslau, czwartek 15 marca 1945 roku,
piąta po południu

Profesor Brendel opierał się dalej o budkę strażniczą. Twarz miał prawie tak szarą jak ubranie. Oddychał szybko i gwałtownie.

– Kto to jest? – zapytał spokojnie Mock.

– Panna Berta Flogner, siostrzenica hrabiny, sierota – Brendel w końcu zaczerpnął tchu. – Ukochana przez nią jak prawdziwa córka, której Bóg jej odmówił w swej nieodgadnionej mądrości.

Mock odetchnął. Zmarła została zidentyfikowana. Teraz już czas do domu, do żony, do żeberek pływających w sosie pomidorowym, do cudownego aromatu astorów, które były produkowane w Berlinie i kosztowały w związku z tym krocie na czarnym rynku. Teraz tylko zrzucić to bezwładne ciało w pył placu apelowego i odjechać stąd na Zwingerplatz, a tam wypić kilka kieliszków gdańskiego goldwassera i odwiedzić w piwnicy małych przyjaciół. Nieważne, kim jest ten wariat w szarym garniturze i co tu robi, nieważne, kim jest tajemnicza hrabina, którą Schmoll określił jako „osobę nadzwyczaj niebezpieczną", ważne jest tylko to, że pannę Bertę Flogner zgwałcili i zabili Ruscy, oraz to, że została zidentyfikowana.

Mock zostawił płaczącego pod ścianą profesora Brendla i ruszył wzdłuż baraku z czerwonym krzyżem. Chciał wejść na plac apelowy, by udać się do wartowni, lecz wewnętrzna brama, odcinająca baraki więźniów od baraku komendanta, była zamknięta. Strażnik nie kwapił się wcale z otwieraniem i patrzył gdzieś ponad głową Mocka. Dobiegły go tylko krótkie, urywane słowa:

– Chciał się pan ze mną widzieć, kapitanie Mock... Czym mogę panu służyć? Obergruppenführer SS Hans Gnerlich do usług. Pan nie musi się przedstawiać...

Mężczyzna wypowiadający te słowa był potężnie zbudowany. Czarny mundur SS leżał na nim jak na manekinie. Wysunięta szczęka ocieniona była smugą mocnego zarostu. Małe, głęboko osadzone oczy błyszczały pod szpakowatą strzechą włosów wymykających się spod czapki. Szpicruta wyginała się na błyszczącej cholewie oficerek. Owczarek niemiecki warował grzecznie u stóp pana. Obok swego szefa stał porucznik Schmoll, wbijał wzrok w swoje buty i był równie grzeczny jak pies komendanta.

– To zaszczyt, że pan sam się pofatygował. Chciałem zidentyfikować ciało młodej dziewczyny, panie komendancie. – Mock poczuł zniechęcenie na myśl, że musi już po raz trzeci opowiadać wypadki dzisiejszego dnia. – Znalazłem ją zgwałconą w mieszkaniu na Viktoriastrasse. Żyła jeszcze godzinę...

– To ciekawe, co pan mówi, Hauptsturmführer – powiedział Gnerlich. – Ale pozwolę sobie zauważyć, że Viktoriastrasse znajduje się bodaj od soboty w rękach rosyjskich. Jak pan tam się dostał? Czyżby nowy komendant twierdzy wydał stałą przepustkę oficerowi zawieszonemu w obowiązkach?

– Jestem rosyjskim szpiegiem – odparł Mock.

Gnerlich roześmiał się głośno. Jego pies i adiutant poruszyli się niespokojnie.

– Świetny dowcip, Hauptsturmführer! Przedni żart! – wykrzyknął Gnerlich i dodał jadowitym tonem: – Rozumiem, że wyżsi oficerowie SS i policji czasami zaplączą się za linię wroga, ale proszę mi jeszcze powiedzieć, czemu zawdzięczam pańską wizytę?

– Nazwiska właścicieli mieszkania sprawdziłem na liście lokatorów. Rüdiger i Gertruda von Mogmitz. Jak każdy mieszkaniec Breslau, znam losy generała von Mogmitz i jego małżonki... Wiem, co się stało z generałem i z jego żoną po zamachu na Führera. Nie byłem jednak dobrze poinformowany... Wiedziałem, że hrabina von Mogmitz przebywa w jakimś obozie w Breslau, ale nie wiedziałem, że na Bergstrasse. O tym dowiedziałem się dzisiaj całkiem przypadkowo od pewnego oficera, który był świadkiem śmierci jej siostrzenicy...

– Skąd pan wie, że zgwałcona to jej siostrzenica?

– Powiedział mi to ten oto pan – Mock wskazał głową na Brendla, który wynurzył się spośród krzewów okalających barak medyczny. – Jak się dowiedziałem, jest on przyjacielem hrabiny...

– Szmaty, nie hrabiny! – wrzasnął Gnerlich. – Ostatniej szmaty, bo jak inaczej można nazwać zdrajczynię ojczyzny?! Od pana słyszę tylko te przeklęte tytuły! Generał, hrabia, hrabina... Nie wie pan, że ten podły zdrajca został przed rozstrzelaniem zdegradowany do stopnia szeregowca, a ta wściekła suka była angielskim szpiegiem, ostatnim wycieruchem w sypialniach lordów?! Mówmy zatem o szeregowcu von Mogmitz i kurwie von Mogmitz.

– Milcz, chamie! – Brendel miał równie mocny głos jak Gnerlich. – I nie waż się powiedzieć złego słowa o pani hrabinie, famulusie, marny kamerdynerze! Czemu nie szczekałeś kiedyś tak zajadle, ty świnio? Co, nie wiedział pan? – zwrócił się do Mocka. – Ten cham był kamerdynerem von Mogmitzów w ich majątku w Kanthen. Nie raz i nie dwa podawałeś mi, kmiocie, konfitury i leguminę. Kłaniałeś się w pas i krzywiłeś się w uśmiechu...

– Dziwi pana jego zachowanie, kapitanie Mock? – Gnerlich roześmiał się drwiąco. – Mnie nie dziwi, bo go już długo znam. To wariat, ale wariat, którego nie mogę oddać do eutanazji ani nawet obić po pysku szpicrutą... Muszę go tolerować, kapitanie Mock, dopóki ogranicza się do słów... A dlaczego? Przedstawił się panu jako Rudolf Brendel, profesor filozofii, prawda? Dlaczego nie powiedział po prostu „profesor Brendel"? Bo mógłby go pan pomylić z jego ojcem, Rudolfem Brendlem starszym, profesorem fizyki i inżynierem, twórcą nowego pocisku przeciwpancernego z utwardzanym rdzeniem uranowym. Muszę go znosić, kiedy tu się kręci, kiedy mnie obraża... Czekam na jeden tylko jego wrogi gest dłonią, na próbę ataku... Wtedy go zabiję... Bo ja tu rządzę... A on jedynie może przebywać za tą bramą, w baraku sanitarnym... Nie ma prawa wstępu na teren obozu, tam ja rządzę... Pokazać panu, jak rządzę?

– Wiem, że pan tu rządzi – powiedział Mock zmęczonym tonem. – Pan profesor Brendel junior zidentyfikował zwłoki... Ja swoje zadanie spełniłem... Proszę mi pozwolić opuścić pańskie królestwo, komendancie...

Gnerlich nie słuchał Mocka. Dał znak porucznikowi Schmollowi, a ten pobiegł w stronę bramy prowadzącej do obozu. Gnerlich uderzał nerwowo szpicrutą o ziemię, pies zatańczył wokół swojego pana i przysiadł nerwowo obok lśniących oficerek. Włochaty ogon wzbijał obłoczki kurzu. Gnerlich uśmiechał się szeroko do Mocka, uśmiechał się do Brendla, uśmiechał się również do czterech żołnierzy i swojego adiutanta, którzy ciągnęli po piaszczystym podwórzu wyrywającą się i krzyczącą kobietę w brudnej sukience, uśmiechał się do krępej strażniczki, która kopniakiem przepchnęła więźniarkę przez bramę, uśmiechnął się nawet do psa, gdy ten rzucił się więźniarce do gardła.

– Oto pani hrabina. – Gnerlich oddał Schmollowi psa i swoją czapkę. Jego długie szpakowate włosy zjeżyły się na ciemieniu. – Powiedziałeś, Mock, że albo z nią pogadasz, albo zostawisz nam trupa w sadzawce, co? Gadaj zatem! Tylko nie wiem, czy ona coś ci powie...

Mówiąc to, wymierzył kobiecie cios nogą w brzuch. Hrabina zwinęła się na ziemi, chwytając się za podbrzusze. Zlepione włosy całkiem zasłoniły jej twarz. Gnerlich świsnął szpicrutą. Mock nie zauważył, gdzie trafił. Brendel ruszył na Gnerlicha z wściekłym wrzaskiem.

– Nie rób tego – jęknęła kobieta i odgarnęła włosy z czoła. – Rudi, błagam, niech pan tego nie robi! On tylko na to czeka, żeby pana zabić...

Brendel zatrzymał się, opadł na kolana i zacisnął pięści. Żołnierze skierowali w jego stronę swoje mauzery. Brendel łkał całą piersią. Gnerlich spojrzał na Mocka i uśmiechnął się.

– Widzisz, kto tu rządzi, Mock? – powiedział i naskoczył na leżącą kobietę obiema nogami.

Obcasy oficerek zadudniły po jej żebrach. Gnerlich potknął się i omal nie przewrócił. Dla utrzymania równowagi podparł się dłonią. Wolno zacisnął pięść. W jego rękawiczce znalazła się garść piasku. Pochylił się nad hrabiną von Mogmitz i podniósł ją za włosy. W szeroko otwarte oczy i usta sypnął piaskiem. Szrama na czole po uderzeniu szpicrutą zrobiła się szara od pyłu.

– Masz, kurwo jedna. – Gnerlich schylił się, by znowu nabrać piasku. – Lubisz to, co? No żryj, kurwo jedna!

Mock zamknął oczy i zobaczył swojego brata Franza, jak szepcze wściekle do zgwałconej dziewczyny: „Mów wszystko, kurwo jedna". Zobaczył też swój podbity blaszką obcas – jak trafia Franza w środek głowy. Zobaczył poszarpane ścięgna Berty Flogner, zobaczył też swój krawat od Amelunga nasiąkający krwią, poczuł ostatnią pieszczotę zdrowej ręki panny Flogner i ruszył na Gnerlicha.

59

Seria z karabinu maszynowego osadziła go na miejscu. Stanął i patrzył w oczy Gnerlicha. Niedługo je widział. Po pierwszym zadanym ciosie zobaczył niebo nad Breslau. Drugie uderzenie sprawiło, że poraniona twarz kapitana zanurzyła się w suchej warstwie piachu. Kątem oka dostrzegł, jak krępa strażniczka czule i troskliwie ociera z potu twarz Gnerlicha.

– Widzisz, Mock, kto tu rządzi? – Gnerlich odgonił strażniczkę jak natrętną muchę. – Już nie ty... Zostałeś zawieszony w obowiązkach, staruchu... Jesteś nikim w tym mieście... Won z tego miasta! Ono już nie twoje! Zostaw nam trupa na placu, a moje psy będą miały żarcie.

Mock leżał w pyle, hrabina von Mogmitz gryzła ziemię, Gnerlich glancował buty, Brendel płakał, a zza drutów patrzył na nich pijany woźnica Taraba.

Breslau, czwartek 15 marca 1945 roku,
wpół do siódmej wieczór

Doktor Lasarius miał ponad siedemdziesiąt lat, z których dziesięć przepracował jako lekarz kontraktowy w Kamerunie, a prawie czterdzieści – jako medyk sekcyjny w Instytucie Lekarsko-Sądowym przy Auenstrasse. Przez te wszystkie lata dość często widywał na swoim stole trupy zgwałconych kobiet. Jednak tak makabrycznego gwałtu jeszcze nie widział. Dzisiejszego popołudnia po oględzinach wielokrotnie zgwałconej ofiary zbiegły się w jego umyśle najgorsze afrykańskie i rodzime wspomnienia. Kobieta leżąca na jego stole rozdarta była prawie na pół. To był akcent rodzimy, gestapowski. Akcentem afrykańskim były natomiast równoległe rany, jakie widywał w Kamerunie u ofiar członków sekty „ludzi-lampartów". Rany pokrywały cały bok ofiary.

Lasarius poprawił gumowy fartuch i wsunął do pochwy zmarłej metalowy wziernik. Następnie podkręcił małą śrubę, która umożliwiła mu badanie. Pochylił się nad ofiarą. Wewnątrz jej ciała coś zamigotało. Szczypcami wyjął kawałek zielonego szkła. Pokręcił jeszcze raz śrubą, aby umożliwić sobie dokładniejsze badanie.

– Gawlitzek! – krzyknął do swojego pomocnika. – Dawaj tu większy wziernik! I rozetnij ją dokładnie, do samego podbrzusza, rozumiesz?

– Robi się, panie doktorze – mruknął stary pomocnik i przydreptał z podobnym trójkątem, lecz większym. Potem pociągnął nożem po skórze – ku wzgórkowi łonowemu.

Lasarius pochylił popstrzoną brązowymi plamami łysinę nad kobietą, a swe naznaczone bielmem odczynników dłonie zanurzył tam, skąd – jak by to napisał poeta – już nie wyjdzie żaden prorok. Pod metalem szczypiec poczuł jakiś twardy przedmiot. Serce zabiło mu mocno. Podkręcił wziernik i wsunął szczypce głębiej. Ześlizgiwały się po jakimś gładkim przedmiocie. Po chwili lekko zazgrzytały i na czymś się zacisnęły. Wysunął je i spojrzał na przedmiot, który uchwycił. Doktor Siegfried Lasarius widział już niejedno w Kamerunie i w Breslau. Czegoś takiego jednak nie widział. W pochwie kobiety znajdowała się zakrwawiona szyjka butelki z porcelanowym zamknięciem. Jej poszarpane brzegi pokryte były drobnymi skrzepami.

Lasarius wstał i podjął decyzję, która była dla znającego go od lat krojczego Gawlitzka czymś kuriozalnym, czymś, co nigdy się jeszcze – jak daleko sięgał Gawlitzek pamięcią – nie wydarzyło w Instytucie Lekarsko-Sądowym. Jeszcze nigdy bowiem doktor Lasarius nie zostawił sekcji zwłok do następnego dnia. Doktor, ciężko oddychając, powiedział:

– Dokończymy jutro, Gawlitzek. Źle się poczułem. Idź do domu!

– Tak jest, doktorze. Do widzenia – mruknął Gawlitzek i wyszedł z prosektorium.

Lasarius narzucił na zwłoki podgumowane prześcieradło i również opuścił swoje miejsce pracy. Ręce umył dokładnie mydłem marsylskim, a potem odkaził je spirytusem. Zamknął prosektorium na klucz, który rzucił dwóm dyżurnym siedzącym przy wejściu głównym. Sam udał się wolno po schodach do swojego gabinetu. Przez szpary w drzwiach wciskał się swąd dymu z komina pobliskiego krematorium. Usiadł przy ogromnym biurku i ciężko oddychał. Po chwili w jego odbarwionych palcach znalazła się mała kartka z numerem telefonu. Lasarius wykręcił ten numer i kiedy usłyszał męski głos, powiedział:

– Stało się, Sturmbahnführer. Znowu stało się to, o czym pan mówił.

– Proszę milczeć, doktorze. Proszę pamiętać o swojej córce.

Breslau, czwartek 15 marca 1945 roku,
siódma wieczór

Kapitan Mock i profesor Brendel siedzieli w jednej z ostatnich czynnych w Breslau knajp, która oficjalnie była bunkrem przeciwlotniczym. Była to piwnica restauracji „Schlesierland" przy Gartenstrasse. Jej prawny właściciel, przedwojenny restaurator Artur Bittner, oraz jego cichy wspólnik, dowódca jednego z batalionów Volkssturmu Heinz Frank, nieszczególnie dbali o ostatnich klientów, którzy byli na tyle zamożni, aby kapitulacji twierdzy Breslau doczekać w stanie kompletnego upojenia, i na tyle ustosunkowani, aby nie przejmować się patriotycznym obowiązkiem pracy. Byli wśród nich oficerowie po cywilnemu, którzy chcieli tu odpocząć od wydawania bezcelowych

rozkazów, wojenne wdowy i niewdowy, tak zwane narze-
czone z twierdzy Breslau, które swymi wdziękami wywinę-
ły się od styczniowej ewakuacji i teraz dzięki nim zdoby-
wały przywilej niepracowania lub miskę zupy dla chorego
dziecka, właściciele firm pogrzebowych i duchowni bez
oznak swego duchowieństwa. Ci ostatni topili w trunkach
rozterki teologiczne i podejmowali wszystkie tematy oprócz
filozoficznych i politycznych. Goście tłoczyli się w ciasnej,
zadymionej piwnicy i wodzili pijanym wzrokiem po sobie.
Najczęściej w milczeniu słuchali wojennych ballad śpiewa-
nych z akompaniamentem rozstrojonego akordeonu albo
na migi ustalali ceny wdzięków narzeczonych z twierdzy
Breslau. Właściciele knajpy, nie mając prawie w ogóle kon-
kurencji, nie dbali ani o jakość podawanych trunków, ani
o uprzejmość obsługi.

Kapitan Mock i profesor Brendel raczyli się nader obficie wytrawnym likierem ziołowym „Rübezahl" i zagryzali
mocno naczosnkowanym pasztetem z zająca. Mogło to
świadczyć o wielkiej przenikliwości masarza, który chciał
swój towar sprzedawać jak najdłużej i wytłumić dzięki tym
przyprawom inne wonie, niemiłe dla kupujących.

Obaj mężczyźni, poniżeni dziś dotkliwie przez Gnerlicha, nie zwracali specjalnej uwagi ani na posiłek, ani na
kelnera, który podał im zakąski z taką siłą, że kawałek pasz-
tetu stoczył się z półmiska na poplamiony piwem obrus.
Siedzieli w milczeniu i żaden z nich nie wiedział, jak najdelikatniej zadać drugiemu pytania, które każdego z nich
bardzo nurtowały. Po oddaniu ciała Berty Flogner w bardzo ostatnio spracowane ręce medyka sądowego, dobrze
znanego Mockowi doktora Lasariusa, spojrzeli po sobie
i – jakby na komendę – zacisnęli mocno zęby. W głowie
Mocka aż huczało od pytań i wątpliwości, lecz zdał sobie
sprawę, że – stawiając je – wejdzie zbyt głęboko w sprawę,

która była bardzo prosta i zakończyła się wraz z identyfikacją zwłok. Profesor Brendel pierwszy przerwał milczenie.

– Dlaczego pozwolił pan tak sobą poniewierać?

– Jestem katolikiem – uśmiechnął się Mock drwiąco, kiedy stłumił już w sobie chęć zrugania ciekawskiego profesora. – Kiedy mnie uderzył w jeden policzek, nadstawiłem drugi.

Na profesorze Brendlu odpowiedź ta wywarła ogromne wrażenie. Oparł ręce na ramionach kapitana i wyszeptał:

– Naprawdę pan tak uważa? To cudownie! Myślałem, że dziś już nikt nie traktuje literalnie wskazówek Biblii. Musimy o tym koniecznie porozmawiać...

– Tutaj będziemy o tym rozmawiać? – zapytał Mock i rozejrzał się znacząco dokoła. Dzielne hordy obrońców twierdzy obracały w perzynę kamienice przy Kaiserstrasse. W Auenstrasse wdzierał się czarny, lepki obłok sadzy.

– Szybko, chodźmy z powrotem do prosektorium. To najlepsze miejsce na takie rozmowy...

– Znam lepsze – powiedział wtedy Mock.

W tym lepszym miejscu siedzieli teraz bez słowa i słuchali rzewnej akordeonowej opowieści Annemarie, która była córką całego batalionu i nie lubiła oficera, bo dziewczętom obiecywał zbyt wiele. Akordeonista przerwał, aby napić się wódki. Profesor Brendel i kapitan Mock poszli w jego ślady.

– Niech mi pan wreszcie powie, kapitanie – profesor wytarł usta serwetką i wypił resztkę likieru, nie pozostawiając na brzegu szklanki nawet kropelki; pił ten likier jak najlepsze bordeaux – dlaczego jest pan zawieszony w czynnościach służbowych? Może to z powodu nieprzejednania, niezgody na zło?

– Drogi profesorze! – Mock powiedział to po chwili, kiedy upewnił się, że Brendel nie drwi z niego. – Nasza niezgoda na zło jest nic niewarta. Nawet mój dzisiejszy woźnica, który widział niezgodę na zło, jutro o niej zapomni. – Nasz naród składa się nie tylko z zapijaczonych jednostek o moralności ameby – powiedział żarliwie profesor. – Ale również z ludzi honoru takich jak pan, który rzuca się na pomoc maltretowanej kobiecie, i – nie pochlebiając sobie – z takich jak ja, którzy zamiast uciekać z oblężonej twierdzy, starają się ocalić przed śmiercią najbardziej wartościowego człowieka, jakiego znam – hrabinę Gertrudę von Mogmitz.

– Jak pan ją ocali? Przecież wystarczy jedno słowo Gnerlicha, a właściwie jeden mały ruch palca na cynglu, a następnego dnia jego psy będą miały sporo nowego żarcia.

– To straszne, co pan mówi, kapitanie. – Brendel schował twarz w dłonie. – Ale Gnerlich jej nie zabije. Jej śmierć byłaby jego końcem. Mój ojciec, który jest zaprzyjaźniony z von Mogmitzami od ponad ćwierćwiecza, zniszczyłby Gnerlicha. Ona zginie tylko wtedy, gdy sąd skaże ją na śmierć. A czy sąd wojenny może skazać na śmierć kogoś, kogo jedyną winą jest pomaganie polskim robotnikom i bycie żoną znanego antyfaszysty, uczestnika spisku na Hitlera?

– Niestety... Może... Ale mam do pana pytanie. Dlaczego pański ojciec nie interweniuje, kiedy Gnerlich ją tak upokarza? – Mock zdał sobie sprawę, że nie potępiając przeciwników Hitlera, odsłania się.

– Może pan tego nie zrozumieć – Brendel spojrzał na Mocka między palcami. – Ona sobie tego nie życzy...

– Rzeczywiście nie rozumiem – Mock mówił teraz głośniej, aby jego słowa dotarły do profesora poprzez śpiew akordeonisty, który z kolei informował gości lokalu o śmierci, która we Flandrii jeździ na czarnym jak węgiel koniu. – Ale niechże pan rozwinie myśl! Może nie jestem taki tępy...

- Jakże o tępocie może mówić słynny oficer śledczy! - krzyknął profesor. - Ona podziwia pana...

- Za moje śledztwa? - Mock trzasnął palcami na kelnera. - Przecież nie może ich znać!

- Nie, panie kapitanie, ona podziwia pana za postawę w jakiejś niedawnej głośnej sprawie... Niech się pan nie gniewa, ale zapomniałem, o jaką sprawę chodzi...

- To jest to - Mock, trzymając papierosa w kąciku ust, odbierał od kelnera dwie ćwiartki likieru i półmisek z wątłym śledziem - o co pan pytał, profesorze, na ulicy... Dlaczego pozwoliłem Gnerlichowi na takie zachowanie? Bo jestem starym, słabym człowiekiem, a ta kanalia jest ode mnie blisko dwadzieścia lat młodsza...

- Ależ drogi panie kapitanie! - przerwał Brendel. - Przecież tu nie chodzi o siłę fizyczną! Jak on może poniżać starszego i tak znanego człowieka jak pan?!

- Jeśli nie będzie mi pan przerywał - uśmiechnął się Mock - to panu wszystko wytłumaczę... Jestem w stanie zawieszenia. *De facto* jestem cywilem, a widział pan, jak postępuje Gnerlich z cywilami... Mam go podać do sądu i oskarżyć o pobicie?

- Ach, już przypominam sobie - profesor wychylił kolejną szklaneczkę likieru i trochę bełkotał. - Jest pan zawieszony z powodu tej sprawy, o której zapomniałem...

- Tak, tak zwanej sprawy Roberta - potwierdził Mock i zamilkł. Był na siebie zły, że zaufał temu dystraktowi.

- Wiem, już wiem! - krzyknął Brendel.

- Ciszej, profesorze, ciszej - zniecierpliwił się Mock.

- Ona właśnie podziwia pana za pańskie zachowanie w sprawie Roberta - wyszeptał profesor Brendel. - To był jakiś zboczeniec, gwałciciel małych dziewczynek, a pan go unicestwił...

- Tego mi nie udowodniono...

– Ale ona jest przekonana, że tak było, i uważa pański czyn...

– To tylko hipoteza...

– ...pański hipotetyczny czyn za coś wspaniałego! Za zgodny z Ewangelią! Pamięta pan ten fragment Kazania na Górze: „Błogosławieni, którzy łakną i pragną sprawiedliwości"? Ona twierdzi, że pan łaknął i pragnął sprawiedliwości, bo ten zboczeniec mógł zostać uniewinniony, a pan do tego nie dopuścił...

– A ona żyje zgodnie z Ewangelią? – Mock postanowił skierować tę rozmowę na inne tory.

– Oczywiście! – profesor rozlał resztę ćwiartki do dwóch szklanek. – Ewangelia jest dla niej jedynym drogowskazem! A najbardziej Kazanie na Górze. Wskazówki w nim zawarte traktuje literalnie. Dlatego, zanim trafiła do tego psychopaty Gnerlicha, rozdała cały swój majątek ubogim... „Błogosławieni ubodzy..."

– A naprawdę Gnerlich był jej kamerdynerem?

– Naprawdę. – Profesor uderzył się w piersi. – Jedynym ich kamerdynerem, jak sięgam pamięcią. Von Mogmitzowie bardzo dobrze traktowali służbę. Był prawie domownikiem, a na pewno przyjacielem domu. Tak, wiem to z całą pewnością... U von Mogmitzów bywałem od dziecka. Znałem pana hrabiego starszego. Z hrabią młodszym byłem na ty. A ten cham usługiwał mi. Odbija sobie teraz...

– Lata upokorzeń? – domyślił się Mock.

– Ależ skąd! – krzyknął profesor, coraz bardziej pijany. – Czy w takim chrześcijańskim domu ktoś może kogoś upokarzać? – Podparł głowę pięścią. – Nie wiem, co się obudziło w tej bestii. Zerwał ze swoimi chlebodawcami i wstąpił do partii. Od początku wojny służył w w oddziałach wartowniczych SS w Buchenwaldzie. Potem zgłosił się do dywizji SS-Totenkopf walczącej najpierw we Francji, a potem na froncie wschodnim. Zyskiwał awans za awansem.

Był ciężko ranny i ewakuowany. Po wyleczeniu został zastępcą komendanta obozu w Gross Rosen. I kiedy nagle w sierpniu 1944 zaproponowano mu niebywały awans na dowódcę tegoż właśnie obozu, on – proszę sobie wyobrazić! – odmówił. Poprosił o funkcję policyjną, szczególnie był zainteresowany stanowiskiem komendanta obozu na Bergstrasse. Akurat wtedy, gdy trafiła tam pani hrabina. Przeniósł się, aby dręczyć tę świętą kobietę... Pijmy, panie kapitanie. – Podniósł szklankę. – Po nas choćby potop!

– A fe, nieładnie, profesorze. – Mock uśmiechnął się drwiąco. – To zawołanie godne osiemnastowiecznych rozpustnic, nie chrześcijanina literalnie pojmującego Biblię... Ja panu powiem inaczej... Pijmy, po nas na pewno potop!

Mock rozejrzał się dookoła. Wielu gości nadstawiało ciekawie uszu, a Brendel krzyczał zbyt głośno. Zmiana tematu niczego nie dawała. Najwidoczniej hrabina Gertruda von Mogmitz była obsesją profesora... Mock wstał od stołu i podszedł do baru z nieoheblowanych desek. Siedząca przy nim samotna kobieta spojrzała na niego i odwróciła się z odrazą. Kapitan nie przejął się tym zbytnio i smakowicie obejrzał jej wydatne piersi i pełne biodra. Poczuł, że i na niego działa wiosna. Wiosna w twierdzy Breslau.

Breslau, czwartek 15 marca 1945 roku,
dziesiąta wieczór

Eberhard Mock dojechał na Zwingerplatz rikszą, którą zamówił dla niego barman ze „Schlesierland", wyświadczając mu tym niewiarygodną wprost łaskę. Jeszcze większą łaskę wyświadczył mu rikszarz, odwożąc pijanego profesora Brendla na Borsigstrasse i pomagając odtransportować go do mieszkania na pierwszym piętrze. Rikszarzowi asystował przy tym stróż kamienicy, który wykazywał wiele współczucia dla pijanego profesora, znał go od dziecka i nazywał „nasz mały Rudi".

– Od śmierci matki i siostry często pije – mruknął stróż, ścierając z brody „małego Rudiego" skutki zmieszania likieru z pasztetem. Mock usłyszał to jak przez mgłę i szybko pogrążył tę informację we mgle własnej niepamięci. Nie wypytywał stróża o okoliczności śmierci rodziny profesora, ponieważ miał dość łzawych i mrożących krew w żyłach historii o mordowaniu nieszczęsnych Niemców przez zawszonych czerwonoarmistów, nie chciał więcej słyszeć o dzielnych psach (oczywiście owczarkach niemieckich!), które odwdzięczając się za miłość małych dziewczynek, rzucały się do gardeł gwałcicielom z czerwoną gwiazdą na czapce, po czym ginęły przeszyte serią z pepesz, irytowały go kolejne okropności wojny, tak jak irytowały go podobne do siebie bliźniaczo naloty, wysokie wycie syren i tupot nóg na piwnicznych schodach. To wszystko go denerwowało, ponieważ utraciło walor sensacji i stało się równie banalne jak codzienne wypróżnianie, a – poza tym – miało posmak czegoś, co Mock w swej zdeprawowanej sprawiedliwością duszy odczuwał jako słuszną karę, właściwą zapłatę za zamknięcie na zawsze dobrotliwych oczu jego przedwojennego dentysty, doktora Zuckermanna. Pełne współczucia słowa stróża Mock zatopił natychmiast w odmętach niepamięci, bo nie chciał zastanawiać się po raz kolejny nad sensem sprawiedliwości czy niesprawiedliwości dziejowej, jakiej ofiarą padła dzisiaj Berta Flogner, nie chciał po raz setny sobie wmawiać, że śmierć jest prostą antytezą życia, a jej brak uniemożliwiałby osiągnięcie syntezy i krystalicznego, logicznego piękna, o jakim marzył na początku XIX wieku mędrzec z Berlina. Mock stał półpijany w drzwiach mieszkania profesora Brendla i – obserwując

kurz zbity w latające kule i skołtunioną pościel – w tym
starokawalerskim zaduchu zapominał szybko o słowach
stróża, bo gdyby je zapamiętał, musiałby przyznać, że cierpienie rodzaju ludzkiego nie jest wcale warunkiem koniecz-
nym istnienia boskiej symfonii świata, czyli potrzebnym jej
dysonansem, lecz jest kakofonicznym zgrzytem, błędem nie
do wybaczenia, tak jak przeraźliwym zaprzeczeniem ludzkiej anatomii jest przegub, z którego wystają żyły i ścięgna
– jak druty z przerwanego kabla. Mock nie chciał widzieć
ani odczuwać śmierci najlepszego z możliwych światów –
wilgotnego i malarycznego świata nadodrzańskiej metropolii. Pobudzony widokiem pełnych piersi i krągłych bioder,
chciał jedynie odprawiać odwieczny rytuał.

Chciał go odprawić w swym domu z własną żoną.
Wspiął się zatem na swoje trzecie piętro, otworzył drzwi
i stanął w drzwiach kuchni, której okna zasłonięte były
czarnym papierem. W wątłym blasku świeczki Mock widział zapłakane oczy żony i jej widelec dłubiący w stosi-
kach zasmażanej kapusty, pokrywającej kupiony na kartki
wieprzowy sznycel. Zza drzwi bezokiennej służbówki do-
biegało pochrapywanie służącej Marty. Podszedł do Karen
i – ciężko stękając – wziął ją na ręce. Nie słuchał protestów
żony, zrazu zdecydowanych, potem coraz słabszych, i zanurzył się wraz z nią w ciemność sypialni. Śmiejąc się jak
nastolatek, położył ją delikatnie na łóżku. On rozpinał mundur i koszulę, ona mocowała się z paskiem od szlafroka,
on ściągał kalesony, ona odrzuciła daleko szlafrok, on zbliżył się do niej, ona ułożyła się wygodnie na plecach, on
spojrzał w dół, ona czekała w napięciu, on przeklął cicho
alkohol i swoje kapryśne i nieposłuszne *membrum virile*,
ona ze zdziwieniem obserwowała go, jak podchodzi do
okna. Zastukały pineski po podłodze, czarny papier ze
szmerem osunął się na parapet. Światło księżyca, którego
tak pragnął Mock, które jak sądził, wydobędzie z mroku

ponętne kobiece ciało i obdarzy go na powrót męskimi siłami, ślizgało się po dużych, obwisłych piersiach, zsuwających się pod pachy, i po załamaniach tłuszczu na brzuchu. Karen spojrzała z niechęcią na męża – blada poświata wydobywała z ciemności zabliźnione kratery oparzeń i owłosione męskie cycki opadające na wydęty brzuch. Obydwoje zamknęli jednocześnie oczy.

– Załóż maskę, kochanie – Karen powiedziała to najdelikatniej, jak umiała. – I zasłoń okno. Wiesz, że odsłanianie go może sprawić nam spore kłopoty. I chodź do mnie.

Mock spełnił tylko dwie pierwsze prośby swojej żony, po czym wyszedł z mieszkania. Zszedł do piwnicy, gdzie już z daleka popiskiwali do niego z klatek jego prawdziwi przyjaciele.

*Breslau, piątek 16 marca 1945 roku,
siódma rano*

Mock wypił ostatni łyk kawy i rozgryzł ostatniego cukierka karmelowego produkcji Marty Goczoll. Siedzieli z żoną w salonie i patrzyli na siebie bez słowa. Mock trzymał w dwóch palcach porcelanową filiżankę, natomiast Karen – poobijany emaliowany kubek, który był bardziej odpowiedni w tych okolicznościach. Obydwoje wpatrywali się w kupioną dziś na czarnym rynku puszkę kawy „Machwitz", na której uśmiechali się trzej Murzyni w spódniczkach. Naczynia, z których państwo Mock pili brunatny płyn, miały znaczenie symboliczne. Filiżanka Eberharda mówiła: nic się nie zmienia, bombardowanie Breslau ma charakter epizodyczny i niedługo wszystko wróci do normy, dlatego zachowajmy ciągłość i pijmy kawę jak dawniej – z filiżanek; kubek Karen jęczał: jest wojna, Breslau upada

71

i niedługo skapituluje, przyszłość jest niepewna, a wszystko wokół tymczasowe, nie można zatem pić kawy z filiżanek, trzeba pić z kubków jak podczas biwaku i wędrówki, której koniec jest niepewny i nieznany. Naczynia toczyły między sobą zażartą dyskusję w odróżnieniu od państwa Mocków, którzy wpatrywali się w puszkę i milczeli ciężko za zaciśniętymi szczękami.

Ciszę przerwał dzwonek u drzwi. Z kuchni dobiegły kroki służącej Marty. Szczęk zamka. Przytłumione głosy. Pukanie do drzwi salonu.

– Wejść! – krzyknął Mock.

Marta weszła do pokoju i podała mu wizytówkę na srebrnej tacy. Mock przeczytał „Prof. Dr. hab. Dr. h. c. Rudolf Brendel" i powiedział do Marty:

– Proszę poprosić pana profesora za chwilę do mojego gabinetu.

Marta wyszła, wyszedł i Mock, a Karen siedziała przy stole, wbijając gniewny wzrok w tacę, którą przecież wczoraj kazała schować do jednego z kartonowych pudeł.

Breslau, piątek 16 marca 1945 roku,
pięć minut na ósmą rano

Profesor Brendel ledwie uścisnął dłoń Mocka i opadł na fotel. Przeczącym ruchem głowy odrzucał propozycje otrzymania kawy, herbaty, papierosa i cygara. Wyglądał na ciężko skacowanego. Jego oczy ginęły w opuchliznach, z ust wydobywał się nieświeży oddech, a sztywne włosy sterczały na boki. Szary garnitur był wygnieciony, krawat krzywo zawiązany, a rondo kapelusza załamywało się w kilku miejscach. Mock wyglądałby również nieszczególnie, gdyby jego oblicze nie było w połowie zasłonięte aksamitną maską.

Albo będzie mnie przepraszał za wczorajsze zachowanie, myślał Mock, albo dziękował za opiekę, albo cytował biblijne frazy. Żadne z przypuszczeń Mocka się nie sprawdziło.

– Dostałem dziś rano wiadomość, panie kapitanie – powiedział wolno Brendel – od zaufanego człowieka z obozu. Dziś rano przestała mówić. Byłem u niej. To prawda. Nie mówi.

– Kto? Hrabina von Mogmitz? – Mock po raz drugi nie wykazał się przenikliwością.

– Tak. – Profesor nie miał siły komentować głupiego pytania Mocka. – Ona. Przestała mówić. Otwiera usta i nie może wyrzec ani słowa. Tak się nieraz dzieje pod wpływem szoku.

– Może spełni się kolejne błogosławieństwo? – Mock uśmiechnął się szeroko. – Czyż nie jest w Biblii powiedziane: „Błogosławieni cisi"?

– Tak, to zostało powiedziane przez Chrystusa w Kazaniu na Górze, kapitanie. – Profesor Brendel był bardzo poważny. – Chodźmy. Muszę być przy niej cały czas. Teraz, kiedy nie mówi, jestem jej jeszcze bardziej potrzebny. Zabieram pana. Na dole stoi motocykl.

– Popieram pana zamiar. Ma pan kolejne błogosławieństwo. – Mock wykonał znak krzyża i wstał. – Krzyżyk na drogę, profesorze!

– Ona chce się z panem widzieć. – Profesor siedział nieporuszony. – Koniecznie! Takie wyraziła życzenie.

– Odpowiedź brzmi: nie – powiedział Mock krótko.

– Ona błaga, kapitanie. Musi pan pomóc tej nieszczęsnej kobiecie.

– Nie muszę i nie pomogę. Nie mam ochoty być znów spoliczkowany przez Gnerlicha. Ja swoje zadanie wykonałem.

– A jakie było to pańskie zadanie? Przywiezienie zwłok panny Flogner? Tylko na tym miałoby polegać pańskie zadanie? Czy pan jest grabarzem, kapitanie? Jakie zadanie miał pan na myśli?

– Miałem na myśli moje dawne policyjne obowiązki – mruknął Mock, czując, że przegrywa w dyskusji. – Stwierdziłem, że sprawcami gwałtu i okaleczenia Berty Flogner byli Rosjanie. Na tym się moja rola kończy... Nikt podczas wojny nie jest w stanie ująć sprawców i oddać ich w ręce sprawiedliwości...

– Proszę, kapitanie... Ta święta kobieta stała się niema. – Profesor przechylił się przez biurko Mocka i chwycił go za wyłogi bonżurki. – Być może nie powie już nigdy ani słowa. Nie wiem, czego chce od pana, ale może jest to coś, co ukoi jej skołatane nerwy i pomoże odzyskać panowanie nad sobą, także nad swoim językiem. Pan w tej sytuacji nie jest już policjantem, pan jest zapewne jedynym człowiekiem, który może przywrócić jej mowę. Dzięki panu hrabina będzie mogła dalej czynić dobro...

– Może je również czynić jako niemowa. – Mock chwycił profesora za przeguby i odsunął od siebie. – Ale dobrze już, dobrze, jedziemy... Tylko się ubiorę...

Profesor aż podskoczył z radości. Pewnie by się mniej cieszył, gdyby poznał powód, dla którego Mock zgodził się spotkać po raz drugi z hrabiną Gertrudą von Mogmitz. Aby nie czuć poalkoholowego i kacowego smrodu, jaki dobywał się z ust profesora Brendla, Mock zgodziłby się dzisiejszego południa na spotkanie ze wszystkimi naraz bandytami i mordercami, którymi zapełniał przez lata niemieckie więzienia.

74

Breslau, piątek 16 marca 1945 roku,
południe

Mock i Brendel siedzieli w pokoju widzeń już cztery godziny. Mock oparł ręce na brzuchu i kręcił młynka palcami. Brendel wpatrywał się w niego błagalnym wzrokiem, prosząc bez słów o cierpliwość. Zaschnięte baldachimy czarnego bzu smagały pękniętą szybę okna. Strażnik drzemał na stołku. Zapadał zmierzch. Zegar wybijał kolejne godziny. Sekundnik na eleganckim zegarku Mocka marki „Schaffhausen" kręcił się po swojej małej tarczy. Mock kręcił młynka palcami. Brendel wpatrywał się w niego błagalnie. Mock jeszcze raz pokręcił kciukami, Brendel jeszcze raz spojrzał. Wtedy Mock wstał tak gwałtownie, że upadło krzesło, na którym siedział, strażnik obudził się i chwycił walthera, Brendel zawołał: „Błagam, kapitanie", Mock skierował się ku drzwiom, gałązki czarnego bzu waliły w szybę, Mock włożył płaszcz, drzwi otworzyły się, do pokoju widzeń weszła krępa strażniczka, która wczoraj troskliwie ocierała z potu twarz komendanta, Mock zatrzymał się, dwie inne strażniczki posadziły na krześle hrabinę Gertrudę von Mogmitz, Mock oniemiał na jej widok, Brendel rzucił się całować jej dłonie, Mock zakrył twarz maską, by pani hrabiny nie brzydził widok jego twarzy, krępa strażniczka uśmiechnęła się krzywo i opuściła pokój widzeń.

Hrabina von Mogmitz była piękną trzydziestokilkuletnią blondynką. Jej włosy związane były grubym sznurem. Ubrana była dzisiaj w skromną, szarą sukienkę, sięgającą jej kształtnych kolan, których widok przypomniał Mockowi o tym, że wczoraj chciał celebrować święto wiosny. Wyraz jej twarzy skierował jednak jego myśli zupełnie w inną stronę. Jej duże szare oczy wypełnione były łzami. Mięśnie twarzy straciły napięcie i policzki lekko opadały ku brodzie. Drżące usta przypominały siny znak nieskończoności.

Hrabina von Mogmitz była personifikacją cierpienia. Mock zapomniał o święcie wiosny. Jego myśli stały się gorzkie i filozoficzne.

– Właśnie przywieźliśmy ją z pogrzebu – powiedziała strażniczka i dodała tonem usprawiedliwienia: – Dlatego panowie musieli czekać tak długo...

– Bardzo to wspaniałomyślne ze strony komendanta – zauważył sucho Mock – że pozwolił hrabinie na pożegnanie swej siostrzenicy...

– Komendant jest wyznawcą prawdziwej pragermańskiej religii – powiedziała strażniczka i uśmiechnęła się do Mocka – w której niezwykle ważny jest kult zmarłych. To dlatego...

– To by się nie zgadzało, panno Hellner – Brendel klęczał u stóp hrabiny von Mogmitz i patrzył ze wściekłością na strażniczkę. – Ten cham nie do końca jest posłuszny zasadom religii pragermańskiej. Ona przecież zaleca uprzejmie traktować gości, nie tak jak wczoraj...

Twarz Hellner zmieniła się nie do poznania. Wykrzywił ją grymas, który sprawił, że strażniczka stała się odrażająca jak jej myśli. Zacisnęła zęby, a skóra na twarzy napięła się, by za chwilę znów pokryć się siecią zmarszczek. Wyglądało to, jakby przez jej blade, upstrzone wągrami oblicze przebiegły krótkie fale, jakby pod skórą przemieszczały się małe insekty.

– Zgodził się przecież na wasze odwiedziny, mimo że wczoraj go zdenerwowaliście. Macie szczęście, że teraz go nie ma – powiedziała z zaciśniętymi zębami i wzięła potężny zamach. Szpicruta trzasnęła o blat stołu. – Macie pięć minut. – Na stole położyła dłoń z rozcapierzonymi palcami o poogryzanych paznokciach, Mock poczuł od niej woń potu i wódki. – Pięć, rozumiecie?

Hellner wyszła, Mock usiadł na krześle i przyglądał się hrabinie. Ta uśmiechnęła się do Mocka przez łzy i zamknęła

76

nagle oczy. Spod długich rzęs wypływały powoli słone, ciężkie krople. Wszystko to odbywało się cicho i bezszelestnie, bez szlochu i łkania. Ta rozpacz była jak płacz bohaterów Homerowych – wyniosła i heroiczna, bez udziału nosa. Mocka aż kusiło, by obetrzeć jej łzy. Nie musiał tego jednak robić. Nagle Gertruda von Mogmitz przestała płakać. Otworzyła usta. Dobył się z nich nieokreślony jęk. Brendel szybko podsunął jej kartkę z monogramem R.B. i czarne wieczne pióro z zakręcaną skuwką.

Zaczęła stenografować. Było w tym coś pospolitego. Mock przypomniał sobie jedną ze swoich dawnych kochanek, Ingrid, która była stenografką. Dziewczyna ta kochała różowe sukienki, trwałą ondulację i skoczną muzykę, a można było jej zaimponować kotletem wieprzowym i kuflem piwa. Mock, któremu stenografowanie kojarzyło się z tą właśnie nieskomplikowaną dziewczyną, uważał tę czynność za coś równie płaskiego i banalnego, jak prasowanie i gotowanie. Teraz jednak, patrząc na hrabinę, na jej wysmukłe palce, zaczerniające papier kolistymi i kanciastymi liniami, nobilitował w swym umyśle stenografowanie i stawiał je na równi z polowaniem lub tańczeniem walca. W jego wspomnieniach rumiana, wesoła twarz Ingrid stawała się zadumana i uduchowiona, jej spocone dłonie i krótkie palce z krwistoczerwonymi paznokciami zmieniały się w długie i wiotkie rączęta o wypielęgnowanych paznokciach, pokrytych eleganckim czerwonym lakierem. Porównania Ingrid z hrabiną, które w głowie Mocka dokonywały się automatycznie i bez udziału jego woli, były sprzężone zwrotnie. Bo oto skomplikowane układy cielesne i wyuzdane praktyki, którym oddawał się z rumianą stenografką, pojawiły się znów przed jego oczami, lecz głównej roli nie odgrywała już w nich owa ochocza i szybko się ucząca dziewczyna. W jego rozbuchanej wyobraźni pojawiło się smukłe trzydziestokilkuletnie ciało i blond włosy, a piersi, które skakały teraz przed jego twarzą, zmieniły się z niewielkich i sterczących w dojrzałe i słodkie jak gruszki klapsy. Mock, mimo swoich sześćdziesięciu dwóch lat, czuł w lędźwiach delikatny powiew wiosny.

Profesor Brendel zaczął tłumaczyć stenograficzny zapis, Mock zawstydził się swoich myśli i zamienił się w słuch.

– Błagam pana, niech pan znajdzie mordercę mojej Berty – dukał Brendel, wydzielając woń podłego bimbru i spróchniałych zębów. – Przecież pan jest sprawiedliwy. Ostatni sprawiedliwy w Sodomie. Powiedziano: „Błogosławieni, którzy łakną i pragną sprawiedliwości, albowiem oni będą nasyceni". A pan niczego tak nie pragnie jak sprawiedliwości.

Mock patrzył w oczy hrabiny, teraz niezakryte błoną łez, lecz jasne i czyste jak woda w górskim jeziorze. Miały w sobie uległość, oddanie i ciemne obietnice, od których Mockowi zrobiło się gorąco. Potrząsnął głową i spojrzał na zegarek. Był to bardzo skuteczny sposób na opanowanie myśli. Kapitan, z natury niecierpliwy i pedantycznie punktualny, mocno się zdenerwował. Oto kolejny zmarnowany dzień, poświęcony wariatowi i wariatce, którzy żądają od niego odszukania rosyjskiego żołnierza. Pewnie mam go przyprowadzić przed jej oblicze, a wcześniej mam się z tym Ruskiem zameldować u komendanta Gnerlicha i prosić o pozwolenie na wejście na teren obozu! Chyba powinienem w ciągu kilku dni nauczyć się rosyjskiego, przejść na stronę wroga i wtopić się w tłum żołnierzy, przeprowadzić dyskretne śledztwo, wytropić mordercę, a potem wziąć go za ucho i kanałami dostarczyć na niemiecką stronę, tak? Mock spojrzał na zegarek i się wściekł. Pilnował się wysiłkiem woli, by tego nie powiedzieć, przywoływał wciąż krzywdę, jaką świat wyrządził szlachetnej arystokratce, patrzył na jej smutne, a jednocześnie proszące oczy. Punktualny i akuratny Mock boleśnie odczuwał stratę dzisiejszego popołudnia, może nie tak dotkliwie, jak hrabina von Mogmitz śmierć swojej siostrzenicy, ale równie destrukcyjnie. Rozpaczliwie starał się zachować proporcje w swych porównaniach, lecz demon niecierpliwości znów się zaktywizował i krzyczał: „Straciłeś cztery godziny, *diem perdidisti*!" Mock uderzył ręką w stół i powiedział bardzo wolno, czując, jak lodowaty ton mrozi mu wargi:

– Hrabino, przyjechał do mnie profesor Brendel wcześnie rano. Przekazał mi prośbę o znalezienie mordercy panny Flogner. Kiedy się opierałem, przekonywał mnie argumentami biblijnymi oraz swym – tu pochylił się do ucha hrabiny, szepcząc: – smrodliwym oddechem. Przyjechałem tutaj – mówił dalej głośno – bo uległem pani rozpaczy i cierpieniu. Jestem stary i miękki jak krótko gotowane jajo. Ulegam nieszczęściu innych. – „Zwłaszcza pięknych kobiet", podpowiedział mu w myśli złowieszczy demon. – I niekiedy podejmuję nieracjonalne działania... Nigdy jednak nie uczyniłbym czegoś tak głupiego i bezsensownego, jak szukanie rosyjskich gwałcicieli, ponieważ musiałbym zaaresztować całą Armię Czerwoną, proszę mnie zrozumieć!

– Proszę – powiedział Brendel, podsuwając Mockowi jakiś drukowany tekst i odczytując dalsze stenograficzne znaki, które hrabina stawiała podczas długiej wypowiedzi kapitana. – Proszę, niech pan to przeczyta i zrozumie, dlaczego ona tak bardzo wierzy, że pan znajdzie morderców jej siostrzenicy.

Mock spojrzał na nieznany mu tekst. Był to wykład inauguracyjny na rok akademicki 1944/1945 na Wydziale Prawa Uniwersytetu w Erlangen. Wykład opatrzony był tytułem *Samosąd w prawie niemieckim*. Mock zaczął cicho czytać urywek zakreślony kopiowym ołówkiem:

– „A oto inny przykład samosądu i jego konsekwencji. W roku 1927 dokonano w Breslau napadu na furgon aresztancki przewożący czterdziestodwuletniego szlifierza Klausa Roberta, oskarżonego o zgwałcenie i zamordowanie dziesięcioletniej Adeli G. Napastnicy sterroryzowali strażników i porwali aresztowanego. Kilka miesięcy później wyłowiono z Odry ciało wykastrowanego K. Roberta. Śledztwo umorzono pół roku później z braku jakichkolwiek postępów. W roku 1944 brat zabitego SS-Obergruppenführer Adolf Robert, chcąc oczyścić pamięć swojego brata z zarzutu morderstwa i zboczenia, wniósł o ponowne wszczęcie śledztwa w umorzonej sprawie. Głównym podejrzanym o zorganizowanie porwania i o zamordowanie K. Roberta został Hauptmann und Polizei-Hauptsturmführer Eberhard Mock, w roku 1927 zastępca szefa Komisji Morderstw Prezydium Policji w Breslau. Zeznania świadków, uczestników napadu na furgon aresztancki, obciążyły kapitana Mocka. Został on zawieszony w czynnościach służbowych i oddany do dyspozycji prokuratora Volkstribunal w Breslau. Niezależnie od tego, kto był sprawcą tego samosądu, mamy tu do czynienia z motywem „samotnego mściciela", wyraźnie kontrastujący z motywem linczu, który teraz omówimy..."

Mock przestał czytać i słuchał dalej tłumaczenia stenograficznych notatek:

– Pan jest samotnym mścicielem, jedynym sprawiedliwym. Musi pan znaleźć morderców mojej Berty. Niech się pan nade mną ulituje. Niech pan zabije mordercę, tak jak pan zabił zboczeńca Roberta. Czyżbym była za mało miłosierna, by dostąpić pańskiego miłosierdzia?

Teraz przesadziła, pomyślał Mock, porównała mnie do Boga. Poczuł w ustach niesmak. Wstał, by się pożegnać. Wtedy hrabina uklękła przed nim i złożyła ręce jak do modlitwy. Wznosiła ku niemu jasnoszare oczy i składała usta do jakichś niewypowiedzianych słów. Jej pełne wargi nie były już sine. Błagalne nieme inkantacje sprawiły, że napłynęła do nich krew. Z konopnego sznurka wysunęły się pasma jasnych włosów. Mock nie mógł oderwać wzroku od klęczącej u jego stóp kobiety z potarganymi włosami. Przez moment widział swe krótkie, grube palce, jak wślizgują się w jej włosy i przyciągają jej głowę ku sobie. Zrobiło mu się nieswojo. Demon niecierpliwości gdzieś zniknął, a zamiast niego w jego głowie i lędźwiach budził się zupełnie inny demon. Mock odpędził go cichym przekleństwem i odwrócił się, by odejść. Hrabina podjęła go pod kolana, a jej włosy jeszcze bardziej się wzburzyły. Hrabina zastygła, a Mock skulił się i obciągnął mundur, aby choć trochę ukryć swe prawdziwe uczucia wobec hrabiny Gertrudy von Mogmitz.

– Dobrze – powiedział głośno i odetchnął z ulgą, kiedy hrabina go puściła. – Znajdę tego bydlaka i rzucę pani do stóp. Rozpoczynam śledztwo.

Wtedy weszła strażniczka Hellner, oznajmiając koniec widzenia, bez słowa chwyciła hrabinę za szyję i pociągnęła ją ku sobie. Mockowi zdawało się, że sadyzm sprawia ospowatej strażniczce perwersyjną przyjemność. Wszystko było grzeszne i nieprzyzwoite. Nawet ruch dłoni profesora Brendla, gdy ten przesuwał po stole kluczyki do motocykla, oznajmiając Mockowi, że on sam tu zostaje, a motocykl bardziej się przyda kapitanowi w czasie zadeklarowanego śledztwa, nawet ten ruch dłoni wydał mu się lubieżny. Siadając na motocykl, miał wciąż złośliwego demona w opiętych i zbyt ciasnych na biodrach spodniach od munduru. Wtedy runął gęsty wiosenny deszcz. Mock wystawił twarz ku niebu, grzmiącemu bombami, i uspokoił myśli. Zapiął aż pod szyję skórzany płaszcz, poprawił gogle, a na czapkę nałożył ceratową osłonę przed deszczem. Motocykl zündapp był niesforny i zarzucał nieco na śliskiej nawierzchni Märkischestrasse. Kapitan opanował go szybciej niż swoje myśli. Te też wróciły do normy właściwej jego wiekowi. Eberhard Mock zdusił w końcu demona i poczuł nieokreślony smutek, spowodowany nie wyrzutami sumienia, które mówiłyby mu: „Stary lubieżniku, przed tobą błagalnie klęczała nieszczęśliwa kobieta, a ty roiłeś sobie dziką z nią rozpustę, ta nieszczęśliwa kobieta prosiła cię o znalezienie mordercy najbliższej jej istoty, a ty zgodziłeś się, wyobrażając sobie, że rozpusta będzie podziękowaniem z jej strony". Głos sumienia wcale nie szeptał Mockowi: „Ty kanalio, już w momencie składania obietnicy wiedziałeś, że jej nie dotrzymasz – jak zwykle, jak zwykle..." Głos sumienia mówił zupełnie coś innego.

Na Freiburgerstrasse niebo chlusnęło bombami. W kamienicy, w której znajdowała się doskonale znana Mockowi agencja detektywistyczna Theodora Borka, wybuchł gaz i rozsadził żebra domu. Okna pękły, a na baku motocykla, za którym ukrył się kapitan, rozprysnęło się szkło i drzazgi z okien, tworząc swoistą ostrą mgiełkę. Kamienica zawalała się powoli i majestatycznie, rury syczały i pluły wokół wodą, kafle w piecach odrywały się od swoich fug, sprężyny przebijały powierzchnię tapczanów, kominy strzelały sadzą, a kurz podnosił się z ziemi białymi i czarnymi smugami. Mock wskoczył na motocykl i smagany po piętach ułamkami cegieł ruszył prosto w stronę więzienia i nowego gmachu Prezydium Policji. Skacząc przez tory tramwajowe obok gmachu sądu, nie odczuwał już najmniejszych wyrzutów sumienia. Pojawiły się one jednak znowu, kiedy ruszył szybko w stronę Śląskiego Muzeum Sztuk Pięknych. Koło neoklasycystycznego gmachu zatrzymał zündappa pod młodymi kasztanami, których bezlistnymi gałęźmi szarpał porywisty wiatr. Postanowił przeczekać deszcz, który właśnie przybrał na sile. Podprowadził motocykl pod schody i sam ukrył się w podcieniach muzeum. Przywarł plecami do drzwi i wbrew zaleceniom obrony przeciwlotniczej zapalił papierosa. Tytoniowy dym zaciemnił płuca i rozjaśnił umysł. Mock potrafił już zdefiniować swój smutek i niepokój. Nie były to wyrzuty sumienia człowieka zacnego, który zamienił się w starego pożądliwego satyra, ani wyrzuty sumienia męża honoru przekształcającego się w oszusta, który składa obietnice równie łatwo, jak je łamie. Były to wyrzuty sumienia policjanta, któremu kilkakrotnie zdarzyło się niewinnego człowieka uznać za mordercę. Głos sumienia był skrzeczący i zrzędliwy jak głos jego nieżyjącego już długoletniego szefa, Heinricha Mühlhausa. Stary policjant Mock słuchał tego głosu i czuł – mimo przenikliwego zimna – rumieńce wstydu. Głos ten śmiał się szyderczo: „Ejże, gwiazdo policji, wspaniały gończy psie, który nie porzucasz nawet najlżejszego tropu, czyżbyś stracił węch na starość? Czy naprawdę myślisz, stary idioto, że Bertę Flogner zgwałcili Ruscy? Cekiny na mundurze wskazują niby na Ruskich, tak? Dziwni by to byli Ruscy, którzy ogołocili mieszkanie von Mogmitzów, natomiast oszczędzili meble i maszynę do szycia krawca Ubera! A kto zawiadomił twojego brata Franza o jakiejś tajemnicy mieszkania von Mogmitzów? Czy to był też jakiś Rusek, którego ruszyło sumienie? Rusek, który zgwałcił, wbił w dziewczynę butelkę, a potem napisał list do Franza? Rusek, który znał sprawę twojego bratanka Erwina sprzed prawie dwudziestu lat? Możesz mi wmówić wszystko, ale nie to, że Bertę Flogner zgwałcili Ruscy!" Mocka paliły ze wstydu już nie tylko policzki, paliło go całe ciało. Odwrócił się do drzwi muzeum i uderzył w nie z całej siły. Huk, który usłyszał w pustej przestrzeni gmachu, nie uspokoił go. Zaczął walić w odrzwia obiema rękami, a wraz z narastaniem bólu pięści i nadgarstków wygasał płomień wstydu. Zwyciężał kolejnego dziś demona. Oparł twarz o drzwi i triumfował w myślach nad kolejną bestią. Wtedy stracił równowagę i wpadł do muzeum prosto pod nogi wystraszonego kustosza, który właściwie zareagował na dobijanie się do drzwi. Muzealnik Erich Klamke patrzył ze zdziwieniem, jak oficer w skórzanym płaszczu motocyklowym podnosi się z posadzki i mówi do niego z uśmiechem:

– Czy pan wie, że Bertę Flogner zgwałcili i zamordowali Ruscy? To byli Ruscy! Na pewno Ruscy!

– Pomódlmy się za jej duszę – odparł stary kustosz, a z jego oblicza nie schodził wyraz bezgranicznego zdziwienia.

Breslau, sobota 17 marca 1945 roku,
druga w nocy

Leżeli w ciszy i w absolutnej ciemności. Przez czarny papier w oknach nie przenikała najlżejsza nawet poświata. Szyby nie drżały, podłoga nie wibrowała, w mieście Breslau panował nocny spokój. O oblężeniu przypominała jedynie lekka woń spalenizny, która wciskała się przez okienne szpary.

– Jakże się cieszę, Ebi, że podjąłeś w końcu decyzję, o którą tak długo cię prosiłam – szepnęła Karen i przytuliła się do męża nagim ciepłym ciałem. – Jestem pewna, że nam się uda... To świetny plan... Odlecieć stąd jako ranni...

– Wiesz, Karen... – Mock objął żonę za szyję i położył jej głowę na swojej piersi. Wiedział, jak bardzo zawsze lubiła dotyk jego szorstkich włosów. W ciemności kryła się siwizna, otyłość, poparzenia i rozstępy ich ciał, ciemność była błogosławieństwem dla celebracji, jakiej dziś oddali się z pasją małżonkowie Mock. – Jestem uparty i niewiele ci zawsze mówiłem o swojej pracy, prawda?

– Tak. – Karen pocałowała go w pierś, lekko przy tym gryząc. – Niewiele.

– A teraz coś ci powiem. – Mock pogłaskał żonę po ramieniu, które było gładkie jak zawsze, jak przed wojną.

- Dzisiaj zamknąłem ostatnią sprawę, która nie dawała mi spokoju... Tylko ta sprawa zatrzymywała mnie w Breslau...
- Nie mogę uwierzyć własnemu szczęściu! - Karen zawsze wykazywała skłonność do patosu.
- Tak. Tylko to mnie tu trzymało. - Mock usiadł na tapczanie i zaczął szukać po omacku nocnego stolika i papierośnicy.
- Idę zapakować wszystkie filiżanki i twoje szachy. - Po szeleście jedwabiu domyślił się, że Karen włożyła szlafrok.
- A potem przyjdę do ciebie i spędzimy jedną z ostatnich nocy w Breslau.

Słyszał, jak Karen krząta się po salonie, jak dzwonią filiżanki otulane pakułami i gazetami, potem z jego gabinetu dobiegł stukot figur zsuwanych do wnętrza szachownicy. Już ogarniał go sen, kiedy z przedpokoju dał się słyszeć przeraźliwy krzyk żony. Wstał, dziękując Bogu za ten okrzyk, który go obudził i nie pozwolił usnąć z papierosem w ustach. Karen dalej krzyczała, Mock zdusił papierosa w popielniczce, do krzyku żony dołączyła się służąca, Mock trzęsącymi się dłońmi zapalił świecę, wciągnął spodnie i bez maski i kapci wyskoczył do przedpokoju. Kiedy zobaczył powód krzyku obu kobiet, przestał dziękować Bogu. W migotaniu świeczek widać było uciętą dłoń. Ktoś przez szparę na listy wcisnął szczupłą dziewczęcą dłoń.

Karen przestała krzyczeć i patrzyła na męża. Wiedziała, że ta noc nie będzie ostatnią nocą w Breslau, wiedziała, że jej uparty mąż nie spocznie, dopóki nie ujmie sprawcy, który podrzuca mu ucięte dziewczęce dłonie, wiedziała, że teraz - kiedy na niego spojrzy - zobaczy nieruchome ciemne oczy: bezlitosne i beznamiętne, jak zwykle. Spojrzała i niczego nie mogła rozpoznać. Zdążył założyć maskę. Podszedł do uciętej dłoni i zawinął ją w czysty biały ręcznik kuchenny z napisem *Erwache und lache*. Ciężko sapiąc, usiadł w swoim gabinecie. Służąca Marta wymknęła się do służbówki. Karen usiadła naprzeciwko męża na fotelu, w którym spoczywał profesor Brendel. Znienawidziła dziś tego śmierdzącego wódką filozofa za to, że zabrał jej męża na cały dzień. Eberhard patrzył gdzieś w bok, gdy powiedział:

– Czy dzisiaj obiecywałem ci, że wyjedziemy jak najszybciej z Breslau?

– Tak powiedziałeś w łóżku, po tym jak się kochaliśmy – szepnęła z nadzieją w głosie Karen. – Dotrzymasz słowa?

– Nie. – Wstał i przycisnął ją mocno do piersi. Czuł na rękach i twarzy drapanie jej paznokci, czuł jej łzy na swojej piersi, czuł ból i smutek, chciał i musiał odczuwać jej żal i swój żal.

Mock nie dziękował już Bogu za nic.

Breslau, sobota 17 marca 1945 roku,
siódma rano

Na cmentarzu św. Wawrzyńca przy Auenstrasse czterej na czarno ubrani mężczyźni wciskali podeszwy trzewików w gliniasty, rozmiękczony deszczem grunt. Dwaj z nich wciskali je mocniej, ponieważ pracowali fizycznie. Mieli trójkątne kapelusze, a na ich długich płaszczach marszczyły się brudnawe żaboty.

Doktor Lasarius i kapitan Mock stali nieco dalej i obserwowali bez słowa odkopywanie świeżo usypanej mogiły, obok której leżał krzyż z napisem „Berta Flogner 1928–1945 R.I.P.". Wiatr chłostał deszczem po cmentarnych topolach, po skórzanym płaszczu kapitana Mocka, po starym meloniku doktora Lasariusa, lał się po niedalekim spadzistym dachu kaplicy cmentarnej, zadudnił w końcu o drewnianą trumnę, która w czasach, gdy ludzi chowano w workach, była prawdziwym luksusem. Dwaj grabarze wydobyli trumnę z grobu. Jeden z nich ze zgrzytem wbił małą saperkę w szparę między wiekiem trumny a jej główną częścią, zwaną potocznie leżanką. Jeden z grabarzy wyciągnął gwoździe z wieka, a drugi przesunął je po leżance tak, że odsłoniło ono górną i dolną część ciała nieboszczki. Mock i Lasarius zbliżyli się do trumny. Deszcz lał się po sinej twarzy Berty Flogner, wsączał w jej małżowiny, na których naskórek był podeschnięty, a skóra zielonosina, chłostał po jej kwiecistej sukience z perkalu i po lewej dłoni o sczerniałych paznokciach. Lasarius ujął jej prawą rękę i podciągnął rękaw. Mock wyjął z kieszeni niewielkie zawiniątko i po raz drugi tego dnia je rozwinął. Lasarius wyciągnął z kuchennego ręcznika uciętą dłoń i przyłożył ją do przegubu. Po kilku sekundach spojrzał na Mocka i kiwnął głową. Z ronda melonika spłynęła woda do trumny.

– Pasuje, to jej dłoń – powiedział Lasarius, położył uciętą dłoń w trumnie obok głowy dziewczyny i podszedł do Mocka. – Ma pan cygaro, Herr Kriminaldirektor?

– Niestety, mam tylko papierosy. – Mock zdumiał się, słyszawszy swój ostatni policyjny tytuł, który otrzymał, gdy w roku 1934 został szefem Komisji Morderstw Prezydium Policji w Breslau. – Ale mam też coś lepszego w wózku motocykla.

Rozmiękłą od deszczu aleją wśród wiązów ruszyli noga za nogą.

– Hej! – krzyknął jeden z grabarzy. – A nasza zapłata?

Mock zawrócił i wręczył grabarzowi dwie butelki wódki oraz owiniętą w gazetę garść papierosów. Grabarz przekazał część zapłaty koledze. Ten ze zdwojoną energią zaczął zasuwać wieko trumny. Potem chwycił młotek. Wziął zamach, ale nie uderzył. Jego ręka była unieruchomiona. Stary kapitan o spalonej twarzy trzymał ją w silnym uścisku.

– Co zrobiłeś z dłonią, którą ci dałem? – zapytał, nie puszczając ręki grabarza.

– Nic – odrzekł grabarz i wyrwał się z objęć Mocka. – Jest tam, w środku.

– Debilu – powiedział cicho Mock. – A ty chciałbyś, żeby twoja łapa, kiedy ci ją odetną, leżała gdzieś koło twojej mordy zamiast na swoim miejscu?

– Mamy ją przykleić? – zapytał drugi grabarz i zbliżył się ze złym błyskiem w oku.

Mock podszedł do trumny i zrzucił wieko wprost do brunatnej kałuży, z której poszła fontanna. Podciągnął prawy rękaw zmarłej i przyłożył dłoń do przegubu, a potem przedarł kuchenny ręcznik.

– Pomóż mi jeden z drugim – rzucił. Kiedy grabarze zbliżyli się do trumny, uściślił: – Jeden trzyma dłoń, drugi ramię, a ja wiążę.

Zrobili tak, jak rozkazał. Kiedy skończył ten prosty zabieg ostatecznej chirurgii plastycznej, spojrzał na nich przeciągle i powiedział:

– To jest człowiek! Skoro człowiek ma ręce, nogi i głowę, to wszystkie te części muszą być na swoim miejscu, rozumiecie, głąby? Tę dziewczynę ktoś kochał, ona też kogoś kochała, ktoś ściskał na powitanie tę uciętą dłoń, którą wy chcieliście rzucić byle gdzie – spojrzał na grabarzy, którzy w milczeniu i w osłupieniu słuchali wywodu, i ściszył głos: – I chociaż to wszystko jest przeszłością, chociaż od momentu, kiedy ktoś wkopał w nią butelkę, jest już tylko bezwładnym ciałem, to jednak temu ciału należy się szacunek, rozumiecie? Nos ma być przy twarzy, a głowa przy szyi, skurwysyny!

Mock podszedł do Lasariusa, a grabarze stukali młotkami w wieko trumny. Ujął doktora pod ramię i ruszyli alejami wiązów w stronę cmentarnej bramy.

– Jak pan to powiedział, Herr Kriminaldirektor? – sapnął Lasarius. – Nie dosłyszałem... Ktoś zrobił jej coś butelką?

- Tak, doktorze. Ktoś ją zgwałcił i wepchnął do pochwy butelkę. Powiedziałem „wkopał", ale nie mam całkowitej pewności, że tak właśnie było...

Na półkolistym podjeździe za cmentarną bramą stał motocykl Mocka. Kapitan zbliżył się do niego i wyjął z wózka kamionkową butelkę.

- To dla pana, doktorze. - Mock podał mu butelkę.

- Przepraszam za tak wczesną pobudkę.

- Jestem starym człowiekiem i właściwie powinienem już od dawna leżeć na swoim stole sekcyjnym - uśmiechnął się Lasarius i schował butelkę za pazuchę. - Wie pan co? Chętnie położyłbym się tam i rozkroił od pępka do gardła. Chętnie bym zrobił autopsję samemu sobie. Ciekaw jestem, co bym zobaczył? Pocętkowane od nikotyny płuca? Założone cholesterolem tętnice? Obrzmiałe krwią żyły?

Mock wsunął rękawiczki na dłonie i uruchomił silnik. Lasarius usiadł z tyłu i objął mocno Mocka. Ruszyli. Mimo że do prosektorium było niedaleko, jechali dość długo. Na rozkaz jakiegoś kapitana Mock musiał skręcić w Sternstrasse, a potem jechał wolno, krztusząc się od spalin, jakie wydzielała mała przyczepa jadącego przed nim samochodu. Był to tak zwany gazogenerator, w którym spalano drewno, wykorzystując uwolnioną w ten sposób energię do napędzania pojazdu. Wydajność tego urządzenia była niewielka, silniki szybko się zużywały, a opary zatruwały wszystko dokoła. I właśnie wtedy, wśród spalin, doktor Lasarius oparł brodę na ramieniu Mocka i zaczął głośno krzyczeć mu do ucha. Kapitan usłyszał o gwałtach i morderstwach polskich robotnic przymusowych z obozu zorganizowanego w szkole przy Clausewitzstrasse. Usłyszał o ostatniej ofierze, siedemnastoletniej Zofii Grzybowskiej, która miała w pochwie obtłuczoną butelkę po piwie, usłyszał również o gestapowcu, który zakazał Lasariusowi mówienia komukolwiek o przypadku Grzybowskiej. Mock nie pamiętał prawie wcale objazdu, którym wiózł starego medyka do jego prosektorium na Auenstrasse, nie pamiętał spalin gazogeneratora, które wdzierały mu się do gardła, w głowie natomiast utkwiło mu mocno, co miało spotkać Lasariusa, gdyby ten komukolwiek wyjawił, że jakiś SS-Sturmbannführer kazał mu milczeć, jeśliby na stół w prosektorium trafiła jakakolwiek zgwałcona Polka. Mock dowiedział się również, dlaczego stary medyk postanowił o wszystkim opowiedzieć i dlaczego chciał się położyć na własnym stole sekcyjnym. Córka Lasariusa Irmina, która popełniła zbrodnię zhańbienia rasy, wyszedłszy za jednego z asystentów swojego ojca, doktora Heinricha Goldmanna, umarła wraz ze swoim mężem tydzień temu w obozie Gross Rosen, o czym wczoraj wieczorem powiadomił jej ojca oficjalny list.

Breslau, sobota 17 marca 1945 roku, dziewiąta rano

Mock siedział okrakiem na motocyklu, obie nogi wbił w ziemię i kiwał się na boki. Wpatrywał się w ceglane budynki uniwersyteckiego kompleksu medycznego i próbował zebrać myśli. Wnioski musiał wyciągać tylko na podstawie tego, co Lasarius wykrzyczał mu do ucha podczas porannej eskapady do miasta. Gdy znaleźli się na Auenstrasse wśród czerwonych budynków kliniki uniwersyteckiej, stary medyk przestał reagować na pytania Mocka dotyczące przypadku Zofii Grzybowskiej i innych zgwałconych polskich robotnic. Nie chciał nawet powtórzyć nazwiska gestapowca, który mu groził śmiercią córki. Nie znaczy to wcale, że doktor Lasarius nic nie mówił. Ściskając mocno kamionkową butelkę za pazuchą, poczłapał w stronę prosektorium i głosił przy tym pochwałę żydowskiego geniuszu swojego asystenta Heinricha Goldmanna oraz powtarzał, że pragnie wiecznego odpoczywania na sekcyjnym stole. Poza tym wzywały go – jak twierdził – ważne obowiązki.

– Nie mam czasu – mówił doktor. – Muszę dokończyć wczorajszą sekcję tej Polki.

Podczas sekcji zwłok, przy której Mock mu asystował i notował wielkość organów wewnętrznych, Lasarius nie odezwał się już ani słowem na temat morderstw Polek.

Mock kiwał się teraz na boki na nowoczesnym motocyklu i zbierał informacje uzyskane przez Lasariusa. Od jakiegoś czasu trafiały na jego stół sekcyjny zgwałcone i zamordowane Polki pracujące w fabryce Famo. O każdym takim przypadku doktor miał informować oficera gestapo. Gestapowiec ten wymusił na Lasariusie – pod groźbą zamordowania jego córki osadzonej wraz mężem żydowskiego pochodzenia w obozie Gross Rosen – zakaz mówienia o tym komukolwiek. Wczoraj na stole w prosektorium pojawiła się jeszcze jedna Polka, Zofia Grzybowska, której rany Mock widział dziś podczas sekcji. Bestialstwo, z jakim potraktowano młodą Polkę, znieczuliło Lasariusa na groźby gestapowca, a wiadomość o śmierci córki uczyniła je nieaktualnymi. To wszystko, co Mock wiedział. Nie wiedział zaś najważniejszego. Huk silnika podczas jazdy zagłuszył nazwisko gestapowca, wykrzyczane przez doktora. Kiedy Mock zapytał go o nie raz jeszcze po zaparkowaniu motocykla, Lasarius udał, że nie słyszy pytania.

Może mu przeszło, pomyślał Mock, zsiadł z motocykla, postawił go na ruchomej stopce i skierował się w stronę niewielkiego budynku prosektorium. Może już wypił ćwiartkę, uspokoił się i poda mi nazwisko tego bydlaka, myślał Mock, wchodząc do dyżurki. Może go jakoś przekonam, zastanawiał się nad argumentacją, gdy szedł wykafelkowanym korytarzem. Otwierając drzwi do sali sekcyjnej, miał nadzieję, że być może minęło mu już psychiczne odrętwienie.

Pierwsze i ostatnie przypuszczenie Mocka się sprawdziły. Na stole sekcyjnym leżał nagi doktor Lasarius, a obok niego opróżniona butelka. Oczy miał wytrzeszczone i utkwione w suficie. Trzy niesforne pasma włosów oplatające jego łysiejącą czaszkę były wilgotne. W zębach zaciskał zwiniętą w rulon kartkę papieru. Mock sięgnął do kuwety po wydezynfekowane szczypce, wyjął nimi kartkę i przeczytał równe pismo Lasariusa: „Cyjankali".

Do sali wszedł młody asystent.

– Co to jest? – zapytał przerażony. – Przed chwilą rozległ się przeszywający krzyk... Przedtem stary pił...

– To nie jest żaden stary. To jest najwybitniejszy medyk sądowy, jakiego znałem – powiedział Mock i podał asystentowi kartkę. – A tutaj ma pan gotowy wynik autopsji. Nadzwyczaj ciekawa sytuacja, młody człowieku. *Theoria cum praxi comparata.*

Powiedziawszy to, Mock opuścił prosektorium. Szedł w stronę motocykla i nie reagował na pozdrowienia starych pracowników Instytutu Lekarsko-Sądowego, którzy znali go jeszcze z dawnych policyjnych czasów, a których pamięć została odświeżona w związku z jego ostatnim wyczynem w Dreźnie. Myślał o trzech wilgotnych, rzadkich pasmach włosów, przyklejonych do czaszki doktora. Pamiętał je doskonale z czasów, kiedy w roku 1919 z nieodłącznym cygarem w ustach Lasarius pochylał się nad czterema męskimi prostytutkami znalezionymi na nadodrzańskich łąkach. Był duszny poranek, Mock miał kaca złośliwego, a doktor Lasarius wachlował się staromodnym cylindrem i jak zwykle wygłaszał cyniczne uwagi na temat swoich zimnych podopiecznych. Pamiętał rzedniejące pasma tych włosów na czaszce patomorfologa, kiedy w roku 1927 wyciągali wspólnie zarobaczonego trupa muzyka z grobowca, w któ-

92

rym go zamurował morderca przypinający do kamizelek swych ofiar kartki z kalendarza. Nie mógł zapomnieć kropel potu, które wykwitały na czaszce Lasariusa między trzema wilgotnymi, starannie zaczesanymi pasmami włosów – wiosną 1933 roku, kiedy w wagonie salonowym pociągu relacji Berlin–Breslau obaj patrzyli na rozdarty brzuch siedemnastoletniej Marietty von der Malten, w którym na swych wysokich odnóżach poruszały się wstrętne stworzenia – jedne z najstarszych na naszej planecie, chyba przez pomyłkę stworzone przez Boga na początku świata. Dzisiejszego ponurego poranka widział po raz ostatni te trzy rzadkie pasma, misternie przyklejone na czubku głowy, zakrywające jak listek figowy bezwstydne płaszczyzny gołej skóry. Te pasma były dla Mocka drogowskazem w działaniu i piętnem hańby, gdyby to działanie porzucił, były sennym koszmarem, który nie pozwala wybudzonemu ze snu przewrócić się na drugi bok i smacznie zasnąć, były tropem dla policyjnych psów. Zaczeskę doktora Lasariusa trzeba umieścić w herbie Breslau, pomyślał Mock i postanowił – tak jak stary medyk – już nigdy nie opuszczać swego miasta.

Breslau, sobota 17 marca 1945 roku,
szósta po południu

W swym mieszkaniu na Zwingerplatz Mock nie spodziewał się żadnych zmian. Kiedy półpijany, ciężko sapiąc, wchodził po schodach, wyobrażał sobie, że Karen – jak zwykle ponura – czyta starą, dobrą niemiecką literaturę, wzrusza się dziejami Effi Briest i wsłuchuje się w wycie wichru z noweli *Schimmelreiter* Theodora Storma. Stara służąca Marta przygotowuje już pewnie wypchanego boczkiem bażanta, którego zdobycie kosztowało Mocka dodatkową kartkę żywnościową. Zaraz usiądzie w przedpokoju na taborecie, zrzuci oficerki i mundur, a potem poprosi służącą o przygotowanie kąpieli. Wszystko wokół będzie się trzęsło od rosyjskich bomb – wtedy może i woda w wannie się rozkołysze, a on sam z zamkniętymi oczami będzie dryfował na powierzchni oceanu?

Mock otworzył drzwi i usiadł ciężko na taborecie. Zdjął górę munduru i włożył bonżurkę na przepoconą koszulę. Karen wyszła do przedpokoju. Była nienagannie ubrana – w kremowym kostiumie i jedwabnych pończochach. Makijaż i spiętrzona fryzura odejmowały jej lat. Mockowi wydała się nadzwyczaj piękna. Nagle zmartwiał i przypomniał sobie słowa jakiegoś poety: „W chwili pożegnania wszystko jest inne i niezwyczajne". Podszedł do żony, mocno ją przytulił i pocałował. Nie oddała mu uścisku ani pocałunku, ale nie wyrywała się i stała przy nim z opuszczonymi rękami.

– Kochana Karen – zaczął szybko mówić do jej małej i nieco odstającej małżowiny. – Chyba nie chcesz odejść... Nie ma już dokąd odejść, można stąd tylko odfrunąć... I odlecimy samolotem obydwoje, zobaczysz, mam jeszcze swoje kontakty i możliwości, ale pamiętaj, tylko skończę to cholerne śledztwo, właśnie wpadłem na trop, który mnie doprowadzi do mordercy, nie wypuszczę tego tropu z rąk, już nikt nie podrzuci nam niczego pod drzwi ani do domu, uwierz mi, Karen, wszystko będzie dobrze, nie chcesz chyba teraz odejść...

– Ja dla ciebie nie istnieję – powiedziała wolno Karen. – Dopiero teraz jesteś czuły i troskliwy, kiedy czujesz, że chcę cię zostawić...

– Poczekaj, Karen, nie opowiadaj głupot. – Mock wziął ją pod rękę i ruszył w stronę salonu. – Chodź, porozmawiamy...

– Nigdy mnie nie ceniłeś. – Karen wyrwała mu się z rąk.

– Uważałeś mnie zawsze za dużą, mleczną i głupią krowę...

– Nieprawda – skłamał, lecz dalej już nie kłamał. – Nie mówiłem ci o swojej pracy, bo chciałem cię chronić przed światem, o którym nie masz pojęcia...

Karen podeszła do drzwi gabinetu Mocka i otworzyła je na oścież.

– Ten świat wdarł się do naszego domu, Ebi – powiedziała. – Zobacz, on tu jest...

Mock stanął w progu swojego gabinetu. Jeszcze przed chwilą był pewien, że w mieszkaniu na Zwingerplatz nie czeka go żadne *novum*, że nie zaskoczy go niczym ta od dawna oswojona przestrzeń. Nic nie jest godne naszego zaufania, pomyślał Mock, patrząc na swojego brata Franza, który siedział na podłodze w brudnym kolejarskim szynelu, w szczerym uśmiechu pokazywał znaczne braki w uzębieniu i rozsiewał wokół siebie mdły zaduch.

Breslau, sobota 17 marca 1945 roku,
kwadrans na siódmą wieczór

Franz Mock miał na rękach kajdanki. Obok niego siedział na fotelu sanitariusz w kitlu.

– Dzięki Bogu, że doczekałem się pana, Hauptsturmführer. – Sanitariusz trzasnął obcasami i się przedstawił: – Kapral Godfried Haberstroh. – Oddaję panu brata oraz list od SS-Sturmbannführera Ericha Krausa z RuSHA, proszę pokwitować odbiór brata. – Po tych słowach Haberstroh rozkuł Franza i utkwił wzrok w barokowych złoto-zielonych wzorach tapety.

Mock podszedł do brata i przyjrzał mu się dokładnie. Franz wciąż się uśmiechał i wciąż śmierdział. Eberhard usiadł za biurkiem i rozłożył list podpisany przez SS-Sturmbannführera Ericha Krausa, szefa RuSHA w Breslau, do którego należało „ostateczne rozwiązanie kwestii żydowskiej". Kraus był również odpowiedzialny za kontakty ze służbą medyczną w sprawach eutanazji. Dokument był ozdobiony u góry pieczęcią z orłem trzymającym w szponach indogermański znak szczęścia.

– „Dnia 16 marca o godz. ósmej minut dwadzieścia wieczorem br. patrol porządkowy pod dowództwem kaprala Nageduscha natknął się na Tauentzienstr. 141 na ob. Franz Mock, lat 67, emerytowany kolejarz, zamieszkały Breslau, Nicolaistrasse 7" – czytał Mock głośno, by słyszała go stojąca w drzwiach Karen. – Co za osobliwa składnia! – mruknął do siebie i kontynuował: – „Zachowanie Mocka urągało wszelkim normom przyzwoitości i wobec tego został on odprowadzony przez patrol na najbliższy posterunek rewiru XIV Sicherheitspolizei na Feldstrasse 40. Komendant, Kriminalwachtmeister Mundry, zgodnie z instrukcją RDT 1425/934, przekazał Mocka podległej mi placówce. Uznałem, że, wbrew sugestiom Mundrego, Mock nie wykazuje oznak choroby umysłowej, lecz jest w stanie upojenia alkoholowego, i wobec tego postanowiłem go przekazać pod opiekę jego brata, Eberharda Mocka, lat 62, zamieszkały Zwingerplatz 1, co zleciłem kapralowi Haberstroh. Pokwitowanie odbioru..."

Mock podpisał dokument i oddał go kapralowi.

– Ten dokument jest dla mnie, a identyczna kopia dla pana kapitana – powiedział Haberstroh, podał Mockowi dokument, odmeldował się i ruszył do przedpokoju.

– Nie używajcie pleonazmów, kapralu – krzyknął za nim Mock. – Identyczna kopia – przedrzeźniał młodego sanitariusza. – A poza tym – mruknął do siebie – wcale nie jest identyczna.

U dołu kartki widniały odręczne gryzmoły, które Mock odczytał już cicho, tak cicho, aby tego nie usłyszała Karen: „Pański brat jest obłąkany. Tylko ze względu na dawną

96

znajomość nie przekazałem go do eutanazji. SS-Sturmbannführer Erich Kraus".

Mock spojrzał w zamyśleniu na brata, który wciąż
się uśmiechał i nieodmiennie śmierdział. Smród ten jednak nie był odorem alkoholu. Franz wydzielał woń po-
dobną tej, jaką kilka miesięcy temu czuł Eberhard, kiedy
wtargnął do oddziału psychiatrycznego drezdeńskiego szpitala i z mieszkania ordynatora wyniósł szesnastoletnią
Elfriede Bennert – woń niemytego ciała, odizolowanego od
powietrza grubym, nieprzepuszczalnym wełnianym mate-
riałem.

– Żydzi to zrobili, Ebi. – Franz uśmiechał się od ucha
do ucha. – To zrobili Żydzi.

– Co zrobili Żydzi?

– Żydzi są mordercami. – Franz podrapał się po siwej
szczecinie brody. – Mordercami mojego Erwina.

Eberhard musiał przyznać rację Mundremu i Krausowi.
Jego brat oszalał.

– Żydzi nas mordują – ciągnął niezrażony Franz. – Oni
nas wszystkich wymordują.

Tego już Eberhard nie mógł znieść. I to nie tylko dlatego, że zobaczył nagle maski pośmiertne dobrotliwego doktora Moritza Zuckermanna i jednego ze swoich najlepszych
policjantów, rabinowego syna Heinza Kleinfelda, nie tylko
z tego powodu, że ujrzał siebie bijącego dziesięć lat temu
Mosesa Hirschberga podczas przesłuchania, to nie wyrzuty
sumienia ani smutne wspomnienia nim targały, lecz
dotknęła go boleśnie obelga rzucona jego własnemu rozu-
mowi, lepką plwocinę głupoty. Nie przyjmował do wiadomości, że przed nim siedzi chory człowiek, w swoim bracie
ujrzał nie godne miłosierdzia indywiduum, ale zakutego
propagandzistę, który gotów byłby skoczyć w ogień dla
obrony jednego przecinka w pismach Wodza.

– To my ich wymordowaliśmy, idioto – powiedział Eberhard. – I już ich nie ma w Breslau i w Niemczech. Tylko ich znaki pozostały.

– Nie ma, he, he, nie ma! – przedrzeźniał go Franz. – A kto zabił tę dziewczynę, tam gdzie byliśmy? Też Żyd!

– Co ty bredzisz? – Eberhard czuł, że traci panowanie nad sobą. – A skąd ten Żyd się niby wziął? Co ty bredzisz, idioto?!

– Sam jesteś idiotą. – Franz przestał się śmiać i wbił w brata swe oczy, okrągłe i czarne jak u małpy. – Tak powiedziała mi ona... O Erwinie nic... Ale o gwałcie tak... Kto to zrobił... Powiedziała, że Żyd... A mało to jest Żydów u Ruskich?

Mock doznał na chwilę ulgi. Jego brat nieświadomie mu pomógł. Na krótko obdarzył go nadzieją, że cekiny, częściowe ogołocenie kamienicy i przymierzanie na cmentarzu dłoni trupa do jego przegubu to koszmar i wytwór chorej wyobraźni. Może to rzeczywiście rosyjski Żyd, na przykład oficer enkawudzista, myślał Mock i trzymał się tej myśli gorączkowo. Ta myśl to requiem dla jego wyimaginowanych policyjnych obowiązków, to przepustka umożliwiająca opuszczenie twierdzy, to obietnica wspólnego starzenia się wraz z Karen. Myśl ta była tak nierealna jak mgła, jak mgła się też rozwiała, pozostawiając jasne, zimne i krystaliczne implikacje.

– To nie byli Ruscy, Franz – powiedział wolno. – To byli Niemcy.

– Jak śmiesz! – wykrzyknął Franz i wstał z podłogi. – Jak śmiesz, ty świnio! Ty żydowska gnido! Ty gnido jedna!

W umyśle Mocka wciąż zazębiały się ogniwa łańcucha przyczynowo-skutkowego. Ani na chwilę nie przestał logicznie myśleć. Ciosy, które zadawał swojemu bratu, były ciosami miłości i miłosierdzia – jak lodowata woda tnąca ciała szaleńców w żelaznych klatkach szpitali. Eberhard uruchomił swoje stawy i bił tylko łokciami i kolanami. Kolano w krocze, łokieć w nos, kucnięcie, łokieć w twarz, zajście od tyłu, kolano w plecy.

Eberhard sapał, Franz krwawił, Eberhard uklęknął przy nim i otarł rękawem bonżurki krew z nosa brata.

– Marto, nagotuj wody na kąpiel – krzyknął, nie patrząc w stronę drzwi, i spojrzał ze zgrozą na powalany krwią rękaw. – Zostajesz u mnie, bracie, żebyś nie robił więcej głupot.

Uniósł wzrok do góry w stronę Karen. Jej już jednak nie było. W drzwiach stała tylko Marta z czystym białym ręcznikiem.

Breslau, sobota 17 marca 1945 roku,
wpół do siódmej wieczór

SS-Sturmbannführer Erich Kraus urzędował w budynku Prezydium Policji przy Schweidnitzer Stadtgraben, gdzie mieściło się mnóstwo mniejszych i większych wydziałów, decernatów i komórek zglajchszaltowanej policji niemieckiej, wśród nich wydział Rassen- und Siedlungshauptamt der SS w Breslau, któremu podlegały decyzje w sprawie osób pochodzenia żydowskiego oraz chorych psychicznie.

Mock zajechał od strony Museumplatz, przy którym dymiły wyrwy w neoklasycystycznym gmachu Śląskiego Muzeum Sztuk Pięknych, gdzie jeszcze niedawno chował się przed deszczem. Mocka najbardziej irytowały zniszczenia figury konia, na którym siedział cesarz Fryderyk III. Dumnie wzniesione końskie nogi pokaleczone były odłamkami, a szlachetny łuk grzywy został przecięty. Na skórzanym płaszczu motocyklisty osiadała sadza z pióropusza, który wznosił się nad Urzędem Telefonicznym i Telegraficznym. Mock przyśpieszył, chcąc uniknąć zasypania przez sadzę, skręcił w Anger i zaparkował na chodniku przed wejściem do wydziału RuSHA w Breslau, kierowanego przez jego dawnego i obecnego wroga Ericha Krausa. Otrzepując płaszcz z sadzy, wszedł do środka i natychmiast poczuł na sobie spojrzenie dwóch par oczu. Jedna z nich należała do starego portiera Oskara Handkego, którego Mock znał prawie trzydzieści lat, druga zaś do młodego strażnika o tępej twarzy pewnego siebie zdobywcy świata i kobiet, którego Mock ani nie znał, ani znać nie chciał. Odpowiedziawszy na pozdrowienia Handkego, stał obok dyżurki i patrzył, jak portier przepisuje jego dane z legitymacji policyjnej do oprawionego w wiśniowe sukno zeszytu z napisem „Marzec 1945". Portier Handke podniósł słuchawkę i zaanonsował komuś Hauptsturmführera Eberharda Mocka z V departamentu RuSHA. On w tym czasie podziwiał pedanterię wpisów do zeszytu: każdy interesant wydziału Rassen- und Siedlungshauptamt der SS w Breslau był opatrzony dwiema liczbami przedzielonymi ukośnikiem, z których pierwsza oznaczała – jak się domyślił Mock – wizytę liczoną od początku bieżącego miesiąca, druga – od początku bieżącego roku. On otrzymał przepustkę z numerem 21/167 oraz taką oto wskazówkę od Handkego:

– Pokój numer 227, SS-Sturmbannführer Erich Kraus przyjmie pana dyrektora kryminalnego za kwadrans.

– Dziękuję, panie Handke. – Mock odbywał dziś drugą podróż sentymentalną do czasów, kiedy nazywano go „dyrektorem kryminalnym", w zamierzchłe lata, kiedy gorzkie myśli i poczucie beznadziei nie wypełniały mu dwudziestu czterech godzin na dobę.

Nie idealizuj tych czasów, myślał Mock, mijając strażnika o twarzy toreadora, to były też czasy, kiedy miałeś do czynienia z bydlakiem, do którego teraz idziesz. Przypomniał sobie triumfujący uśmiech byłego komendanta policji w Frankenstein, kiedy w 1934 roku pojawił się w tym gmachu jako szef gestapo w Breslau. Pamiętał jego niezłomne zasady moralne, nienawiść do Żydów, Słowian, teatru, filharmonii, alkoholu i mężów zdradzających swe żony. Nie mógł zapomnieć wymyślnego sadyzmu, jakim się odznaczał, torturując żądłami owadów jego młodego przyjaciela Herberta Anwaldta, z którym prowadzili tajne śledztwo w sprawie morderstwa Marietty von der Malten, nade wszystko zaś Mock nie mógł sobie wyobrazić, że Erich Kraus robi coś dla niego bezinteresownie. Idąc długim korytarzem, nabierał coraz większej pewności, że Kraus, puszczając wolno brata, który wczoraj najwyraźniej cierpiał na jakieś zaburzenie umysłowe, obliguje jego samego do okazania wdzięczności. Siadłszy pod pokojem 227, analizował wszystkie punkty swojego planu, który był manewrem wyprzedzającym: on sam chciał Krausowi dzisiaj podziękować, nie czekając na żądanie spłaty długu wdzięczności.

Breslau, sobota 17 marca 1945 roku,
trzy kwadranse na siódmą wieczór

Adiutant, z którego butnej twarzy mógłby brać przykład strażnik na dole, obejrzał dokładnie przepustkę Mocka i pokazał mu bez słowa otwarte drzwi z napisem „Rassen- und Siedlungshauptamt der SS Abteilung in Breslau". Mock, nie zwracając najmniejszej uwagi na impertynencję adiutanta, stanął w drzwiach i patrzył z pokorą oraz wdzięcznością na niewysoką postać w czarnym mundurze SS, siedzącą za ogromnym, lśniącym biurkiem z wielką bakelitową popielnicą. Kraus pomarszczył się i skurczył wraz z upływem lat jak stare jabłko.

– Heil Hitler! – wrzasnął Mock i wystrzelił ramię do góry, trzaskając obcasami.

– Heil Hitler! – odwrzasnął Kraus, podskakując za biurkiem w hitlerowskim pozdrowieniu. – Proszę siadać, panie
kapitanie.

– Dziękuję. – Mock usadowił się na twardym stołku naprzeciw biurka.

Kraus patrzył uważnie na poparzoną twarz Mocka, na
jego skórzany płaszcz pokryty tłustą sadzą. Zmrużył oczy
w jakiejś namiastce uśmiechu. Ale usta ani drgnęły, nawet
wtedy, gdy budynek zatrząsł się od wybuchu. Zajęczała
szyba, która wypadła na bruk wewnętrznego dziedzińca.
Potem zaległa cisza przerywana szmerem sypiącego się
tynku. Kraus najwyraźniej nie miał zamiaru przerywać milczenia.

– Dziękuję, panie, SS-Sturmbannführer, za ocalenie mojego brata – powiedział Mock, patrząc nieśmiało na Krausa.
– Rzeczywiście miał pan rację. Mój brat był pijany.

– Jest pan bohaterem, kapitanie – powiedział Kraus,
bębniąc paznokciami po stole. – Jakże mógłbym oddać do
eutanazji brata bohatera z Drezna?

– Tak... Już Eurypides wiedział, że wino sprowadza na
człowieka szaleństwo... Trudno czasem odróżnić człowieka
pijanego od szalonego...

– Wprost przeciwnie. – Kraus przestał bębnić. – Bardzo
łatwo. Wystarczy powąchać. Ja powąchałem pańskiego brata. Śmierdział tylko swoim gównem. Nie alkoholem. Zatem
był pijany czy szalony, co, kapitanie?

– Mój brat jest alkoholikiem w stanie abstynencji. –
Mock był przygotowany na to pytanie. – Wie pan, co wy-
rabiają alkoholicy, kiedy odstawią alkohol i nie zażywają
żadnych leków?

– Nie wiem. – Głos Krausa stał się poirytowany. – Natomiast wiem, co uczyniłby każdy na moim miejscu, kiedy
ujrzałby takiego obesrańca jak pański brat. Oddałby go do
eutanazji, rozumie pan!

– Jestem bardzo zobowiązany, panie SS-Sturmbannführer. – Mock był przygotowany na obelgi oraz na lekceważące pomijanie jego stopnia wojskowego. – I chciałbym się teraz panu odwdzięczyć...

– Jak? – Kraus obcinał szczypczykami koniec cygara i udawał całkowitą obojętność.

– Zbrodnia zhańbienia rasy... – szepnął Mock i umilkł znacząco.

– No jest taka zbrodnia – mruknął Kraus, wypuszczając kłąb dymu. – Zechce pan dokończyć zdanie, czy będzie pan rozmawiał ze mną jak ostatnio pański brat?

– Wysoki oficer gestapo – Mock w jednej chwili odgadł po zwrocie „zechce pan", że Kraus na chwilę zrezygnował z dalszego upokarzania rozmówcy – gwałci polskie robotnice z fabryki Famo. Wiem to z całą pewnością i mogę o wszystkim panu powiedzieć... Bardzo łatwo go pan znajdzie... Nie pamiętam dobrze jego nazwiska... – I nagle Mock doznał częściowego olśnienia. – Brzmi ono podobnie jak nazwisko poety Heinego... Zatrzymanie go wydłużyłoby listę pańskich wielkich sukcesów jako szefa tego tak potrzebnego nam Niemcom wydziału. Dałoby nam wszystkim pewność, że nawet w trudnych dniach dekadenckie postawy są tępione z całą surowością.

Kraus wstał i okrążył dwukrotnie ciężkie biurko. Nagle zatrzymał się przed Mockiem. Śmiały się już nie tylko jego oczy, śmiały się również usta. Cała pomarszczona głowa kiwała się, rozjaśniona przyjacielskim uśmiechem.

– Dlaczego pan siedzi na tym twardym taborecie, kapitanie Mock? – powiedział, ukazując mocne, zdrowe zęby, między którymi tkwiły włókna jakiegoś mięsa. – Tutaj siedzą aresztanci i przesłuchiwani. Dlaczego nie usiądzie pan na fotelu pod palmą? Dlaczego nie zapali pan cygara, kapitanie?

Willy Reimann, adiutant SS-Sturmbannführera Krausa, patrzył na zegarek i odliczał już minuty do końca dnia pracy. Czekał z utęsknieniem na moment, kiedy wreszcie uwolni się od „wściekłego psa Krausa", jak nazywał w myślach swojego szefa. Najbardziej Reimanna irytowały sytuacje, wcale nierzadkie, kiedy Kraus wylewał na niego kubły przekleństw za coś, co wcześniej kazał mu zrobić. Pewnego razu wyzwał go od ostatnich idiotów za wyrzucenie listu jakiejś niewiasty, która doniosła, że jej sąsiad jest krypto-
-Żydem. Kraus twierdził, że kobieta nachodziła go już wielokrotnie i nie ma pojęcia, jak wygląda Żyd. Kiedy okazało się, że jest to żona siostrzeńca burmistrza, Kraus wpadł w szał i obsobaczył Reimanna, że nie prowadzi należycie korespondencji wydziału. Kiedy on się bronił, powołując się na rozkaz, Kraus go spoliczkował. Adiutant obawiał się, że podobna sytuacja może nastąpić i dzisiaj, kiedy zjawił się u Krausa ten dziwny kapitan z poparzoną twarzą. Reimann zastosował się do rozkazów szefa i potraktował przybysza bardzo chłodno, pokazując mu palcem otwarte drzwi gabinetu. Po pięciu minutach Kraus wypadł do sekretariatu i nakazał adiutantowi przygotować dwie filiżanki prawdziwej kawy. Już wtedy rzucał gniewne spojrzenia. Reimann czuł, że będzie miał dzisiaj zepsuty humor.

Teraz, po prawie półgodzinnej pogawędce, Kraus otworzył drzwi i żegnał się wylewnie z gościem.

– Willy – powiedział do adiutanta oschłym tonem – za godzinę chcę widzieć na moim biurku wykaz wszystkich pracowników gestapo w Breslau. Potem możesz iść do koszar. Jutro rano na twoim biurku znajdziesz tę samą listę z podkreślonymi nazwiskami. Napiszesz list do szefa gestapo z prośbą o przysłanie do mnie na rozmowę ludzi no-

szących podkreślone przeze mnie nazwiska. – Kraus spojrzał na Reimanna przeciągle i wrzasnął: – Zrozumiałeś
rozkaz, idioto jeden?! Czy znowu go zrozumiesz opacznie,
jak dzisiaj, kiedy ci kazałem bardzo grzecznie potraktować
pana kapitana Mocka?! Przeproś pana kapitana za swą
arogancję, ale już!

– Przepraszam – bąknął Reimann. Nie pomylił się. Znał
dobrze swojego szefa.

Breslau, sobota 17 marca 1945 roku,
kwadrans na ósmą wieczór

Kapral Hellmig cieszył się, że dziś po raz ostatni pilnuje
przejścia na Viktoriastrasse. Bliskość linii frontu wzbudzała
w nim niejasny lęk. Nie był to nawet strach przed dosta-
niem się do niewoli, przed nieludzkimi syberyjskimi tem-
peraturami czy przed kulą w tył głowy. Hellmig bał się nie-
określonego potwora, który czyhał przy wejściu do przeklętej piwnicy. Jawił mu się on jako wampir czy wilkołak
ukryty w piwnicznej ciemności, żywiący się szczurami
i padliną. Kapral wspominał opowieści, jakie snuli szeptem
weterani z frontu wschodniego, rekonwalescenci, którzy
tak jak Hellmig leczyli rany w Karlsbadzie. Słyszał o skoś-
nych oczach barbarzyńców, o ich pogardzie dla śmierci
oraz o dręczących ich chorobach i insektach. Bał się tam-
tych jak dżumy, jak nieokiełznanej zarazy – zresztą głęboko
wierzył, że są oni jej nosicielami. Dlatego obserwował
uważnie każdego szczura, który biegł tunelem od „ruskiej
strony", od Viktoriastrasse – czy aby nie słania się, czy nie
pluje krwią i czy nie zwija się w męczarniach. Ponieważ nie dane mu było widzieć u gryzoni objawów choroby, przeklinał swój własny strach przed wyimaginowaną
dżumą i strzelał ze złości do małych stworzeń, ignorując

nieśmiałe głosy podwładnych o konieczności oszczędzania amunicji.

Teraz zrobił to samo. Widząc przemykającego się szczura, wypalił. Przez chwilę rykoszet gwizdał i świstał po ścianach. Szczur uszedł z życiem, co jeszcze bardziej rozsierdziło Hellmiga. Wymierzył ponownie, lecz nie strzelił. Ktoś położył mu rękę na ramieniu. Ciężką i nieprzyjazną. Kapral wzdrygnął się, odwrócił i ujrzał czarną maskę, ledwie zasłaniającą spalone, poorane oblicze. Hellmig krzyknął. Wydawało mu się, że to właśnie wampir z jego lęków.

– Nieładnie, kapralu, tak strzelać do pożytecznych stworzeń – powiedział stary. – Nie zdajecie sobie nawet sprawy, jakie one mądre. A teraz do rzeczy. Poznajecie mnie, kapralu? Przedwczoraj rano, hasło: *Dum spiro...*

– ...spermo – odpowiedział kapral.

– *Spero*, kapralu Hellmig – uśmiechnął się Mock. – Jak byłem w waszym wieku, też myślałem tylko o jednym... Poznajecie mnie?

– Tak, poznaję, panie kapitanie. – Hellmig patrzył na Mocka z niepokojem człowieka, którego zwierzchnik przyłapał na marnowaniu amunicji.

– Mam do was kilka pytań. – Mock spojrzał w górę, w stronę tunelu, skąd z sufitu sypnęły smugi kurzu. – Czy w ostatnich dniach ktoś oprócz mnie przedostawał się na rosyjską stronę?

– Tak – odparł Hellmig i zaczął wytężać pamięć. Cieszył się, że ten wysoki oficer kripo nie robi mu żadnych uwag na temat rozrzutności, z jaką strzelał do szczurów. Chciał jak najlepiej i jak najdokładniej opisać tych ludzi. – W środę 14 marca zacząłem służbę tutaj... Wieczorem tego dnia przyjechał jakiś kibelwagen. Kierował nim oficer w mundurze SS. Po mojemu podporucznik.

– SS-Obersturmführer. – Mock czuł się jak przed laty, gdy wpadał na trop, gdy dochodziła go woń strachu u zwie-

106

rzyny, gdy w poszukiwaniu przestępców przenikał wzrokiem wyobraźni ściany domów. – Był sam?

– Nie, obok niego siedział jego adiutant.

– Jak wyglądał?

– Nie przyglądałem mu się dokładnie. Wydawało mi się, że spał.

– Spał?

– Tak wyglądał. Siedział bez ruchu na przednim siedzeniu, obok kierowcy, tego SS-Obersturmführera, i miał zamknięte oczy.

– Możecie podać mi jakąś cechę tego adiutanta? Duży, mały, gruby, łysy, rudy?

– Mały, skulony. W płaszczu przeciwdeszczowym i kapturze. Spał.

– Dobrze, kapralu. – Mocka ogarnęła taka niecierpliwość, że poczuł swędzenie pleców. – A teraz przedstawcie mi całą sytuację. Po kolei. O której przyjechali? Co mówili? Czy wydawali wam jakieś polecenia? Co mu odpowiadaliście? Mówcie wszystko!

– Dobrze. – Trzy zmarszczki na czole były znakiem intensywnej pracy mózgu. – Przyjechali wieczorem. Zacząłem służbę. Ten SS-Obersturmführer był nieprzyjemny... Nie taki jak pan... Darł się, wydawał rozkazy, nie pokazał żadnych dokumentów, a kiedy je chciałem zobaczyć...

– Po kolei, kapralu. – Mock wyjął papierosy. – Mówcie po kolei, bo przestanę być taki przyjemny, zwłaszcza że nie lubię szczurobójców – groźbę swą złagodził uśmiechem i podał kapralowi ogień.

– Przyjechali wieczorem. Ten Obersturmführer krzyknął, że jedzie na ruską stronę. Kiedy go ostrzegłem, że tam niebezpiecznie, wydarł się na mnie, że jestem od słuchania jak dupa... – Hellmig się zawahał.

– Powtórzcie każde jego słowo, choćby wulgarne. – Mock wypuścił ku sufitowi kłąb dymu.

– Że jestem od słuchania jak dupa od srania – powiedział Hellmig z wyraźnym niesmakiem. – Następnie zażądał hasła i odzewu. Podałem mu, potem ruszył...

– Jakie było hasło?

– Nasze zwykłe. Hasło: „Wzgórze Liebicha", odzew: „Cukrownia".

– Dobrze. Podaliście mu hasło i co dalej? – Mock spojrzał na mały ruchomy cień pod ścianą.

– Powtórzył je i zajechał pod wejście do schronu. Nie tak jak pan. Pan wtedy zostawił motocykl i poszedł na piechotę z tym drugim panem... – Hellmig przerwał i spojrzał znów na cień szczura.

– Mów o nim, nie o mnie! I skup się! – Mock czuł wzbierającą irytację.

– Dobrze. – Hellmig zdusił wypalonego do połowy papierosa, a resztę schował za ucho. – Podjechał do włazu i nic więcej nie widziałem. Słyszałem tylko huk drzwi.

– Obaj wyszli z kibelwagena? – zapytał Mock.

– Nie widziałem. Z mojej pozycji źle widać. Żarówka nad włazem do schronu nie paliła się tak jak teraz.

– Po jakim czasie wrócili? – Mock spojrzał na żarówkę, która wyglądała jak odwrócona czaszka.

– Wrócił tylko ten esesman. Tamten zginął.

– Opowiadajcie po kolei. – Mock tracił cierpliwość. Z wiekiem stawał się coraz bardziej niecierpliwy. Kiedyś podczas całonocnego przesłuchania mógł wychwytywać subtelne sprzeczności, bawić się zarzucaniem delikatnej sieci synonimów, łapać za słowa, teraz chętnie waliłby batem po tej tępej mordzie. – Z włazu wynurzył się SS-Obersturmführer, tak? Wszedł pod plandekę, tak? Podjechał do waszego stanowiska, tak? Był tylko on? Tak właśnie było, kapralu?

– Tak, tak było – odrzekł Hellmig. – Podjechał do nas. Był sam. Powiedział, że jego adiutant nastąpił na minę i że nie ma czego po nim zbierać.

– Czy coś wydało ci się dziwne? – zapytał Mock. Zadawał to pytanie zawsze na końcu. Uważał je za najważniejszy fragment przesłuchania. – Coś było niezrozumiałe, coś zaskakujące?

– Wszystko – odpowiedział Hellmig. – Wszystko było dziwne. Od początku do końca.

– A co w tym wszystkim było najdziwniejsze?

– To, że było mu wesoło.

– Kiedy i komu? – Mocka zaswędziały plecy, jakby maszerowała po nich kolumna mrówek.

– Temu esesmanowi było wesoło – mruknął kapral. – A kiedy? Wtedy kiedy mówił, że tamtego rozszarpała mina. Wtedy suszył zęby. A jeszcze...

– Jeszcze co? – zapytał Mock.

– Sam adiutant był bardzo dziwny. Jakiś taki...

– Jaki?

– Jak pedał. Chyba umalowany... Nie wiem zresztą....

Mock zgasił papierosa o ścianę tunelu. Wiedział, że to, co zaraz zrobią, będzie trudne dla kaprala Hellmiga, który – jak można było wnioskować z jego młodego wieku i szczerych reakcji – niedawno znalazł się w armii i być może jeszcze nie strzelał do żadnych istot żywych poza szczurami. Być może kapral Hellmig nigdy nie widział trupa, nie czuł trupiego smrodu. A teraz zobaczy trupa poszatkowanego kawałkami metalu, ciało wzdęte od gazów, otoczone wianuszkiem swych ulubionych gryzoni. Spojrzy w twarz zmarłego i nie dojrzy oczu, tylko dwie dziury wyszarpane ostrymi ząbkami małych zwierząt. Jak zachowa się kapral Hellmig – to było jasne. Ale co powie, kiedy już wyrzuci z siebie całą zjedzoną dziś zupę? Co wtedy powie młody kapral? Kogo rozpozna w gnijącym ciele? Czy małego, skulonego, sennego i umalowanego adiutanta tajemniczego SS-Obersturmführera?

– Idziemy – powiedział Mock. – Weźmiemy tego trupa. Żaden niemiecki żołnierz nie może tam zgnić. Musi zostać pochowany.

– Nie dam rady – Hellmig był przerażony. – Nie mogę. Nigdy nikogo nie grzebałem.

– Idziemy – powtórzył Mock. – Wszyscy jesteśmy grabarzami.

Poszli i wszystko poszło tak, jak to przewidział Mock. Nawet pomógł kapralowi w wypompowaniu z siebie kilku menażek zupy. Wszystko z jednym wyjątkiem. Trup miał oczy zachowane w nienaruszonym stanie. Hellmig zapewniał i bił się w piersi, że nigdy wcześniej nie widział tej twarzy. Zaklinał, że na pewno nie był to adiutant esesmana.

Breslau, sobota 17 marca 1945 roku,
ósma wieczór

Kibelwagen i ciężarówka wypełniona żołnierzami zatrzymały się z piskiem opon. Kapral Werner Prochotta z trudem wygramolił się spod plandeki i ruszył w stronę posterunku przy podziemnej Viktoriastrasse. Koło zasieków z drutu kolczastego kłębili się ludzie. Obiektem ich zainteresowania był stary kolejarz, który sprawiał wrażenie pijanego. Stał wśród żołnierzy i bełkotał coś, pokazując palcem na wielki właz do bunkra, oświetlony słabą żarówką. Prochotta zbliżył się do zgromadzenia i rzekł do jednego z żołnierzy:

– Gdzie jest dowódca tego posterunku? – Donośny głos Prochotty zagrzmiał w pauzie pomiędzy dwiema bełkotliwymi wypowiedziami kolejarza. – Jestem jego zmiennikiem.

Wszyscy żołnierze odwrócili się do Prochotty. Ich twarze były złe i napięte w jakimś oczekiwaniu. Spośród nich wyszedł młody człowiek bez czapki.

110

– Kapral Jürgen Hellmig – powiedział. – Jestem dowódcą.

– Kapral Werner Prochotta – przedstawił się przybyły.

– Jestem pana zmiennikiem, a tam – wskazał dłonią na grupę żołnierzy siedzących na ciężarówce – są moi ludzie.

– Proszę o rozkaz i przepustkę – Hellmig włożył czapkę i spojrzał wrogo na swojego zmiennika.

Wiedział, że podobne uczucia targają jego ludźmi. Siedzieli tutaj przez tydzień na rubieży Wielkich Niemiec, mieli poczucie, że bronią cywilizacji, że są potrzebni ojczyźnie, nawet jeden z nich ułożył pieśń o podziemnym bastionie Breslau, który prędzej zostanie zasypany, niż się podda, a teraz przychodzi jakiś bubek i każe im iść znów pod rozkazy znerwicowanego kapitana Springsa. Hellmig myślał przez chwilę, że nie może żyć bez tego, czego tak się bał i co chciał jak najszybciej zostawić za sobą. Jutro zamiast oddechu groźnego potwora, który czaił się za betonowymi drzwiami bunkra, będzie czuł smród palonej gumy i rozlanej benzyny, a zamiast napiętego oczekiwania – mdłą i nijaką rutynę obsługi słynnych kruppowskich armat 8,8. Hellmig nigdy nie sądził, że można uzależnić się od strachu.

– Dobrze, dziękuję – powiedział, przyglądając się pulchnemu, gładko ogolonemu obliczu kaprala Prochotty w kenkarcie. – Wracamy na powierzchnię! – powiedział do swoich ludzi, którzy wlepiali nieprzyjazny wzrok w zeskakujących z ciężarówki kolegów.

– Chwileczkę. – Tłusty Prochotta w swoim czystym, odprasowanym mundurze i z równym przedziałkiem we włosach sprawiał na Hellmigu wrażenie prymusa. – Teraz ja poproszę pana o kenkartę. Wszystko musi być zgodne z przepisami. Trzeba to wpisać do księgi raportów. Kapitan Springs zarządził prowadzenie od dziś księgi raportów.

– Już panu daję – Hellmig włożył rękę do kieszeni, zmienił się na twarzy, zaczął gorączkowo przeszukiwać kieszenie. - O cholera, nie mam. - Spojrzał na Prochottę roztargnionym wzrokiem. - Musiałem ją zgubić, jak rzygałem...

- Patrz, Jürgen! - krzyknął jeden z ludzi Hellmiga. - Ucieka. Patrz, jak szybko zapierdala!

- Kto? Szczur? - zapytał Hellmig, wciąż szukając dokumentów.

- Nie. Ten stary kolejarz - powiedział Prochotta, wyciągnął pistolet i wymierzył, przymykając jedno oko. - To może być ruski szpieg!

- Nie strzelaj! - wrzasnął Hellmig i podbił rękę Prochotty. Kula trafiła koło żarówki oświetlającej właz. - Łapać go! Ludzie Hellmiga rzucili się w pościg za kolejarzem. Nie zdążyli. Był już za daleko. Trzasnął właz do bunkra. Żołnierze zatrzymali się i spojrzeli na swego dowódcę.

- Zostawić go! - krzyknął Hellmig. - To zbyt niebezpieczne! Tam są miny!

Kapral Hellmig pamiętał rosyjskie ostrzeżenia na ścianach, które wczoraj pokazywał mu Mock. Stary o nich jednak zapomniał i stał się ofiarą złożoną wilkołakowi, mitycznemu potworowi, który czyhał za potężnymi drzwiami bunkra. Bestia połknęła starego kolejarza i wypuściła z paszczy ogień i dym, które buchnęły przez otwarty właz do bunkra, a potem wyrwały z zawiasów potężne drzwi. Oddech bestii potoczył je kilka metrów, a potem sadzą pokrył wszystko - włącznie ze świeżo odprasowanym mundurem kaprala Prochotty.

Breslau, niedziela 18 marca 1945 roku,
siódma wieczór

Corneliusa Wirtha i Heinricha Zupitzę nazywano „szczurami z Breslau". To określenie, jakkolwiek niespecjalnie podobało się im samym, dobrze charakteryzowało ich działalność. Świat podziemnego, nielegalnego handlu w Breslau był przestrzenią, nad którą panowali wraz z dowódcami oddziałów wojskowych poruszających się podziemnymi tunelami i wraz z kierownikami wydziałów fabryk zbrojeniowych, które w podziemiach miały swe magazyny i dla których tunele Breslau były dogodnymi drogami transportu. Przestrzeń tę kontrolowali ze swojego nowoczesnego mieszkania przy Dahnstrasse 37, a – ściśle mówiąc – z małego bunkra wykopanego w ogrodzie. Miał on dobre połączenie z korytarzem prowadzącym do pododrzańskiego labiryntu tuneli, które łączyły się z wielką arterią, dochodzącą do budowanego właśnie lotniska na Kaiserstrasse. Z tej żyły komunikacyjnej raz na jakiś czas skręcały motocykle w plątaninę źle oznakowanych korytarzy z wykwitami plam wilgoci na ścianach. Tymi korytarzami co jakiś czas wędrowali adiutanci z podziemnych oddziałów oraz kierownicy zmiany z tajnych fabryk zbrojeniowych. Z niepokojem szli wilgotnymi korytarzami, nasłuchując szumu wód podziemnych. Ich niepokój wzmagał się, kiedy w pewnym momencie napotykali ogromnego niemowę, Heinricha Zupitzę, który prowadził ich do małego bunkra w ogrodzie swojego pryncypała Wirtha. Uspokajali się dopiero, kiedy stary Cornelius Wirth, kiwając głową, akceptował ich rozliczenia ze sprzedaży syntetycznej benzyny, produkowanej w zakładach w Pölitz i transportowanej jeszcze do niedawna Odrą. Popyt na ten towar był ogromny, zwłaszcza wśród opuszczających Breslau bogaczy. Mogli oni łatwo kupić choćby największą ciężarówkę, lecz rygorystyczne ograniczenia sprzedaży benzyny, która była przeznaczona wyłącznie na potrzeby wojska, sprawiały, że wypełnione wszelkim dobrem i dziełami sztuki samochody stały bezużyteczne na podjazdach ich pałaców. Wtedy pojawiali się ludzie Wirtha i Zupitzy z kanistrami, i bogacze, pozbywszy się części rodowej biżuterii czy zrabowanych dzieł sztuki, odjeżdżali w stronę mitycznej Szwajcarii. Po zaciśnięciu kleszczy oblężenia w lutym benzyna przestała być towarem tak bardzo pożądanym, bo już i tak nikt nie mógł wyjechać z miasta. Wtedy Wirth i Zupitza zaczęli handlować czekoladą i francuskim koniakiem, którego zapasy przezornie starannie gromadzili przez całą wojnę. Adiutanci oficerów i podwładni kierowników fabryk – pośredników i panów podziemia – zainkasowawszy trzydzieści procent zysku, wracali, ochraniani przez potężnego niemowę, a w kieszeniach czuli ciężar złota i amerykańskich dolarów. Wirth wracał z ogrodu do domu i czuł na sobie wzrok generała Curta Queissnera, który stał na balkonie i puszczał dym z hawańskiego cygara. Siadali w wykuszu jadalni i słuchając sygnaturki w pobliskim klasztorze, rozliczali się co do centa. Generał Queissner inkasował czterdzieści procent zysku, trzydzieści procent zasilało sejf Wirtha, ukryty w ścianie pod kuchennym oknem, którym awangardowy architekt ozdobił róg budynku. Generał żegnał Wirtha kiwnięciem głowy, nigdy nie kalając się dotknięciem ręki kryminalisty, za jakiego go uważał, i odjeżdżał ze swym adiutantem do niedalekiej willi na Mozartstrasse, gdzie urządzał bizantyjskie uczty i rzymskie orgie. Ten proceder kwitł od ośmiu miesięcy. W połowie roku 1944 generał Queissner przegrywał w pokera do Corneliusa Wirtha w jednym z podziemnych kasyn dwadzieścia tysięcy marek i zaproponował rozdanie *va banque*. Wtedy na szali postawił informacje handlowe, wycenione przez siebie na powyższą kwotę. Wirth przystał na sumę podaną przez generała. Kiedy Queissner pokazywał cztery króle, Wirth rozłożył karetę asów, zapewniając sobie tym samym pewną i bezpieczną egzystencję w nadodrzańskiej metropolii. Mimo kilku aresztowań, kilku skrytobójstw i nadplanowego rozszerzania listy płac, wszyscy byli zadowoleni – od pozbywających się ostatnich oszczędności zamożnych

mieszkańców Breslau, poprzez podziemnych komiwojaże-
rów i skorumpowanych władców podziemnego świata,
a na Wircie i jego strażniku Zupitzy skończywszy. Niesłusz-
nie zatem tylko ci ostatni byli nazywani „szczurami z Breslau". Oni – w odróżnieniu od trybików uruchomionej przez
siebie handlowej maszynerii – prawie wcale nie zapuszczali
się pod powierzchnię. Mieli jednak wiele wspólnego ze
szczurami. Byli ostrożni, przebiegli, przenikliwi, inteligentni
i śmiertelnie niebezpieczni.

Mockowi ich przezwisko się podobało. Znał ich od czasu, kiedy był asystentem kryminalnym i jedynym jego
zmartwieniem było dopilnowanie, aby prostytutki regular-
nie przechodziły badania wenerologiczne, oraz karcenie
alfonsów, gdy ci im to uniemożliwiali. W tym odległych czasach, tuż po pierwszej wojnie, poznał Wirtha i Zupitzę.
Dzień ten zaliczał do najszczęśliwszych w swoim życiu.
Mock zyskał bowiem stałych i lojalnych współpracowników, którzy mu wiernie służyli ponad dwie dekady, prze-
kazując ważne informacje ze świata przestępczego, dys-
cyplinując niewygodnych dla Mocka hersztów podziemia
i wykonując wiele jego zleceń, których samodzielne prze-
prowadzenie byłoby dla każdego policjanta bardzo ryzy-
kowne. Nie robili tego zresztą zupełnie dobrowolnie. Mock
musiał się nieco postarać, aby ich przekonać do współpracy. Tak zatem żyli w symbiozie – Wirth i Zupitza pracowali
dla Mocka, a on przymykał oko na ich interesy, które niekiedy oznaczały krwawe rozprawy z konkurencją. Były to
jednak sytuacje niezwykle rzadkie, ponieważ Breslau nigdy
nie było miastem grzechu i występku na miarę Chicago.

Parkując teraz motocykl na Dahnstrasse 37 przed okazałym domostwem Wirtha, które przypominało jedno ze
skrzydeł swastyki, wspominał Mock dawne dzieje. To w ich
magazynach przetrzymywał ludzi, by ich uchronić przed
szaleńcem łamiącym ręce, tak że kości przebijały płuca,

a stary Mühlhaus, jego szef, udawał, że nie wie o niczym. To w ich piwnicach bezprawnie zamknął podejrzanych i – poddając ich dotkliwym eksperymentom – sprawdzał, który z nich może być „mordercą z kalendarza". To oni sprawiedliwie osądzili w roku 1927 pedofila Klausa Roberta. To oni w końcu porwali w roku 1934 pewnego gestapowca sadystę, którego posadzili na fotelu dentystycznym i zadziwili go swoim sadyzmem. Tak było, myślał Mock, byliśmy sobie potrzebni, teraz oni są mi potrzebni, lecz ja im nie. Czy bandyci są sentymentalni, czy raczej wyrachowani? Czy pomogą mi bezwarunkowo, czy będą ważyć wyświadczane sobie nawzajem dobrodziejstwa?

Nacisnął dzwonek przy bramce prowadzącej na posesję. U szczytu schodów pojawił się ogromny ochroniarz Zupitza. Podszedł do parkanu i przyjrzał się przybyszowi. Ten czuł się nieco upokorzony tym, że musiał zdjąć czapkę i maskę, by strażnik mógł go obejrzeć. Zupitza uśmiechnął się i wpuścił Mocka do środka. W mieszkaniu wskazał drogę na prawo, do kuchni, a potem strome schodki prowadzące do przyziemia. Mock zszedł po schodkach i zastał Corneliusa Wirtha w małej spiżarni wśród półek z winami. Kiedy zobaczył Mocka, uśmiechnął się i sięgnął po jedno ze swoich najlepszych win – znakomitego reńskiego hattenheimera, rocznik 1936.

Breslau, wtorek 20 marca 1945 roku,
ósma rano

W wydziale RuSHA zadzwonił telefon. Adiutant Willy Reimann odłożył „Schlesische Tageszeitung", która dumnie oznajmiała o pojawieniu się na ulicach Breslau prawdziwego bicza na bolszewików – pociągu pancernego „Poersel". Reimann wysilał wyobraźnię, chcąc zrozumieć militarny sens sprowadzenia pociągu pancernego. Telefon dzwonił. Reimann potrząsnął głową, pogodziwszy się ze swoją niewiedzą, i podniósł słuchawkę.

– Gabinet szefa RuSHA, oddział Breslau, słucham – powiedział.

– Mówi kapitan Eberhard Mock – usłyszał nieco zasapany głos starego człowieka. – Dzwonię w terminie ustalonym przez pana SS-Sturmbannführera Ericha Krausa. Czy mogę się z nim połączyć?

– Niestety nie – Reimann wykonywał dokładnie polecenia Krausa, którego zresztą pytał kilkakrotnie, wysłuchując w zamian dotkliwych obelg. – Mam tylko przekazać panu jego słowa... Proszę chwilę poczekać. – Wyjął z szuflady biurka kartkę zabazgraną przez Krausa. – Uwaga, czytam: „Panie kapitanie, ująłem sprawcę Rassenschande z gestapo i zajmę się nim osobiście. Dziękuję panu kapitanowi za pomoc i proszę o uznanie sprawy za zamkniętą. Heil Hitler!" To wszystko, kapitanie.

– Dziękuję i do widzenia. – Reimann usłyszał w słuchawce rozbawiony nieco głos. – A nie mówiłem? – powiedział głos, odkładając słuchawkę.

Reimann zrobił to samo i przez chwilę zastanawiał się, co też mogło rozbawić Mocka i co miało znaczyć to triumfalne: „A nie mówiłem?" Gdyby znał Mocka lepiej, wiedziałby, że tak brzmi zawołanie bitewne, że stary kapitan wydał rozkaz do ataku. Wiedziałby, że śmiech kapitana jest śmiechem nerwowym, niecierpliwym i złowróżbnym. Gdyby lepiej znał Mocka, wiedziałby, że był on przygotowany na taką odpowiedź. Nie znał go jednak i nie miał pojęcia, że Mockowi jest bardzo dobrze znana tajna formuła, trawestacja słynnego hasła proletariuszy: „Esesmani wszystkich formacji, łączcie się".

Breslau, środa 21 marca 1945 roku,
wpół do dziewiątej rano

Chloroacetofenon jest środkiem niebezpiecznym dla ludzkich oczu. Kiedy się do nich dostanie, powoduje łzawienie i pieczenie tak gwałtowne, że człowiek marzy o wiadrze wody, do którego mógłby wsadzić głowę. Pod wpływem chloroacetofenonu następuje gwałtowny skurcz oskrzeli i zaniewidzenie. Człowiek nie traci wtedy świadomości, ale można z nim zrobić wszystko.

Warstewka tego proszku leżała w zgięciu książeczki żołdu wystawionej na nazwisko Jürgen Hellmig. Stary portier Oskar Handke patrzył na zdjęcie zamieszczone w dokumencie i przecierał oczy ze zdumienia. Dla starego policyjnego portiera było oczywiste, że do kenkarty wklejono zdjęcie innego człowieka. Jeden rzut oka wystarczył, by Handke stwierdził, że stojący przed nim stary żołnierz nie mógł się urodzić w roku 1920, jak widniało w kenkarcie. Handke spojrzał na strażnika stojącego u szczytu schodów z miną toreadora i sięgnął dłonią do guzika alarmowego zamontowanego pod pulpitem. Nie zdążył jednak go wcisnąć. Stary żołnierz stojący w oknie portierni pochylił się i dmuchnął. Do oczu portiera dotarł suchy podmuch. Handke próbował przetrzeć oczy, ale poczuł, że ręce odmawiają mu posłuszeństwa. Jego ciało skręciło się i runęło na podłogę portierni.

Strażnik był w tym czasie zajęty podziwianiem potężnej budowy ciała drugiego żołnierza, który oparł swą stopę na najwyższym stopniu schodów i czyścił chusteczką zakurzony wysoki but kawaleryjski. Kiedy strażnik zobaczył, co się dzieje, sięgnął po schmeissera. Wtedy potężny miłośnik czystych butów machnął chusteczką w kierunku jego twarzy. Chusteczka rozpostarła się, uwalniając chmurę białych kryształków. Nogi toreadora się rozeszły, jakby zrobił szpagat. Głową uderzył o posadzkę. Wydał z siebie żałosny skrzek, a potem charkot. Potężny żołnierz wdarł się do dyżurki i wyjął spod lady oprawiony na wiśniowo zeszyt przepustek z napisem „Marzec 1945". Podał go staremu i obaj opuścili boczną klatkę schodową. Cała akcja trwała trzy minuty. Nikt w tym czasie nie wszedł do budynku tym bocznym wejściem od Anger.

Przed upływem następnych trzech minut zeszyt raportów znalazł się w rękach siedzącego w wózku motocyklowym mężczyzny, którego twarz zakrywał wciśnięty na czoło kapelusz oraz postawiony kołnierz płaszcza. Kiedy olbrzym uruchamiał silnik, a jego towarzysz siadał na tylnym siedzeniu, zakapeluszony mężczyzna przebiegał wzrokiem zapisy w zeszycie raportów z ostatniego tygodnia. Kiedy motocykl ruszył, pasażer w wózku wykrzyknął coś w nieznanym jego towarzyszom języku i stukał z radością w jedno z nazwisk interesantów, którzy odwiedzili w ciągu ostatnich siedmiu dni wydział RuSHA w Breslau. Nazwisko to było bardzo podobne do tego, jakie nosił znienawidzony przez nazistów poeta Heine.

Breslau, środa 21 marca 1945 roku,
godzina dziesiąta wieczór

W mieście panowała cisza. Niebo zmywało po kolejnym dniu oblężenia kurz i sadzę. Lekki deszcz, niesiony zmiennymi podmuchami wiatru, zacinał z ukosa. SS-Hauptscharführer Hans Heide wyszedł ze swojej kwatery przy Bischofstrasse. Po jego przeciwdeszczowym płaszczu natychmiast spłynęły krople wody. Takie same krople ściekały po tapecie w kuchni mieszkania po przeciwnej stronie ulicy, gdzie dzisiaj wybuch bomby burzącej odkleił od budynku ścianę frontową. Runęła w gruzy, bezwstydnie odsłaniając wnętrza. Cały budynek stał się podobny do gigantycznego domku dla lalek, w którym różne kolory ścian tworzyły wstrząsającą dla estety kakofarbię. Ukośny deszcz ciął zatem po ścianach kuchni i pokojów, co niektórym mieszkańcom zdawało się nie przeszkadzać. Jeden z nich na widok Heidego odstawił czajnik z kuchenki i przeszedł do innego pomieszczenia, z ulicy niewidocznego. Następnie zbiegł po schodach i stanął w bramie, wbijając wzrok w plecy idącego esesmana. Ten szedł dość szybko w stronę Neumarkt. Minął restaurację „Gauhaus" i wbiegł w Langeholzgasse. Człowiek ze zniszczonej kamienicy chyłkiem ruszył za nim przez podcienia Deutsche Bank. Tam stał potężnie zbudowany mężczyzna z papierosem w ustach. Przywitali się wzrokiem i zamienili rolami. Olbrzym ruszył za Heidem, a jego towarzysz stanął na rogu i z dłońmi na kolanach ciężko oddychał jak po długim biegu. Na Neumarkt Heide rozejrzał się i na Langeholzgasse zobaczył w oddali dużego mężczyznę, który właśnie się pochylił, by zawiązać sznurowadła. Heide stanął obok fontanny z Neptunem i zapalił papierosa. Duży wyprostował się i zniknął na Kupferschmiedestrasse. Esesman dopalił papierosa i dokładnie zlustrował pusty plac. Wolno zszedł po schodach prowadzących pod powierzchnię placu, a potem nagle wybiegł. Plac był pusty. Heide znów zszedł na dół, uspokojony zabębnił w drzwi prowadzące do podziemia. Otworzył mu strażnik w wiśniowym mundurze nieistniejącej formacji wojskowej. Na piersi strażnika dyndały osobliwe medale, na których wygrawerowane były usta. Pagony były ozdobione spinkami w kształcie kobiecych ciał. Strażnik powitał Heidego kiwnięciem głowy i wpuścił go bez słowa.

Pod powierzchnią Neumarkt zbudowano w 1944 roku sieć schronów powiązaną z gmachem Rządu Śląskiego i pałacem Hatzfeldów. Podłączono kanalizację, doprowadzono wodę i gaz oraz zaopatrzono je w szyby wentylacyjne. Niektóre z tych pomieszczeń były obszernymi salami z wianuszkiem mniejszych salek. Pod placem było kilka takich „układów planetarnych". Projekt natchnął kapitana Ottona von Schebitza, nadzorującego budowę schronów na Neumarkt, myślą o zorganizowaniu w jednym z nich luksusowego puffu dla wyższych oficerów. Podłogi obłożono grubymi dywanami, a ściany obklejono tapetą złotego koloru. Umeblowanie tworzyły niskie sofy. Wkrótce pojawiły się kobiety, które von Schebitz ściągnął z innych burdeli w Breslau obietnicą sowitych zarobków i obcowania z lepszym towarzystwem.

Do stałych bywalców należał pewien kapitan. Jego ulubioną dziewczyną była Klara Mesletzky. Ta dwudziestotrzyletnia blondynka, którą von Schebitz wyciągnął z burdelu dla robotników cudzoziemskich, zainteresowanie kapitana uznała za niezwykłą nobilitację. Kapitan, mimo swojego wieku, odznaczał się nieprzeciętnym wigorem i wielką delikatnością. Nie zadawał zbędnych pytań i nie szafował pocieszeniami. Ocierał łzy z policzków i milczał współczująco. Tęskniąca Klara czekała na niego dwa razy w tygodniu z rozłożonymi nogami i odliczała minuty do godziny dziewiątej, bo o tej zwykle się pojawiał. Od pół roku kapitan nie pojawił się ani razu. Pogodziła się już z myślą o jego śmierci.

Tym większą radość odczuwała dzisiaj, kiedy – leżąc u jego boku w głównej sali – przytulała się do niego po raz pierwszy od wielu miesięcy i wciągała znany jej delikatny zapach korzennej wody kolońskiej od Welzla. Aksamitna maska skrywająca twarz kapitana stanowiła dla niej nie lada zagadkę, ale powstrzymywała ciekawość, bo wiedziała, że jej ulubiony klient nie lubi nieoczekiwanych pytań. Spod materiału wymykały się jednak podłużne różowe blizny i one zaspokajały częściowo jej ciekawość. Maska zresztą wcale jej nie przeszkadzała, ponieważ widziała to, co najbardziej lubiła w jego twarzy – duże, zielono-piwne, nieco ironiczne oczy.

Teraz te oczy, ani rozbawione, ani zdenerwowane, były skoncentrowane na esesmanie, który w rozpiętym mundurze i bez czapki leżał rozparty na sofie naprzeciwko. Esesman wybuchał co chwila grubym, zachrypniętym śmiechem. Bawiła go najwidoczniej pantomimiczna scenka, jaką odgrywały przed nim dwie dziewczyny. Dzierżyły w rękach drewniane mauzery i strzelały do siebie, wydając przy tym odgłosy, które Mockowi bardziej kojarzyły się z uchodzeniem powietrza z przebitej dętki niż ze strzałami karabinowymi. Esesman nie był jednak wybredny i bawił się znakomicie. Zanosił się śmiechem, kiedy jedna z kobiet uniosła drewniany granat, a jej kształtna pierś drżała w rozpięciu czarnej koszuli. Kapitana coś zaintrygowało w tej scence. Sięgnął do kieszeni i założył na nos binokle.

– Wiesz co, Klaro – przemówił do leżącej obok dziewczyny łagodnym głosem i wskazał oczami na dzielnie walczące obrończynie twierdzy. – Mam coraz gorszy wzrok. Powiedz mi, kochana, czy ten oficer to wasz stały gość?

– Tak – odpowiedziała Klara. – Od trzech miesięcy przychodzi prawie codziennie.

– A te dziewczyny mają na sobie tylko czarne koszule? – zadał ponownie pytanie.

– To nie są koszule, panie kapitanie – uśmiechnęła się Klara. – To są mundury SS. Tak, Monika i Frieda mają na sobie tylko kurtki mundurowe.

- Rozumiem. - W głosie kapitana Klara usłyszała nutę zniecierpliwienia. - A co jest na tych mundurach? To, co się świeci.

- To cekiny - odpowiedziała dziewczyna. - Hauptscharführer Heide lubi dziewczyny w mundurach z cekinami.

Breslau, środa 21 marca 1945 roku,
jedenasta wieczór

Klara Mesletzky była bardzo rozczarowana dzisiejszym zachowaniem kapitana. Już myślała, że wrócą dawne czasy, kiedy ulubiony klient prawił jej komplementy i uczył ją gry w szachy. Spędzali wtedy ze sobą całe wieczory i noce, a Klara chwilami łapała się na myśli, że chyba jest zakochana w tym starszym dżentelmenie o kanciastej twarzy i nienagannych manierach. Odrzucała jednak szybko tę myśl, pamiętając o przestrogach doświadczonych koleżanek, które mówiły, że prostytutka może zakochać się wszędzie i w każdym - tylko nie w burdelu i nie w swoim kliencie.

Pamiętała o tym i teraz, kiedy klęczała przed esesmanem i czuła jego twarde palce na swoich uszach. Robiła to, co umiała najlepiej, bo została hojnie opłacona przez swojego kapitana. Na jego to rozkaz kwadrans temu podeszła do wygodnie rozpartego na sofie miłośnika mundurów z cekinami i oznajmiła mu, że jest gotowa dla niego zrobić wszystko i że właściciel puffu już za to wszystko zapłacił. Hauptscharführer Hans Heide znał dobrze majora Ottona von Schebitza i jego zasadę, że najlepsi stali klienci powinni być raz na jakiś czas honorowani darmowymi usługami. Klara na wyraźne polecenie swojego kapitana w masce nie zamknęła na klucz drzwi od *separé*. Nie sądziła, że jej stały

123

klient będzie się przyglądał przez szparę w drzwiach. On nie był taki. Coś tu nie grało. Esesman nawet nie zauważył, że dziewczyna nie przekręciła klucza w zamku. Zrzucił spodnie i wychwalając w duchu niezłomne pryncypia majora, trzymał teraz mocno nieco odstające uszy dziewczyny i przyśpieszał jej ruchy.

To, co nagle poczuł w oczach, to nie był pył rajskich kwiatów. Łzy, które wytrysnęły mu na policzki, nie były łzami wywołanymi orgazmem, a paraliż, który go ogarnął i rzucił o podłogę, nie był miłosnym spazmem. Heide podrygiwał na podłodze, jakby wykonywał ruchy frykcyjne, a jego rozdęte płuca już nie chwytały powietrza. Przerażona dziewczyna patrzyła, jak jej kapitan zawija esesmana w dywan. Przedtem wbił strzykawkę w owłosione udo esesmana, a potem usiadł na osobliwym pakunku, otrzepał rękaw z białych kryształków i uśmiechnął się do Klary.

– Byłaś bardzo dzielna – powiedział. – A jeszcze dzielniejsza będziesz, jeśli nie powiesz nikomu o tym, co się tu zdarzyło. Twoje koleżanki zajmują się już innymi gośćmi i nie wiedzą, co się dzieje z Hauptscharführerem. A my posiedzimy tutaj wspólnie jeszcze parę chwil. Nie musisz dziś pracować. Zdrzemnij się, kochanie, miałaś ciężki wieczór.

Kapitan wziął ją na ręce i położył na sofie, otulił kocem i pogłaskał po policzku. Jego dwukolorowe oczy były bardzo dobrotliwe.

– Byłaś bardzo dzielna – powiedział. – Jak się obudzisz, zajrzyj pod poduszkę. Tam będzie coś dla dziecka. Od świętego Mikołaja.

Breslau, środa 21 marca 1945 roku,
północ

Dwaj strażnicy puffu w podziemiach Neumarkt, Drieschner i Jagode, smakowali amerykańską whisky, którą im zapłacił mały staruszek o wąskiej, lisiej twarzy. Zapłata była bardzo hojna, ale zdecydowanie uzasadniona. Strażnicy mocno naraziliby się swojemu szefowi, majorowi von Schebitzowi, gdyby dokonał on dzisiaj inspekcji w swoim lokalu i odkrył, że przebywa w nim ktoś, kto nie jest oficerem, lecz przemytnikiem. Bo właśnie tak obaj strażnicy określili profesję człowieka o lisiej twarzy, kiedy spojrzeli na jego nienaganny garnitur z angielskiej wełny, sygnet na małym palcu, a nade wszystko, kiedy otrzymali cztery butelki amerykańskiej whisky jako zapłatę. Nie dziwili się zatem, że ten przemytnik pragnie nobilitacji i chce poznać, jak się wyraził, „oficerskie kurwy". Nie dziwiło ich również, że tego samego pragnie jego milczący kolega o wyglądzie wołu.

– Każdy by chciał je poznać, co, Jagode? – zarechotał Drieschner i otworzył butelkę. – No to po całym!

Strażnicy wypili z jednej szklanki, odmierzywszy wcześniej pudełkiem zapałek poziom płynu. Staruszek o lisiej twarzy zniknął wraz ze swoim kolegą w dalszych salach puffu. Wieczór toczył się wolno, jak zwykle w dzień powszedni. Czasami zadrżał sufit, jak zwykle w tych czasach.

Mijały godziny. Do puffu wszedł jakiś oficer i kupił jak większość klientów bilet na jedną godzinę. Drieschner, wpisując sumę do raportu kasowego, zauważył, że cyfry zjeżdżają w dół, przekraczają granicę rubryki, a potem powiększają się i dziwnie pęcznieją. Drieschner pochylił głowę i zobaczył, jak Jagode wlewa kolejkę do szklanki i pyta:

– No to co, Helmut, po całym?

Ostatnie, co strażnik Drieschner zapamiętał z tego wieczoru, to była szyjka butelki, z której wylewał się złoty płyn. Jagode nie mógł trafić do szklanki. Lał po blacie stołu i po raporcie kasowym.

Breslau, czwartek 22 marca 1945 roku,
trzecia w nocy

W ogołoconym mieszkaniu na Viktoriastrasse blask palonego przez Rosjan ogniska pełzał po ścianach i po suficie. Mock stał przyklejony do ściany przy oknie i uważnie przyglądał się sześciu rosyjskim żołnierzom, którzy rozgrzewali się śpiewem i gorzałką popijaną z menażek. Tęskne i słodkie melodie płynęły w germańskiej przestrzeni, wlatywały do niemieckich mieszkań i snuły się po niemieckich ulicach. Mock spojrzał na trzymaną w ręku czapkę kolejarską swojego brata, którą znalazł w piwnicy. Rosyjskie dumki były requiem dla jego brata, kiedy tydzień temu uniósł się do Walhalli.

Mock dał znak swoim ludziom. Wirth i Zupitza ułożyli Heidego na podłodze pokoju, w którym zgwałcono Bertę Flogner. Wirth wyciągnął kajdanki. Szczęknęły kluczyki. Lewy przegub Heidego i rama okna, które straciło w wyniku przeciągu szybę, zostały połączone. Ciało gestapowca wisiało tylko na przykutym do okna ramieniu. Jego stawy zareagowały bólem. Najpierw ogarnął on nadgarstek, a potem obojczyk. Heide obudził się i mrugał powiekami, chcąc wytworzyć choćby cień podmuchu, który by zmiótł z jego powiek drobinki pyłu. W końcu otworzył oczy i spojrzał na swoich prześladowców.

Mock, Wirth i Zupitza, ci dwaj uzbrojeni w schmeissery, kucali pod ścianą i byli niewidoczni z ulicy. Mock zbliżył się do Heidego na czworakach i uśmiechnął się do niego.

– Powiedz mi, Hans – szepnął – co robisz, żeby ci było całkiem dobrze? Wystarcza ci zwykłe ruchanie?

Heide chciał coś powiedzieć, ale uniemożliwił mu to bandaż. Chciał go zerwać z ust, ale jego ręka tkwiła w żelaznym uścisku Zupitzy. Patrzył z przerażeniem, jak Mock podsuwa mu pod nos szyjkę stłuczonej butelki.

– Wsadzasz wtedy dziewczynie butelkę – szeptał Mock. – I wtedy jest ci całkiem dobrze, co, świński ryju? Wtedy jest już mokro, co?

Heide rzucił się gwałtownie. Jego ręka trzasnęła ostrzegawczo. Zamknął oczy i osunął się na podłogę. Przed upadkiem uchronił go łańcuch kajdanek. Rama okna również zareagowała na zmianę pozycji esesmana i uderzyła o ścianę, czyniąc spory huk. Rosjanie na zewnątrz przestali śpiewać. Zapadła cisza. Mock dał znać Zupitzy i ten chlasnął Heidego po twarzy otwartą dłonią. Mock wyszeptał coś, co zwerbalizowało ponure przeczucia gestapowca:

– To nie jest sąd, skurwysynu, to jest wykonanie wyroku! Nazywam się Eberhard Mock. Nie zapomnij mojego nazwiska w piekle!

Rosjanie, zaalarmowani hukiem okiennej ramy, głośno się naradzali. W końcu Niemcy usłyszeli szuranie ich butów po bruku ulicy. Mock wziął od Wirtha schmeissera i stanął w oknie. Kiedy naciskał spust, ujrzał otwarte ze zdumienia oczy Rosjan. Huk strzałów wstrząsnął kamienicą. Dymiące łuski skakały po podłodze. Mock stał mocno na nogach i widział wyraźnie obłoki kurzu na bruku, odpryski kamienia i krew rozlewającą się pod nogawką jednego z rosyjskich żołnierzy. Wtedy z sufitu runęły kawałki cegieł i strzyknęły smugi tynku.

– W nogi! – krzyknął Mock i wszyscy trzej wyskoczyli z pokoju. – W piwnicy uważać na miny!

Kroki Wirtha i Zupitzy zadudniły na schodach. Mock stanął w drzwiach mieszkania, by po raz ostatni spojrzeć na Hauptscharführera Hansa Heidego, który miotał się, przykuty do okiennej ramy. Mock rzucił się w ślad za swoimi ludźmi. Kiedy zbiegał do piwnicy, fala uderzeniowa po wybuchu granatu wysadziła oszklone wahadłowe drzwi i ostre kryształki sypnęły po schodach i po płaszczu Mocka. Zbiegł do piwnicy. Za sobą słyszał kroki i głośne krzyki. Kiedy już był w bezpiecznej ciemności podziemi, wśród znanych nieprzyjemnych woni i przyjaznych dźwięków szczurzego popiskiwania, omiótł go podmuch, który rzucił nim na odległość kilku metrów. Uderzył plecami o ścianę i osunął się na klepisko. Obok głowy przeleciały mu fragmenty drzwi do piwnicy. Syknął z bólu, kiedy poczuł na swojej zniszczonej twarzy ostre ukłucia. Drzazgi wbijały się w naciągniętą skórę. Po usznych małżowinach spłynęły ciepłe strumyki. Podniósł się i ruszył, kulejąc, w stronę swej ojczyzny. Minął wzdęte ciało trupa, minął miękkie placki, jakie zostały po jego bracie, i stanął w drzwiach schronu, w którym błyskały już zaniepokojone oczy Wirtha i Zupitzy. Po chwili był w swoim Breslau, ocierał krew z uszu, wyjmował drzazgi z brody i usiłował odpędzić natarczywą myśl, że podczas ucieczki zgubił gdzieś czapkę kolejarską – jedyną pamiątkę po swoim zmarłym bracie. Tym wyrzutem sumienia została wzbudzona inna jeszcze myśl: nie zdążył zapytać Heidego o list, który otrzymał Franz. Jestem roztargniony, powiedział cicho do siebie, sprawiedliwość jest ślepa i roztargniona.

Breslau, czwartek 22 marca 1945 roku,
dziesiąta rano

Karen nacięła skórę kaszanki i na talerz wypłynęła brunatna, gęsta lawa, a na jej powierzchni pływały kostki tłuszczu i kulki kaszy. Widelec przycisnął kromkę razowego chleba, która wciągnęła jak bibuła lepki wyciek z kaszanki. Mock odkroił drżące białko jajka sadzonego, posypał je pieprzem, solą i startą na proszek gorczycą. Potem lekkim ruchem noża przedarł powierzchnię żółtka, a ono popłynęło wąską smugą, która zakręciła obok ósemki kiszonego ogórka. Łyknął kawy zbożowej, która zaprawiona byłą goryczą cykorii i sacharyną.

Przy stole państwa Mocków jedynie napój śniadaniowy trącił dziś goryczą. Oboje czuli jeszcze słodycz wczesnego poranka, kiedy Eberhard przyszedł o piątej do domu i obudził swą żonę tak, jak ona najbardziej lubiła. Karen po raz kolejny, nie wiadomo już który w ich piętnastoletnim pożyciu, uwierzyła swojemu mężowi, kiedy zapewniał ją po miłosnych euforiach, że właśnie zakończył sprawę, którą ostatnio prowadził, i że dziś uda się do szpitala Wszystkich Świętych. Tam spotka się z zaprzyjaźnionym lekarzem, który sprawi, że ciężko ranne małżeństwo Mock znajdzie się w szpitalnych łóżkach. Potem jeden z samolotów lądujących w Gandau, zabierający prominentnych rannych, zabierze małżeństwo Mock z oblężonego miasta. Następnie znajdą się w Kopenhadze, gdzie Karen miała liczną rodzinę.

– Dziś porozmawiam z doktorem Bockiem. On wszystko załatwi. Zanim do niego pojadę – Mock przełknął kawałek chleba, którego szorstkie krawędzie oblane były polewą z żółtka i kaszanki – muszę odwiedzić hrabinę von Mogmitz. Wczoraj w sprawiedliwe ręce oddałem mordercę jej siostrzenicy. Wrócę na obiad koło szóstej.

– Dobrze. – Karen odsunęła talerz, zapaliła papierosa i dmuchnęła dymem, nie zaciągając się, co jej mąż zawsze nazywał marnotrawstwem. – Wiesz, że w Kopenhadze jest wspaniały dom koncertowy? Tam będziemy chodzić wieczorami. Ty włożysz frak, a ja łososiową sukienkę... Wszyscy mówią, że mi w niej do twarzy...

– A która to jest? – Mock również zapalił, lecz bez marnotrawstwa. Po jedzeniu jego organizm chciwie wciągał nikotynę każdą swoją tkanką.

- No ta, którą przywiozłeś mi w prezencie z Paryża...

- Ach, mówisz o pomarańczowej! – Zidentyfikował z uśmiechem suknię, kupioną w salonie Coco Chanel. – No tak, rzeczywiście ci w niej do twarzy...

- No nie, no co ja mam zrobić z tym typem? – Śmiech Karen rozlał się po jadalni. – Łososiowa to nie pomarańczowa! To zupełnie inny kolor!

- Niech ci będzie. – Mock poprawił maskę i jedwabny fular, który wykwitał mu w rozpięciu koszuli. – A co jeszcze będziemy robić w Kopenhadze?

- Latem będziemy chodzić na plażę w Amager. – Głos Karen stawał się coraz bardziej rozmarzony, kiedy myślami wracała do swojego rodzinnego miasta, z którego wyjechała kiedyś na studia do Berlina i Breslau. – A zimą będziemy podziwiać szron na liściach w ogrodach Tivoli. Ty możesz wrócić do swoich zainteresowań językoznawczych z czasów młodości. Kiedyś mówiłeś mi, że o tym marzysz... Biblioteki naukowe w moim mieście są znakomite. Wyobrażasz sobie emeryturę w czytelni uniwersytetu? Tam gdzie unosi się duch Raska? Ciągle przecież marzysz, aby studiować zagadnienia ligwistyczne...

- Ja już niczego nie pamiętam. – Mock zdusił papierosa i zamyślił się. – Kiedyś interesowały mnie na przykład jakieś zmiany samogłosek w łacińskich sylabach... A teraz już nawet nie wiem, o jakie zmiany chodziło...

- Wszystko sobie przypomnisz – Karen znów wpadła w patetyczny ton. – Nigdy nie zapominamy czegoś, co niegdyś kochaliśmy... Ja na przykład... – Umilkła.

- Co chciałaś powiedzieć? – Mock nie lubił patosu i obawiał się, że zaraz padnie jakieś wyznanie. – Dokończ, proszę...

- Ja na przykład – powtórzyła Karen – nie zapomnę nigdy twojego uśmiechu w dniu ślubu... Był szczery i radosny, choć nieco ironiczny. Ten uśmiech wiele obiecywał...

– Daj spokój, stare dzieje... – Mock czuł się, jakby najadł się cukru i popił go miodem. – Muszę już iść...

– Nie udawaj innego, niż jesteś. – Karen chwyciła męża za rękaw bonżurki i przytuliła się do silnej dłoni ozdobionej sygnetem. – Przecież wiem, jaki jesteś niepewny i rozedrgany wewnętrznie... Nie musisz przede mną ubierać się w jakieś obce kostiumy... Właśnie dlatego jesteś tak kochany, że masz w sobie tę wrażliwość... Nie mogłabym żyć z typem o subtelności goryla... A twoja wrażliwość jest prawie niewieścia...

Mock wyrwał dłoń z jej rąk. Sygnet zostawił na skórze jej twarzy czerwony ślad. Syknęła z bólu i spojrzała na męża urażonym wzrokiem. Oblała go fala współczucia. Pochylił się nad nią i pogłaskał jej gęste włosy, pokryte drogą przedwojenną farbą, której zapasy wyprzedawali za astronomiczne sumy spadkobiercy słynnego zakładu kosmetycznego Margarete von Wallenberg.

– Już nic nam nie przeszkadza w wyjeździe stąd – powiedział, głaszcząc jej włosy. – Nawet mój brat Franz...

– No tak, już nie ma go tydzień. A co się z nim stało? Nie żyje? – zapytała Karen, nie próbując nawet ukryć radości w głosie.

– Nie ma go, i koniec! – odpowiedział Mock, wychodząc z jadalni. Ku swojemu zadowoleniu nie miał już w ustach posłodzonego obficie miodu.

Breslau, czwartek 22 marca 1945 roku,
południe

Rosyjskie bombowce petlakowy spadały dziś na miasto całymi stadami. Mock, widząc z okna dym od strony Dworca Fryburskiego, uznał, że najbezpieczniej byłoby znaleźć podziemne połączenie z Bergstrasse. Wypluł ślinę o smaku sadzy, która pokrywała jego język, odpalił motocykl i ruszył w stronę Blücherplatz. Motocykl wpadał w szyny tramwajowe, które biegły środkiem Schweidnitzerstrasse. Ze sklepowych wystaw, zza rozbitych szyb wylatywały i furkotały na wietrze firanki. Czekały na brygady Hitlerjugend. Ich zadaniem było zrywanie firan, które – wedle dowództwa twierdzy – mogły kojarzyć się mieszkańcom z białymi flagami kapitulacji. Mock dojechał do budynku starej giełdy, gdzie musiał się raz na tydzień meldować w oddziale żandarmerii polowej Festung Breslau. Kapral o twarzy poparzonej fosforem o nic nie pytał i przybił pieczątkę z taką siłą, że omal nie przedziurawił papieru. Po przekazaniu przepustki uprawniającej do wszelkich podróży – i naziemnych, i podziemnych – Mock i adiutant popatrzyli w milczeniu na siebie. Potem adiutant objaśnił Mockowi, jak się dostać na Bergstrasse, i zasalutował ponuro.

Mock postępował zgodnie z sugestiami adiutanta. Najpierw wjechał do schronu pod budynkiem starej giełdy i skierował się wzdłuż torów kolejowych, które łączyły Blücherplatz z jednej strony z Dworcem Głównym, z drugiej zaś – z bunkrem przy Striegauerplatz. W tę właśnie stronę pojechał Mock i po kwadransie dotarł do bunkra. Trwały tam gorączkowe prace. Żołnierze niemieccy wespół z robotnikami cudzoziemskimi – sądząc po mowie, Polakami – wyładowywali jakieś pudła z wielkiej ciężarówki i ustawiali je na rampie. Kolejka wąskotorowa dymiła parą i węglowymi spalinami tak obficie, jakby zaraz miała ruszyć

w podróż dokoła świata. Motocykl Mocka mijał kolejne wa-
gony, aż w końcu dotarł do miejsca, gdzie było rozwidlenie:
tory kolejowe szły gdzieś – jak sądził – w kierunku Deutsch
Lissa, natomiast w lewo odchodził ciemny tunel. Nad roz-
widleniem, pod sufitem, wisiała na stalowych przęsłach
oświetlona dyżurka, z niej na powierzchnię miasta prowa-
dziły stalowe schodki. Podobnymi można było zejść do
tunelu.

Mock usłyszał zwielokrotnione przez głośnik: „Stać!",
i prawie zrobiło mu się ciepło od wielkiej plamy światła,
jaka na nim spoczęła. Opuścił kołnierz płaszcza, zdjął gogle
i spojrzał w górę. Jeden z wartowników trzymał w rękach
megafon, drugi zaś – reflektor.

– Proszę o nazwisko, kapitanie – mocny głos obijał się
o ściany.

– Eberhard Mock – krzyknął kapitan.

– Proszę poczekać!

Świetlne koło zsunęło się nieco z jego twarzy. Mock
włożył binokle. Widział teraz wyraźnie, jak jeden ze strażników uruchamia korbę radiostacji. Rozmawiał z kimś
przez chwilę, po czym zdjął słuchawki.

– Szerokiej drogi, panie kapitanie – usłyszał potężne
pozdrowienie. – Cały czas prosto i po chwili dojedzie pan
do podziemnych magazynów fabryki Lindnera.

Świetliste koło ześlizgnęło się całkiem z Mocka i pod-
skoczyło nieco wyżej, skręciło w lewo i zginęło w ciem-
nym tunelu, prowadzącym w stronę fosy. Kapitan włożył
maskę, następnie gogle, wyciągnął rękę na znak podziękowania i kopnął w rozrusznik. Motocykl wystartował, rozci-
nając swym reflektorem ciemność tunelu. Kierowca niewiele widział, ponieważ snop światła gdzieś zanikał. Wiedział
z całą pewnością, że ściany są zbudowane z cegieł, a sze-
rokość tunelu pozwala na minięcie się dwóch kibelwage-
nów. Czuł też najpierw cichy szmer mokrego piasku na

dnie tunelu, potem zaś całkiem wyraźne chlupotanie wody. Między postawiony kołnierz płaszcza i kark dostała się kropla wody, spłynęła wzdłuż kręgosłupa. Mock zadrżał, a motocyklem trochę zarzuciło. W oddali zamigotały jakieś światła. Mock zatrzymał się. Wody na dnie tunelu było znacznie mniej, z sufitu już nie kapało. Przejechałem pod jakimś kanałem, pomyślał, i zbliżam się do fabryki Lindnera.

Nie mylił się. Za chwilę znalazł się jakby na podziemnym rondzie, na którym zamiast kierującego ruchem policjanta siedział na zündappie gruby sierżant w hełmie. Kiedy zobaczył Mocka, podniósł rękę, nakazując mu zatrzymanie się. Po ujrzeniu dystynkcji zatrzymanego nie żądał nawet dokumentów. Owalnym ruchem ręki zachęcił do dalszej jazdy.

– Do fabryki Lindnera to tędy? – zapytał Mock, spoglądając na pierwszą w lewo.

– Nie – sapnął gruby sierżant. – Druga w lewo!

Mock podziękował mu i ruszył. Podziemne Breslau napełniało go pewnością i spokojem. Jego proste ulice były jak promienie racjonalizmu, jego skrzyżowania były w projekcjach Mocka jak starcia koncepcji myślowych, które ze wspaniałą tolerancją odchodziły – każda w swoją stronę. Ronda, przez które przejeżdżał, były jak filozoficzne systemy, uformowane w najdoskonalszy kształt kulisty – porządkowały chaos ruchu i wprowadzały sens w rozgałęzienia i wątpliwości. Umysł Mocka tworzył wraz z *ordo subterraneus* jeden wielki monistyczny organizm – o strukturze przejrzystej i sprawiedliwym porządku.

Breslau, czwartek 22 marca 1945 roku,
pierwsza po południu

Mock skręcił z szerokiego tunelu w ostatni wąski odcinek, prowadzący do zakładów Lindnera. Długości około dwustu metrów, bardzo niewygodny, był właściwie tunelem kolejowym, po jego dnie biegły szyny. Motor potykał się zatem nieustannie o podkłady kolejowe, a organy wewnętrzne Mocka wpadły w taką wibrację, że omal nie zwymiotował. Przejechał w końcu i zatrzymał z ulgą maszynę na końcu tunelu. Dwaj wartownicy w opancerzonej dyżurce uśmiechnęli się na widok stężałej twarzy Mocka – najwyraźniej nie po raz pierwszy zetknęli się z taką reakcją.

– Czy przed wjazdem do tunelu kolejowego palił się znak zakazu wjazdu? – zapytał jeden z wartowników, przeglądając legitymację Mocka.

– Nic się na paliło – wyszeptał kapitan.

– Znowu się zepsuło, Kurt. – Wartownik stracił humor. – Napraw to w końcu, do jasnej cholery! Kto tu jest elektrykiem?!

– Tak jest, panie poruczniku! – odpowiedział zrugany Kurt.

– Przepraszam, kapitanie, że się uniosłem – sumitował się dowódca posterunku. – Ale jest to bardzo niebezpieczne. Światło się nie pali i ludzie wjeżdżają do tunelu tak jak pan. A gdyby z naprzeciwka jechała ta rozpędzona drezyna, to co by było? – Wskazał ręką maszynę stojącą za posterunkiem. – Ma to być naprawione do ósmej wieczór, rozumiesz, baranie! – wrzasnął znów do Kurta. – Wtedy komendant obozu wraca do domu drezyną – dodał, widząc zdziwione spojrzenie Mocka. – Bardzo proszę, panie kapitanie, za drezyną jest winda, którą pan może pojechać razem z motorem.

Mock, skołowany podskakiwaniem na podkładach kolejowych oraz szybką jak karabin maszynowy wymową porucznika, machnął ręką w podziękowaniu i ruszył dalej. Za drezyną wjechał do windy i zgasił silnik. Żołnierz obsługujący windę zakręcił korbą i uruchomił silnik. Po krótkiej chwili Mock znalazł się w jednej z hal fabrycznych. Przejechał przez halę do wyjścia. Musiał przystanąć, ponieważ poraziło go słońce. Już z daleka widział bramę fabryki, a za nią obóz. Poszedł w jego kierunku.

Mock chciał zostawić motor przed bramą, ale wartownik podniósł szlaban, pokazując mu drogę pomiędzy drutami prowadzącą do baraku, gdzie mieścił się pokój widzeń, punkt medyczny i komendantura obozu. Mock był zdziwiony uprzejmym i nieregulaminowym zachowaniem wartownika, który nawet nie zażądał legitymacji i nie wydał żadnej przepustki. W końcu wpuścił mnie tylko między druty, pomyślał, parkując motocykl koło krzewów czarnego bzu okalających barak. Jesteś za bardzo podejrzliwy i pedantyczny; myślisz, że wszyscy są tacy ja ty? Świat by zwariował, gdyby był zaludniony indywiduami typu Mock. Chcesz, aby jakieś drobne niezgodności z twoimi wyobrażeniami o właściwym działaniu innych zepsuły ci wspaniałą chwilę, w której przekażesz tej nieszczęsnej kobiecie wiadomość o sprawiedliwej zemście – rozkoszy bogów?

– Drogi profesorze! – krzyknął na widok Brendla. – Oddaję panu motor z serdecznymi podziękowaniami! Nie będzie mi już potrzebny! Dziś w nocy Rosjanie wymierzyli karę mordercy panny Flogner! Złapali go na Viktoriastrasse w mundurze SS! Rzuciłem go bolszewickim bestiom na pożarcie. – Mock szedł w stronę profesora z wyciągniętymi rękami, jakby go chciał uściskać. – Jak pan myśli, co mu mogli zrobić? Albo jego dusza już smaży się w smole, albo jego ciało marznie na Syberii! *Tertium non datur*, profesorze!

– Miała aksamitną dziurkę. – Zza pleców profesora wynurzył się komendant Gnerlich.

Mock nie dosłyszał i wpatrywał się w dwóch mężczyzn, z których pierwszy, ubrany w poplamiony szary garnitur, kucnął pod ścianą baraku, małą twarz wtulił w otwarte dłonie, a drugi, w opiętym na potężnej klatce piersiowej czarnym mundurze SS, stał na szeroko rozstawionych nogach i uśmiechał się, pokazując białe, równe zęby. Małe, mocno wciśnięte w głowę oczy były okolone szarymi obwódkami i rzucały ironiczne błyski. Mock na widok komendanta zesztywniał.

– Miała aksamitną ciasną dziurkę – powtórzył Gnerlich i to już wyraźnie dotarło do Mocka. – Śliczną cipkę, która była zwarta jak pierścionek.

Mock poczuł niesmak w ustach. Gnerlich przewrócił oczami i wystawił język. Potem chwycił się za krocze i zaczął ciężko dyszeć.

– Och, jaka słodka była ta mała Flogner! – sapał, udając ruchy frykcyjne.

Mock spojrzał na Brendla, szukając odpowiedzi na jedno straszne pytanie. Łzy filozofa były odpowiedzią.

– Dowódca posterunku przy Viktoriastrasse... – Gnerlich przestał udawać seksualną ekstazę; teraz między czarnymi rękawiczkami prężyła się szpicruta – ...powiedział ci o esesmanie i jego zaspanym adiutancie. Tym adiutantem była słodka Berta, mała Bertuś... A kto był esesmanem? No kto nim był, Mock? Czy naprawdę ten, którego zostawiłeś Ruskom?

Mock uświadomił sobie, że nie może wrócić do domu. Przecież tam czeka na niego Karen. Siedzi teraz na spakowanych pudłach i kartonach i patrzy wyczekująco w drzwi wejściowe. Kogo ujrzy Karen w drzwiach? Swojego męża, dzielnego pogromcę morderców, który w poczuciu dobrze spełnionego obowiązku powie jej: „No to po wszystkim,

Karen. Jedziemy do Kopenhagi, będziemy tam podziwiać morze i szron na liściach"? Nie, ujrzy starego nieudacznika, który powie: „Jeszcze nie zamknąłem tej sprawy, Karen. Nigdy nie będzie sprawiedliwości. Każdy policjant jest skazany na wieczne niespełnienie". Mocka zakłuło w piersiach. Gorący kartofel w przełyku wolno, parząc rurę pokarmową, przedostawał się do brzucha. To nie był zawał serca. To był gniew. Gniew na człowieka, który mu nie pozwala wracać do domu. Otworzył usta i czuł, jak płuca tłoczą powietrze, które gwałtownie rozrywa wiązadła głosowe. Ryk Mocka wstrząsnął obozem na Bergstrasse.

Rzucił się na Gnerlicha, trzymając gogle w prawej ręce. Chciał je wbić w szyję komendanta. Ten śmiał się i obracał, unikając bezradnych, niecelnych ciosów starego człowieka.

– Młoda była lepsza od starej – śmiał się Gnerlich. – Stara ma dupę jak cholewa, a młoda jak obrączkę!

Mock zaatakował podkutym butem goleń Gnerlicha. Ten uskoczył przed ciosem i śmiejąc się, wołał:

– Uciekaj z tego miasta, dziadek. I nie skacz tak, bo będzie cię musiała odebrać stąd pielęgniarka!

Mocka olśniło. Trzeba usunąć przeszkodę, która odgradza go od domu i od Karen, wciąż godnej miłości i ofiary. Sięgnął do kabury. Wtedy Gnerlich warknął jak zwierzę i machnął nogą. Mock miał wrażenie, że jego goleń wyskakuje ze stawu. Ból wykręcił mu stopę. Pochylił się ku ziemi. Drugi but Gnerlicha spadł mu na kark i rozpłaszczył go w pyle pod barakiem.

– Śpij, dziadu, i nie gadaj po łacinie! – krzyknął Gnerlich, machnął jeszcze raz nogą i pozbawił Mocka przytomności.

Breslau, czwartek 22 marca 1945 roku,
trzecia po południu

Mock ocknął się na twardej pryczy w obozowej izolatce. Poruszył głową i omal nie stracił znowu przytomności. Głuchy ból promieniował od ucha do potylicy. Dotknął twarzy. Maska była na swoim miejscu. Opuszkami palców wyczuł dwie nowe cienkie blizny na policzku.

– To od szpicruty – powiedział cicho profesor Brendel.

– Po jego kopniaku stracił pan przytomność, a ten bydlak ciął jeszcze pana dwukrotnie szpicrutą.

– Może to nieprawda. – Mock podniósł się na pryczy i poczuł się tak, jakby ktoś odkręcał mu mózgoczaszkę. Zbierał gorączkowo myśli. – Może jej nie zgwałcił, lecz tylko tak mówi, żeby dręczyć hrabinę...

– Nie wiem – policzki Brendla zadrżały. – Niczego już nie wiem...

Ktoś się poruszył gwałtownie w rogu izolatki. Ubrana w podartą sukienkę postać położyła na kolanie kawałek kartonu i rysowała na nim linie i koła. Na jej twarz wysypały się jasne włosy. Dłoń z małą raną – jakby po przypaleniu papierosem – poruszała się szybko, pewnie i bez wahania. Strażniczka Waltraut Hellner poruszyła się niespokojnie w drzwiach izolatki, ale zaraz wróciła do poprzedniej pozycji.

Mock wstał z pryczy, odwrócił się do ściany, wygładził mundur, dłońmi chwycił się za skronie, a potem poprawił swój ciężki pas. W kaburze nie było broni. Potem wolno odkręcił obolałe ciało. Hrabina Gertruda von Mogmitz patrzyła na niego okiem spokojnym. W wyciągniętej, poparzonej niedopałkiem dłoni dzierżyła kawałek kartonu.

– Niech pan go zabije – profesor odczytywał stenograficzny zapis, a Mock i hrabina patrzyli na siebie, nie mrużąc oczu. – Niech pan zabije mordercę mojego dziecka.

„Błogosławieni, którzy łakną i pragną sprawiedliwości, albowiem oni będą nasyceni". Panie kapitanie, niech pan to zrobi – Brendel mówił teraz od siebie. – Niech pan zatrzyma mój motocykl.

Hrabina wyciągnęła ku Mockowi drugą dłoń, w której tkwiła pożółkła fotografia. Hellner błyskawicznie skoczyła i wyrwała zdjęcie, przedzierając je na pół. Mocno popchnęła hrabinę na ścianę.

– Mówiłam ci, że nie wolno niczego podawać odwiedzającym! – krzyknęła. – Chcesz dostać zakaz widzeń?

Gertruda von Mogmitz osunęła się na kolana i cofnęła w kąt pokoju. Mock czuł w piersiach gorący kartofel.

– To tylko stara fotografia, szanowna pani Hellner – powiedział spokojnie profesor Brendel. – Żaden gryps...

Hellner przenosiła wzrok z jednej osoby na drugą. Była w wieku hrabiny von Mogmitz, lecz wyglądała znacznie starzej. Jej oczy miały ponury i zmęczony wyraz, a twarz rozorana była przez nikotynę i nieprzespane noce. Wokół ust rysowały się strzałki zmarszczek, a wokół oczu – pajęcza siatka małych skórnych rozstępów. Mock widział już ludzi o podobnym wyrazie twarzy, lecz nie pamiętał gdzie. Hellner prychnęła pogardliwie, rzuciła na ziemię przedartą fotografię i wróciła do swej pozycji znudzonej kariatydy.

Mock uniósł połówki zdjęcia i dopasował jej do siebie. Na tle jakiegoś pomnika z rybakiem niosącym sieć, za którym widniał piękny osiemnastowieczny budynek z obłym, opadającym na obie strony dachem, stał znany Mockowi z gazetowych fotografii generał Rüdiger von Mogmitz, a obok niego trzymająca go pod ramię jego żona. Po obu stronach hrabiostwa stała służba – tęga, młoda dziewczyna w czepku na głowie i kamerdyner w nienagannie leżącym na nim mundurze. SS-Obersturmbannführer Hans Gnerlich był stworzony do munduru.

Mock spojrzał na skuloną w kącie hrabinę von Mogmitz i zrozumiał jej ciemne spojrzenie. Mówiło ono: „Zapamiętaj tę twarz na zawsze!", „Policjant jest skazany na wieczne niespełnienie". Strzelił butami i – krzywiąc się z bólu przenikającego goleń – ukłonił się hrabinie. Wiedział, gdzie ma pójść i co ma zrobić. Nikt go nie powstrzyma od powrotu do domu, do Karen. Żaden kamerdyner ani żaden esesman.

Mijając strażniczkę Waltraut Hellner, spojrzał jej głęboko w oczy. Doszedł go lekki zapach alkoholu. Już sobie przypomniał, skąd zna ten wyraz twarzy. Często widywał go u samego siebie, kiedy rano opierał ręce o lustro w łazience i wystawiał opuchnięty język, pokryty białym, suchym nalotem. Patrzył wtedy w swoje oczy i przyrzekał: już nigdy ani kropli alkoholu.

Breslau, czwartek 22 marca 1945 roku,
wpół do czwartej po południu

Mock jechał korytarzami i tunelami podziemnego miasta, a jego myśli diametralnie się różniły od tych, które mu towarzyszyły w drodze na Bergstrasse. Ulice pod powierzchnią były rozrzucone chaotycznie, ich skrzyżowania – groźne i nieodwołalne, a ronda niczego nie regulowały i nie porządkowały – były jak wiatraki kręcące się beznadziejnie na swych osiach. Myśli Mocka były mroczne jak korytarze, którymi się poruszał, które rozdzielały się i znikały w słabym blasku latarń oraz płomieni palników acetylenowych. Miał dość chaosu. Postanowił wprowadzić porządek chociaż w swój wewnętrzny świat.

Po pierwsze, mówił do siebie, muszę zidentyfikować wyrzuty sumienia, po drugie... Nie wiedział, czym jest to „drugie". Była to jakaś śliska, ciemna myśl, wymykająca się i logice, i intuicji. Mock zatrzymał motor gdzieś pod fosą miejską, w zimnym i wilgotnym tunelu. Zsiadł z pojazdu. Plecami oparł się o ścianę i zapalił papierosa, który zdecydowanie wzmocnił jego ból głowy. Zgasił papierosa, a niedopałek schował do złotej papierośnicy. Najpierw wyrzuty sumienia, pomyślał. Zastosował dawną metodę. Zamknął oczy, przypominał sobie minione przeżycia i czekał, kiedy nastąpi ścisk przepony – niezawodna reakcja wewnętrznej rany. Ścisk nie nastąpił, kiedy ujrzał przerażone oczy Heidego przykutego do ramy okiennej, nie bolało również, kiedy z rąk wypadała mu przepocona czapka brata, nie czuł nic, kiedy widział pełne łez oczy Karen. Mięśnie przepony zwarły się dotkliwie, kiedy ujrzał siebie z gorącym kartoflem w przełyku, patrzącym na pchnięcie, jakie zadała hrabinie von Mogmitz strażniczka Hellner.

Po zdobyciu tej cennej informacji od swojego eudajmona Mock zapalił niedopałek, ignorując ból głowy. Papieros rozjaśniał mu umysł. Cząsteczki nikotyny przyśpieszały ruchy neuronów. Nagle uchwycił śliską myśl, która przedtem się wymykała kleszczom jego rozpoznania. Nie rozumiem, powiedział do siebie, dlaczego Gnerlich się przyznał i dlaczego dopiero teraz. Dlaczego zwlekał z tym do momentu, aż znajdę rzekomego mordercę – Heidego? Czyżby Gnerlich był wyrafinowanym sadystą, który dręczy ludzi wtedy, gdy im się zdaje, że skończyła się ich męka, kiedy zamknęli w swym życiu jakąś ważną kartę, kiedy byli o włos od jakiejś zmiany na lepsze? Takie postępowanie esesmana nie byłoby niczym dziwnym, sam stosowałem tę metodę wobec przesłuchiwanych. Wypuszczałem podejrzanego z aresztu, śledziłem go i po kilku dniach wolności, kiedy podejrzany zakosztował już alkoholu, normalnego jadła i kobiecego ciała, spadałem na niego jak jastrząb i zamykałem w ciemnicy w towarzystwie robaków i pająków, przed którymi nie mógł się nawet bronić.

Mock przypomniał sobie nagle jednego z takich podejrzanych, który nie wytrzymał psychicznych tortur i umarł na zawał serca w tej ciemnicy. Zamknął oczy i znów ujrzał jego pokryte wszami ciało na klepisku, na którym skakały roje pcheł. Głowa rozbolała go tak mocno, że przycisnął dłonie do skroni i zastygł nieruchomo, kucając na dnie tunelu. Minęło kilka minut, zanim rozwiał się obraz trupa w ciemnicy, robactwa i pająków.

– Po co ty o tym myślisz? – zapytał sam siebie, a jego donośny głos odbijał się od ścian. – Zabiłeś jednego skurwysyna, zabij drugiego, potem wróć do domu, zabierz Karen i opuść miasto, dopóki to możliwe! To wszystko! Nie jesteś pewien, czy Gnerlich zabił Bertę Flogner? No i co z tego?! Zabij go! Hrabina przestanie cierpieć, a ty wyjedziesz stąd w poczuciu dobrze spełnionego obowiązku! Skończysz swoje cholerne, ostatnie w życiu śledztwo. A potem już tylko Kopenhaga, filharmonia, szron na drzewach i powrót do młodzieńczych fascynacji naukowych! Na twojej drodze stoi jedna kanalia, której zabicie jest przysługą wyświadczoną ludzkości. To tak jak zabicie zboczeńca Roberta. To wszystko – ryknął wściekły. – Rozumiesz, kurwa? To wszystko!

Wsiadł na motocykl, zapuścił silnik i ruszył gwałtownie, bryzgając mokrym szlamem spod kół. Echo w tunelu powtarzało uparcie i krzepiąco: „To wszystko!" Ulice stały się proste i uporządkowane, a głowa przestała go boleć.

Breslau, czwartek 22 marca 1945 roku,
czwarta po południu

W czasie oblężenia twierdzy Breslau Cornelius Wirth zainteresował się dziełami sztuki, masowo wyprzedawanymi przez bogaczy – zarówno przedwojennych, jak i tych, którzy ukradli pożydowskie mienie. Ludzie ci, pozbywając się pamiątek swoich i cudzych, zdobywali w ten sposób środki na opuszczenie miasta. Kiedy 16 lutego Breslau dostało się w pierścień oblężenia, arystokraci i bogacze przestali wyprzedawać cenne przedmioty i pogodzili się z myślą, że zginą wraz z nimi pod ceglanymi ruinami śląskiej metropolii. Do tego czasu Wirth zgromadził wspaniałą kolekcję. Na ścianach jego salonu wisiały barokowe obrazy śląskich mistrzów i osiemnastowieczne grafiki przedstawiające sceny mitologiczne. Obrazy koiły nerwy Wirtha i pozwalały mu zapomnieć o przejmującym, ostrym dźwięku, jaki wyprodukował jego mózg na wieść o zamknięciu kleszczy oblężenia wokół miasta. Zgrzytliwy dźwięk długo obijał się pod sklepieniem czaszki. Wtedy Wirth, przyzwyczajony do morskich przestrzeni i śródlądowych rozlewisk, które były od zawsze jego naturalnym środowiskiem, usłyszał – tak dobrze mu znany! – głośny trzask sztaby w drzwiach celi, wtedy Wirth, który od dziesięcioleci kontrolował przemyt na morskich i śródlądowych szlakach, usłyszał zgrzyt klapki wizjera i chrapliwy oddech z przepalonych płuc strażnika zaglądającego przez więzienne lipo. Miasto Breslau znalazło się w celi, a wraz z nim – on sam. Jedynie portrety pyzatych chłopów i dumnych arystokratów, które tworzyli pracowici rzemieślnicy z warsztatu Willmanna, oraz przedstawienia zbrojnych konfliktów ludzi, bogów i centaurów przenosiły na chwilę myśli Wirtha w krainę ułudy i fantazmatów. Teraz, w porze poobiedniej drzemki, również uleciałyby one w niebo i bujały na barokowych obłokach ozdobionych hebrajskim tetragramem, gdyby nie jeden człowiek – Eberhard Mock. To on ściągnął je z eterycznych rejonów i zanurzył z powrotem w brudzie, ruinie i woni spalenizny.

– Minęły te czasy, panie Mock – mruknął Wirth, ponuro patrząc na swój wypielęgnowany ogród – kiedy byłem na każde pańskie zawołanie...

Powiedziawszy to, poczuł głęboką wewnętrzną satysfakcję. Wreszcie przestał odczuwać strach przed wszechwładnym niegdyś policjantem. Wreszcie się od niego uniezależnił. Wczorajsza akcja była ostatnią przysługą, jaką mu wyświadczył. Kiedy już zostawili esesmana na pastwę żołnierzy z czerwoną gwiazdą na czapce, Wirth uświadomił sobie, że ten wrak człowieka o twarzy spalonej ognistą papą, o rękach usianych wątrobianymi plamami jest tylko nędznym petentem, którego on sam może właściwie przyjmować w przedpokoju, a stamtąd wykopać na ulicę. Już teraz przestał być pokornym i posłusznym sługą, ponieważ po raz pierwszy w życiu ośmielił się powiedzieć do swojego niegdyś potężnego patrona nie „panie komisarzu", nie „panie radco" ani „panie kapitanie", lecz po prostu „panie Mock" – użył tej samej formy, jakiej używał wobec swojego krawca i wobec piekarza na rogu, do których mówił „panie Friesel" i „panie Johnsdorf". Patrzył z nieco pogardliwym uśmiechem na Mocka, który przechadzał się od grafiki do grafiki i coś mówił. Wirth skupił się i usłyszał:
– ...napisane? – Mock wskazał palcem na jedną z grafik. Przedstawiała ona zamyślonego człowieka, siedzącego na brzegu wzburzonego morza. – To po łacinie. Przetłumaczę ci. To znaczy: „Przyjemnie jest siedzieć na brzegu niespokojnego morza i obserwować burzę". Ty też, Wirth, obserwujesz...

Słowa Mocka zginęły w głuchej irytacji, która jak wata oblepiła uszy Wirtha. Już miał dość tego wymądrzania się, które go zawsze upokarzało, tych łacińskich sentencji, które zawsze były głupio oczywiste, tych subtelnych aluzyj, których nie rozumiał. Miał dość arystokratów sprzedających mu pamiątki rodzinne z minami pełnymi godności i pogardy. Miał dość również Mocka, który był takim bandytą jak on sam, ale udawał, że jest kimś lepszym. Wczoraj pomogłem ci, myślał, nie wiem dlaczego. Nie wiem, co mnie skłoniło. Ale dzisiaj nic mnie nie skłania, dzisiaj wykopię cię z mojego domu.

– ...szacunku. – Mock podszedł do kredensu i bez pytania nalał dwa kieliszki koniaku. – Każdy potrzebuje szacunku. Wiem, że nie czułeś się nigdy przeze mnie szanowany...

– Zamknij mordę – wysyczał Wirth. – Byłem ci posłuszny w dawnym Breslau. Ale tego Breslau już nie ma... A teraz wynoś się stąd!

– Nie ma nic bardziej poniżającego – mówił Mock, nie zwracając najmniejszej uwagi na ostre słowa – jak jednostronny bruderszaft, jak jednostronne tykanie. Ja do pana przez lata mówiłem na „ty", a pan mnie tytułował i honorował w mowie. Tak nie może być dłużej...

Mock postawił dwa wypełnione w jednej trzeciej kieliszki na stoliku obok Wirtha.

– Mam zaszczyt – powiedział – zaproponować panu przejście na ty.

Wirth miał chaos w głowie, kiedy trącał się kieliszkiem ze swoim dawnym opiekunem. Bursztynowy płyn rozgrzewał już jego wątpia, a Mock dalej kontemplował dzieła sztuki. Mijały minuty, buczały wybuchy. Nic się nie zmieniło, a jednak zmieniło się wszystko. Umarł stary bandyta Wirth i urodził się pan Cornelius, znawca dzieł sztuki i miłośnik baroku. Pan Cornelius, gdyby zechciał, mógłby teraz podjąć subtelną dyskusję na temat przepychu w sztuce barokowej ze swoim przyjacielem Eberhardem. Tę dyskusję przesunie jednak na później, bo teraz jego przyjaciel Eberhard zwraca się do niego z ważną prośbą. Mijały minuty, strzelały w niebo słupy dymu.

– Dobrze, Eberhardzie – powiedział Cornelius. – A teraz powiedz mi, proszę, kto to jest i jak mamy to zrobić.

Breslau, czwartek 22 marca 1945 roku,
trzy kwadranse na ósmą wieczór

Major Wiaczesław Komarenko wystartował z pola pod Kanthen i po chwili znalazł się nad wioską Opperau, o której wiedział, że jest typową miejscowością letniskową, gdzie latem wypoczywali zamożni mieszkańcy Breslau. Z zainteresowaniem przyglądał się niezbyt okazałym jednopiętrowym domom, kompleksowi sportowemu z basenem, który teraz zamiast wodą był wypełniony zardzewiałym żelastwem, oraz pięknemu pałacykowi, stojącemu na rogu głównej ulicy wśród starych drzew.

Strażnik obozu na Bergstrasse podniósł szlaban i kibelwagen przejechał przez bramę. SS-Obersturmbannführer Hans Gnerlich siedział wygodnie rozparty na tylnym siedzeniu pod plandeką. Oprócz kierowcy towarzyszył mu jeden tylko żołnierz z odbezpieczonym karabinem. Żołnierz wodził wzrokiem na wszystkie strony, a najczęściej wbijał go w niebo, skąd dochodziły gniewne pomruki rosyjskich kukuruźników. Samochód wolno przejechał w poprzek ulicę i znalazł się na terenie fabryki Lindnera.

Heinrich Zupitza siedział w opancerzonej wartowni i wpatrywał się w żarówkę sygnalizacyjną pod sufitem stróżówki. Jak się dowiedział od dwóch żołnierzy, którzy teraz leżeli związani na podłodze wartowni, żarówka zapalała się wtedy, gdy ruszała winda. Teraz kabina windy tkwiła w górnym położeniu, a obsługujący ją żołnierz czekał na bardzo ważnego pasażera, który punktualnie o ósmej miał zjechać w dół.

Petlakow wleciał już w przestrzeń powietrzną twierdzy Breslau. Sunął nad bezlistną gęstwiną drzew dużego parku ze stawem, nad którym stał piękny, reprezentacyjny budynek. Majora Komarenkę ogarnęła złość na faszystów, których ogromne gmachy były alegorią pychy i patosu, i w pewnej chwili zapragnął spuścić jedną ze swoich pięćdziesięciokilogramowych bomb wprost na przesuwający się pod nim budynek. Przezwyciężył ten nagły impuls i klnąc na samego siebie, minął wielki park i skierował się na północny zachód. Po kilku minutach dostrzegł cel.

Auto wiozące Gnerlicha wjechało do hali fabrycznej. Zatrzymało się na jej końcu obok jakby wyrastającej z ziemi wielkiej blaszanej budy. Buda ta była przystankiem końcowym windy zjeżdżającej pod powierzchnię fabryki. Esesman pożegnał kierowcę hitlerowskim błogosławieństwem i wszedł do windy w towarzystwie żołnierza z odbezpieczonym schmeisserem. Żołnierz obsługujący windę trzasnął obcasami, wzniósł dłoń i zakręcił kołowrotem. Kołowrót uruchomił małe dynamo, które przekazało prąd do stalowych sznurów windy. Siecią podtynkowych przewodów prąd dotarł do żarówki w wartowni.

Zupitza, widząc zapalającą się żarówkę, schylił się i podniósł z podłogi pancerfaust – tak lekko, jakby to była aluminiowa rurka. Wymierzył broń w środkową część szybu windy. Zgrał szczerbinkę z głowicą i czekał.

Tunel, którym poruszała się drezyna, był ślepy. U jego końca znajdował się wlot innego korytarza, który tworzył kąt prosty z tunelem. Mock wiedział doskonale, że drezyna dojeżdżała do miejsca, gdzie tory kolejowe się kończyły, tam stawała, a pasażerowie wysiadali i szli dalej owym prostopadłym korytarzem. Niekiedy na pasażerów czekał jakiś pojazd. Dzisiaj na Gnerlicha czekał motocykl. Kierowca nie siedział jednak na kanapie pojazdu, lecz leżał obok niego, gryząc knebel. Eberhard Mock i Cornelius Wirth kucnęli przy ślepej ścianie i wpatrywali się w ciemność. Stamtąd miał nadjechać drezyną Heinrich Zupitza, wiozący trupa komendanta Gnerlicha.

Bombowiec petlakow, pilotowany przez majora Wiaczesława Komarenkę, znalazł się nad fabryką. Zaryczały spusty bomb. Artyleria przeciwlotnicza zostawiała w powietrzu białe obłoki, które otaczały samolot majora Komarenki jak barokowe ornamenty. Major dał znak i jego kadłub stał się lżejszy o dwieście kilogramów. Bombowiec odleciał, robiąc miejsce swojemu następcy. Bomby wyrwały dziurę w kilkupiętrowych halach. Ogień i dym, uwolnione przez bomby, prawie polizały podwozia rosyjskich samolotów.

Zupitza widział już kabinę windy zjeżdżającą z góry. Mógł teraz łatwo trafić granatem, ale był cierpliwy. Czekał, aż kabina dojedzie do połowy szybu i zwolni. Kiedy to się stało, zatrzęsła się ziemia, stalowe liny naprężyły się i pękły. Zupitza wystrzelił, pocisk runął w stronę szybu jak złowrogi szerszeń i trafił w szyb windy – w miejsce, gdzie ona powinna się właśnie znajdować. Ona była jednak niżej, leciała już w stronę ziemi. Szyb, wartownia i drezyna widoczne były bardzo wyraźnie wśród iskier sypiących się spod windy. Nieoczekiwanie kabina zazgrzytała przeraźliwie. Zadziałał mechanizm blokujący. Winda zatrzymała się dwa metry nad ziemią. Od góry szybu buchnęły dym i kurz, które natychmiast wypełniły cały podziemny tunel. Zupitza zszedł po omacku, dźwigając drugi pancerfaust. Nic nie widział. Dym i kurz dostawały się do oczu. Zupitza wymierzył po raz drugi w miejsce, gdzie powinna znajdować się winda, i wystrzelił. Usłyszał jęk blachy i poczuł, jak jej kawałki przeleciały mu obok ucha. Wykonał swoje zadanie. Rozsadził windę, Gnerlich nie żyje. Zbliżył się do drezyny i poruszył wajchą. W jej mechanizmie zazgrzytały kawałki gruzu. Kiedy ruszał, zdawało mu się, że ktoś wskakuje na drezynę. Wyciągnął pistolet i strzelił w kierunku, z którego dochodził ten odgłos.

Trzęsienie ziemi, kurz i dym wypełniły tunel. Mock i Wirth założyli gogle. Pod stopami drżało. Mock przyłożył policzek do szyn. Drgania były bardzo wyraźne.

– Jedzie! – krzyknął do Wirtha. – Już po wszystkim!

Obaj ruszyli naprzeciw drezyny. Po kilkudziesięciu metrach przystanęli i zapalili latarki. Zaczęli nimi gwałtownie poruszać. Tak się umówili z Zupitzą. Ten na widok latarek miał zwolnić i się zatrzymać, aby nie uderzyć o ścianę zamykającą ślepy tor. Drżenie było coraz wyraźniejsze. Powoli zamieniało się w dudnienie. Huk stawał się nie do zniesienia.

– Co jest! – krzyknął Wirth. – Czemu się nie zatrzymuje?!

To było ostatnie, co powiedział, a może ostatnie, co pomyślał. Drezyna wynurzyła się z obłoków dymu. Oświetlała ją mała lampa naftowa umocowana na burcie. Obaj uskoczyli przed piekielną machiną i przylgnęli do ścian. Wirth poczuł potworne przyciąganie, któremu nie mógł się oprzeć. Potem usłyszał zgrzyt i mlaskanie. Usłyszał to, choć żadnym zmysłem nie powinien już niczego percypować. Nie mógł przecież widzieć ani słyszeć, że kawałki jego ciała rozpryskują się po ścianach, a kończyny łamią pod kołami drezyny.

Mock też poczuł to przyciąganie wieczności, ale mu się nie poddał. Burta drezyny rozorała jego skórzany płaszcz na plecach. Silne uderzenie w kręgosłup rzuciło go na tory. Za drezyną. Poparzoną twarz paliły iskry. Między palcami przeciekała mu miękka, lepka i ciepła galareta nieznanego pochodzenia. Położył policzek na drgającej szynie. Snopy iskier sypały się za drezyną, która hamowała. Mock niczego więcej nie widział z powodu śmierdzącej mgły, składającej się z sadzy i dymu, którą przeciąg wessał w tunele podziemnego miasta. Nie miał czym oddychać. Zacisnął palce na nosie i nie otwierał ust. Wciąż drgały mu przed oczami sylwetki dwóch ludzi na drezynie: roześmiany komendant Gnerlich trzymający nogę na zakrwawionym ciele Zupitzy. Kiedy Mock uświadomił sobie treść swego widzenia, postanowił więcej nie walczyć. Oderwał palce od nosa i zaczerpnął głęboko powietrza. W jego płuca wtargnęła ognista sadza. A potem usłyszał huk drezyny rozbijającej się o ślepą ścianę.

Breslau, piątek 23 marca 1945 roku, szósta rano

Mock otworzył oczy i zobaczył nierówny, wybielony wapnem sufit. Wrażenie nierówności powodowały deski, które zachodziły jedna na drugą. Sufit z desek, pomyślał Mock, gdzie może być taki sufit?

– Jest pan w baraku medycznym obozu na Bergstrasse, kapitanie – usłyszał głos profesora Brendla. – Czuwam przy panu. Niech pan spokojnie leży, a ja wszystko opowiem.

Mock nie zastosował się do wskazówek profesora. Najpierw poruszył kończynami. Ból, jaki poczuł, nie był eksplozją cierpienia – raczej łagodnym sygnałem zmęczonych mięśni. To był znak, że kości są całe. Uniósł głowę, by obejrzeć ewentualne siniaki. Wtedy się zaczęło. Krew wypłynęła z nosa i wdarła się do ust, a stamtąd do płuc. Przyniosła ze sobą cząsteczki sadzy. Pierwsze rozrywające kaszlnięcie odrzuciło go z powrotem na pryczę. Drugie targnęło żołądkiem. Kurczowo chwycił się brzegu pryczy i zwymiotował do stojącego obok wiadra. Torsje miotały nim jak w epileptycznych paroksyzmach. Skroni dotykały delikatne dłonie. Ktoś przytrzymywał go za głowę i pilnował, aby znajdowała się zawsze nad wiadrem. Te zimne dłonie były dla niego cudownym ukojeniem, pieszczotą anioła.

Opadł znów na plecy i dotkliwie zabolało go w kręgosłupie. Zacisnął powieki i czekał, aż wszystkie narządy wewnętrzne wrócą na swoje miejsce. Znowu poczuł na czole dotknięcie. Nie chciał otwierać oczu, ponieważ obawiał się, że opiekująca się nim istota jest tylko tworem jego wyobraźni, zjawą, która zniknie, gdy on wraz z otwarciem oczu wróci do rzeczywistości. Ciekawość zwyciężyła, otworzył oczy, a zjawa się nie ulotniła. Hrabina Gertruda von Mogmitz ocierała mu czoło. Miała na sobie wciąż tę samą szarą sukienkę. Jej jasne włosy bez śladu siwizny związane były z tyłu w koński ogon. Cierpienie obrysowało mocno jej usta i nadało różowe zabarwienie powiekom. Granatowy siniec na skroni podkreślał biel jej skóry. Skutki działania bólu zostały jednak złagodzone przez lekki uśmiech – trochę drwiący i nieobecny. Piękne szaroniebieskie oczy były ciepłe i wilgotne. Hrabina otarła chusteczką usta Mocka i odsunęła się z krzesłem. Chciał ją powstrzymać, przytulić do siebie i pocałować, ale nie pozwoliła mu na to myśl, która brutalnie wtargnęła w jego umysł. Zdał sobie sprawę, że nie ma maski na twarzy. Ty stary satyrze, mówiła ta myśl, chcesz obdarzyć tę cudowną istotę swym starczym, obwisłym ciałem, chcesz skalać jej usta zarzyganym oddechem?

– *Latine loqui possumus?** – usłyszał głos Brendla.

– Dlaczego? – zapytał po niemiecku, nie mogąc sobie przypomnieć żadnego łacińskiego słówka.

– *Ne custos nostra capiat, quid dicamus.* – Brendel poruszył głową. – *Quae elementis humanitatis non imbuta sit***.

Mock znów podniósł głowę i znów wróciły mdłości. Zdołał jednak zlustrować wnętrze baraku. Hrabina siedziała

---

na krześle, profesor Brendel stał obok niej w pomiętym garniturze, a strażniczka Waltraut Hellner drzemała, półleżąc na kozetce, która stała naprzeciwko pryczy Mocka. Drzwi były otwarte. Zimno, które wiało z korytarza baraku, przejęło Mocka dreszczami. Hrabina otuliła go kocem i poprawiła mu pod głową szorstki worek wypełniony słomą.

– Niech pan mówi wolno i prostymi zdaniami. – Ogromny, opuchnięty język przeszkadzał mu w mówieniu. – Ale najpierw proszę pić...

Hrabina von Mogmitz podniosła jego głowę i napoiła go wodą. Każdy łyk był jak pieszczota, jak pocałunek. Mock wiele by dał, aby trzymać tak swoją gorącą, udręczoną czaszkę w zgięciu jej ręki, gdzie mógł kontemplować dotyk jej jedwabnej skóry, a poruszając głową – nawet dotknąć jej kształtnych piersi.

– *Praefectus vivit, quamquam vulneratus et pede aegrotus est**. – Usłyszał Mock i poczuł przypływ mdłości. Odwrócił się na bok i znów jego głowa znalazła się w chłodnych, delikatnych dłoniach hrabiny. Jego wątpia zatrzęsły się, ale tym razem w wiadrze znalazło się jedynie ciemne pasmo śliny. – *Nemo praeter te et praefectum vivus est. Aer per lucam in muro a machina factam influit et tibi saluti fuit. Postquam per exploratores inventus es et nobis reportatus***.

Mock opadł na pryczę, a hrabina otarła jego zroszone potem czoło. Wiadomość o śmierci Wirtha i Zupitzy została zneutralizowana przez łacinę. Język jego studiów, który pełnił teraz funkcję języka tajnego, był filtrem, przez który nie przedostawały się obrazy przeszłości. Skupiając się na zrozumieniu szyku *lucam a machina factam* oraz podwójnego

---

* Komendant żyje, choć został ranny i ma chorą nogę.
** Nikt nie ocalał oprócz ciebie i komendanta. Powietrze napłynęło przez dziurę wyrąbaną przez maszynę i ono przyniosło ci wybawienie. Potem zostałeś znaleziony przez zwiadowców i odniesiony do nas (tłum. aut.). Wyjaśniam, że Brendel operował łaciną bardzo prostą, wolną od stylistycznych pretensji (przyp. aut.).

datiwu *tibi saluti*, Mock nie dopuszczał, aby w jego umyśle pojawiły się wspomnienia nierozłącznych przyjaciół, Kastora i Polluksa z Breslau, którzy wiernie mu służyli przez lata i którzy przez niego polegli w podziemiach miasta.

– To byli zwykli bandyci. – Język Mocka już sprawniej się poruszał w spieczonych ustach. Patrząc na zdumionego Brendla, przypomniał sobie jeden wyraz z łaciny kościelnej. – *Latrones sine conscientia**.

Zamknął oczy i nagle poczuł łzy pod powiekami. Zacisnął powieki tak mocno, że zabolały go oczy. Nie pomogło. Łzy wypłynęły na policzki i pociekły wypalonymi kanionami zeszpeconej twarzy. Nie zapłakał po śmierci swojej matki, nie uronił łzy po śmierci swojego ojca ani brata. Płakał w życiu tylko dwa razy: po tym, jak odeszła od niego jego pierwsza żona Sophie, i teraz – po śmierci Wirtha i Zupitzy. Dłoń hrabiny delikatnie dotknęła jego twarzy. Otworzył oczy. Nie było w nich śladu łez.

– Ładnie – uśmiechnął się do niej. – Jestem już na wskroś zepsuty. Płaczę tylko za kurwami i bandytami.

Hrabina drgnęła i spojrzała na Brendla. Zaczęła gestykulować gwałtownie. Mock poczuł się jak na przedstawieniu teatralnym, podczas którego jeden aktor odgrywa pantomimiczne scenki, a drugi tłumaczy jego gesty. Nie mówił już niczego, co nie byłoby przeznaczone dla uszu strażniczki, toteż przeszedł na niemiecki.

– Nie płacz za nikim! – Hrabina podniosła pięść, a profesor Brendel tak właśnie słownie zinterpretował jej gest. – Wszyscy spotkamy się w domu Ojca! – To Brendel już przeczytał z kartki zapisanej stenograficznymi znakami. – Wszyscy, ale my najpóźniej w tym mieście. Ty i ja znaj-

---

* Rozbójnicy bez sumienia.

dziemy się w domu Ojca później niż wszyscy w tym mieście, my ocalejemy z tego piekła!

Mock wystraszył się, że hrabina oszalała. Jej oczy jednak były spokojne. Ich spojrzenie było pokrzepiające i pewne. Przeniosło się ono teraz na profesora. Stało się zdecydowane i nakazujące. Mock poddał się również temu nakazowi, choć w jego umyśle tłukły się natarczywie dwa logiczne pytania: Dlaczego inni zginą, a hrabina i on sam mieliby ocaleć? Dlaczego do tych ocalałych hrabina nie zaliczyła profesora Brendla? Nie pytał jednak o nic, bo sądził, że wzrok hrabiny mówi: „Wytłumacz mu wszystko, Brendel!" Nie pomylił się.

– Ja znam jej rozumowanie, kapitanie – powiedział profesor Brendel, posłuszny niememu nakazowi. – Ona ocaleje, ponieważ spełnia wszystkie warunki, jakie postawił Bóg przed swymi wiernymi w Kazaniu na Górze. Jest uboga w duchu, to znaczy ma w sobie dziecięctwo boże. Wie pan, co to znaczy, kapitanie?

– Nie wiem – wykrztusił Mock.

– Proszę o cierpliwość. Wszystko panu wytłumaczę. – Brendel wpatrywał się z podziwem w jasne oczy hrabiny. – Hrabina ocenia w sposób aksjologicznie jednoznaczny jak dziecko. Ono pyta rodziców: „On jest dobry czy zły?" Rodzice odpowiadają jednoznacznie. Nie ma światłocienia. Ojciec nie odpowie: „On jest trochę dobry, trochę zły". Hrabina pyta Boga jak Jego dziecko. A Bóg odpowiada poprzez Biblię. To po pierwsze. – Brendel zaczerpnął tchu i podniósł palec ku górze. – A po drugie, skąd dziecko wie, że epistemologicznym walorem wypowiedzi ojca jest prawda?

– Nie wiem, skąd wie – westchnął Mock. – Ale mam do pana prośbę. Niech pan oszczędzi mój skołatany mózg i mówi jaśniej...

- Dobrze - uśmiechnął się Brendel przyjaźnie, jakby Mock był dociekliwym, ale nieco tępym studentem. - A zatem, skąd dziecko wie, że ojciec ma rację? Odpowiedź jest prosta: bo dziecko ufa swojemu ojcu. Tak i hrabina. Ona ufa Bogu. Jest zatem uboga w duchu. Idźmy dalej. „Błogosławieni, którzy cierpią, ponieważ oni będą pocieszeni." Hrabina cierpi - to jest jasne dla każdego. Uważała Bertę za własne dziecko. A oto nieszczęsna dziewczyna stała się ofiarą *carnificis horribilis, qui his castris praeest**. Poza tym ten *carnifex* nieustannie *comitem nostram per tormenta cruciat***. Mści się za lata swojej służby.

- Nie zrozumiałem - powiedział coraz bardziej zaintrygowany Mock. - Nie znam słówek *carnifex* ani *tormentum*.

- *Carnifex* to to samo, co *cruciator*, kat, a *tormentum* to *dolor corporis a cruciatore factus*** - Brendel spojrzał zaniepokojony na strażniczkę, która zaczęła się przysłuchiwać ich rozmowie.

- Proszę mówić dalej, to bardzo ciekawe... - Mock aż się oparł na łokciu.

- A teraz dalej. „Błogosławieni cisi..." Hrabina nie mówi. Straszne cierpienie odebrało jej głos. Kolejne błogosławieństwo dotyczy spragnionych sprawiedliwości: „Błogosławieni, którzy łakniecie i pragniecie sprawiedliwości..."

- Tak - przerwał Mock profesorowi. - Że ona łaknie i pragnie sprawiedliwości, to oczywiste. Dała mi *imaginem cruciatoris*, żeby mi zawsze przypominało *de necessitate ultionis*****.

- Mówić tak, żebym rozumiała! - wrzasnęła strażniczka. - Bo inaczej rozgonię was wszystkich! Co to za spisek?

- Trzeba się było uczyć, moja dobra kobieto - powiedział Brendel. - Kto nie umie po łacinie...

---

* Strasznego kata, który stoi na czele tego obozu.
** Naszą hrabinę męczy torturami.
*** Straszliwy ból zadawany przez kata.
**** Wyobrażenie kata... o konieczności zemsty.

– Dobrze, dobrze – przerwał Mock i uśmiechnął się pojednawczo do strażniczki. Wiedział, że dalsza część wypowiedzi Brendla brzmi: „musi pasać świnie", i bał się, że może to rozsierdzić „dobrą kobietę". – Już będziemy mówić tylko po niemiecku... Ale nie mogę zagwarantować, że wszystkie słowa będą pani znane...

– Też mi paskuda z ryjem jak kalafior – powiedziała strażniczka, patrząc na Mocka. – I taki się jeszcze wymądrza tutaj...

Usiadła na kozetce i wbiła w Mocka swe małe ciemne oczy, wroga i skupiona.

– Skończyliśmy na „złaknionych sprawiedliwości". – Brendel uznał zachowanie strażniczki za pozwolenie na kontynuację wykładu. – Dalej są „miłosierni". Hrabina okazywała swe miłosierdzie uciśnionym, o czym pan chyba wie...

– Oczywiście, wiem. – Mock na darmo próbował sobie przypomnieć kolejne błogosławieństwa. – Głośno było o pomocy, jakiej udzielała pani hrabina ciężarnym polskim robotnicom z obozu pracy w Breslau-Burgweide i z Clausewitzstrasse. W swoim majątku urządziła nawet ochronkę, do której przyjmowała dzieci, które tam się urodziły. Pamiętam, że o tym czytałem w artykule, nadzwyczaj napastliwym wobec pani hrabiny...

– To było pewnie po sprawie z jej mężem – powiedział Brendel. – Czy tak, pani hrabino?

Hrabina kiwnęła głową i pisała coś gorączkowo. Była piękna w swym zapamiętaniu. Mock poczuł ciepły przypływ litości, kiedy spojrzał na jej dłonie, pokryte suchą, cienką skórą. Brendel rzucił okiem na tajemnicze zapisy, wyglądające jak odręczne inskrypcje z rzymskich katakumb, i powiedział:

– Tak, tak, oczywiście, pani hrabino... Zaraz o tym powiem... Zgadzam się z panią, oczywiście...

– Ile jest tych błogosławieństw „na Górze"? – przerwał Mock profesorowi. – Już wszystkiego zapomniałem... I z łaciny, i z religii...

– Dziewięć – profesor cicho policzył wszystkie, które dotąd wymienił. – Wymieniłem pięć. Jeszcze cztery, a mianowicie ludzie „czystego serca", „ci, którzy wprowadzają pokój", „którzy cierpią prześladowanie z powodu sprawiedliwości" i ci, którym urągają z powodu ich miłości do Boga. Tego ostatniego dokładnie nie pamiętam, nie potrafię go przytoczyć z pamięci...

– Nieważne – powiedział Mock i zwrócił się wprost do Gertrudy von Mogmitz. – I tak wszystko się zgadza, może oprócz tego ostatniego... Kto panią hrabinę prześladuje z powodu jej miłości do Boga?

Hrabina zacisnęła usta, wskazała na drzwi, a potem coś napisała.

– *Carnifex* – powiedział Brendel. – *Est cultor doctrinae paganae, non Christianae**.

– Dość tego! Miałeś nie gadać po łacinie! – wrzasnęła strażniczka do Brendla i wyjrzała na korytarz. – Heinz, zabieramy tę księżnę!

Brendel nie próbował protestować. Do izolatki wszedł wysoki strażnik z karabinem. Hrabina wstała, uśmiechnęła się do Mocka, a potem po prostu pomachała mu ręką. Ten gest byłby bardziej odpowiedni podczas rozstania przyjaciół – po skończonym spacerze, po udanym pikniku, po obejrzeniu filmu. Tak żegnają się piękne kobiety w pergoli obok Jahrhunderthalle, a słońce podświetla ich białe zwiewne sukienki. Kobiety te przekrzywiają lekko głowy i spod kapelusza wysyłają rozbawione uśmiechy. Potem odchodzą, stukając obcasami, a mężczyzna zostaje sam – w korytarzu z liści. Mock zamknął oczy i usnął, napawając

---

* Jest wyznawcą nauki pogańskiej, nie chrześcijańskiej.

się świetlnymi refleksami słońca – jasnymi punktami wypalonymi w liściastym dachu.

Breslau, piątek 23 marca 1945 roku,
dziewiąta rano

Mock poczuł nacisk na przedramię. Ciepła głowa Karen leżała w zgięciu jego łokcia. Przez rękę przebiegł mu dreszcz odrętwienia. Podniósł się ciężko i zabolało go w kręgosłupie. Wolną dłoń zatopił w gęstych włosach żony i uniósł nieco jej głowę. Uzyskawszy trochę wolnej przestrzeni, wyciągnął rękę. Spojrzał na zmarszczki wokół oczu Karen i w gardle pojawiła się gorycz. Pewnie znowu się rozpłacze. Pochylił się i pocałował ją w szyję. Kątem oka zauważył skorka wychodzącego z jej ucha. Zamiast obrzydzenia ogarnęło go zaciekawienie. Dlaczego „szczypawka" to po niemiecku „uszny robak", a po łacinie *forficula auricularia*, „nożyczki uszne"? Czyżby naprawdę przegryzał bębenki? Z ucha Karen wyszedł drugi robak i przebiegł prędko po ramieniu Mocka, wyginając się na boki. Mock poczuł łaskotanie pod pachą, a potem bolesne ukłucie. Zerwał się i usiadł na łóżku. Głowa Karen opadła na poduszkę. Z jej uszu wypływał żółty, gęsty płyn, a zanurzone w nim skorki wznosiły swe cęgi na odwłokach. Mock wrzasnął przeraźliwie i ujął w dłonie głowę żony, nie zważając na skorki, które rozpełzały się w gęstych włoskach pokrywających jego przedramiona. Usłyszał lekki trzask. Głowa Karen oderwała się, a z szyi buchnął ciemny dym. Mock zakrztusił się własną śliną i poczuł łaskotanie na twarzy. Skorek wbił cęgi w kącik jego oka, czyjeś palce rozciągały jego dolne i górne powieki, palce delikatne, przyzwyczajone do pióra. Bruzdy zatroskanej twarzy profesora Brendla były podcienione szarością. Rozciągnęły się i prawie zanikły pod wpływem uśmiechu.

– Śniły się panu jakieś koszmary, kapitanie – powiedział Brendel. – Chce pan wymiotować?

Mock pokręcił przecząco głową i zebrał siły. Usiadł na twardej pryczy, w głowie mu wirowało. Wydawało mu się, że jakaś miękka, ciepła substancja wypełnia czaszkę i zatyka wszystkie jej otwory.

– Pamięta pan, co mówiłem po łacinie? – zapytał profesor.

Mock kiwnął głową i zwlókł się z kozetki. Szorstka koszula nocna lepiła się do skóry, zaschnięte owoce czarnego bzu biły w szybę, podłoga drżała od niedalekich wybuchów.

– Kto mnie przebrał w koszulę nocną? – Mówiąc to, kapitan wyobraził sobie swoje tęgie, starcze ciało, którego dotyka hrabina von Mogmitz, i poczuł obrzydzenie do samego siebie. – I po co?

– Pański mundur jest brudny i porwany – odpowiedział Brendel. – Uległ zniszczeniu podczas pańskiego bohaterskiego czynu. – Podał Mockowi paczkę zawiniętą w gazetę. – Tutaj ma pan ubranie jednego z więźniów, pożycza je panu zastępca komendanta Helmut Gerstberger. Proszę się przebrać, ja poczekam pod drzwiami.

Brendel wyszedł, a Mock drżącymi rękami rozerwał paczkę. Wsunął cienkie, wykrzywione nogi w szerokie nogawki. Zapinając spodnie na liczne guziki, uświadomił sobie sens ostatniej wypowiedzi profesora. Wirowanie w głowie ustąpiło, a ciepła i lepka substancja w jego czaszce stężała. Pytania, które gwałtownie mu się nasuwały, postawiły go na nogi. Zagadki przyczynowo-skutkowe zawsze potrafiły reanimować jego mózg – niezależnie od tego, czy był obolały od alkoholu, czy od uderzeń.

– Jak to? – zawołał, zapinając pasek. – Dlaczego ten Gerstberger jest taki dla mnie łaskaw?

– Powiem więcej – doleciał zza drzwi głos Brendla. – Zastępca komendanta podstawił pod bramę swój motocykl z kierowcą. Zawiezie on pana do domu. Mojego motoru nie można na razie wydobyć spod ziemi.

– Nie odpowiedział mi pan na pytanie, profesorze. – Mock z trudem uporał się z tasiemkami, które zamiast spinek służyły do wiązania rękawów koszuli.

– Nazywa pana bohaterem z Drezna. – Głos zza drzwi był bardzo poważny.

– Rozumiem. – Mock przymierzył marynarkę i potarł skronie palcami.

Wszystko wracało do równowagi – jedynie lekki ból głowy i kwaśny niesmak w ustach przypominał Mockowi o minionych sensacjach. Wiążąc jakiś stary krawat, na który w innych okolicznościach nawet by nie spojrzał, usłyszał lekki szmer – taki jak ten, który wydało z siebie ciało Karen, gdy jej głowa odrywała się od szyi. Usiadł i poczuł łzy napływające mu do oczu. Wiele by dał, aby wziąć teraz Karen w ramiona; teraz – kiedy ona siedzi bezradnie przed toaletką i ogląda przebijające przez farbę pasma siwizny, teraz – kiedy po kryjomu płacze za swoim zaginionym dobę temu mężem; właśnie teraz – kiedy za nic nie chce się przyznać do chwili słabości i wykonuje swe zwykłe czynności kosmetyczne. To udawanie nie potrwa długo, za chwilę żrące łzy zaczną żłobić ściśnięte gardło, za chwilę Karen rzuci się na łóżko i wybuchnie, za chwilę będzie wznosić wśród łkań modły do Boga i zagniewanego nieba, aby zrzuciło bomby na kamienicę przy Zwingerplatz i pogrzebało pod ruinami jej nieodwzajemnioną miłość. Mock wiele by dał, aby wziąć teraz Karen w ramiona. Dzieliło go od niej tylko kilka kroków do motocykla i niecałe dwa kwadranse jazdy przez dymiące miasto, potem ją uspokoi i przeprosi, a potem odlecą stąd do Kopenhagi. Zabije Gnerlicha kiedy indziej, po wojnie, i rzuci wtedy jego głowę jak trofeum pod nogi świętej kobiety – Gertrudy hrabiny von Mogmitz.

Brendel, słysząc trzask desek na pryczy, zaniepokoił się i wszedł do izolatki. Mock natychmiast przyłożył ręce do oczu. Ostatnie krople łez wcierał twardymi palcami w delikatną błonę poparzeń pokrywającą jego twarz. Chyba zauważył, że płaczę, pomyślał. Gdy oderwę ręce od twarzy, zobaczy ślady łez.

Kiedy Mock był studentem, ogarniała go często niepojęta wesołość. Wystarczyło, że połączył w myślach jakieś dwa zdarzenia – odległe i niemające ze sobą nic wspólnego – i natychmiast wybuchał śmiechem, który musiał tłumić, krztusząc się i chowając głowę pod ławkę. Pół biedy, jeśli pusty śmiech ogarniał go na wykładzie łagodnego profesora archeologii Richarda Förstera. Niestety – raz zwijającego się ze śmiechu studenta Eberharda Mocka dotknęło surowe spojrzenie profesora Eduarda Nordena. Student zdawał sobie sprawę, że jeśli się natychmiast nie uspokoi, narazi się na straszne skutki gniewu profesora. Głupawy wesołek zaczął więc rozmyślać o rzeczach smutnych i ostatecznych – wyobraził sobie śmierć swoich rodziców i minę lekarza chorób płciowych informującego go o zakażeniu syfilitycznym. Wesołość minęła, profesor Norden wrócił do Plautowych anapestów i bakchejów, a student Mock poznał jeszcze jedną możliwość obrony w sytuacjach trudnych. Tak też teraz, kiedy jego słabość mogła zostać odkryta przez Brendla, na siłę zmienił ton swoich myśli – z czułego i melancholijnnego na gniewny i złowrogi. Wzbudził w sobie złość na Karen.

Karen jest taka słodka i przesadnie patetyczna, myślał, jej wypowiedzi są głupie i pełne truizmów – jak zachwyty pensjonarki. Brakuje jeszcze, żeby podskakiwała w wystudiowanej egzaltacji i wołała ze swoim skandynawskim akcentem: „Och, Ebi, jaki świat jest piękny!" albo „Brawo, brawo, jak to ślicznie ująłeś!"

Oderwał dłonie od twarzy i spojrzał na zaniepokojonego Brendla. Wstał i wyszedł z nim z baraku sanitarnego. Niebo drżało od eksplozji. Znad Gräbschener Strasse ciągnęła fala czarnego dymu. Mock nie widział jednak tego wszystkiego. Nie dostrzegał ani dymu, ani zasieków obozu, ani budki wartowniczej, ani zatroskanego profesora, który pomagał mu wsiąść do wózka bocznego. Przed oczami miał pogardliwie wygięte usta swojej żony; oto Karen rozmawia z przyjaciółką; opisuje jej swojego szwagra Franza; mówi o nim „ten kolejarz" i prycha, rozpylając wokół cząsteczki śliny, identycznej jak ta, którą toczyli z ust arystokraci germańskiego świata – jej przodkowie, dumni wikingowie. Cóż innego niż pogardę mogła czuć ta nordycka księżniczka wobec prostego mieszkańca Altstadt, zakazanej dzielnicy Breslau? Nienawidziła go i gardziła nim, myślał Mock, ta egzaltowana idiotka, absolwentka filozofii, niemająca pojęcia o zdecydowanych wyborach uczciwego umysłu, o sercu na dłoni, o prostej rozpaczy, o jasnych, atawistycznych pryncypiach.

Brendel otulił kapitana siedzącego w motocyklowym koszu jakimś płaszczem pachnącym naftaliną i usiadł za kierowcą. Motocykl ruszył. Przejechali pod wiaduktem kolejowym na Märkischestrasse i znaleźli się na Friedrich-Wilhelm-Strasse. Większą część ulicy zajmowały połamane stoły, szafy bez drzwi i żelazne łóżka. Brendel lawirował między stosami wyrzuconych mebli a trupami koni leżącymi na skraju ulicy. Jakieś Brennkommando polewało benzyną i spirytusem kamienicę na rogu. Mock tego wszystkiego nie widział ani nie czuł. Do jego nozdrzy docierał teraz zapach „Paradiso" – ulubionych perfum Karen. Wracają z filharmonii. Jest letni wieczór 1937 roku. W silniku adlera zabrakło oleju. Jedziemy taksówką! Ludzie czekają na postoju. Już

nasza kolej. Taksówka podjeżdża. Nadbiegają trzej mło-
dzieńcy. Odpychają Mocka. Wskakują bez kolejki. Jeden
z nich uśmiecha się do Karen. Taksówka odjeżdża, a Mock,
napęczniały z furii, szuka na próżno pistoletu. Uśmiechnęła
się wtedy do tego skurwysyna w mundurze kadeta, myśli
teraz Mock, nie zwracając uwagi na ostrą woń dobywającą
się z wiader niesionych przez dwóch sanitariuszy.

– Strasznie śmierdzi ten środek na poparzenia fosforem
– wrzeszczał Brendel, przekrzykując łoskot walących się
murów. – Sama woda z mielonym wapnem tak nie śmierdzi...

Huk był tak silny, że oderwał na chwilę myśli kapitana
od żony, którą usiłował sam sobie zohydzić. Spojrzał na
profesora Brendla. Ten uśmiechnął się w chmurze pyłu.

– Nietzsche powiedział w *Tako rzecze Zaratustra*: „Bądź-
cie twardzi!"

– Słucham? – Mock uznał, że się przesłyszał.

– Powiedziałem tylko, że te kamienice były pokryte żół-
tą farbą. – Mock rzeczywiście się przesłyszał. – A teraz
wszystkie są czarne.

Mock umilkł i zastanawiał się, w jakim stanie będzie jego żona Karen, kiedy ją za chwilę ujrzy: będzie płakała czy
uśmiechnie się drwiąco? A może uśmiechnie się przyjaźnie
i łobuzersko – jak do tego przystojnego młodzieńca w mundurze kadeta, który odtrącił w kolejce do taksówki jej pur-
purowego ze złości, tęgiego męża?

– Nietzsche powiedział: „Idziesz do kobiet? Nie zapomnij bicza!"

Mock tym razem nie spojrzał na profesora i nie prosił
o powtórzenie. Pewnie by się okazało, że znowu się przesłyszał.

Dojeżdżali do Königsplatz. Brendel przystanął, aby prze-
puścić kolumnę starszych mężczyzn, którzy dźwigali na ramionach zardzewiałe karabiny. Szli noga za nogą, a nad

nimi wznosiły się dwa pomniki Herkulesa walczącego z lwem nemejskim. Brendel zanurzył się w plątaninę małych uliczek Altstadt i po dziesięciu minutach parkował pod kamienicą na Zwingerplatz. Mock wyszedł z kosza i narzucił płaszcz na ramiona. Jego myśli były tak zajęte osobą Karen, że nawet nie podziękował profesorowi Brendlowi za opiekę, ba! – za uratowanie życia. Kiedy profesor chciał go wziąć pod rękę i wprowadzić do bramy, odprawił go ruchem dłoni jak natrętnego domokrążcę. Wchodził powoli po schodach. Drzwi od mieszkania były otwarte. Stała w nich Gertruda hrabina von Mogmitz. Mock padł przed nią na kolana. Objęła dłońmi jego głowę. Poczuł, że się trzęsie. Niemożliwe, żeby hrabina miała tak tłuste, trzęsące się ciało, pomyślał Mock i usłyszał głos Karen:

– Myślałam, że nie żyjesz, kochany – wyszeptała wśród łez.

Mock wstał z kolan. Jego oczy były czarne i nieruchome – jak u małpy.

– Obiecywałem ci, że wyjedziemy stąd, prawda? – powiedział łagodnym tonem.

– O tak, to prawda! – wykrzyknęła Karen emfatycznie, a potem zrozumiała. Przez ślizgające się po policzkach łzy patrzyła w nieruchome oczy męża. Wiedziała, co zaraz usłyszy, wiedziała, co oznacza ten łagodny ton: on zwiastuje jej przyszłość pod ruinami tego miasta. Intuicja jej nigdy nie zawiodła. Teraz też.

Breslau, piątek 23 marca 1945 roku,
wpół do jedenastej rano

Mock siedział nieruchomo przy stole kuchennym i stukał paznokciami w ceratę. Starał się wybijać taki sam rytm, jak buty Karen na schodach, po tym gdy wybiegła z mieszkania. W wystukiwanych taktach pojawiły się nowe barwy. Jakiś dajmonion kierował palcami Mocka tak sprawnie, że do trzaskania obcasów dołączyło się łkanie i wybuchy płaczu. Z dźwięków powstały obrazy, które jego mózg zarejestrował przed opuszczeniem przez Karen mieszkania. Najważniejsza była jej twarz. Uświadomił sobie, że patrzy na niego wzrokiem, jakiego jeszcze nigdy u niej nie widział. Nie był groźny, zbolały ani złowrogi. Był po prostu nieznany. Mock poczuł, jak podnosi mu się przepona. Przestał bębnić palcami o stół. Zdał sobie nagle sprawę, że nie załatwił jej zwolnienia z pracy i zgubił jej kartę pracy. Ten brak był karany śmiercią.

– Wróci, wróci – uspokajał sam siebie. – Dokąd może pójść bez Arbeitskarte der Festung Breslau? Wróci za kwadrans, najdalej za godzinę! O, nawet znacznie szybciej. Już kołacze do drzwi.

Wyszedł do przedpokoju, skąd dochodziło kołatanie. Zbliżając się do drzwi wejściowych, układał sobie w myślach przeprosiny. Najwyżej kupię jej perfumy „Paradiso". Otworzył drzwi i spojrzał na człowieka stojącego w progu. On na pewno nie używał żadnych perfum.

– Zostawił pan w wózku fotografię Gnerlicha – powiedział profesor Brendel, podając mu przedarte na pół zdjęcie.

– Proszę wejść, profesorze – Mock otworzył szeroko drzwi. – Napijemy się wódki.

*Breslau, piątek 23 marca 1945 roku,
ósma wieczór*

Kiedy woda zaczęła wlewać mu się do nosa, ocknął się i krzyknął z przerażenia. Leżał w zimnej wodzie wypełniającej wannę. Szarpnęły nim dreszcze. Gwałtownie wstał, a woda, wzburzona tym ruchem, przelała się przez krótszą krawędź wanny. Wychodząc, poślizgnął się i nie złapał równowagi. Punkt ciężkości znalazł się za nim. Zatrzepotał rękami i chwycił się wiszącego na wieszaku ręcznika. Urwał tasiemkę i klasnął ciężko pośladkami o mokre płytki podłogi. Ból pleców przypomniał mu o poprzeczce rozpędzonej drezyny, która rozerwała mu płaszcz i omal nie zgruchotała kręgosłupa. Usiłował przełknąć ślinę, ale mu się to nie udało. Wysuszone alkoholem ślinianki nie pracowały właściwie. Chrząknął i wytoczył gęstą flegmę z przepalonych płuc.

– Marto! – zawołał, okrywając swoje pudenda ręcznikiem. – Marto, pomóż mi, nie mogę wstać!

Nikt nie przyszedł. Zamknął oczy i usiłował przypomnieć sobie wypadki dzisiejszego dnia. Karen wyszła z mieszkania, Marty nie było, profesor Brendel przyszedł, wypili trzy butelki wódki. Profesor pił powoli, on sam – zachłannie. Kiedy Brendel wypijał jedną szklankę, Mock kończył drugą. Kiedy profesor wyjaśniał zawiłości Kazania na Górze, kapitan stawiał jakieś bełkotliwe pytania. Kiedy Brendel przestrzegał go przed czymś, Mock śmiał się pogardliwie. Tyle tylko pamiętał, tyle tylko mu zostało w rozsypanej mozaice dzisiejszego popołudnia. Z trudem wstał, odkręcił kran i otworzywszy zaschnięte usta, wpuścił w nie porywisty strumień wody. Głowa pękała mu od toksyn, którymi wczoraj i dzisiaj napełnił swój organizm – dobrowolnie i wbrew sobie. Kiedy podniósł głowę znad umywalki, krew szybko odpłynęła z mózgu i zobaczył przed oczami wirujące błyski – jak płatki złota w gdańskiej nalewce goldwasser. Nie dopuścił do omdlenia. Zanurzył głowę w lodowatej wodzie wypełniającej wannę. Po kilkunastu sekundach wynurzył głowę i zakręcił nią, otrząsając z wody resztki włosów. Na półce nad umywalką znalazł grzebień. Nie patrząc w lustro, przyczesał włosy, włożył zapasową maskę, szlafrok i wyszedł z łazienki. Wiedział, że palący żołądkowy kac nie puści go do rana. Wiedział, że przeżyje tę noc tylko dzięki książkom, które czytał zachłannie i bez większego zrozumienia. Udał się do gabinetu, gdzie już oczyma wyobraźni widział stary skórzany fotel, który rozwalał się zapraszająco na środku pomieszczenia. Rzeczywistość go nie zawiodła. Koło fotela stał stolik do cygar. Zamiast nich leżał tam list skreślony równym pismem profesora Brendla. Mock spojrzał na list i zaczął go czytać – jak zwykle na kacu – bez większej koncentracji. Wraz z każdym czytanym zdaniem skupienie rosło.

Drogi kapitanie! Muszę Panu zdradzić bolesną tajemnicę, która nie chce mi przejść przez usta. Hrabina Gertruda von Mogmitz jest pełna podziwu dla Pana. Ten podziw jest połączony z czymś, czego nie odważyłbym się nazwać. Kiedy chcę o tym napisać, pióro odmawia mi posłuszeństwa i bryzga atramentem. Dlaczego brak mi odwagi? Bo czuję zawiść. Ale muszę o tym napisać, ponieważ Pismo mówi: „Niech wasza mowa będzie »tak – tak, nie – nie«". Mimo że zżera mnie demon zazdrości, napiszę: tak, Hrabina zakochała się w Panu. Jakież to bolesne dla mnie – Jej długoletniego wielbiciela! Wiedziałem o tym, że dla Hrabiny ważna jest dusza ludzka, i Pańska dusza Ją urzekła. Moja jest dla Niej tylko interesująca, może ją nieco niepokoi, ale Pańska Ją fascynuje. Niech Pan nie pyta, skąd się bierze ta fascynacja. Niech Pan nie będzie teraz śledczym. Nawet gdybym wiedział, co w Panu najbardziej Ją urzekło, to i tak nic Panu nie powiem. Zastrzegam: nie będę o tym w ogóle z Panem rozmawiał, ponieważ ten temat jest dla mnie zbyt bolesny. Czuję się jak odrzucony kochanek. Jednocześnie nie czuję do Pana nieprzyjaźni ani żalu. Jestem zwolennikiem determinizmu pasywnego, co oznacza całkowite poddanie się Woli Bożej. Taka postawa wyklucza wszelkie afekty. Powtarzam: nigdy z Panem już na ten temat nie będę rozmawiał.

Wyznałem i ulżyło mi – jak zawsze, kiedy wyrzucimy z siebie to, co nas boli. Wyznając moje uczucia wobec Niej i Jej uczucia wobec Pana, nie jestem całkiem bezinteresowny. Jeśli Pan, wiedząc o afekcie Hrabiny, sam się w Niej zadurzy, osiągnę swój cel. Sam siebie obdarzę błogosławieństwem cierpienia, jednym z ośmiu błogosławieństw na Górze – kiedy Hrabina będzie z Panem, kiedy będzie na Pana patrzyła z miłością, ja przy tym będę, co więcej – ja przy tym chcę być, bo muszę cierpieć, bo cierpienie jest sensem naszego życia.

Dzisiaj już to wszystko mówiłem Panu, ale obawiam się, że może Pan nie pamiętać mojej wypowiedzi. Jest dla mnie całkowicie zrozumiałe, że musiał Pan odreagować wczorajsze wypadki – Pański nieudany zamach na Gnerlicha, śmierć Pańskich przyjaciół. Nie dziwię się zatem, że pił Pan jak kirasjer. Ponieważ nieźle znam alkoholowe krainy, wiem, że wędrujący po nich natrafia na takie miejsca, w których jego ciało i psyche się rozdzielają: jedno jest na pozór sprawne – motorycznie i werbalnie – drugie zaś ginie w odmętach niepamięci. Tak też było z Panem. Zadawał mi Pan trafne i niełatwe pytania, lecz obawiam się, że może Pan nie pamiętać ani pytań, ani odpowiedzi.

Mock po przeczytaniu tych passusów wyłowił z kłębowiska sprzecznych myśli jedną z nich, która była tak ohydna, że natychmiast ją stłumił. Zdjął maskę, zwlókł się z fotela i poczłapał do kuchni. Odkręcił kran i napełnił wodą starą kankę na mleko. Wracając do gabinetu, dostrzegł w lustrze wiszącym w przedpokoju swoją zniszczoną, starą twarz, na której naciągała się i wiotczała błona po poparzeniach. Przez głowę znów przemknęła mu owa obrzydliwa myśl, która teraz była jak kaszlnięcie uwalniające wodospad wymiotów. Wiedział, że jeśli tej myśli nie wypowie głośno i dobitnie, że jeśli odważnie nie nazwie demona jego własnym imieniem, to pobiegnie do łazienki i będzie się wił w torsjach na krawędzi muszli. Usiadł jeszcze raz w fotelu z kanką w dłoniach i wypowiedział zaklęcie, które miało poskromić złego ducha:

– To dobrze, że Karen ode mnie odeszła. Księżna na mnie leci, a Karen mi już nie przeszkadza. Już nie ma mojej żony. Jestem wolny! Będę mógł mieć księżną!

Ostatnie słowa Mocka zginęły w huku jego własnych płuc. Zbliżył twarz do kanki i uwolnił organizm od wszelkich toksyn. Womitowanie przywróciło spokój i równowagę płynów. Przez kilka minut siedział nieruchomo w fotelu. Zaniósł kankę do łazienki, wypłukał ją, a potem przystrzygł nożyczkami siwą brodę. Następnie ubrał się z wyszukaną elegancją: świeżo odczyszczony granatowy garnitur w jasne prążki, biała koszula, bordowy krawat. Na twarz nałożył jedwabną maskę i przyjrzał się sobie w lustrze.

– Wszystko jest w porządku – powiedział do siebie. – Teraz już nie ma demonów.

Wrócił do gabinetu, usiadł za biurkiem i zapalił papierosa. Kolejne passusy listu profesora Brendla były nadzwyczaj interesujące dla niedoszłego lingwisty Mocka.

Interesował Pana pewien ciekawy problem. Że Hrabina jest obiektem wszystkich dziewięciu błogosławieństw, w to Pan nie wątpi. Że ocaleje z klęski, jaka nas wszystkich czeka w Breslau, to już dla Pana nie było takie oczywiste. Niezrozumiałe natomiast zupełnie było dla Pana, dlaczego On sam miałby ocaleć z Breslau. Scharakteryzował Pan samego siebie jako zaprzeczenie wszystkich cnót z Góry. Zgodził się Pan jednak ze mną, że można pewną Jego cechę dostrzec w jednym błogosławieństwie: „Błogosławieni, którzy łakniecie i pragniecie sprawiedliwości". „Dlaczego ja miałbym ocaleć z tego piekła, jeśli odpowiadam tylko jednemu z dziewięciu błogosławieństw?" – pytał Pan coraz bardziej zirytowany.

Jeszcze raz to wytłumaczę. W naszym wywodzie powołujemy się na Nowy Testament w przekładzie Marcina Lutra. Wszystkie błogosławieństwa mają następujący schemat: „szczęśliwi są ci, którzy..., albowiem oni...". Czyli we wszystkich błogosławieństwach w przekładzie Lutra czasownik użyty jest w trzeciej osobie liczby mnogiej, mianowicie: „oni s ą u b o d z y w duchu", „oni n i o s ą cierpienie", „oni s ą s p o k o j n e g o s e r c a" et cetera, et cetera. Powiedziałem: „we wszystkich błogosławieństwach". Powinienem powiedzieć: „we wszystkich oprócz jednego". Oto w Mt 5, 6 czytamy w przekładzie Lutra: „Błogosławieni j e s t e ś c i e, którzy ł a k n i e c i e i p r a g n i e c i e sprawiedliwości". A zatem mamy tutaj drugą osobę liczby mnogiej – „wy", nie zaś trzecią – „oni". Jest to bardzo znamienne. Istnieje teoria językoznawcza, że pierwsza osoba liczby mnogiej oznacza nadawcę zbiorowego, a druga – zbiorowego odbiorcę komunikatu językowego. Osoba trzecia zaś oznacza jego temat, w tym wypadku ze względu na liczbę – temat zbiorowy, temat, który dotyczy zbioru jednostek ludzkich. Chrystus, błogosławiąc ludzi, w ośmiu błogosławieństwach odmalowuje sytuację dotyczącą wielu jednostek ludzkich, w jednym zaś zwraca się do konkretnych osób. Innymi słowy, osiem razy przedstawia jakiś stan przez Siebie zalecany, w jednym wypadku zwraca się bezpośrednio do Swoich słuchaczy. Jeszcze inaczej rzecz ujmując, Chrystus prezentuje osiem sentencji, ogólnych maksym na temat właściwego ludzkiego zachowania, a jedną z nich eksponuje specjalnie – jest ona znacznie silniejsza i obejmuje minimum dwie osoby. Te osiem błogosławieństw odczytuje się jako: „należy postępować tak a tak", a to jedno błogosławieństwo Mt 5, 6 o łaknieniu sprawiedliwości – „postępujcie tak a tak". Osiem błogosławieństw rozmytych jest w swej sentencjonalności, jedno zaś – skamieniałe w swym konkretnym rozkazie. Jest ono zatem najważniejsze spośród wszystkich ośmiu, ponieważ zostało sformułowane inaczej – jako zdecydowane polecenie – w drugiej osobie liczby mnogiej („wy"). Jest przecież oczywista różnica intencji, kiedy nauczyciel mówi do uczniów: „Należy starannie pisać w zeszycie", i kiedy mówi „Piszcie starannie w zeszycie!" Kiedy nauczyciel wypowiada to ostatnie polecenie, w sali lekcyjnej musi być minimum dwóch uczniów. To pierwsze pouczenie może być adresowane tylko do jednego ucznia, ponieważ ma charakter ogólny, sentencjonalny.

Reasumuję. Gertruda Hrabina von Mogmitz ocaleje z piekła Breslau, ponieważ spełnia dziewięć warunków dziewięciu błogosławieństw. Osiem z nich dotyczy wszystkich osób takich jak ona. Jedno z nich nie dotyczy wszystkich takich jak ona, lecz minimum dwóch osób, które „łakną i pragną sprawiedliwości". Pan jest jedną z nich. Jeśli Pan nie będzie pragnął sprawiedliwości na Gnerlichu, nie będzie tych dwóch „sprawiedliwych" w Breslau, ergo – Hrabina nie ocaleje. Pan jest warunkiem sine qua non jej ocalenia. Aby to się spełniło, musi pan pragnąć śmierci Gnerlicha. On wciąż żyje. Jest w szpitalu przejściowym w dawnej szkole żydowskiej przy Rehdigerplatz. Na samej linii frontu. Niech Pan go tam zabije. Albo nie – niech Pan próbuje zrobić wszystko, aby go zabić. A w ostatniej chwili Bóg i tak Panu na to nie pozwoli. Bo On wie, że – zabiwszy Gnerlicha – straci Pan swój gniew i swoje pragnienie sprawiedliwości. Poprzez uniemożliwienie Panu zabicia Gnerlicha w korytarzach podziemnych pod Bergstrasse Bóg pokazał, że Pana wybrał. Czy dalej Pan nie rozumie, dlaczego to właśnie Pan i hrabina von Mogmitz ocalejecie z Breslau?

Profesor Rudolf Brendel, doktor filozofii

Breslau, piątek 23 marca 1945 roku,
dziewiąta wieczór

Po przeczytaniu listu profesora Brendla Mock postanowił wypróbować Opatrzność. Wywody filozofa, choć jasne i zrozumiałe, wcale nie przekonały kapitana. Wcale nie był pewien, czy sformułowanie „piszcie" jest mocniejsze od „trzeba pisać". Ponadto, jeśli „trzeba pisać" nie zakłada istnienia odbiorcy komunikatu językowego, to komunikat ten skierowany jest do wszystkich i do nikogo. Jeśli zaś skierowany jest do nikogo, to nikt nie musi postępować zgodnie z zaleceniami Chrystusa. Zatem błogosławieństwo nie dotyczy zarówno tych, którzy postępują zgodnie z zaleceniem, jak tych, którzy mu się przeciwstawiają. W takim razie hrabina nigdy nie jest błogosławiona, a jej postępowanie mogłoby być diametralnie różne. Ona i tak nie zdaje sobie z tego sprawy, ponieważ wierzy literalnie w zalecenia Pisma. Oczywiście to wszystko nie dotyczy „łaknących sprawiedliwości". Tu musi być minimum dwóch odbiorców. Wystarczy zatem, że znajdzie się dwóch ludzi, którzy „łakną sprawiedliwości", i oni ocaleją z miasta Breslau. Poza tym passus Mateusza wcale nie mówi o ocaleniu, lecz tylko o błogosławieństwie. Przecież „być błogosławionym" wcale nie znaczy „ocaleć z Breslau". To, że wierzy w to hrabina, można jeszcze wytłumaczyć jej religijną afektacją, ale że wierzy w to profesor filozofii, jest zupełnie niezrozumiałe...

Jedno było pewne. Zamach na Gnerlicha został udaremniony przez bombardowanie na Bergstrasse. Czy był to przypadek? Mock nie wierzył w przypadek. Podobnie jak profesor Brendel był deterministą. Mock postanowił zabić teraz Gnerlicha, czyli wypróbować Opatrzność.

Breslau, piątek 23 marca 1945 roku,
dziesiąta wieczór

Mock zamknął mieszkanie na klucz. Schodząc po schodach, sprawdził, czy ma pistolet w kieszeni. W myślach prowokował Boga: no i co mi zrobisz, żeby mnie powstrzymać? Nic mi nie przeszkodzi w zabiciu Gnerlicha. Wejdę do sali szpitalnej i strzelę mu w łeb. Wpuszczą mnie do szpitala. Nikt nie będzie mnie podejrzewał. Nie powstrzymasz mnie przed zabiciem bestii.

Pierwszą przeszkodą na tej drodze cnoty był dziesięcioletni syn stróża Arthur Grünig. Chłopiec wyszedł ze stróżówki na parterze, ukłonił się starszemu panu i wyciągnął ku niemu rękę. W dłoni dzierżył mały pakunek. Był to lniany worek zaciągany na sznurek. Chłopiec nosił w nim zwykle strój gimnastyczny. Teraz w worku było jakieś żywe stworzenie. Mock kiwnął głową na Arthura i wrócił do swojego mieszkania. Chłopiec podreptał za nim.

– Niech pan zobaczy – powiedział chłopiec. – Jaki duży...

Mock nie odezwał się ani słowem. Schował do kieszeni latarkę i woreczek z suchym chlebem. Potem sięgnął do szafki i wyjął z niej małą paczuszkę, w której gromadził cukierki wysmażane przez Martę z cukru i mleka. Wręczył ją chłopcu. Należało mu się, w końcu mały Arthur jest bożym posłańcem, który ma uniemożliwić zabicie bestii i utrzymywać jego samego w wiecznym i tak potrzebnym napięciu „złaknionego sprawiedliwości". Syn stróża zabębnił nogami na schodach, Mock schodził znacznie wolniej, Arthur Grünig wpadł do mieszkania swojego ojca, kapitan zszedł do swojej piwnicy.

W małym pomieszczeniu słychać było żałosne popiskiwania. Dochodziły one z kąta piwnicy, z klatki przykrytej kocem. Zdarł koc i zobaczył trzy szczury, które wspinały się na szczeble klatki i witały zaniepokojone swojego opiekuna. Jeden z nich miał wygryzioną sierść, a jego ciało pokrywały rany.

– Twoje dni są policzone, biedaku – powiedział do niego Mock ze współczuciem. – Niedługo cię zeżrą twoi koledzy. A teraz zobaczymy, jak zareagujecie na nowego...

Mówiąc to, otworzył klapę w klatce i wytrząsnął szczura złowionego przez Arthura Grüniga. Zwierzęta były zdezorientowane i zaskoczone. Podchodziły do nowego szczura i obwąchiwały go. Jedynie poraniony szczur nie zbliżał się do niego i z daleka prychał z widoczną złością.

Mock wrzucił do klatki suchy chleb i przypatrywał się przez chwilę gryzoniom.

– Jesteście moimi jedynymi przyjaciółmi w twierdzy Breslau – powiedział do nich. – A teraz jesteście w dodatku narzędziami w rękach Boga. Macie mnie powstrzymać przed zabiciem bestii. Jesteście błogosławione...

Mock przykrył klatkę i wyszedł z piwnicy na podwórze. Znalazł się między murem odgradzającym kościół Bożego Ciała od oficyn zamieszkiwanych niegdyś przez lumpenproletariat. Teraz gnieździły się tam żony i dzieci łotrzyków i rzezimieszków. Ich samych już dawno nie było – zginęli na wojnie lub karczowali syberyjskie lasy.

Tym bardziej Mock się zdziwił, gdy ujrzał trzy jasne punkty żarzących się papierosów. Dwa punkty poruszyły się gwałtownie, a jeden rozsypał się iskrami. Ciemne sylwetki ruszyły w stronę Mocka. Ten poczuł wzrastającą satysfakcję. Dobrze rozumiem działania Boga, pomyślał, powstrzymuje mnie przed zabiciem Gnerlicha. Najpierw szczury, teraz ci oto bandyci. Ale nawet oni mnie nie powstrzymają. Że są narzędziami w ręku Boga, to pewne. Bo skąd się wzięli w czasie, kiedy każdy mężczyzna w Breslau nosi mundur i broni twierdzy? Są narzędziami w ręku

Boga, nie mogę ich zabić, ponieważ bym Go uraził. Wystarczy, że ich postraszę.

Kiedy Mock widział już złowrogo uśmiechnięte twarze pod daszkami cyklistówek, wyjął pistolet i strzelił bez ostrzeżenia ponad głowami boskich narzędzi. Papierosy zasyczały w kałużach, a mężczyźni rozbiegli się i zniknęli w ciemnościach. Rozpłynęli się, pomyślał Mock, wszak są wysłannikami Boga, czyli aniołami.

Przeszedł przez podwórko nie niepokojony już przez nikogo i znalazł się naprzeciwko Teatru Miejskiego. Szybkim krokiem przeszedł przez Schweidnitzerstrasse, minął Prezydium Policji i dotarł do wiaduktu kolejowego. Tu natknął się na pierwsze barykady. Wspinając się na górę barykady, potknął się i dla złapania równowagi oparł rękę na czymś zimnym i śliskim. Był to czarny granit z fragmentami napisu „Nasz najukochańszy mąż i ojciec..." Na moim grobie, pomyślał, nie będzie mowy ani o ojcu, ani o mężu. Będzie napis „Pies gończy Mock".

Po zejściu z barykady dostrzegł grupę ludzi, którzy stali w kolejce do studzienki kanalizacyjnej obok kościoła Jezuitów przy Gabitzstrasse. Ludzie ci zachowywali się osobliwie. W rękach trzymali pokrywki od garnków i uderzali nimi, wywołując straszliwą metaliczną kakofonię. Była to odpowiedź na ryk rosyjskich megafonów nadających muzykę taneczną. Zbliżał się do linii frontu. Zaczął wypatrywać niewypałów w jasnym świetle księżyca, który wynurzył się właśnie zza chmur. Te niewypały mogły być pozostawione przez anioły, aby udaremnić mu przedostanie się do szpitala, w którym bestia niedługo wyda swe ostatnie smrodliwe tchnienie. Przedzierał się przez gruzy i sapał ciężko. Nie zwracał jednak na to uwagi. Zastanawiał się głęboko nad nowym określeniem wysłanników Boga, którzy mieli mu przeszkodzić w słodkiej zemście. „Aniołowie" to niewłaściwy wyraz. Aniołowie są bytami świadomymi swego posłannictwa, a szczury i bandyci z całą pewnością nie zdawali sobie sprawy ze swoich właściwych zadań. Nazwijmy ich wszystkich nie „aniołami", lecz „emanacjami".

Koło szkoły na Schwerinstrasse zszedł z gruzów i omal nie nadział się na karabin jednej takiej emanacji. Młody chłopak w zbyt dużym hełmie opierał lufę karabinu o pierś Mocka i podejrzliwie się przyglądał eleganckiemu starszemu człowiekowi w masce.

– Przepustkę proszę – warknął żołnierz.

– Już panu daję – odpowiedział Mock i sięgnął do wewnętrznej kieszeni płaszcza po pistolet.

Wartownik Georg Kittlaus był nerwowy z natury. Już w swojej rodzinnej Turyngii, w małej wiosce koło Zeulenroda uchodził za nerwusa. Wściekał się, kiedy krowy wchodziły w szkodę, i okładał je później drągiem w oborze. Kiedyś świnia wypadła z chlewa i parobek Kittlaus dostał zadanie, aby ją z powrotem doń zagonić. Udało mu się to dopiero po godzinie. Kiedy już była w chlewie, wyładował na świni swoją złość. W końcu wyrwał koryto i wzniósł je nad głową zwierzęcia. Wtedy ono ruszyło na parobka i uciekło między jego nogami, powalając go w gnój. Świnię znaleziono po tygodniu, a Kittlausa po dwóch tygodniach. Stał w lesie i kopał ze złości w drzewo. Ta cecha jego charakteru uległa znacznemu spotęgowaniu w twierdzy Breslau, pod rosyjskimi bombami. Teraz, widząc szpiega w masce, nacisnął spust. Georg Kittlaus był nerwowy z natury.

Breslau, sobota 24 marca 1945 roku,
piąta rano

Doktor Willy Schötzl, chirurg w szpitalu przejściowym przy Rehdigerplatz, nie spał od trzydziestu godzin. Czuł piasek pod powiekami i słaniał się na nogach, kiedy wbijał wzrok w plątaninę tkanek w mięśniu piersiowym większym i starał się trafić pęsetą w spłaszczony ołów, który tkwił niezbyt głęboko, w części obojczykowej mięśnia. Pęseta ześlizgiwała się z ołowiu i naruszała uszkodzone tkanki. Wtedy w ranie przelewały się niewielkie fale krwi i wypływały na ciało pacjenta. Doktor Schötzl odłożył narzędzie i kiwnął głową na pielęgniarza, który znak ten zrozumiał natychmiast. Podał doktorowi szklankę wódki i patrzył, jak jego grdyka lekko się porusza. Schötzl zanurzył pęsetę w spirytusie. Kiedy poczuł działanie alkoholu i niewielki zawrót głowy, wcisnął narzędzie w krwisty befsztyk rany i bezbłędnie uchwycił ołów. Z satysfakcją ściskał mocno kawałek metalu. W lewej dłoni wciąż trzymał szklankę. Wiedział, że kula już mu się nie wymknie. Wyciągnął ją pewnie i wyrzucił do miednicy. Zadźwięczała obtłuczona blacha, kiedy wpadała do niej kula, pęseta i pusta szklanka.

Doktor Schötzl usiadł ciężko na krześle i zaciągnął się papierosem, którego pielęgniarz włożył mu w usta i zapalił. Oczy mu się zamykały, pielęgniarz wyjął papierosa z jego ust i sam chciwie się nim zaciągał. Obraz ten doktor Schötzl widział w półśnie i nie był pewien, czy bezczelność pielęgniarza nie jest wytworem jego własnej imaginacji. Tym bardziej nie był pewien realności następnej wizji. Oto operowany pacjent, starszy mężczyzna z poparzoną twarzą, ocknął się z narkozy i zapytał go dudniącym głosem:

– Jest pan emanacją Boga, doktorze?

– Takiego komplementu jeszcze dotąd nie słyszałem – mruknął doktor i zasnął.

Breslau, sobota 24 marca 1945 roku,
pierwsza po południu

Oczy Mocka otworzyły się i napotkały biały sufit z kilkoma zaciekami. Gałki oczne przesunęły się w lewo i w prawo. Zarejestrowały bandaże, fiolki i brązowe lamperie. Nagle stały się nieruchome. Nie mogły się oderwać od innych oczu – błękitnych i wilgotnych.

– Już po operacji – powiedziała melodyjnym austriackim akcentem właścicielka błękitnych oczu. – Już po wszystkim. Chce pan może pić?

Mock nie odpowiedział. Chciał teraz tylko jednego. Nie pragnął ani jeść, ani pić, ani – jak mawiał cesarz Klaudiusz – oddawać długu naturze. Marzył o swojej masce, która by zakrywała jego twarz przed spojrzeniami ślicznej jak sen pielęgniarki. Podniósł lewą dłoń, aby dotknąć swej twarzy. Jednak zamiast aksamitnego dotknięcia karnawałowej maski poczuł przeszywający ból w piersi. Płuca zareagowały wstrzymaniem oddechu, gruczoły potowe wypchnęły duże krople, głowa opadła w koleinę poduszki.

– Niech pan leży spokojnie – powiedziała siostra i otarła mu pot z twarzy.

Mock, poczuwszy jej dłonie na swojej twarzy, nie miał już żadnych złudzeń co do posiadania maski. Zamknął oczy, aby nie widzieć obrzydzenia na twarzy pielęgniarki.

– Gdzie ja jestem? – Aż się zdziwił, słysząc swój zwykły tubalny głos zamiast wątłego zachrypniętego rzężenia, którego się spodziewał. – I jak długo tu będę?

– W szpitalu polowym przy Rehdigerplatz – odpowiedziała siostra. – Przeszedł pan małą operację. Wyjdzie pan za tydzień. Do wesela się zagoi.

A zatem trafiłem do tego szpitala, w którym leży Gnerlich, pomyślał Mock, do którego właśnie szedłem, kiedy mnie postrzelono. To jest kolejny znak. Im bliżej bestii jesteś, tym bardziej łakniesz sprawiedliwości. W szpitalnej sali wibrowały jeszcze wysokie nuty głosu pielęgniarki. Niektóre z nich były naznaczone rozbawieniem. Otworzył oczy i zobaczył jej uśmiech. Pomachała mu ręką i odwróciła się do wyjścia. Nie miał wątpliwości, że istota ta była aniołem, nie zwykłą bożą emanacją.

– Siostro! – zawołał tak głośno, że chorzy leżący po jego bokach poruszyli się gwałtownie. – Mam do siostry wielką prośbę...

– Tak, słucham – dziewczyna spojrzała na niego bardzo poważnie. Obawiała się, że ten starszy pan, na którym wywarła niemałe wrażenie, zacznie ją emablować, błaznować i opowiadać głupie dowcipy, jak ci frontowcy z drugiego piętra, którzy na jej widok wkładali ręce pod kołdry. Poparzone oblicze pacjenta było onieśmielone i spokojne, a oczy patrzyły prosto i uczciwie.

– Czy siostra mogłaby przynieść mi Biblię?

Breslau, niedziela 1 kwietnia 1945 roku,
ósma rano

Dzień Zmartwychwstania był przepiękny i słoneczny. Rosyjskie bombowce nadleciały z południa. Kilka z nich, mając w pogardzie artylerię przeciwlotniczą na Dworcu Głównym, ruszyło w stronę Wzgórza Liebicha. Kiedy już tam były, bombardierzy czynili swą powinność. Wyniosła wieża została trafiona w połowie swej wysokości. Z serca budowli trysnęły odłamki cegieł, a za nimi pojawiły się spirale dymu. Płaski dach na środku budynku pękł na pół i zaczął zsuwać się do środka wraz z działem przeciwlotniczym flakvierling i jego trzyosobową obsługą. Ciała żołnierzy poszarpane odłamkami wpadły do środka bezwładnie i ułożyły się na podłodze czwartego piętra. Wszyscy trzej obrońcy twierdzy leżeli – jakby się umówili, jakby to była musztra – na brzuchu, a ich otwarte usta oddawały krew w równych falach. Po chwili krew straciła swoją barwę, pokryła się białym kurzem. Wieża i dach budowli ukryły się w fontannach dymu, kurzu i sadzy.

Jedynie lekkie drżenie docierało do sztabu generała Güntera von Rodewalda, który był zastępcą Oberbefehlshabera der SS und Polizei. Sztab mieścił się cztery piętra pod bombardowanym właśnie budynkiem.

Generał poczuł wibracje gór betonu nad sobą i zrobiło mu się nieswojo. Zaczął się kręcić na krześle. Obawa przed zawaleniem się betonowych brył nie była powodem nerwowego zachowania von Rodewalda. Powód, ukryty w jego kalesonach, piekł i swędział. Musiałem się zarazić od tej dziwki, myślał von Rodewald i przeklinał zimną deszczową niedzielę przed dwoma tygodniami, kiedy został zaproszony do przepięknej willi generała Curta Queissnera na Wilhelmsruh. Zebrali się tam wyżsi oficerowie SS i Wehrmachtu, aby uczcić rocznicę zerwania traktatu wersalskiego. SS-Sturmbannführer Erich Kraus, szef wydziału RuSHA w Breslau, stał na środku willi generała Queissnera i wznosił toast wodą – jak Führer. Kiedy ten tępy moralista, gestapowski Katon, wyszedł, wielu odetchnęło. Wtedy wszystko się zaczęło. Zrazu elegancko i gustownie. Reńskie i mozelskie wino, nie jakieś nędzne piwo Haasego, dobre dla plebsu. Kawior i pokrojony szczupak na stole. Indyki i delikatna dziczyzna obklejona serem z zatopionymi w nim kurkami. Dziewczęta podające do stołu miały na sobie jedynie fartuszki pokojówek, inne – oficerki i bluzy mundurowe. A potem wino, wino, wino, małże i muszle, a potem małże i muszelki dziewcząt rozpartych na stole, a potem szczupak ugniatany pośladkami. O kurwa, pomyślał von Rodewald, byłem na dworze Nerona.

Generał pokręcił się przez chwilę na swoim fotelu i zdał sobie sprawę, że jego rozmówczyni wcale nie przerywa, a on nie zarejestrował ani słowa. Powinna napisać raport, pomyślał zirytowany, a nie klekotać tu jak katarynka. Ja mam to wszystko zapamiętać?

– Przepraszam, panno Junggebauer, zamyśliłem się. Proszę, niech pani jeszcze raz mi wszystko opowie – powiedział delikatnie. Nie mógł przecież zmuszać do pisania raportów i naciskać zbyt mocno tej pięknej i delikatnej istoty, która z papierosem w dłoni siedziała pod generalską palmą.

– Bardzo proszę, panie generale – uśmiechnęła się dziewczyna. – Kapitan Eberhard Mock robi na współpacjentach wrażenie wariata i maniaka religijnego. Nieustannie zamęcza ich cytatami z Biblii...

Ten debil Kraus się myli, von Rodewald szybko zapisywał swoje refleksje, Mock jest wariatem, nie groźnym szpiegiem.

– ...Czyta Biblię po grecku, po łacinie i po niemiecku – szczebiotała dziewczyna. – Szczególnie interesują go błogosławieństwa na Górze... Wie pan, generale, „błogosławieni cisi" i tak dalej... Podkreślił w tym passusie...

– Dobra, dobra – przerwał jej von Rodewald, czując przepełniony pęcherz. Nie chciał go jednak opróżniać, bo bał się bólu, jaki nastąpi przy oddawaniu moczu. – To nieistotne. Co jeszcze robi?

– Już się czuje znacznie lepiej. Rana goi się na nim jak na... U nas w Tyrolu mówimy „jak na psie"– rozmówczyni przerwała i spojrzała bezradnie na generała. Ten się uśmiechnął i machał ręką, co miało znaczyć: „no dalej, dalej!"

– Przebywa często w bibliotece szpitalnej, która jest dawną biblioteką szkolną. Korzysta tam ze szkolnych słowników greckich i łacińskich, tłumaczy fragmenty Biblii. –

Dziewczyna zgasiła papierosa. – Rozmawia z pacjentem, panem Karlem Pacholleckiem, który opiekuje się biblioteką...
– I dowiedziała się pani czegoś od tego bibliotekarza?
– Pan Pacholleck był w cywilu nauczycielem religii. Chyba mu się trochę podobam. – Dziewczyna uśmiechnęła się nieśmiało i złożyła nogi tak, że tworzyły jakby przekątną. – Mock dowiedział się o jego profesji i zamęczał go pytaniami o tłumaczenie Lutra. Chodziło mu o to, czy Luter był kompetentnym tłumaczem, czy też nie. Pacholleck odesłał go do jakiegoś profesora... O, tu mam jego nazwisko. – Wyjęła z torebki małą karteczkę. – Do profesora Knoppa, który ponoć jest w Breslau i służy, jak wszyscy cywile, w Volkssturmie. Mock pytał go również o tych, którzy przed nim pożyczali Biblię, zainteresował się zwłaszcza pacjentem Hansem Gnerlichem, który robił notatki na marginesie Biblii niemieckiej. Te notatki bardzo zresztą rozgniewały pana Pacholleka... Nie omieszkał o nich Mockowi powiedzieć, krytykując wandalność Gnerlicha.

– Wandalizm, panno Junggebauer – uśmiechnął się generał wyrozumiale. – Co to za Gnerlich? – To nazwisko wydało mu się znajome.

– SS-Obersturmbannführer Hans Gnerlich jest komendantem obozu zbiorczego na Bergstrasse. Podczas bombardowania przez bolszewików fabryki na Bergstrasse został przysypany w tunelu. W szpitalu jest od tygodnia. Jest potłuczony i ma złamaną nogę. Nic poważnego, nie będzie kaleką. Stale są przy nim dwaj strażnicy...

– Dlaczego?

– Tak sobie zażyczył. Nie musi się przed nikim tłumaczyć...

– Nie prosił o pozwolenie dowódcy szpitala?

– Nie mamy dowódcy... Przecież to szpital doraźny... Na samej linii frontu... Zza ścian słyszymy śpiewy bolszewików... Szefem jest doktor Schötzl... – Zakłopotanie zagościło na jej twarzy; przypominała pilną uczennicę, która zapomniała przyswoić sobie jakiejś informacji. – Mogę z nim porozmawiać i zapytać o szczegóły tej sprawy...

– Nieważne – mruknął von Rodewald i ścisnął uda, aby zdusić kiełkującego trypra. – I co zrobił Mock, jak dowiedział się o notatkach tego komendanta obozu?

– Kręcił się parę razy koło jego separatki, aż wzbudził podejrzenia strażników. Ci chcieli go wylegitymować, ale nie pozwolił na to. Była wielka awantura na korytarzu. Mock wydzierał się na strażników i groził, że ich wykończy i wyśle na front wschodni. – Dziewczyna zacisnęła wargi; cała jej twarz wyrażała silną koncentrację. – To zainteresowanie Mocka Gnerlichem wydaje mi się podejrzane...

– Panno Junggebauer – von Rodewald uśmiechnął się z wyższością – nie widzi pani, że Mock zwariował? Już dawno nie możemy nikogo wysyłać na front wschodni. Mock żyje czasem przeszłym. To charakterystyczne dla chorych umysłowo. A zainteresowanie Gnerlichem to szukanie bratniej duszy. Mock sprawdził, kto czyta Biblię, od bibliotekarza dowiedział się, że ten komendant robił notatki. To by świadczyło o ogromnym zainteresowaniu komendanta Biblią. Mock chciał z nim nawiązać kontakt i dyskutować o świętej Księdze... I tyle. To wszystko...

– To nie wszystko, generale. – Panna Junggebauer sposępniała. – Poprosił mnie, abym udała się do domu, w którym mieszka, to niedaleko, na Zwingerplatz, i kazała przyjść do szpitala jego dziesięcioletniemu sąsiadowi. Chłopiec nazywa się Arthur Grünig. Poprosił go o karmienie szczurów...

– Szczurów? – Von Rodewald uszczypnął się pod biurkiem w sprawcę swoich katuszy.

– Tak, chłopiec powiedział mi, że Mock trzyma w swej piwnicy szczury i bardzo je lubi...

– No dobrze, i co dalej?

– Mock przestał studiować Biblię i zabrał się do pisania jakiegoś, jak twierdzi, traktatu teologicznego. Nasz szpital mieści się w szkole. Szkoła ma bibliotekę. Mock siedzi w tej bibliotece nad słownikami i pisze ten traktat... Chyba po łacinie...

– No nie mówiłem pani, że mamy do czynienia z wariatem? – von Rodewald zawył z radości. – I co z tym traktatem? Już go napisał? A co z tym chłopakiem?

– I tutaj muszę się uderzyć w piersi. – Do oczu dziewczyny napłynęły łzy, lecz ku rozczarowaniu generała nie przyłożyła dłoni do kształtnego biustu. – Dzisiaj znów przyszedł ten chłopak. Mock przekazał mu fragmenty swojego traktatu... On je zabrał i zniknął... Nie mogłam tak po prostu odebrać tych notatek dziecku, tym bardziej że ten mały łobuziak jest bardzo szybki i najzwyczajniej w świecie mi uciekł...

– Niech się pani nie przejmuje, panno Junggebauer, Mock to ewidentny wariat. Hoduje szczury, pisze po łacinie, cytuje Biblię... Taki raport każę wysłać Krausowi. – Von Rodewald wstał i podszedł do swej rozmówczyni. Ujął ją za dłoń i pocałował. – Wykonała pani świetną robotę. Gratuluję...

Generał von Rodewald nie odrywał ust od jej wiotkiej dłoni.

– Musi być pani bardzo ponętna w pielęgniarskim fartuszku, zwłaszcza kiedy nie ma pani nic pod spodem...

Breslau, poniedziałek 2 kwietnia 1945 roku, dziesiąta rano

Profesor Ulrich Knopp był niewysokim człowiekiem o potężnej łysej czaszce. Sprawiała ona wrażenie kopuły wysklepionej nad wąską twarzą, zakończoną niewielką siwą bródką. Mimo szpetoty, łysiny i mizernego wzrostu profesor Knopp zjednywał sobie ludzi życzliwym spojrzeniem. Żaden ze studentów nie uskarżał się nigdy na złośliwość tego profesora, żadna ze studentek nie doświadczyła z jego strony lekceważenia, co było nierzadkie w zmaskulinizowanym świecie uniwersytetu, nawet żadna sprzątaczka nie odczuła jego pogardy i irytacji, kiedy się tłukła z wiadrem po korytarzu seminarium teologii ewangelickiej przy Schuhbrücke albo kiedy prosiła go o podniesienie nóg, aby zmyć podłogę w jego gabinecie. Profesor, zdając sobie sprawę, że jego stała obecność w gabinecie uniemożliwia personelowi porządkowemu wykonywanie swoich obowiązków, nie reagował wówczas gwałtownie, tak jak zrobiłaby to większość jego kolegów, lecz podnosił swe krótkie nogi, nie przestając przy tym myśleć o krytyce dogmatyki maryjnej Piusa X albo o problemie perychorezy w pismach Melitona z Sardes. Profesor Knopp wsławił się w świecie naukowym również badaniami nad transmisją tekstu biblijnego, a zwłaszcza nad zniekształceniami dokonanymi przez tłumaczy Biblii. W tych kwestiach profesor wpadał w polemiczną pasję, przy czym jego konfesja wpływała – według licznych krytyków – na jednostronność sądów. Knopp odsądzał od czci i wiary przekład Biblii pióra świętego Hieronima, czepiając się na przykład „miodu leśnego", który spożywał na pustyni Jan Chrzciciel („Gdzie był w końcu ten Jan Chrzciciel? – wołał na wykładach. – W lesie czy na pustyni?"), ale oczywiste błędy Lutra (na przykład „jednorożec" zamiast „bawół") zaciekle usprawiedliwiał i przewrotnie uzasadniał. Miał bardzo ostre pióro, lecz nadzwyczaj łagodny język. Ze swoimi największymi adwersarzami spierał się zajadle na łamach czasopism naukowych, lecz w kontaktach bezpośrednich nabierał wody w usta i wszystko relatywizował. Pisał do dziekana długie i kunsztowne listy, informujące o najdrobniejszym studenc-

kim występku, za który uważał na przykład dwuminuto-
we spóźnienie albo ziewnięcie, lecz kiedy skruszony wi-
nowajca przepraszał go za swój niecny czyn, profesor natychmiast się rozpromieniał, list niszczył lub nakazywał
swojemu asystentowi odłożenie go *ad acta*. Pamięć miał
fotograficzną, lecz wybiórczą. Na przykład liczby i wyrazy
pospolite wpadały mu do umysłu raz na zawsze i w każdej
chwili mogły być stamtąd przywołane. Wystarczyło jedno
spojrzenie choćby na rachunek w restauracji po zjedzeniu
sutego obiadu przez wszystkich członków Rady Wydziału
– i mógł natychmiast powtórzyć zamieszczone tam ceny
i pozycje. Potrafił to samo uczynić w rok po spożyciu
owego obiadu. Nie dotyczyło to nazwisk mniej znanych
nowożytnych uczonych. Szybko wylatywały mu one z głowy, często przekręcał je i przypisywał niewłaściwym oso-
bom. Pół biedy, jeśli pochwalił nie tego, co trzeba. Gorzej,
jeśli zajadle krytykował niewłaściwego uczonego. Dlatego
jego asystent Klaus Forelle miał zawsze przy sobie spis
nowożytnych teologów i na polecenie profesora natychmiast przywoływał właściwe nazwisko.

Nie mógł jednak teraz poprosić o pomoc swojego asystenta. Klaus Forelle już od dwóch lat spoczywał wraz ze
swoją listą w błotach Charkowa i daremne wysiłki pamięci
profesora wyśmiewał teraz pewnie z jednej ze sfer niebiań-
skich. Profesor Knopp, wściekły na wojnę, na feldmarszałka
von Mansteina, pod którym walczył Forelle, na Hitlera i na
cały świat, siedział na stosie gruzów gospody Reimera przy
Schwertstrasse i na próżno próbował sobie przypomnieć
nazwisko jednego z teologów katolickich, o którym wiedział tylko tyle, że zajmował się też geologią i paleontologią.
Brak tego nazwiska nie pozwalał mu się skupić na dalszej
pracy, ponieważ napawał go zwątpieniem w siły własnego
umysłu. Jeśli ktoś nie pamięta jednego z najbardziej kon-
trowersyjnych teologów współczesnych, to nie powinien

w ogóle zajmować się teologią, pomyślał i rozgoryczony odłożył stos czystych kartek oraz pióro do wielkiego kartonu, który niedawno znowu przetrząsał w poszukiwaniu listy Forellego. Wiedział, że jej brak zmienia go i kształtuje na nowo. Z grzecznego interlokutora stawał się szorstkim grubianinem, który się denerwuje z byle powodu. Czuł wzbierającą irytację. Zapalił papierosa i spojrzał z roztargnieniem na otaczający go świat ruin i dymów. Robert Kutzner, jego były student, wyjątkowy tępak zresztą, wydawał ostrym tonem polecenia członkom brygady budującej barykadę. Ci wykonywali rozkazy Kutznera we wrogim milczeniu i z wściekłością rzucali kose spojrzenia na krzepkiego starca, który cieszył się szczególnymi względami ich dowódcy i – zamiast pracować tak jak oni – bazgrał coś całymi dniami na kartkach. Teraz starzec nic nie pisał, lecz w zamyśleniu opierał łokcie na prowizorycznym biurku z cegieł, a spośród jego sinych od zimna palców wysnuwał się w mętnym powietrzu dym z papierosa.

Kutzner okrzykiem „przerwa śniadaniowa!" poprawił im humor. Usiedli i rozwinęli tłuste od smalcu pergaminy. Jedząc, patrzyli bezmyślnie na innego starca, który wspinał się po gruzach fabryki wyrobów kartonowych Bredelli ku protegowanemu porucznika Kutznera. Starzec ten był ubrany w wytworny płaszcz z aksamitnymi wyłogami i kapelusz z szerokim rondem. Jego ręka spoczywała na temblaku, a twarz zakrywała maska. Robotnicy przełykali ostatnie kęsy, zapalali papierosy, tracili zainteresowanie oboma starcami, zakładali rękawiczki i przeklinali swój los.

Profesor Knopp też przeklinał swój los, a właściwie swoją pamięć. Humoru nie poprawił mu również człowiek w masce na twarzy, który stanął przed nim i nic nie mówił, jakby nie chcąc mu przerywać rozmyślań.

– Kim pan jest i czego pan chce? – zapytał szorstko.

– Nazywam się Eberhard Mock – przedstawił się mężczyzna i uchylił kapelusza. – Czy pan profesor może mi udzielić konsultacji biblistycznej?

Profesor Knopp zamyślił się. Jego rozmówca sprawiał wrażenie człowieka wykształconego. Świadczyła o tym po pierwsze jakaś potrzeba poznawcza z zakresu Biblii, po drugie zaś – dobór słownictwa, jakiego używał. Jego oczy były bystre i poważne. Zapytam go, pomyślał profesor Knopp, co mi szkodzi.

– Czy pan zna się na filozofii? – zapytał. – Może pan wie, jak się nazywa...

– Nie – przerwał mu zapytany. – Znam się tylko na śmierci. Jestem emerytowanym policjantem.

– To szkoda – mruknął zniechęcony profesor i zaczął przerzucać w kartonowym pudle bibliograficzne fiszki. Wiedział, że działanie to jest bezskuteczne, ale wszystko było lepsze niż rozmowa z tym ponurakiem, który znał się tylko na śmierci.

– Chodzi mi o kompetencje językowe Marcina Lutra. – Mężczyzna wyjął z kieszeni ogromną płachtę plakatu z napisem „Wróg podsłuchuje", rozłożył ją na stosie cegieł i usiadł na niej ciężko. – Czy był dobrym tłumaczem? Znał dobrze języki, z których tłumaczył?

– Oczywiście! – wykrzyknął profesor. – Był znakomitym tłumaczem!

– Czy zatem mógł popełnić ewidentny błąd, na przykład przetłumaczyć grecką lub łacińską trzecią osobę *pluralis* jako niemiecką drugą *Plural*?

– Takiego błędu by nie popełnił nawet kiepski maturzysta!

– Czyli, jeśliby taka niezgodność istniała, można by sądzić, że jest to świadomy zabieg tłumacza? Czy tak?

Profesor Knopp żachnął się z irytacją. Często słyszał podobne pytania. I miał wynotowane z luterańskiej Biblii chyba wszystkie niezgodności pomiędzy oryginałem a przekładem. A może ten dziwny policjant przychodzi do niego z jeszcze innym, jakimś nieznanym dotąd problemem? Wyszukiwanie problemów jest zawsze największą bolączką uczonych. Poczuł podniecenie myśliwego, który wpada na trop i na razie wyczuwa jedynie słaby zapach zwierzyny, na razie słyszy jedynie delikatny pomruk wśród kołatek nagonki, lecz za chwilę na polanie, przed muszką jego strzelby, pojawi się majestatyczne zwierzę.

– Można by tak to ująć – powiedział po chwili – że gramatyczna niezgodność między oryginałem a niemieckim przekładem jest przez tłumacza przemyślana i uzasadniona. Czy chodzi panu o jakieś konkretne miejsce?

– Tak, chodzi mi o Kazanie na Górze... Święty Mateusz, piąty rozdział, wers szósty...

Profesor Knopp już dalej nie słuchał. Oto majestatyczny zwierz znika w kniejach, a wokół słychać tylko prostackie wrzaski nagonki i trzaskanie kołatek. Nie pojawił się żaden nowy problem, a trop był stary i od dawna zbadany.

– Czy wy wszyscy powariowaliście? – wykrzyknął teolog. – Czy to nie wszystko jedno „błogosławieni, którzy łakną" i „błogosławieni, którzy łakniecie"? Czy można czynić Lutrowi zarzut z powodu takiego drobiazgu? A teraz proszę mi nie przeszkadzać. Koniec audiencji!

Profesor Knopp wrócił do poszukiwań listy Forellego. Jego rozmówca wstał i spojrzał na niego ironicznie.

– A pan, profesorze, też jest Marcinem Lutrem? Też myli pan liczby?

– Nie rozumiem. – Knopp przerwał przetrząsanie pudła. Irytacja ustąpiła miejsca zaciekawieniu. – Co takiego pomyliłem?

– Powiedział pan: „Czy wy wszyscy zwariowaliście?". A ja nie jestem „wy". Nie rozmawia z panem dwóch

Mocków, tylko jeden. Powinien pan zapytać: „Czy pan zwariował?"

– Ma pan rację. – Profesor uśmiechnął się przyjaźnie. Uwielbiał gry słowne i cenił ludzi, którzy je uprawiali. – Muszę się przed panem usprawiedliwić, aby pan nie pomyślał, że stary Knopp jest znerwicowanym idiotą... Otóż mówiąc „wy", miałem na myśli pana i jeszcze kogoś innego, kto kilka miesięcy temu był u mnie i podobnie jak pan pytał mnie o passus 5, 6 z Ewangelii Mateusza...

– Kto to był? – padło szybkie pytanie.

– Jakiś mężczyzna koło czterdziestki... Przychodził do mojego gabinetu kilkakrotnie z listami. Listy te pisała jakaś kobieta i składały się one zawsze z serii pytań o Biblię. Pytania były wnikliwe i niekiedy trudne. Udzielałem odpowiedzi temu mężczyźnie, a on skrupulatnie je zapisywał, by potem przekazać owej kobiecie. Podczas ostatniej wizyty mężczyzna przekazał mi list, który dotyczył wyłącznie problemu przez pana zasygnalizowanego...

– Jak się nazywał ten mężczyzna?

– Nie pamiętam. Mam kiepską pamięć do nazwisk. – Profesor Knopp nagle przypomniał sobie, że ów teolog i paleontolog był Francuzem i pochodził ze szlacheckiej rodziny. Niestety, nazwiska nadal nie pamiętał.

– Może Rudolf Brendel?

– Słucham? Tak, tak... – odpowiedział profesor, przeszukując szufladki pamięci, by wpaść na trop Francuza, który, co znów sobie przypomniał, był przez ortodoksję katolicką uznany prawie za heretyka.

– Profesorze! – powiedział z naciskiem starszy elegant. – To ważne!

– No dobrze. – Oczy Knoppa stały się poważne i skupione. – Jeszcze raz niech pan powie to nazwisko!

– Brendel. Rudolf Brendel.

– Tak, to było chyba „Brendel" – odparł profesor. – Tak, na pewno Brendel...

– Tak myślałem. – Poszukiwacz nieścisłości translatorskich wstał, ukłonił się na pożegnanie i nasunął na głowę kapelusz. – Znam go.

– Teilhard de Chardin! – krzyknął profesor. – Już wiem, jezuita Teilhard de Chardin!

– To nie Rudolf Brendel?

– Przepraszam pana – uśmiechnął się rozpromieniony Knopp. – Właśnie sobie przypomniałem nazwisko, które nie dawało mi od wczoraj spokoju! Ależ drogi panie... Panie...

– Mock.

– Tak. Drogi panie Mack, przepraszam, że byłem szorstki wobec pana... Powiedział pan chyba ostatnio „znam go", to znaczy, że pan zna tego, co przychodził do mnie po biblistyczną ekspertyzę? Czy tak?

– Tak, znam go.

– To dobrze. – Profesor zdjął czapkę i ocierał z potu lśniącą kopułę łysiny. – Nie muszę mej ekspertyzy powtarzać przed panem. Wie pan, bardzo nie lubię mówić dwa razy tego samego... Może pan swojego znajomego zapytać o tę interpretację Lutrowej niby-pomyłki. On panu wszystko dokładnie powie. Bardzo uważnie notował...

– Dobrze, zapytam go o to...

– Tak jest. – Knopp tryskał radością. – Teilhard de Chardin! A teraz, mój drogi panie, porozmawiajmy o innych sprawach... To doprawdy niezwykłe, że podczas agonii miasta – rozejrzał się dokoła bojaźliwie – przychodzi ktoś do mnie i pyta o zagadnienia translatorskie w Biblii...

– Jeszcze bardziej dziwne jest to, że pan profesor siedzi tu na zgliszczach miasta i robi notatki... Pisze pan jakąś książkę?

– O tak! Kończę monografię na temat biblijnej symboliki zwierząt. – Znów rozejrzał się dokoła. – Pierwsza część o zwierzętach rzeczywistych już jest po recenzjach i leży u Hahna w Hanowerze. Wydawca czeka na drugą część o stworach fantastycznych. Właśnie ją kończę... Jest w tym oto pudle... Wie pan co... – twarz profesora Knoppa wyrażała obawę... – boję się, że za kilka dni to miasto zawali się całkiem i pogrzebie pod swoimi ruinami pana, mnie i mój rękopis. Nikt nigdy nie pozna mojej interpretacji bazyliszka...

– Nie wiem, co panu odpowiedzieć...

– A kto ma wiedzieć, jak nie pan, specjalista od śmierci?

*Breslau, poniedziałek 2 kwietnia 1945 roku,
południe*

Mock siedział w swej piwnicy i obserwował szczury w klatce. Po tym, jak usunął zewłok jednego z nich, zagryzionego przez współbraci, zwierzęta stały się jakby nieobecne duchem. Młoda szczurzyca tkwiła nieruchomo na tylnych łapach i wpatrywała się w ścianę niewidzącym wzrokiem. Zaniepokoił się. Przypomniał sobie pewnego psa, który niegdyś widywał duchy w obskurnym domu w Tschantsch. Może ze szczurami jest podobnie? – pomyślał.

Nie zdążył nawet podjąć próby odpowiedzi na to osobliwe pytanie, gdy usłyszał kroki, które zadudniły na schodach do piwnicy. Mock skręcił lampę naftową i wyjął walthera. Kroki stały się niepewne i zatrzymały się pod jego drzwiami.

– Kapitanie Mock, jest pan tam? – W ciemności rozległ się chłopięcy głos przed mutacją.

– Tak – odsapnął Mock i zapalił knot lampy. – Wchodź, Arthur!

Mały Grünig wślizgnął się do środka.

– Mam dla pana list. – Zbliżył się do klatki i przyjrzał z ciekawością innej czerwonookiej samicy, która chciała wykraść jednego z małych szczurków z gniazda swej koleżanki. – Moja siostra powiedziała, że nigdy w życiu nie dotknęłaby szczura... Że są wstrętne...

– Też tak uważasz? – zapytał Mock, otwierając kopertę. List na szczęście był napisany po niemiecku i Mock nie musiał iść z nim na górę, do swojego gabinetu, by mozolić się tam z ciężkim, dwutomowym słownikiem łacińskim Georgesa.

– A bo ja wiem... – szepnął chłopiec i ukucnął przy klatce.

Drogi kapitanie Mock, określenie przeze mnie wiadomego człowieka jako „cultor doctrinae paganae" oznacza dokładnie to, co pan przypuszcza. Jest neopoganinem, wyznawcą politeizmu pragermańskiego. Rytuały, w których bierze udział, mają często charakter orgiastyczny. Nic więcej nie potrafię na ten temat powiedzieć. Podobnie jak pana, bardzo mnie dziwi fakt, że w szpitalu czytał Biblię. Może się nawrócił?

Z wyrazami szacunku, profesor Rudolf Brendel, doktor filozofii

– Co mówiłeś, Arthur? – zapytał Mock po przeczytaniu listu.

– Nie wiem – odparł mały.

– No dalej! Coś o swojej siostrze! – nalegał Mock.

– Aha, już wiem, że brzydzi się szczurów. – Chłopiec ciągle przyglądał się czerwonookiej samicy, która biegała wokół gniazdka z różowymi małymi.

– Posłuchaj mnie uważnie, Arthur. – Mock oparł dłonie na ramionach chłopca i obrócił go ku sobie. – Jesteś jedynym moim przyjacielem w tym mieście, rozumiesz? Pomożesz mi?

– Tak.

– Chcesz dostać prawdziwy pistolet? – zapytał Mock, uśmiechając się do nieco zdezorientowanego chłopca. Potem wyciągnął walthera. – Ten oto. Chcesz?

– No jasne! – Małemu zaświeciły się oczy.

– No to posłuchaj mnie uważnie – powiedział Mock i zaczął wpajać chłopcu na ucho precyzyjny plan działania, rysując patykiem jakieś esy-floresy na zakurzonej podłodze.

Arthur Grünig słuchał bardzo uważnie, nie przerywając obserwacji szczurów. Dziwił go zwłaszcza młody samiec, który opierał łapy o pręty klatki i kiwał głową w prawo i w lewo.

Breslau, czwartek 5 kwietnia 1945 roku,
północ

Mock leżał na łóżku w sypialni i usiłował zasnąć. Mimo obezwładniającego zmęczenia wciąż mu się to nie udawało. Dobrze znał przyczyny swej bezsenności: w jego ciele odzywały się jakieś nieznane i utajone dotąd bóle, a rak strachu o Karen rozrastał się i każdego dnia obejmował kolejne części mózgu. Nikt jej nigdzie nie widział. Każdy kręcił głową, przypatrując się fotografii, na której uśmiechnięta kobieta w letniej sukience stała na tarasie domku japońskiego w Scheitnig-Park i unosiła kciukiem łańcuszek, prezentując do obiektywu piękny wisiorek: kręcili głowami sanitariusze, członkowie komand podpalających domy i żołnierze pilnujący lotniska w Gandau, nie widzieli jej młodzi volkssturmowcy ani nawet cudzoziemscy robotnicy, przemierzający codziennie pozostałości dawnego wielkiego Breslau. W żadnym bunkrze i w żadnym schronie nie było nikogo, kto by widział tę kobietę o szczęśliwym promiennym uśmiechu, spotęgowanym złotym łańcuszkiem i porcją niedzielnych lodów u Andersa. Żaden z tych ludzi nie widział również służącej Mocków, Marty Goczoll, lecz tutaj niektóre głosy przynosiły Mockowi nadzieję. Zawsze następował jednak bolesny zawód, czemu zresztą kapitan wcale się nie dziwił – w końcu nie dysponował fotografią Marty, a jego ustnemu opisowi mogły odpowiadać tysiące kobiet.

Minęły już prawie dwa tygodnie od czasu, kiedy naładował się do niej nienawiścią, a potem eksplodował trucizną w przedpokoju ich wspólnego mieszkania. Wróci, wróci, no bo gdzie pójdzie? – mówił codziennie do siebie i coraz mniej w to wierzył. Nigdy już nie wróci – podpowiadał mu zły bożek wyrzutów sumienia i uruchamiał w jego organizmie łańcuchy bólu.

Zaczynało się zwykle od rany postrzałowej, która promieniowała na całe piersi. Ból przeszywał mięśnie piersiowe i sięgał do oskrzeli. Potem dławił żołądek i pęcherz, by w końcu szarpnąć prostatą. Mock ledwie oddychał i starał się rozsądnie i logicznie myśleć o swojej rychłej śmierci. To eschatologiczne rozpamiętywanie obracało się wokół jednej myśli Konfucjusza, było nieustanną interpretacją jego zdania: „Cóż takiego możemy wiedzieć o śmierci, jeśli życia dobrze nie znamy?" Kiedy próbował rozłożyć na czynniki pierwsze pojęcie „życie", usłyszał gwałtowne walenie w drzwi. Wstał i ledwo do nich doszedł. Przez wizjer ujrzał małego chłopca w kaszkiecie na głowie. Nie znał go. Otworzył drzwi z trzaskiem.

– Arthur przysłał mnie do pana – wysapał chłopak. – On sam musi być na posterunku. Idziemy! Szybko! W szkole!

Zapomniał o bezsenności, o Karen, nienawiść do Gnerlicha jak życiodajna energia wypełniła ciało Mocka i szybko zagasiła ogniska bólu. Wbiegł do swojego pokoju, wcisnął się w spodnie i w starą koszulę. Na plecy narzucił

ciepłą kurtkę, której zwykle używał podczas górskich wycieczek, a na głowę stary kapelusz. Wbił się szybko w buty,
a na udzie poczuł pewne, ciężkie dotknięcie walthera.
Zbiegł wraz z chłopcem ze schodów z wdziękiem słonia
i o nic nie pytał swojego przewodnika.

Breslau, piątek 6 kwietnia 1945 roku,
pierwsza w nocy

Znaleźli się na podwórku dawnej żydowskiej szkoły ludowej, w której gmachu Mock był jeszcze niedawno,
a Gnerlich leżał do tej pory. Zza linii frontu oddalonej o kil-
kadziesiąt metrów dochodziły śpiewy i nieliczne strzały
strzelców wyborowych. Mock szedł powoli i ostrożnie.

– Niech się pan nie boi – powiedział cicho mały cice-
rone. – To nasza buda z Arthurem. Znamy tu wszystko...
A tu palimy cygarety – dodał grubym głosem.

Potężna bryła sali gimnastycznej była słabo widoczna
w ciemności. Jeszcze słabiej były widoczne małe okienka
szatni. Jedno z nich było otwarte na oścież. Chłopiec podskoczył, chwycił się brzegu okna, podciągnął jak małpa
i zniknął w budynku. Za chwilę z okna wyślizgnęła się gruba lina z węzłami, podobna tej, która wisiała u powały sali
gimnastycznej w gimnazjum w Waldenburgu i po której ponad pięćdziesiąt lat temu młody Eberhard potrafił się
wspiąć pod sufit w ciągu trzydziestu sekund.

Teraz zajęło mu to około pięciu minut, chociaż lina nie
wisiała swobodnie jak wtedy, lecz opierała się o ścianę,
a odległość była pięć razy mniejsza. Zresztą gdyby nie te
ułatwienia, to wcale by się nie dostał do wnętrza szatni.
Zanim to jednak nastąpiło, spadał kilkakrotnie z liny, tarł
noskami butów o ceglaną ścianę i zagryzał zęby z bólu,

kiedy musiał się chwycić ramy okna lewą ręką, którą biceps i mięsień naramienny łączył z poszarpanym ołowiem mięśniem piersiowym. Kiedy w końcu spadł na materace ułożone pod oknem w szatni gimnastycznej, zrobiło mu się słabo. W miejscu tym panował najbardziej znienawidzony przez Mocka smród – odór skarpet, gumy i spoconych chłopięcych ciał. Ten smród nie dawał się nigdy wywietrzyć, zalegał i teraz. Mock przełknął ślinę i mdłości ustąpiły. Rana piersi szarpała go pulsującym bólem.

Po kilku minutach jego amplituda znacznie się zmniejszyła. Po omacku Mock wyciągnął dłoń i trafił na głowę któregoś z chłopców.

– No co jest? – Przybliżył głowę do ucha chłopca. Poczuł, że jest ono rozpalone. Nie zdziwił się wcale. Była to dla dzielnicowych łobuziaków świetna przygoda.

– Tutaj – szepnął Arthur Grünig i pociągnął Mocka za rękę. Ten usłyszał delikatny szmer i do wnętrza szatni wpadł promień poświaty.

– To drzwiczki do wykopywania piłek. Prowadzą do magazynu – szeptał mały Arthur, a jego policzek zionął gorącą łuną. Kolega Arthura uchylił drzwiczki z lekkim zgrzytem. Z magazynku dochodziły odgłosy jak z sali gimnastycznej – okrzyki i oklaski. Mock położył się na podłodze szatni i wsunął oko w szparę światła. Nie były to odgłosy sportowców. Krzyczały kobiety, a mężczyźni klaskali udami i brzuchami o ich ciała.

Breslau, piątek 6 kwietnia 1945 roku,
wpół do drugiej w nocy

Kiedy Mock zrozumiał, na jaki widok naraził chłopców, znów zrobiło mu się niedobrze. Myśl o deprawacji nieletnich wycisnęła mu rosę na czoło. To mali ulicznicy, pocieszał go jakiś głos, i już niedługo obaj poznają osobiście „tajemnicę przekazywania życia". Poza tym niewiele widać przez tę dziurę. Aby zagłuszyć wyrzuty sumienia, jeszcze raz przypadł do ziemi i zerknął do magazynku. Niestety, przez dziurę było widać wszystko, co mogło uniemożliwić sen dorastającemu chłopcu.

Na podłodze bezokiennego pomieszczenia stały dwa duże świeczniki. W ich świetle świeciły się błyszczące ciała. Piersi kobiet kołysały się nad podłogą. Palce stóp zaciskały się nerwowo. Rozrzucone mokre włosy wciągały kurz podłogi. Piszczał parkiet pocierany przez pośladki. Przez drzwiczki wlewała się woń potu.

Mock zwrócił uwagę na jednego z uczestników orgii. Różnił się od pozostałych i strojem, i zachowaniem. Nie był nagi – jego ciało było szczelnie okryte bordowym pikowanym szlafrokiem. Siedział nieporuszony pod ścianą, w najdalszym kącie pokoju. Był bardzo skoncentrowany. Obserwował półotwarte usta kobiet, wstążki śliny, zaciśnięte szczęki mężczyzn, falujący pod skórą tłuszcz, wypieki na policzkach. Nasłuchiwał warknięć, pisków i rzężenia. Nagle jedna z kobiet bez pary przestała się zajmować sama sobą i podpełzła do niego. Uśmiechając się, rozwiązała mu pasek od szlafroka. Mężczyzna wziął zamach i uderzył ją w twarz. Potem chwycił ją za włosy i pociągnął w kąt pokoju. Nie chodził, nie pełzał, lecz przesuwał się pośladkami po podłodze, powłócząc nogą. Kobieta położyła się na brzuchu, a mężczyzna przycisnął ją swym ciężarem. Rozejrzał się podejrzliwie. Wszyscy byli zajęci. Dopiero wtedy rozchylił poły szlafroka i przykrył się nim jak kołdrą. Mock przyjrzał się jego zagipsowanej nodze. Znał i kobietę, i mężczyznę. Byli to Waltraut Hellner i SS-Obersturmbannführer Hans Gnerlich.

Breslau, piątek 6 kwietnia 1945 roku,
druga w nocy

Uczestnicy orgii układali na parkiecie swoje utrudzone ciała. Pan zalegał obok śliskiej pani, pani wsuwała głowę pod mokrą pachę pana. Gnerlich, powłócząc chorą nogą, podchodził do leżących i podawał im jakieś pastylki. Połykali je z uśmiechem. On sam nie zażył tego specyfiku.

Po chwili parkiet znów zapiszczał. Leżący ludzie zaczęli wykręcać kończyny. Najpierw cztery osoby dotknęły się czubkami głów, potem rozprostowały nogi, a ramiona przycisnęły do tułowia. Utworzyli w ten sposób krzyż, którego centrum stanowiły ich głowy. Kolejne cztery osoby tak ułożyły wyprostowane ciała, że tworzyły one z tymi już leżącymi kąty proste. Powstała swastyka. Ktoś zaintonował pieśń w nieznanym języku. Wzniosły ją ku górze fałszujące gardła. Gnerlich nie śpiewał. Jego twarz wykręcał grymas bólu. Wstał, deformując swastykę z leżących ciał, oparł się o laskę i kuśtykając wyszedł z magazynku.

Arthur Grünig był trochę przerażony i trochę zły na kapitana Mocka. To drugie negatywne uczucie brało się stąd, że kapitan swym potężnym ciałem uniemożliwił mu oglądanie osobliwego i fascynującego zarazem spektaklu. Przerażały go natomiast świece, niesłyszane nigdy wcześniej modlitwy do jakiegoś boga, którego imienia już zapomniał, dzika wściekłość, z jaką rzucili się na siebie, i ta bełkotliwa pieśń w nieznanym mu języku. Nie widział jeszcze ludzkiej rui. Nie widział samic kładących się na samice i samców gwałtownie walczących ze sobą o dostęp do ich ciał. Kobiece ciało znał na tyle, na ile pozwalały nieprzyzwoite pocztówki i ukradkowe podglądanie matki w kąpieli. Jedynie odgłosy sapania i wycia były mu znajome. To one czasami dochodziły z bram i podwórek, gdzie służące znikały w towarzystwie feldfebli. Przypomniała mu się wizja potępieńczego wycia, jaką czasami odmalowywał przed nim ojciec, dozorca kamienicy. Najczęściej ostrzegał niesfornego potomka: „Jeśli jeszcze raz to zrobisz, to będzie płacz i zgrzytanie zębów". Te słowa chłopiec słyszał też wtedy, gdy ojciec złapał go na podglądaniu matki w kąpieli. Mimo iż ta niecna czynność nie było ostatnią w jego życiu, nie dosięgła go nigdy okrutna kara, ponieważ nie było kata – jego ojciec zginął w Warszawie podczas pacyfikacji getta. Obecność teraz, w tym miejscu, innego dorosłego mężczyzny zaniepokoiła go zatem niezwykle.

– Dam wam jeszcze pistolet i karabin. – Szept Mocka uspokoił chłopca. – Jeśli...

Niestety, głos kapitana utonął w pozbawionych rytmu i melodii dzikich inkantacjach.

– Co? – zapytał głośniej Grünig.

Mock powtórzył cicho, lecz z takim naciskiem, że obaj jego pomocnicy wyraźnie usłyszeli. Spojrzeli po sobie i kiwnęli głowami.

– No jazda, Kartofel – szepnął Grünig do kolegi. – Zasuwamy!

Breslau, piątek 6 kwietnia 1945 roku,
wpół do trzeciej w nocy

Świece przygasały, pieśń zamierała, resztki swastyki traciły swoją oczywistość. Nadzy ludzie zwijali się w kłębki, kolana podsuwali pod brody, a ramiona pod ciężkie głowy. Za chwilę ożywiły się ich zmęczone usta i gardła. Pogrążali się w ramionach starogermańskiego bożka snu, pomyślał Mock, o ile takowy istniał. On sam wolał Morfeusza, należącego do znanego mu świata, zaludnionego przez łagodne bóstwa, rubaszne satyry i płoche nimfy.

Kiedy zorientował się, że w pomieszczeniu obok wszyscy zasnęli, wyjął pasek ze szlufek i otworzył na oścież drzwiczki magazynku. Z trzepoczącym ze strachu sercem i z zablokowanym gardłem wsunął się na czworakach do środka. Śmierdziało tam jak w pawilonie z gadami w zoo. Nie tylko zresztą woń przypominała mu ogród zoologiczny, w którym dzielni obrońcy twierdzy rozstrzeliwali zwierzęta. Odgłosy śpiących były również nieludzkie: warkoty, duszenie się, soczyste beknięcia. Pod powiekami leżących ludzi przesuwały się gwałtownie gałki oczne.

Mock, wycierając rękawami i nogawkami parkiet, dotarł w końcu do masywnego ciała Waltraut Hellner. Podniósł jej powieki. Gałki oczne kobiety poruszały się z niezwykłą prędkością – jakby wokół nich kręciło się rozszalałe koło fotoplastykonu. Mock przechylił jej głowę i uczynił coś, co niegdyś przychodziło mu z wielką łatwością. Wymierzył cios nasadą dłoni i trafił w szyję. Hellner rozluźniła się, a jej oczy przestały się poruszać. Mock włożył jej obie stopy w pętlę paska i zacisnął. Potem ciężko dysząc, wpełzł w otwór, którym tu się dostał, cały czas ciągnąc za pasek. Ciało strażniczki przesuwało się dość szybko po parkiecie. Mock, już w magazynku, ułożył się na podłodze tak, że drzwiczki były między jego nogami. Stopami zaparł się o ścianę. Zmęczone mięśnie pracowały dzięki temu równomiernie. Po kilkunastu sekundach nogi Hellner i jej biodra znalazły się w magazynku. Nie można było tego powiedzieć o rękach. Prawa gdzieś się zaklinowała, o coś zahaczyła. Mock z obrzydzeniem położył się obok kobiety i zgiął jej ręce, a potem obie zarzucił na jej rozlewające się na boki piersi. Wciągnął ją do magazynku i zamknął drzwiczki. Ciężko oddychał. Wspiął się na górę materaców i spojrzał za okno. Uśmiechnął się. Zobaczył to, co chciał. Chłopcy nieśli na drągu owinięty kocem pakunek.

Mock przytaskał z toalety sąsiadującej z magazynkiem pół wiadra wody. Wymacał w ciemności twarz Waltraut Hellner. Potem wychlustał w to miejsce prawie wszystko. Latarką oświetlił twarz kobiety, a potem jej całe ciało. W jej ustach tkwiło oddarte i zgniecione rondo jego własnego kapelusza. Ten knebel był przyciśnięty pętlą paska. Kobieta leżała na stosie materaców. Sznury przywiązane do okna i do starej skrzyni gimnastycznej mocno trzymały stopy i nadgarstki. Jej ciało rozpięte było na planie litery X. Biodra okrywała koszula Mocka z zawiązanymi w węzły rękawami i dokładnie pozapinanymi guzikami. Koszula tworzyła swoistą spódnicę.

Mock wylał na twarz Hellner resztkę wody i spojrzał w jej otwierające się powoli oczy. Kiedy zamiast zaspania dostrzegł w nich przestrach, uniósł mocno jej głowę, tak żeby mogła dokładnie widzieć to, co powinna. Trzymając ją jedną ręką za szyję, drugą oświetlił stojący koło niej przedmiot. Była to drewniana klatka, w której rzucały się zdezorientowane szczury.

– Ładną ci założyłem spódnicę? Podoba ci się? – zapytał Mock. – Ruszaj głową na „tak" i na „nie".

Hellner skinęła głową.

– Dobrze – powiedział Mock. – A teraz posłuchaj uważnie. Widziałaś klatkę ze szczurami?

Strażniczka potwierdziła, a jej oczy zrobiły się okrągłe z przerażenia.

– Jeśli będziesz nieposłuszna, wcisnę tę klatkę pod twoją spódnicę i połamię jej szczebelki. Szczury są rozdrażnione. – Uniósł klatkę i oświetlił ją. Nie kłamał. – Niektóre spróbują przegryźć koszulę, aby się wydostać, inne wbiją się w twoje ciało. W najbardziej miękkie miejsce. Wejdą dokładnie tam, gdzie przed chwilą był przystojny komendant. Tyle że nie będą tak miłe jak on.

Spod knebla zaczęła wydostawać się spieniona ślina.

– Będziesz posłuszna?

Skinięcie głową. Ślina zaczęła spływać kącikami ust.

– Będziesz krzyczeć?

Głowa przesunęła się z boku na bok. Hellner zaczęła się dusić, a jej oczy pokrywały się bielmem.

– To dobrze, że nie będziesz krzyczeć – powiedział Mock i wyjął kobiecie knebel.

Postawił klatkę na jej brzuchu i oświetlił ją. Czerwone oczy zwierząt jarzyły się piekielnie. Małe zęby wystawały spod wąsów. Szczury były jak skamieniałe. Gotowe do skoku. Gotowe na wszystko. Hellner sapała ciężko. Był to jedyny odgłos wydobywający się z jej ust. Oczy powoli się rozjaśniały.

– Mów cicho, dobrze?

– Tak – sapnęła.

– Dlaczego Gnerlich był ubrany? Dlaczego nie chciał pokazać swojego kutasa?

– Jest chory. Ma gorączkę. Było mu zimno – powiedziała strażniczka. Pot spływający z jej czoła świadczył, że nie doznawała ona teraz takich uczuć jak Gnerlich.

Mock znowu wcisnął jej w usta resztki kapelusza. Potem wstał i uniósł oświetloną przez siebie klatkę. Poruszył nią kilkakrotnie w górę i w dół, a potem na boki. Szczury wpadały na siebie, zataczały się i traciły równowagę. Kręcąc się w kółko, biczowały się twardymi ogonami. Ich pisk przechodził w zupełnie inny odgłos. Z klatki rozlegał się cienki syk. Szczury syczały jak węże.

Mock tak manewrował latarką, żeby oświetlała ona i klatkę ze szczurami, i jego poparzoną twarz.

– Myślisz, że mam w sobie odrobinę litości dla ciebie i dla twojego kochanka? – Mock syczał jak szczur. – Myślisz, że zawaham się przed włożeniem tej klatki pod twoją spódnicę? Gdy będę ją tam wkładał i gdy będę łamał szczebelki, wiesz, co będę widział? Przystojnego komendanta, prawdziwego Casanovę, który gwałci młodą dziewczynę, Bertę Flogner. Będę go widział, jak wkopuje butelkę w siostrzenicę hrabiny von Mogmitz... – Policzył do trzech w myśli, aby wytłumić w sobie wściekłość, która go rozsadzała. – Pomyśl przez chwilę... Ja nie chcę ci zrobić krzywdy... Ja muszę wiedzieć wszystko o Gnerlichu. Ale ty nie opowiadaj mi bajek o jego gorączce i chorobie... Powiesz mi, dlaczego nie pokazuje kutasa, czy mam jeszcze bardziej rozdrażnić te szczury?

Hellner zadygotała i zaczęła rzucać głową w przód i w tył. Uderzała brodą o obojczyk, a ciemieniem o materac. To znaczyło „tak, powiem". Mock z obrzydzeniem sięgnął do jej zaślinionych ust i wyjął knebel. Zaczęła szybko oddychać, jej pierś poruszała się gwałtownie, a usta wypluły jeden wyraz:

– Kiła.

Mock z powrotem ją zakneblował i poczuł, że traci cierpliwość. W pomieszczeniu obok spali ludzie, którzy w każdej chwili mogli się obudzić. W szpitalu polowym było mnóstwo strażników, którzy w każdej chwili mogli ujrzeć mdłe światło w okienku przy sali gimnastycznej i sięgnąć po swoje schmeissery.

– Mówię do pani po raz ostatni – powiedział wolno i dobitnie. – Muszę się pani zwierzyć. Rozrywają mnie jakieś ukryte choroby, ból postrzelonej piersi, tęsknota za żoną, wyrzuty sumienia i żądza mordu. A pani mnie już męczy... Marnuje pani mój czas. Ja się boję. Tu może zaraz ktoś przyjść. A pani mnie okłamuje. Przed chwilą ochoczo oddawała się pani Gnerlichowi, a teraz uzasadnia pani jego wstydliwość kiłą. Tak bardzo chciała pani mieć kiłę? Chciała pani krzyczeć jak Maupassant: „Alleluja, mam królewski syfilis"? A może w waszej sekcie ludzie przekazują sobie królewską chorobę, co? Może to jakiś dar? – Mock sapnął i otarł czoło. – Już więcej się do pani nie odezwę, panno Hellner... Pani mnie oszukuje...

Powiesił sobie latarkę na szyi i ujął oburącz klatkę. Zaczął ją wpychać pod prowizoryczną spódnicę leżącej kobiety. Klatka była zbyt duża, musiał rozpiąć kilka guzików koszuli. Chcąc nie chcąc, musiał włożyć rękę pod jej spódnicę. Niegdyś owłosione nogi kobiet działały na Mocka jak antyafrodyzjak. Teraz nim wstrząsnęły. Hellner walczyła i usiłowała zacisnąć uda. To rozwścieczyło Mocka. Wstał i wziął zamach nogą, aby głębiej umieścić klatkę pod spódnicą. Nie kopnął jednak. Kobietą rzucały silne spazmy. Piętami biła w materac, nadgarstki tarła gruba, szorstka lina, głowa waliła na boki, a przerażone szczury piszczały pod spódnicą. Mock wiedział, że niczego już nie wyciągnie od kobiety, którą teraz targała albo padaczka, albo agonia. Nie mógł jej zostawić wśród żywych. Sięgnął do kieszeni. Nie było w niej pistoletu marki walther. Unosił go teraz jako dumne trofeum mały Arthur Grünig. Mock ukucnął koło jej głowy i oświetlił latarką siniak, który pozostał po jego poprzednim uderzeniu. Tam powinien uderzyć. Jeszcze raz. Tym razem mocniej.

Nie uderzył. Nie mógł tego zrobić, ponieważ na niego patrzyła. Waltraut Hellner nie spuszczała z niego wzroku, mimo że jej korpusem miotały jakieś patologiczne siły. Mock zrozumiał jej wzrok. Widział ten wzrok u niezliczonej liczby bandytów, którzy nie mogli już go znieść. Nie mogli na niego patrzeć, brzydzili się nim i nienawidzili go tak bardzo, że mieli tylko dwa wyjścia: albo go zabić, albo powiedzieć prawdę. Sięgnął do jej jamy ustnej i wyrzucił knebel.

– Jest obrzezany – szepnęła.

Mock nie zastanawiał się nad usłyszaną informacją. Nie roztrząsał również swojego bólu, odejścia Karen, ostatniego spojrzenia zmaltretowanej Berty Flogner, heroizmu Gertrudy von Mogmitz. Jego myśli nie zaprzątał starannie wyprasowany mundur komendanta Gnerlicha ani deprawacja małych łobuzów z Zwingerplatz. Mózg rozsadzała mu jedynie myśl o zepsutej, lecz w gruncie rzeczy niewinnej strażniczce Waltraut Hellner i o własnym okrucieństwie. Patrzył na leżącą istotę i wmawiał sobie, że w końcu musiał kiedyś utracić niewinność, jaką w jego mniemaniu było ściśnięcie jakiejkolwiek kobiety imadłem strachu.

Rozwiązał pęta, wyjął knebel i pogłaskał po mokrych włosach. Skuliła się na stercie zakurzonych materaców jak dziecko. Nie mówiła, nie krzyczała. Zamknęła oczy. Mock zdjął kurtkę i przykrył nią torturowane ciało. Potem wyniósł klatkę ze szczurami do ubikacji i wrócił do magazynku. Hellner wciąż leżała bez słowa. Mock wspiął się na gimnastyczny kozioł i znalazł się na parapecie. Z trudem zsunął się z okna i ruszył powoli wzdłuż płotu okalającego boisko. Nad miastem grały „organy Stalina", a przyczepione do latarń głośniki, zwane „harfami Goebbelsa", podtrzymywały obrońców na duchu. Rozpoczął się kolejny szturm twierdzy Breslau.

Breslau, piątek 6 kwietnia 1945 roku,
południe

Mock siedział w kuchni swojego mieszkania i zastanawiał się, kiedy przyjdzie jakiś volkssturmista i rozstrzela go za niewykonanie rozkazu. Mimo wyraźnych zaleceń władz nie miał najmniejszego zamiaru przenosić się do piwnicy jak wszyscy mieszkańcy kamienicy przy Zwingerplatz 1. Siedział zatem w swojej kuchni i kroił starą, czerstwą bułkę, którą znalazł w spiżarce w lnianym worku. Nóż z trzaskiem przecinał skostniałą skórkę i sypał okruchami po stole. Kiedy przed Mockiem leżały już małe kromki, przysunął ku sobie czarkę wypełnioną oliwą. Maczał w niej chleb, następnie posypywał go solą i rozgniatał swoimi własnymi i niewłasnymi zębami. Po odejściu Karen i zniknięciu służącej oliwa i czerstwa bułka były ostatnimi jadalnymi produktami w jego domu. Brak służącej był widoczny wszędzie. Świadczyło o nim przenikliwe zimno, przed którym Mock bronił się, nakładając na dłonie rękawiczki bez palców, a na głowę kapelusz. Na podłodze poruszały się puchate kule kurzu, na parapetach i na ramach obrazów osiadał biały pył, a powierzchnia zlewu była śliska od źle spłukanego tłuszczu. Aż wstyd przyjmować gości, pomyślał Mock, nawet tych wyimaginowanych. Nie można przecież w takim chlewie rozmawiać z łagodnymi i przyjaznymi widmami z przeszłości.

Odwiedziły go dzisiaj trzy nieżyjące postaci. Wszystkie one były na Mocka oburzone. Jak możesz, mówił jego dawny dentysta, doktor Moritz Zuckermann, myśleć o tak podłym czynie, jak zadenuncjowanie Gnerlicha jako Żyda. Nie przypominasz sobie naznaczania sklepowych witryn gwiazdą Dawida i ludzi z napisem „Żyd" na piersi i plecach, którzy chodzili dokoła ratusza z głowami ku ziemi? Naprawdę nie pamiętasz starego człowieka z siwą brodą, który na Wallstrasse stał ze spuszczonymi spodniami, a chłopcy w mundurach Hitlerjugend szydzili z jego pomarszczonego przyrodzenia? A teraz ty chcesz zadenuncjować – zgoda, bydlaka i sadystę – stając się podobnym do tych wszystkich zbrodniarzy? Do tych, którzy wysłali mnie do Auschwitz?

Heinz Kleinfeld, jego długoletni pracownik, jeden z najlepszych detektywów w Komisji Morderstw, nie używał argumentów emocjonalnych. Jego argumentacja była, jak zawsze, bardzo logiczna. Skąd masz pewność, że ta kobieta w sytuacji prawie agonalnej mówiła prawdę? Wiem, zaraz mi powiesz, że opierasz się na swoim niezawodnym instynkcie. Ale czy ty rzeczywiście masz wciąż ten instynkt? Nie zapominaj, że przez prawie dziesięć lat byłeś w Abwehrze i dopiero niedawno wróciłeś do policji. W tym czasie nikogo nie przesłuchiwałeś, nie mówiąc już o tym, że nikogo nie wkładałeś w swoje słynne niegdyś imadło. Jesteś jedynie policyjnym pasibrzuchem w stanie zawieszenia, jesteś jak pies myśliwski, który się zestarzał na wygodnym tapczanie. Masz jeszcze węch? Po drugie, skąd pewność, że to nie skutek jakiegoś zabiegu? Jest taka przypadłość chłopięca, którą medycy leczą operacyjnie – wycinając nadmiar skóry na przyrodzeniu. Może Gnerlich przeszedł taką operację... Musisz to sprawdzić... Ale czy ty masz na to czas? Czy ty masz w ogóle możliwość sprawdzenia tego? Chcesz Gnerlicha przesłuchać i ścisnąć mu jaja w imadle? Lepiej zajmij się szukaniem swojej żony. Tu może jeszcze coś wskórasz, zanim wejdą do tego miasta Rosjanie i rozładują w kobiecych ciałach swe frontowe frustracje... Także w ciele twojej żony, oni się niespecjalnie przejmują wiekiem kobiet...

Trzecia osoba, która go dziś odwiedziła, nazywała się Lea Friedländer. Była piękną młodą dziewczyną, która została poddana ponad dziesięć lat temu narkotycznym operacjom, a potem, zdeprawowana i pozbawiona jakiejkolwiek opieki, była bohaterką filmów pornograficznych. Mock temu nie zapobiegł. Ona nic nie mówiła, tylko patrzyła mu w oczy. Bez uśmiechu, bardzo uważnie.

– Do cholery jasnej! – ryknął Mock i trzasnął w stół otwartą dłonią. – Wczoraj straciłem niewinność! Torturowałem niewinną kobietę! Nie jestem już niewinny! Cel uświęca śodki! A moim celem jest zniszczenie Gnerlicha. Muszę tylko zdobyć dowody! A potem pójdę do von Rodewalda i Gnerlich skończy na latarni! I zrobię to, czy to się wam podoba, czy nie!

Widma rozpłynęły się w jasnym powietrzu południa. Mock wstał, poszedł do łazienki, przyciął tam brodę i umył proszkiem zęby. Potem przymierzył krawat do jednego z ostatnich czystych garniturów. Beżowy jedwabny krawat z brązowymi rombami doskonale pasował do ciemnobrązowego garnituru w szerokie jasne prążki. Ubrał się, przejrzał w lustrze, nasunął maskę na twarz, włożył kapelusz, a na ramiona narzucił jasny płaszcz z wielbłądziej wełny. Sięgnął po zapasowy pistolet i zaklął.

– Szlag by to trafił – powiedział do siebie. – Wczoraj miałem dwa pistolety, a dziś nie mam żadnego... Ale nieważne... Należało się tym chłopcom...

Potrząsnął głową. Pistolet nie był mu potrzebny. Dzisiaj jego bronią będą pieniądze, koniak od Wirtha i czekolada od Pohla. Tym wszystkim napchał teczkę, zamknął mieszkanie i zszedł na ulicę, nucąc patetyczny fragment *Tannhäusera*.

*Breslau, piątek 6 kwietnia 1945 roku,
ósma wieczór*

Mock, korzystając ze swej długoletniej znajomości z właścicielem zakładu fryzjerskiego Paulem Altstädtem, siedział w fryzjerskim fotelu, palił papierosa i obserwował już to drzemiącego w drugim fotelu mistrza grzebienia, już to przez lekko uchyloną kotarę w oknie spowity ciemnościami salon fotograficzny „Photo-Waage", znajdujący się po drugiej stronie Gartenstrasse. Był to zakład tak znany i słynny, że klienci musieli się zapisywać z tygodniowym wyprzedzeniem, aby być dopuszczonymi przed mistrzynię obiektywu Elise Dorn albo – w wypadku mniej zamożnych

– przed obiektyw jej licznych czeladników. Zbiorowa fotografia rodziny von Mogmitz, która w dwóch częściach leżała przed Mockiem, była z pewnością wykonana ręką właścicielki atelier. Wszystkie obecne na niej postaci, ustawione na tle jakiegoś pałacyku, miały łagodny i przyjazny wyraz twarzy: i starszy pan hrabia Rüdiger von Mogmitz siedzący na pięknym barokowym fotelu, i jego syn, nieżyjący już Rüdiger junior, opierający dłoń na ojcowskim ramieniu. Uśmiechała się również synowa starszego pana hrabiego, piękna Gertruda von Mogmitz, a w jej ślady poszło dwoje służących, którzy stali nieco niżej – na schodach pałacu. Przystojny kamerdyner Hans Gnerlich ręce opuścił wzdłuż szwów i spoglądał zamyślonym wzrokiem w obiektyw mistrzyni. Jedynie czterdziestokilkuletnia służąca miała zakłopotany wyraz twarzy, jakby pierwszy raz widziała fotografa.

To właśnie ona była obiektem wielkiego zainteresowania Mocka. Stanowiła jedyny punkt zaczepienia w dość trudnej sytuacji, w której się znalazł. W tej chwili pewnie szukają go ludzie Gnerlicha, i to być może z nakazem aresztowania. Komendant nie miałby trudności, aby przekonać wiceszefa SS i policji von Rodewalda, że Mock prześladuje jego samego, że torturuje jego współpracownicę i że stoi prawdopodobnie za zamachem na jego życie. Mock zdawał sobie sprawę, że w razie słuszności tych obaw ma niewiele czasu na zdobycie dowodów żydowskiego pochodzenia Gnerlicha i na dostarczenie ich von Rodewaldowi. Z całych sił pragnął rozmowy z profesorem Brendlem, która być może naprowadziłaby go na ten żydowski trop. Po przesłuchaniu strażniczki Waltraut Hellner nie ulega wątpliwości, że każdy obozowy strażnik ma w głowie rozkaz, aby zatrzymać starego mężczyznę z poparzoną twarzą, który chciałby dostać się do obozu na Bergstrasse. Jest rzeczą pewną, że po rozmowie z Hellner zastępca komendanta Gerstberger, człowiek życzliwy Mockowi, zmienił nastawienie. Z całą pewnością ludzie Gnerlicha, poinformowani o przyjaźni łączącej jego samego z Brendlem, stoją już pod domem filozofa i czekają cierpliwie na prześladowcę ich komendanta. Jedynym sprzymierzeńcem Mocka było w tej sytuacji oblężenie, które wzywało mieszkańców Breslau, a zwłaszcza żołnierzy Gnerlicha, do spełniania zupełnie innych obowiązków niż ściganie jakiegoś starego kaleki. Mock miał jeszcze jednego potencjalnego sprzymierzeńca.

– Jedynie ty mi pozostałaś – powiedział cicho, wpatrując się w miejsce na fotografii, gdzie powinna stać służąca. Nie widział jej dobrze w bladym świetle lampki gazowej stojącej na barze. – Jedynie ty możesz mi coś powiedzieć o pochodzeniu Gnerlicha. A do ciebie dotrę przez fotografa, bo jakżeby inaczej?

Spojrzał znów na zakład fotograficzny i sklął cicho samego siebie. W zamyśleniu nie zauważył, że zapaliło się w nim wątłe światło. Jestem już stary, pomyślał o sobie z politowaniem i wściekłością, wszystko umyka mojej uwadze.

Schował zdjęcie do portfela, włożył płaszcz i kapelusz, ukłonił się drzemiącemu panu Altstädtowi i wyszedł z lokalu. Pan Altstädt jednak nie zagłębił się całkiem we śnie. Dogonił go na ulicy.

– Co jest? – uśmiechnął Mock. – Chce mnie pan ogolić? A może zrobić mi trwałą ondulację?

– Nie o to chodzi, panie ładny – odpowiedział stary fryzjer. – Zostawił pan coś pod stołem, wiolenczelę czy coś...

– Dziękuję – Mock wrócił i wyciągnął spod stołu podłużny futerał. Potem wyszedł z lokalu ze słowami „do widzenia", na które nie otrzymał odpowiedzi.

Fryzjer mylił się. To nie była wiolonczela.

Fotograf nie chciał wpuścić Mocka za próg swojego zakładu. Nie wzbudzała w nim zaufania maska, którą późny gość miał na twarzy, irytowało go jego natręctwo i niepokoiło duże pudło, o którym fotograf – w odróżnieniu od fryzjera – doskonale wiedział, co się w nim znajduje. Dopiero banknotem dwudziestomarkowym Mock przekonał fotografa, że jest solidnym, choć późnym klientem. Wtedy został wpuszczony do atelier, które było zarzucone różnymi planszami z tłem: jedno przedstawiało góry w oddali i jezioro, inne leśną polanę z niedźwiadkiem o łagodnym oczach, a jeszcze inne – romantyczny pejzaż ze wzburzonym morzem na planie dalszym i zamyślonym wędrowcem na bliższym. Czeladnik pani Dorn utykał na jedną nogę, miał brudną garderobę, był niechlujny i nieogolony. Mock nijak nie mógł sobie wyobrazić, że do tego atelier mieszkańcy Breslau i Śląska zapisywali się na sesję fotograficzną z tygodniowym wyprzedzeniem. Powiesił płaszcz i kapelusz na wieszaku i zaczął przeszukiwać kieszenie.

– Wybiera pan jakieś tło czy robimy bez tła? – zapytał fotograf.

– Chciałbym rozmawiać z szefową... – zaczął Mock, lecz natychmiast mu przerwano.

– Pani Dorn już nie ma w Breslau. – Fotograf zaczął ustawiać statyw. – A ja nazywam się Max Hanusch i kupiłem tę budę przed rokiem, kiedy zwolnili mnie z wojska... Mam sztuczną nogę – powiedział nienaturalnie szybko.

– Niech się pan nie obawia – powiedział spokojnie Mock, rozczesując małym grzebykiem włosy, mocno przyklepane przez kapelusz. – Mimo maski na twarzy nie jestem tajnym agentem, który ściga dezerterów wymigujących się od zaszczytnej służby budowania barykad. To chyba pan robi przez cały dzień, prawda? Czekałem na pana od południa.

– Tak, wykonuję właśnie tę zaszczytną służbę. – Ironia Mocka najwyraźniej nie podobała się Hanuschowi. – No to z jakim tłem robimy?

Mock usiadł na fotelu, za którym jarzyła się w porannym słońcu leśna polana i uśmiechał się łagodny niedźwiadek.

– Panie Hanusch, zapłaciłem panu dwadzieścia marek, a zapłacę jeszcze więcej. Ale nie za fotografię...

– A za co? – przerwał mu fotograf.

– Za dwie rzeczy. – Mock znów przyczesał włosy. – Pierwsza z nich to informacja o klientach pani Dorn. Na pewno słynna na cały Śląsk pana poprzedniczka bardzo porządnie prowadziła papiery... Niektórzy wybitni fotografowie mieli spisy nazwisk fotografowanych osób... Może czyniła tak też pani Elise Dorn?

– A druga sprawa? – Fotograf ze zdenerwowania nie mógł skręcić papierosa.

– Nocleg – powiedział krótko Mock. – Chcę u pana przenocować. Proszę mi wynająć na dwie noce swoje atelier.

– Ile pan płaci?

– A ile pan żąda?

– Sto marek.

– Osiemdziesiąt marek i dziesięć paczek laurensów, aby nie musiał pan kręcić w palcach. Jakoś to panu nie wychodzi....

– Dobrze – powiedział Hanusch, patrząc, jak Mock wyciąga z teczki blaszane złote pudełka, wypełnione wiesbadeńskimi papierosami. – Ale pod jednym warunkiem... Że pod moim dachem nie będzie tej broni. – Wskazał na pudło, które pół godziny wcześniej fryzjer wziął za futerał od wiolonczeli.

– Nie mogę spełnić tego warunku – Mock uśmiechnął się miło. – Ale mogę uczynić coś innego... Mogę zapomnieć o mojej propozycji, otworzyć ten futerał i wyjąć coś z niego. Coś, czego się boisz. Wtedy zacznę wydawać rozkazy, a ty stracisz pieniądze i papierosy. Znajdę to, czego szukam, lub nie znajdę tego, i wyjdę. Zostawię cię zdenerwowanego. W nerwach człowiek chętnie by sobie zapalił dobrego papierosa. A ty nie będziesz miał dobrych papierosów... Ani pieniędzy na całą masę dobrych papierosów... No co, Hanusch – Mock wciąż się uśmiechał – zapalimy fajkę pokoju czy też masz zamiar dalej się ze mną droczyć? Zrobisz to, o co cię proszę, czy dalej będziesz mi dokuczał?

– Dobra. – Fotograf położył dłonie na laurensach. Był wciąż zdenerwowany. – Ale u mnie nie ma wygód... Będzie pan musiał spać na tamtej kanapie. – Wskazał na starą kanapę do zdjęć rodzinnych.

– Bardzo wygodna. – Mock usiadł na swoim posłaniu i wyjął z portfela przedarte zdjęcie rodzinne. Odwrócił je i wolno przeczytał: – 4 maja 1932 roku, Kanthen. Tam wykonano to zdjęcie... Może pan sprawdzić w rejestrze tę datę?

– Najpierw pieniądze – powiedział fotograf wciąż nieco zalęknionym tonem.

Mock położył przed nim cztery banknoty dziesięciomarkowe. Fotograf udał się na zaplecze i przyniósł stamtąd segregator z datą 1932.

– Tu są wszystkie kwity – powiedział Hanusch. – Pani Dorn była bardzo dokładna... Niedawno chciałem wyrzucić te wszystkie stare segregatory. A tutaj, patrz, dziś się przydały. – Sięgnął po paczkę papierosów. – Mogę?

– Są pańskie – powiedział Mock i zaczął przeglądać kwity i notatki.

Wszystkie one były pisane ręcznie i wystawiały dobre świadectwo zmysłowi organizacyjnemu właścicielki. Były tam polecenia zapłaty, monity, terminy sesji fotograficznych, a nawet uwagi o pracy czeladników. Za pewną skargą, której nadawca żalił się pani Dorn, że jeden z jej czeladników nienaturalnie poszerzył twarz i korpus fotografowanego, Mock znalazł to, czego szukał. Jak słusznie przewidział, fotografię rodziny von Mogmitz wykonała sama mistrzyni. Na rachunku widniała notatka, która zelektryzowała Mocka. Była to informacja dla czeladnika, zapisana okrągłym kobiecym pismem „Paul, 6 maja odbiór kamerdyner Hans Bresler, jeśli się nie wylegitymuje, sprawdzić, czy to ten sam co na zdjęciu. Jeśli nie, nie wydawać, jak ostatnio".

Mock usiadł z segregatorem na kanapie, nie zważając na smugę kurzu, jaką ten pozostawił na rękawie marynarki. Bresler, Bresler, powtarzał w myślach, skąd ja znam to nazwisko? Po kilkunastu sekundach uświadomił sobie, że powtarza nie nazwisko „Bresler", lecz „Breslauer". Zamknął oczy i przeniósł się w czasie o czterdzieści lat. Oto siedzi w piwiarni ze swoim kolegą, studentem Horstem Paetzoldem. Paetzold jest już mocno pijany, podrzuca czapkę pod sam sufit i łapie ją bardzo zgrabnie. Nagle poważnieje i przypomina sobie, że za dwa dni zdają egzamin z literatury u profesora Eduarda Nordena.

– Ciekaw jestem, jakie pytania wymyśli nam ten stary Żyd – mówi Paetzold.

– O jakim ty mówisz Żydzie? – Mock patrzy zdumiony na kolegę. – Skąd wiesz, że Norden jest Żydem?

– Z nazwiska. – Paetzold trochę bełkoce i zezuje na górskie pejzaże ozdabiające ściany. – Nazwisko wskazuje, że jego rodzina pochodziła z Północy. Żydzi mają przecież nazwiska od miejsc, skąd pochodzą. Na przykład rodzina sprzedawcy cygar Glatzera na pewno pochodziła z Glatzu, a mojego znajomego Israela Hamburgera z Hamburga... A co powiesz o Georgu Breslauerze? On jest prawdziwym mieszkańcem Breslau – ironizował Paetzold.

Mock powrócił do fotograficznego atelier za sprawą Hanuscha, który go o coś pytał. W końcu pytanie Hanuscha przedostało się za gruby filtr trzech wyrazów, które huczały w głowie Mocka: „Bresler-Breslauer-obrzezanie".

– Drogi panie – w głosie fotografa słychać było lekką irytację. – No słyszy mnie pan? Ja jestem uczciwym fotografem, a pan zapłacił mi przecież za zdjęcie. No, dalej, które tło pan wybiera?

– To z niedźwiadkiem – odparł Mock z uśmiechem. – Wszeteczne niewiasty zwykle nazywają mnie „misiem".

Breslau, sobota 7 kwietnia 1945 roku,
dziesiąta rano

Kierownik Urzędu Stanu Cywilnego, doktor Klaus Rewe, oraz jeden z jego podwładnych należeli do tych nielicznych wybrańców, którzy nie musieli spełniać obywatelskiego obowiązku budowania barykad. Nie oznacza to oczywiście, że siedzieli bezczynnie w biurze na Königplatz i gryźli ze znudzenia ołówki. Jeszcze pod koniec minionego roku dwoili się i troili, aby wnieść do ewidencji raporty księży i pastorów informujące ich o kolejnych małżeństwach. Urlopowani żołnierze nie spędzali bezczynnie czasu w Breslau. Kierowani przeczuciami ostatecznymi, nie tylko rzucali się w wir życia i usiłowali zerwać wianki z głów pielęgniarek, służących i kelnerek, lecz również oświadczali się i z poznanymi tydzień wcześniej wybrankami serca stawali przed ołtarzem. Potem wracali na front, gdzie toczyła ich tęsknota za „panną młodą z Breslau" i żerała zazdrość, która – nawiasem mówiąc – nie była całkiem bezzasadna. O ile zatem liczba zawieranych małżeństw, jeszcze przed kilkoma miesiącami wielka, teraz gwałtownie spadła do punktu zero, o tyle produkcja trupów w twierdzy

Breslau osiągała stan maksymalny i nie pozwalała doktorowi Rewemu i jego pracownikowi na słodkie lenistwo. Ten przyjemny stan był niemożliwy jeszcze z trzech powodów. Pierwszą przyczyną było uparte ostrzeliwanie Nikolaivorstadt przez Rosjan. Od dwóch tygodni artyleria bolszewicka na Gräbschener Strasse nasiliła kanonadę, powodując drżenie podłogi w budynku urzędu i drżenie serca jego kierownika. Po drugie tajny rozkaz gauleitera Hankego zobligował kierownika Urzędu Stanu Cywilnego do inwentaryzacji archiwum i kopiowania wszystkich aktów zgonu od roku 1942.

Tym zajmował się i teraz doktor Rewe. Przepisywał swym równym pismem, któremu zawdzięczał błyskotliwą karierę urzędniczą, akt zgonu dozorcy Konrada Grüniga z Zwingerplatz. Właśnie wbijał pieczątkę „Śmierć wojenna" w odpowiednią rubrykę aktu zgonu, kiedy usłyszał pukanie do drzwi. Krzyknął: „Proszę wejść!", i zobaczył na klamce dłoń swojego sekretarza i współpracownika, pana Richarda Falkenhaina. Zza nikłej postaci urzędnika wynurzyła się tęga postać mężczyzny w masce i kapeluszu. Mężczyzna ten dźwigał jakieś duże pudło, które przypominało futerał od wiolonczeli, lecz było od niego znacznie węższe.

– Witam pana, drogi doktorze. – Przybyły wyciągnął dłoń na powitanie. – Ileż to już lat nie nie miałem przyjemności pana widzieć!

– Witam pana. – Rewe, ściskając rękę mężczyzny, przypomniał sobie natychmiast jego nazwisko, a nade wszystko adres. Taki sam jak ten, który miał chwilę wcześniej przed oczami. Te dwie informacje, nazwisko i adres, pojawiały się w jego mózgu po trzydziestu latach pracy natychmiast i automatycznie. – Witam pana serdecznie, panie radco kryminalny. Nie widzieliśmy się dokładnie jedenaście lat... Proszę, proszę, niech pan radca kryminalny spocznie! Kiedyś często pan u mnie bywał... Moje archiwum było czasami pańskim drugim domem. Czym mogę służyć dzisiaj?

– Tak, doktorze. – Mock przerzucił płaszcz przez oparcie skórzanego fotela i opadł nań, powodując swym masywnym ciałem lekki syk powietrza. Był bardzo niewyspany. – To jedenaście lat... Dużo się w tym czasie zmieniło... Ale my się wcale nie zmieniliśmy! Pan wygląda tak jak przed laty, a ja... nie zmieniłem się wewnętrznie, psychicznie...

– Ja natomiast zmieniłem się wewnętrznie – powiedział Rewe i obiema rękami przycisnął do skroni resztki siwych włosów. Zapadło milczenie. Rewe nie miał zamiaru wyjaśniać swej wewnętrznej metamorfozy, a Mock – słuchać kolejnej opowieści o żołnierskiej śmierci na polu chwały albo pod zgliszczami Breslau.

– Ale z pewnością zachował pan swoją słynną pamięć i swoją słynną dyskrecję – powiedział kapitan. – Zapytał pan, czym może służyć dzisiaj... Tym samym co zawsze, mój drogi doktorze! Swoją pamięcią, swoją dyskrecją i swoim archiwum.

– Słucham pana, panie... panie... – Rewe postukał paznokciami o brzeg swojego biurka, by ukryć zakłopotanie spowodowane nieznajomością szarży swojego rozmówcy.

– Dorobiłem się tytułu kapitana – powiedział Mock i założył nogę na nogę, świecąc wypastowanym trzewikiem.

– A zatem w czym mogę panu kapitanowi pomóc?

– To urzędowe zadanie, doktorze Rewe – powiedział twardo Mock. – Choć ja sam nie wyglądam bez munduru zbyt urzędowo... A zresztą po co ja to mówię. – Ton jego głosu złagodniał. – Pan wszystkie moje prośby spełniał z jednakową dyskrecją, niezależnie od tego, jakie one były... Poza tym pana znakiem firmowym była zawsze dokładność i precyzja.

– Słucham pana kapitana – powtórzył Rewe beznamiętnym głosem, jakby te komplementy nie zrobiły na nim większego wrażenia, co zresztą nieco zaniepokoiło Mocka.

– Chciałbym prosić o wszystkie dostępne w pańskim urzędzie informacje na temat osób noszących nazwisko Gnerlich i Bresler. – Kapitan przyglądał się nieufnie swojemu rozmówcy. – Byłbym wdzięczny za wszystko, co jest w aktach i w księgach adresowych...

– To wymaga kilku godzin pracy – zasępił się Rewe. – Nie wiem, czy uda mi się zrobić to dzisiaj. Wie pan, kapitanie, jesteśmy tu tylko we dwóch z Falkenhainem...

– Ależ drogi doktorze – uśmiechnął się Mock. – Dzisiaj czy jutro... Co za różnica? Przecież jeszcze nie umieramy, jeszcze twierdza niezdobyta... Jestem przekonany, że lepiej się będzie panu pracowało z dobrym papierosem w ustach. – Mówiąc to, ułożył równo dziesięć paczek laurensów na biurku Rewego.

– Niech pan to zabierze, kapitanie. – Ton głosu kierownika zabrzęczał nieprzyjemnie. – Nie potrzebuję tego... Proszę przyjść jutro rano. To wszystko. – Rewe wstał.

– Dobrze, panie doktorze – Mock zsunął z powrotem papierosy do teczki. – Jutro przyjdzie po pańską ekspertyzę mój posłaniec. To dziesięcioletni chłopiec nazwiskiem Arthur Grünig. Ach, i wie pan co? On zabierze również to pudło. – Postawił futerał na ziemi. – Ja wiem, że pańskie biuro to nie przechowalnia bagażu, ale proszę mi wybaczyć, za stary jestem na dźwiganie tego żelastwa... Czy mogę?

– Do widzenia panu. – Rewe skinął głową i nie wyciągnął ręki na pożegnanie. – Jutro niech ten chłopiec przyjdzie rano...

Kiedy Mock podchodził do drzwi, usłyszał jeszcze cichy głos Rewego. Odwrócił się i spojrzał na urzędnika w zarękawkach, sztywno stojącego przy biurku. Nagły huk szarpnął budynkiem. Z fosy wzbiły się fontanny wody. Mock ukucnął, odruchowo zasłaniając głowę ramieniem. Z sufitu posypały się strużki pyłu. Na jednej ze ścian zjechała w dół sucha warstwa tynku. Rewe wciąż stał wyprostowany.

– Nie dosłyszałem, co pan powiedział, doktorze – mruknął Mock i uważnie zlustrował stan swojego garnituru.

– Powiedziałem, że u mnie, w odróżnieniu od pana, nastąpiła duża wewnętrzna zmiana. – Rewe patrzył na Mocka nieruchomymi oczami i czuł wodę wzbierającą w płucach. – Rak oskrzeli jest chyba znaczną zmianą wewnętrzną, nie sądzi pan?

To był trzeci powód uniemożliwiający Rewemu słodkie lenistwo w ostatnich dniach istnienia twierdzy Breslau.

Breslau, niedziela 8 kwietnia 1945 roku,
dziewiąta rano

Ból w plecach stawał się nieznośny. Powierzchnia kanapy urozmaicona była wieloma rozpadlinami, które zostały wytłoczone przez siedzenia fotografujących się ludzi. Co gorsza, w kanapowych dolinach krył się największy nieprzyjaciel snu – pluskwy. Te płaskie stworzenia o czerwonawych przeźroczystych grzbietach Mock uznał za swoich osobistych perfidnych wrogów, ponieważ ich ataki następowały kilkakrotnie – i to zawsze wtedy, gdy znajdował się na granicy jawy i snu. Już udawało mu się wytłumić wszystkie wyrzuty sumienia, już przestawał widzieć zapłakaną twarz Karen i dobrotliwe spojrzenie doktora Zuckermanna, już rozmywał się obraz małego Arthura Grüniga, z płonącymi policzkami przyglądającego się orgii, już słyszał jakieś głosy, które od dzieciństwa były zwiastunami snu, gdy nagle podrywał go piekący ból, powodowany przez wydzielinę pluskwich przyssawek. Podskakiwał wtedy do góry i zapalał lampę naftową, mimo złorzeczeń Hanuscha dochodzących z pokoju obok: „A mówiłem, że u mnie żadne wygody". Po chwili złorzeczenia milkły, a właściciel salonu uspokajał się, przypominając sobie cenę, jaką jego gość płaci za zapluskwiony pokój. Mock przeszukiwał wtedy koc i własną bieliznę, wytrzepywał z pół tuzina pluskiew na podłogę, gdzie je wygniatał, klnąc wściekle. Ich ciała pękały, wypuszczając smrodliwe opary, a Mock miotał się po atelier w poszukiwaniu jakichś naczyń, które mógłby napełnić wodą i wstawić do nich nogi kanapy, by chociaż odciąć pluskwom drogę od dołu. Nie znajdował jednak żadnych naczyń i znów się kładł na kanapie, wystawiając swój mózg na kąsanie erynii, a ciało na cięcia pluskiew. Nad ranem zwyciężył wszystko sen, podobny do ciężkiego odurzenia.

Kapitan obudził się po prawie nieprzespanej nocy i podrapał po załamaniach ciała, rozrywając cienkie strupy. Siedział przez dwa kwadranse na kanapie w bieliźnianym kombinezonie i przy wtórze własnych przekleństw wciskał jakąś starą linijkę za kombinezon, aby się podrapać. Hanusch pewnie już dawno jest przy budowaniu barykad, myślał z niechęcią o swoim gospodarzu, ciekaw jestem, czy jego też gryzą pluskwy.

Wstał, zwiedził cały salon fotograficzny i znalazł w końcu miejsce, którego usilnie szukał. Oddając mocz w ciasnym pomieszczeniu, poczuł klaustrofobiczny napór ścian. Wydawało mu się, że ożyły. Uczucie to zostało spotęgowane jasnymi odblaskami, które pojawiły się na ścianach ubikacji. Błyski te dostawały się przez małe okienko ubikacji wychodzące na podwórze. Mock boleśnie wycisnął z siebie ostatnie wydzieliny i wyjrzał na zewnątrz. Kamienica po drugiej stronie podwórka, w której mieścił się hotel, błyszczała w ogniu. Nagle nad podwórkiem zapadła ciemność. Podmuch niedalekiego wybuchu odrzucił go od okna.

Pocisk uderzył w podwórko, w sam środek piaskownicy. Fontanna piasku wzniosła się ku górze, a jego mały strumień zabrzęczał po szybach. Następny wybuch był tak blisko, że omal nie rozsadził Mockowi bębenków. Kapitan chwycił się za uszy i usiadł na zamkniętej muszli klozetowej. Po raz pierwszy od czasu rozpoczęcia śledztwa w sprawie morderstwa Berty Flogner sparaliżował go strach. Jednocześnie z tym uczuciem ogarnęły go na powrót religijne myśli i deterministyczne spekulacje. Był pewien, że teraz, kiedy zbliżał się do celu, Bóg znów mu przeszkodzi w jego osiągnięciu. Motywacja Jego postępowania jest oczywista, myślał, ja muszę wciąż „łaknąć sprawiedliwości", czyli nie może stać się jej zadość. Co jednak, jeśli Stwórca postanowił przeszkodzić mi ostatecznie w tym „łaknieniu"? Odrzucił tę myśl i wyjrzał przez okno. Jego eschatologiczne intuicje były potwierdzane przez zjawiska zewnętrzne: budynek drżał w posadach, dymiący gruz ścielił się po podwórku, a tynk na suficie toalety przecięły dwie ukośne rysy.

Na ten widok Mock wybiegł z ubikacji do atelier i – poruszając się prawie po omacku – padł na zapluskwioną kanapę. Ręce rozpostarł na oparciu kanapy, a głowę odrzucił do tyłu, napinając boleśnie mięśnie szyi. Otwartymi ustami wciągał głośno powietrze. W jego ciele wybuchały małe eksplozje bólu. W plecy ktoś wkręcał mu zaostrzoną rurę. Oddech sprawiał coraz większą trudność. Pomyślał o doktorze Rewem i o raku oskrzeli. Nagle trzasnęła migawka aparatu fotograficznego i półmrok atelier został rozdarty białym błyskiem. Kapitan podniósł głowę tak gwałtownie, że omal nie zemdlał od wirowania.

– Fajne to – zaśmiał się Arthur Grünig i rozpoczął całą serię trzasków. Lampa błyskowa utrwalała w pamięci chłopca zabawne obrazy. Oto kapitan Mock z otwartymi od gniewu ustami, oto trzęsie mu się brzuch w bieliźnianym kombinezonie, oto wściekły staruch grozi mu pięścią.

Górne światło przerwało zabawy Grüniga. Wściekły Mock chwycił go za ucho i zobaczył pogardliwy uśmiech. Zdawszy sobie sprawę z niedostatków swojej garderoby i aparycji, opanował się, puścił małego Arthura i pogłaskał go po sztywnych od brudu włosach.

– Poczekaj tutaj – mruknął, widząc, że chłopiec trzyma w rękach brunatną kopertę z nadrukiem i z orłem trzymającym w szponach znak wiecznej szczęśliwości. – Przebiorę się i zaraz do ciebie przyjdę.

– Tylko szybko, bo muszę wyjść – powiedział chłopiec przedmutacyjnym głosem.

Mock spoglądał na Arthura przez dłuższą chwilę. Znał go jako nieśmiałe dziecko, które wśród śmietników i komórek podwórka zmieniało się w honornego łobuziaka. Zawsze jednak mały Grünig z atencją kłaniał się Mockowi, okazując mu – jak prawie wszyscy mieszkańcy kwartału kamienic – szacunek i lekką bojaźń. Nigdy nie widział mnie w kalesonach, wytłumaczył sobie w myśli osobliwe zachowanie dziecka, w kalesonach każdy wygląda na odartego z godności, jak ten stary Żyd na Wallstrasse, którego przyrodzenie budziło niepohamowaną wesołość w młodych, zdrowych chłopakach z Hitlerjugend. Mock spojrzał jeszcze raz w obojętne oczy chłopca i wszedł do ciemni fotograficznej, która – widać to było po brudnej pościeli – służyła Hanuschowi jako sypialnia.

Ubrał się dość szybko i wyszedł po chwili nienagannie ubrany w swój ciemnobrązowy garnitur. Widok, który zobaczył, zdumiał go i rozśmieszył. Mały Arthur Grünig stał przed aparatem fotograficznym ubrany w jakąś starą kamizelkę. Na głowie miał kapelusz Mocka. Jego biodra opinał pas z dwiema kaburami, z których sterczały dwa walthery.

W dłoni dzierżył wężyk spustowy. Co chwila wyjmował z kieszeni pistolet i strzelał na niby w stronę obiektywu.

– Niezły z ciebie kowboj! – Mock uśmiechnął się wymuszenie. – Dziękuję ci za załatwienie mojej sprawy. Broń, jak widzę, zabrałeś z Urzędu Stanu Cywilnego.

– Tak, zabrałem – powiedział chłopiec i sięgnął po swój płaszcz i kaszkiet. Kapelusz Mocka rzucił na kanapę. – Muszę już iść!

– Poczekaj. – Mock położył rękę na ramieniu chłopca. – Co się z tobą dzieje? Czemu się tak zachowujesz? Czy coś się stało? W domu wszystko w porządku?

– Nic się nie stało – chłopiec pogardliwie strącił rękę mężczyzny z ramienia i skierował się do wyjścia.

– Stać! – Mocka ogarnęła furia.

Chwycił Grüniga za kołnierz i uniósł nad ziemię. Chłopiec wyciągnął ręce ku górze i wyślizgnął się Mockowi, zostawiając w jego rękach swój płaszcz z podartą podszewką. Sięgnął do kabury i wyjął pistolet. Nie zdążył jednak wystrzelić. Mock zareagował szybko i instynktownie. Chwycił chłopca za nadgarstek i wykręcił mu rękę tak, że znalazła się ona za jego plecami. Pistolet uderzył z hukiem w podłogę. Drugi walther był po kilku sekundach w wolnej dłoni Mocka. Trzymając wciąż Grüniga w bolesnym uścisku, poprowadził go do sypialni Hanuscha i tam popchnął na pożółkłą kołdrę bez poszwy. Chłopiec leżał twarzą w pościeli i nie odwracał głowy. Mock zapalił światło i rozejrzał się po ciemni. Oglądając się za siebie, wrócił do atelier i schował oba pistolety do futerału z karabinem. Futerał położył na kanapie, a potem znów wszedł do ciemni. Chciał zadać Grünigowi pytanie, które nie miało nic wspólnego z tymi, które przed chwilą chłopiec usłyszał. Było to pytanie natury porządkowej, a wynikało ono z zaburzonego naturalnego stanu rzeczy – tak jakby zapytać rowerzystę, dlaczego pedałuje tylko jedną nogą, albo gracza w bilard –

dlaczego jedna z kul jest sześcianem. Stanął w drzwiach, chwycił się futryny i spojrzał w rozjarzone nienawiścią oczy.

– Dlaczego masz dwa pistolety? – zapytał.

– Ten drugi jest Kartofla – odpowiedział chłopiec.

– Kartofel ci go dał?

– Nie – mruknął chłopiec i uśmiechnął się triumfalnie. – Wygrałem go od Kartofla w pojedynku...

– A jak wyglądał ten pojedynek?

– Normalnie.

– A co się stało z Kartoflem? – W gardle Mocka podnosił się poziom żółci.

– Zginął w pojedynku.

– Zabiłeś go? – Mock zaczął się dławić.

– Zginął w pojedynku.

Mock stał w drzwiach ciemni, zasłaniając swym ciałem padające z atelier światło, przez co nie widział twarzy chłopca. Kamienica zadrżała w posadach i zaskrzypiała framuga. Aby poskromić rozsadzającą go furię, Mock zastosował niezawodny środek: jak zawsze przywołał przed oczy stare stronice, na których w równych rzędach maszerowała łacińska antykwa. Bomby biły w miasto Breslau, dziesięcioletni morderca siedział gotowy do ataku jak młody skorpion, a Eberhard Mock powtarzał cicho kunsztowne, rozbudowane Cycerońskie frazy. Surowy i ascetyczny dźwięk łacińskich wyrazów, wiążących się na mocy precyzyjnych praw składniowych w ogniwa i łańcuchy, uspokoił Mocka i oczyścił z gniewu jego umysł.

– Idziemy – powiedział do zabójcy.

Chłopiec wstał i poczuł na karku silną dłoń. Mock ucapił go jak psa, przygiął jego głowę ku ziemi i poprowadził ku wyjściu przez zakamarki salonu. Znaleźli się na Teichstrasse. Waliły rosyjskie haubice. Ulica spowita była kurzem. W czarnych obłokach błyskały żółte płomienie. Pod łukowatym sklepieniem hotelu Jäschkego kłębiły się kule dymu. Jakaś krzycząca kobieta pchała dziecięcy wózek, podskakujący na kamieniach. Policjant o czarnej osmalonej twarzy walił pałką po szybach okien na parterze i po piwnicznych okienkach.

Mock stał wraz z chłopcem nieruchomo w bocznym wejściu do zakładu fotograficznego. Spojrzał na policjanta, który wyganiał ludzi do piwnic i sklepu z pończochami. Mock chciał do niego podejść i przekazać mu mordercę. Nie zdążył. Huk wybuchu wstrząsnął ulicą. Szyby wypadły i przez chwilę ich kawałki zawisły obok murów. Potem spadły, tnąc powietrze. Policjant rzucił się w bramę i zniknął w jej czeluściach. Na środku ulicy dziecięcy wózek wyciągał koła ku zagniewanemu niebu. Mock przycisnął Grüniga do ziemi i kopnął z całej siły w chudy pośladek. Chłopak runął do przodu i padł całym ciałem w pył ulicy. Odwrócił głowę i spojrzał na Mocka obojętnie. Nad ulicą wybuchły bomby fosforowe i lunęły z nieba jasnym światłem.

– To piekło wokół jest twoim miejscem – powiedział Mock, zdając sobie sprawę, że chłopiec go nie usłyszy. – Idź do piekła!

Odwrócił się i wszedł przez rozbitą witrynę do sklepu z pończochami. Wziął kilka par, a potem wrócił do atelier „Photo-Waage". Zatrzymał się gwałtownie. Odniósł wrażenie, że osoby widoczne na fotografiach w pozbawionej szyb witrynie uśmiechają się do niego szyderczo. Najweselej śmiał się pewien młody żołnierz z papierosem w kąciku ust.

– Ja już nie mam siły z tym wszystkim walczyć – powiedział Mock do śmiejącego się żołnierza i widząc jego całkowitą obojętność, zacytował Freuda: – Dzieci nie są złośliwe. Dzieci są złe.

Breslau, niedziela 8 kwietnia 1945 roku,
dziesiąta rano

Doktor Klaus Rewe był człowiekiem dokładnym. Ze swojego archiwum wynotował wszystkich Gnerlichów i wszystkich Breslerów. Każda z osób nosząca to nazwisko została ujęta na osobnej fiszce, na której wypisana była data urodzenia, niekiedy data śmierci oraz adres zamieszkania. Poniżej tych danych doktor Rewe odnotował karalność lub niekaralność nosicieli tych nazwisk. Wszystkie fiszki osób spokrewnionych były ze sobą spięte mosiężnymi spinaczami. Do familijnych plików dołączone były większe kartonowe karty z wykresem drzewa genealogicznego osób ujętych na fiszkach. Rewe jak zwykle wykonał kawał dobrej roboty.

Mock narzucił na ramiona płaszcz, żeby oszukać zimno, i zapalił papierosa, żeby zabić trawiący go głód. Ignorując dym i sadzę, które opadały na rozbitą witrynę, usiadł za kontuarem, przy którym pracownicy pani Dorn przez całe lata przyjmowali klientów. Studiowanie fiszek rozpoczął od Gnerlichów, których było zdecydowanie mniej. Po kilku sekundach znalazł wszystko, co pozwoliło mu odpowiedzieć na większość zadawanych sobie pytań.

Przed nim leżała fiszka, na której doktor Rewe zapisał następujące informacje: „Gertruda Gnerlich – panieńskie nazwisko Gertrudy von Mogmitz, wyznanie protestanckie, ur. 3 XII 1910, Oppeln, żona generała Rüdigera von Mogmitz, wyznanie protestanckie, ur. 1897, Kanthen pod Breslau". Obok leżała fiszka, która wyjaśniała prawie wszystkie jego wątpliwości: „Dnia 5 IV 1934 roku Hans Bresler, wyznanie rzymskokatolickie, ur. 7 XI 1903, Breslau, zmienił nazwisko na Hans Gnerlich. Świadkiem potwierdzającym prawdziwość poprzednich i obecnych danych są niżej podpisani, doktor Werner Süssmann, kierownik Urzędu Stanu

Cywilnego, i Irma Potempa, służąca w domu von Mogmitzów, zameldowana Breslau, Adalbertstr. 37".

– Wyznanie rzymskokatolickie... Akurat... – Mock mruknął do siebie z powątpiewaniem i spojrzał na jedno z trzech drzew genealogicznych rodu Breslerów, które obejmowało jedną małą i bezpotomną gałązkę z nazwiskiem „Hans Bresler, 1903– ".

Breslau, niedziela 8 kwietnia 1945 roku,
jedenasta rano

Okna skromnej kamienicy przy Adalbertstrasse 37 wychodziły na Ogród Botaniczny. Rosyjscy najeźdźcy niewiele dotąd uwagi poświęcali katedrze i ogrodowi, toteż oblężenie nie miało do tej pory wielkiego wpływu ani na spokojny sen śląskich książąt w kryptach katedry św. Jana Chrzciciela, ani na dywany przebiśniegów i krokusów, ścielące się wokół pomnika Linneusza w Ogrodzie Botanicznym. Nie drżały również w posadach okoliczne kamienice, których bramy ozdobione były w dużej mierze masońskimi symbolami cyrkla i kielni. Tylko artyleria przeciwlotnicza w ogrodach arcybiskupich ściągnęła na siebie gniew iłów.

W jednej w okolicznych kamienic umierała na suchoty sześćdziesięcioletnia Irma Potempa. Jej siwa głowa spoczywała na wysokim wezgłowiu, jej wyschnięte ręce zaciskały się kurczowo na poszwie kołdry, jej oczy wbite były nieruchomo w dwie wieże katedry, z których jedna była nieco uszkodzona. Teraz źrenice kobiety przesunęły się z okna na drzwi, w których stała jej córka Elsa z jakimś nieznanym starszym człowiekiem. Mężczyzna ten był elegancko ubrany, trochę w stylu jej zmarłego pryncypała, hrabiego Rüdigera von Mogmitz seniora. Zaniepokoiła ją nieco maska na jego twarzy, ręka na temblaku, kapelusz wciśnięty na czoło i postawiony wysoko kołnierz jasnego płaszcza. Przypominał jej gestapowskiego szpicla, z tą różnicą, że ci ostatni znajdowali szczególne upodobanie w płaszczach skórzanych, nie zaś wełnianych jak ten, który otulał ramiona przybysza. Ten niepokój szybko wytłumiły fale bólu oblewające jej klatkę piersiową.

– Mamo – powiedziała Elsa – to jest kapitan Eberhard Mock, przyjaciel profesora Rudolfa Brendla. Chciałby z tobą porozmawiać...

– A niby o czym? – wyszeptała chora.

– Nie będę owijał w bawełnę – tubalny głos tchnął spokojem i pewnością siebie. – Jestem wysokim funkcjonariuszem policji kryminalnej...

– Wiedziałam, wiedziałam – mimo bólu starsza pani uśmiechnęła się triumfalnie. – Od razu to po panu poznać...

– Doprawdy? – Mock udał zdziwienie. – Muszę zaaresztować Hansa Gnerlicha vel Breslera za potworną zbrodnię...

Potempa przerwała mu gwałtownym sapnięciem. Jej płuca zagrały jak przedziurawione miechy. Na czoło wystąpił pot, ręce zacisnęły się na kołdrze jak szpony ptaka, a oczy wróciły do kontemplowania widoku katedralnych wież.

– Mamo – szepnęła łagodnie Elsa – pan kapitan chce się tylko czegoś dowiedzieć o Breslerze. Aby go przymknąć... Aresztować tego złego człowieka... Przecież zawsze tego chciałaś...

Zapadła cisza. Irma Potempa nie reagowała na słowa córki i zatopiła się w rozmyślaniach o swojej chorobie. Najbardziej interesowała ją cykliczność bólu i interwały tego cyklu. Czekała z niepokojem na nadejście cierpienia, na oddech gruźlicy, która szarpała jej oskrzelami, nie pozwalała oddychać, ślinę barwiła krwią i opłucną napełniała śmierdzącą wodą.

- Hans Gnerlich vel Bresler zamordował pannę Bertę Flogner. - Mock rzucił na oparcie łóżka płaszcz i kapelusz, po czym usiadł na brzegu krzesła i obserwował chorą. - Musi za to ponieść karę. Córka mówiła, że nie znosi pani Breslera-Gnerlicha i że może pani mi pomóc go ukarać...

- Ukarze go Bóg. - Chora najwyraźniej doznała ataku bólu; jej spękane wargi pocierały się wzajemnie, wywołując lekki szelest. - A właściwie... Nie Bóg, tylko Szatan... Niech się pan uda do piekła, tam panu powiedzą o Hansie Breslerze... Tam niech pan idzie...

Jej głowa głębiej osunęła się w rozpadlinę poduszki. Zamknęła oczy. Mock oczekiwał charakterystycznego odrzucenia głowy, ostatniego westchnienia, nagłego stężenia źrenic, pocałunku śmierci. Córka pochyliła się nad matką i ujęła jej twarz w swoje dłonie. Irma Potempa żyła i oddychała ze świstem. Elsa odwróciła się do Mocka.

- Proszę już nas zostawić - powiedziała sucho. - Proszę wyjść!

Wstał, zarzucił na siebie płaszcz i kapelusz i wyszedł z pokoju, zamykając mocno drzwi. Córka dała matce pić, podłożywszy pod filiżankę zwiniętą dłoń, aby w nią złapać uciekające krople. Kiedy usłyszała jej spokojny oddech, uprzątnęła stolik, usuwając z niego talerzyki z resztkami jedzenia i filiżanki zatłuszczone bulionem. Potem poustawiała równo na kredensie figurki tancerek z porcelany miśnieńskiej, które matka - z dnia na dzień coraz bardziej zdziecinniała - kazała sobie przynosić do łóżka. Omiotła wzrokiem pokój i nie znalazłszy nawet cienia brudu i kurzu - ani na ramach portretu ślubnego jej rodziców, ani na błyszczącej politurze kredensu, ani na wypastowanej podłodze - wyszła do przedpokoju. Stamtąd udała się do kuchni. Usiadła przy stole, oparła brodę na nadgarstkach i zapatrzyła się w szczyty kamienic przebijające przez ogołocone z liści gałęzie drzew Ogrodu Botanicznego.

Wczesnowiosenny pejzaż za oknem nie uspokoił nerwów zszarganych przez kapitana, który zaniepokoił jej matkę. Jeszcze czuła w kuchni, gdzie wcześniej z nim rozmawiała, zapach jego perfum. Ogarnęła ją irytacja.

– A to się wyperfumował, stary skurwysyn – powiedziała w nadziei, że przekleństwa przyniosą jej chwilową ulgę i że choć przez moment nie będzie musiała udawać cierpiętnicy, z łagodnym uśmiechem pielęgnującej chorą matkę. – Kto by pomyślał... Taki stary kutas... Wstrętny, poparzony, gruby, a tak się perfumuje...

– Stary, ale jary – usłyszała i aż podskoczyła ze strachu. Mock blokował swym masywnym ciałem kuchenne drzwi.

– Jak pan śmie! – wrzasnęła przerażona. – Przecież kazałam panu wyjść!

– A ja wróciłem. Zapomniałem grzebienia. – Mock wszedł do kuchni, zamknął drzwi, oparł się o nie i zapalił papierosa. – I rano nie będę mógł rozczesać mojej bujnej czupryny – mówiąc to, zdjął kapelusz i zademonstrował rzadką siwą siatkę oplatającą mu głowę.

Mock zaczął się rozglądać za popielniczką. Elsa postawiła ją na stole.

– No proszę, niech pan siada – uśmiechnęła się do starszego mężczyzny. – Bawi mnie pan... Nawet ktoś taki jak pan jest odmianą w tym kieracie. Dostanę papierosa?

– Bardzo proszę. – Mock wyjął z teczki dwie pary jedwabnych pończoch i przesunął je w stronę kobiety.

– Dziękuję. – Elsa sprawnie wsunęła pończochy do szuflady kuchennego stołu, nie okazując najmniejszego zdziwienia. Kiedy pracowała jako pielęgniarka, często wyrażano jej wdzięczność w taki właśnie sposób.

– Kilka spraw mnie niepokoi. – Mock stracił chęć dalszego dowcipkowania. – Pani mama odmawia współpracy i zeznań, co mnie w ogóle nie dziwi. Jest w końcu ciężko chora. A może pani mnie wesprze... Pewnie jeszcze do niedawna mieszkały panie w Kanthen u hrabiostwa von Mogmitzów...

– Słucham pana. – Elsa trzymała papierosa w wyprostowanych palcach, czekając na ogień.

– Po pierwsze... – Mock trzasnął gazową zapalniczką przed jej papierosem. – Niech mi pani powie wszystko o Hansie Breslerze-Gnerlichu... Wszystko, o czym pani wie i o czym mówiła pani mama...

– Dobrze. – Niezbyt urodziwa twarz Elsy Potempy była skupiona i poważna. – Najpierw o sobie. Mieszkałam u von Mogmitzów od urodzenia do piętnastego roku życia, kiedy to zostałam oddana do szkoły pielęgniarskiej w Breslau. Wtedy zmarł mój ojciec, stajenny u von Mogmitzów... Potem byłam w szkolnym internacie przez cztery lata... Po szkole pracowałam osiem lat w szpitalu św. Agnieszki. Dopiero niedawno poprosiłam o urlop, aby móc się opiekować chorą matką...

– Bardzo proszę o Gnerlichu. – Mock złożył ręce błagalnie.

– Dobrze... Ależ się rozgadałam... – Elsa zganiła samą siebie. – Kamerdynera Hansa Breslera poznałam jako dziecko... Zawsze wydawał mi się sympatyczny. Częstował mnie cukierkami, uczył jeździć na kucyku... Był bardzo miły. Ale moja mama go nie znosiła... Trzymała mnie od niego z daleka... Kiedyś dostałam po łapach, jak wzięłam czekoladki... Ponieważ byłam bardzo łakoma, przychodziłam po kryjomu do jego pokoju...

– Nie zrobił pani niczego złego? – przerwał jej zaniepokojony głos Mocka.

– Nie, nigdy – uśmiechnęła się Elsa Potempa. – Niczego złego... Lubiłam Hansa... Był wtedy przed trzydziestką... Opalony i przystojny... Ale moja mama nie znosiła go, i wie pan co? Dzisiaj, po latach... Przypuszczam, że mama mnie

oddała do szkoły z internatem, żebym była trochę dalej...
Myślę, że podkochiwałam się w Hansie...

– Ale dlaczego pani matka go nie znosiła? Przecież była
świadkiem przy zmianie jego nazwiska? A zresztą, dlaczego
on w ogóle zmienił nazwisko? Może pani wie coś na ten
temat?

– Powoli... Dużo pytań... – Elsa znów się uśmiechnęła.
– Ze wszystkim był pan taki prędki?

– Dlaczego od razu „był"? – Mock podchwycił rozbawiony ton Elsy. – Myśli pani, że ma rację ludowe przysło-
wie, które mówi: „Po kopie już po chłopie"?

– Ja tam nie wiem...

– Mogę pani udowodnić, że przysłowia nie zawsze są
mądrością narodów...

– No nie... Jaki ostry! Ale się rozkokosił! – roześmiała
się Elsa. – Tylko że ja nie mam strzykawki, aby dać panu
później glukozę...

– Nieważne jest „później", ważne jest „teraz". – Mock
żartował, ale Elsa wyczuła w jego głosie jakiś fałsz, jakieś
zniecierpliwienie.

– No dobrze, dobrze... Dość tych głupich żartów... Niech
pan powtórzy jeszcze raz pytania – odparła surowo. – Wątpię, żeby moje odpowiedzi na coś się przydały, ale zawsze
coś... No niech pan pyta!

– Dlaczego Bresler zmienił nazwisko? – zapytał Mock.

– Matka mi opowiadała, że Hans nienawidził Żydów.
Miał obsesję na ich punkcie... Może dlatego, że kiedyś go
wzięli za Żyda... Pewnego razu gościł w Kanthen jakiś
generał. Byłam wtedy bardzo mała. Miałam może pięć lat.
Jest to jedno z najwcześniejszych moich wspomnień... Wie
pan, ciekawe, jak mało pamiętamy z dzieciństwa...

– No dobrze – przerwał jej Mock. – I co z tym generałem? Co się stało?

– Generał podczas wizyty okazywał Hansowi wielkie zainteresowanie. Nocą wymknęłam się do pokoju Hansa, mając nadzieję na kilka cukierków... W pokoju była wielka awantura... Pijany generał w samej bieliźnie biegał za Hansem i usiłował go złapać... No wie pan, za co... Krzyczał przy tym: „Pokaż mi, Żydku Breslauer, swoje obrzezanie". Hans, wściekły, uciekł przed nim na korytarz i obudził cały dom... Na drugi dzień generał wyjechał, a Hans postanowił zmienić nazwisko...

– Bresler był Żydem?

– Nie, nie był – Elsa zarumieniła się nieoczekiwanie i gwałtownie umilkła.

– Ale był obrzezany, co? – Mock nie ustępował.

– A skąd mogę niby wiedzieć, co?! – Elsa podniosła głos.

– Już mam dość tej rozmowy! Wynoś się pan!

– Wyrzuca mnie pani, a ja i tak wrócę... – Mock uśmiechnął się nienaturalnie. – Po sztuczną szczękę... Muszę czymś gryźć moje cztery młode kochanki... One to lubią...

– Nudne są te pańskie dowcipy – mruknęła i powoli się uspokajała.

– Nie interesuje mnie, skąd pani wie o obrzezaniu Breslera – powiedział Mock bardzo łagodnie. – Pewnie widziała go pani w kąpieli w Sadkow, prawda? Bawiła się pani latem na brzegu stawu, a on się kąpał nago, myśląc, że nikt go nie widzi... Tak było, prawda, panno Potempa?

– Tak było – odpowiedziała Elsa bez uśmiechu.

– Czy Bresler kiedykolwiek mówił o swoim obrzezaniu? Czy je wyjaśniał? Na przykład wtedy w Sadkow, gdy go pani ujrzała. Czy jakoś to tłumaczył?

– Tak. Wytłumaczył to operacją stulejki, jaką przeszedł w dzieciństwie.

– Dziękuję pani za to wyjaśnienie. – Mock położył na stole jeszcze jedną parę pończoch. – Wiem, jak trudno było pani to wyznać... A teraz jeszcze jedno pytanie... Dlaczego pani matka nienawidziła Breslera?

– To jest bardzo dziwne, wie pan... – Elsa w zamyśleniu wsuwała do szuflady prezent. – Kiedy pytałam o to mamę, zawsze reagowała gniewem i nigdy nie odpowiadała jasno... Tylko raz powiedziała coś głupiego...

– Co powiedziała? – W głosie Mocka było napięcie. – To bardzo ważne, nawet jeśli jest to coś głupiego...

– Wie pan co? Moja mama często mi czegoś zabraniała. Tak głupio zabraniała. Na przykład nie pozwalała mi się kąpać w Sadkow, straszyła mnie, że tam pływają gryzące karpie... Albo kiedy chciałam się bawić w stodole, zabraniała, mówiąc, że tam jest wielkolud, który mnie połknie... Albo...

– I coś podobnego powiedziała, gdy ją pani zapytała, dlaczego nienawidzi Breslera? Czy tak?

– Tak. – Elsa przewracała w pamięci kartki swojego dziennika, który zginął podczas pożaru hotelu pielęgniarskiego przy szpitalu św. Agnieszki, w którym mieszkała. – Tak właśnie było... Zapytałam ją, dlaczego tak bardzo nienawidzi Hansa... A ona mi odpowiedziała, że Hans jest zły, bo bije panią...

– Jaką panią? – Przez zakrytą twarz Mocka przebiegły dreszcze.

– Jak to jaką? – Elsa znów była zdenerwowana całą tą rozmową. – Naszą panią. Hrabinę Gertrudę von Mogmitz... Taka była jej odpowiedź... Uznałam, że jest równie prawdziwa, jak opowieść o mięsożernych karpiach i wielkoludzie w stodole. Nie sądzi pan, że tak jest?

– Raczej tak. – Mock wstał od stołu i położył dłoń na dłoni młodej kobiety o ciemnych, przetłuszczonych włosach i trądzikowatej cerze. Jej ręka drgnęła z obrzydzenia.

– Dziękuję pani za wszystko... Do widzenia.

Panna Elsa Potempa nie odpowiedziała. W jej głowie otwierały się teraz widokówki z Kanthen: czyste stawy, wilgotne lasy i pola, nad którymi nieruchomo stały dymy ognisk i pajęczyny mgły. Poczuła łzy pod powiekami. Kuchenne drzwi trzasnęły mocno. Wyszedł, pomyślała, i uniosła wzrok.

Pomyliła się. Mock nie wyszedł. Stał w drzwiach i obracał swój kapelusz, przesuwając jednostajnie palcami po rondzie. Wydawało się jej, że dostrzega w jego oczach jakiś nieokreślony smutek.

– Ostatnie pytanie, panno Potempa – powiedział. – Naprawdę ostatnie. Mogę?

– Tak, proszę – odrzekła machinalnie.

– Przed wejściem do pokoju chorej pani Potempy powiedziałem pani, że Berta Flogner została zgwałcona i zamordowana. Przyjęła to pani obojętnie. Podobnie zachowała się pani matka. Żadna z pań się nie zmartwiła ani nie zapytała o okoliczności śmierci panny Flogner... Zadajemy często tylko kurtuazyjne pytania, gdy ktoś nas poinformuje o czyjejś śmierci: jak to się stało, kiedy to się stało i tak dalej... Przecież panie ją znały! Ani pani, ani pani matka nie miały ani słowa ubolewania. Dlaczego? To jest moje pytanie...

Elsa Potempa wstała tak gwałtownie, że krzesło zakołysało się i runęło z hukiem na podłogę, wywołując niewielką wibrację brudnych naczyń na kuchni. Podeszła do Mocka i owionęła go swym zgniłym i przesyconym tytoniem oddechem.

– To była mała dziwka, rozumiesz? Dlatego. A teraz spierdalaj stąd w końcu!

Mock bez słowa wykonał polecenie.

Breslau, niedziela 8 kwietnia 1945 roku,
druga po południu

Zastępca Oberbefehlshabera der SS und Polizei in Breslau, generał von Rodewald, siedział w swojej kwaterze, w bunkrze na czwartym poziomie pod ziemią na Wzgórzu Liebicha, i rozpamiętywał noc z panną Junggebauer. Rozsadzało go poczucie pewności siebie, syte przekonanie, że pieniądze wydane na prezenty i na korumpowanie ordynatora szpitala, by przeniósł śliczną siostrę na inne stanowisko, przyniosły słodki owoc spełnienia. Panna Junggebauer nie była łatwym łupem; dopiero po dłuższym czasie przełamała zawstydzenie i pozwoliła von Rodewaldowi na zdobywanie kolejnych bastionów swojego ciała. W końcu generał, poczynając sobie nader dzielnie, zdobył ostatnią twierdzę, prawdziwą Festung Breslau jej wstydu. Kiedy rozpamiętywał swoje nocne wyczyny, przyszła mu do głowy zasłyszana gdzieś myśl o świetnym seksualnym dopasowaniu mężczyzny w średnim wieku i młodej kobiety. Różnica wieku w takim związku, myślał, skręcając papierosa, jest czymś wspaniałym. Mężczyzna taki jak ja, pięćdziesięcioparolatek, przekonywał sam siebie, nie jest już krótkodystansowcem i może dać młodej kobiecie wiele radości. Przy takiej na przykład nienasyconej trzydziestolatce dostałbym chyba zawału, a to przemiłe dziewczę Junggebauer szybko i grzecznie usnęło, umożliwiając wojownikowi zasłużony odpoczynek. Von Rodewald przeciągnął się, aż trzasnęły stawy, i zagwizdał początek *Lili Marlene*.

Ta melodia, śpiewana przez zdrajczynię Dietrich, niespecjalnie się spodobała SS-Sturmbannführerowi Erichowi Krausowi, który siedział na fotelu pod palmą, palił papierosa w bursztynowej cygarniczce i przeglądał po raz setny raport o Mocku, sporządzony przez ludzi von Rodewalda.

Do pokoju wszedł adiutant generała, porucznik Heinz Mürting, którego szara twarz i podkrążone oczy mogły wskazywać, że w nocy oddawał się podobnym rozrywkom jak jego szef. Wyrzucił prawe ramię ku górze i zameldował, że oto punktualnie się stawił kapitan Eberhard Mock, przywieziony bezpiecznie, choć nie bez trudności, przez motocyklistę Jirgla.

– Prosić – mruknął von Rodewald jak stary kocur.

W pokoju zjawił się człowiek, o którego religijnej i biblijnej obsesji Kraus właśnie czytał. Czysty i świeżo wyprasowany mundur Mocka okryty był skórzanym płaszczem, jego oczy – motocyklowymi goglami, a dłonie – nieco sfatygowanymi rękawiczkami. W pokoju rozszedł się zapach wody kolońskiej „Royal" i woń przepalonego oddechu.

– Heil Hitler! – wrzasnął Mock i wyciągnął dłoń ku sufitowi, ponad którym nurkowały rosyjskie iły, zasypując dziś bombami kamienice przy Taschenstrasse. – Melduję się na rozkaz pana generała.

– Heil Hitler! – odpowiedzieli równocześnie Kraus i von Rodewald, ale dalsze słowa należały już do zastępcy namiestnika Himmlera w Breslau. – Proszę usiąść, kapitanie! Papierosa? Mam nile – zaproponował generał, nie zważając na kwaśną minę Krausa.

– Chętnie. – Mock zapalił i rozsiadł się w fotelu.

– Kapitanie – powiedział von Rodewald bez wstępów – czy ma pan mi coś do powiedzenia na temat swoich ostatnich poczynań?

– Nie mam nic do powiedzenia, panie generale – odparł Mock. – Wciąż jestem zawieszony w obowiązkach i od dwóch miesięcy działam jako człowiek prywatny, nie jako oficer kripo...

– Ma pan na sobie mundur policyjny, kapitanie – warknął Kraus.

– Nie rozumiem, panie generale – powiedział dobitnie Mock do von Rodewalda – jaka jest rola pana SS-Sturmbannführera Ericha Krausa w mojej sprawie. Proszę o pozwolenie nieuwzględniania pytań SS-Sturmbannführera Krausa, który nie jest moim zwierzchnikiem i nie może mi wydawać żadnych poleceń.

– SS-Sturmbannführer Kraus, jak pan wie – tym razem warczał von Rodewald – jest naczelnikiem wydziału RuSHA w Breslau. I do jego dyspozycji przekazuje się osoby chore psychicznie... A takie podejrzenie zachodzi w pana wypadku... Spotkaliśmy się tutaj z SS-Sturmbannführerem Krausem, aby ocenić stan pańskiego zdrowia psychicznego...

– Z całym szacunkiem, panie generale – Mock zgasił papierosa – ale który z panów jest lekarzem psychiatrą?

– Ja mam tu raport, Mock – wycedził wolno Kraus – z którego wynika, że jest pan ogarnięty manią religijną, że nieustannie czytał pan w szpitalu Biblię, że pisał pan po łacinie jakiś traktat o cierpieniu... To wszystko są zachowania człowieka chorego psychicznie. Wystarczy jeden mój telefon, a wyląduje pan w zupełnie innym miejscu!

– Czy to prawda, panie generale? – zapytał Mock. – Czy SS-Sturmbannführer Kraus ma taką możliwość? Czy najpierw pan musi wyrazić zgodę na odstawienie mnie do szpitala wariatów? Kto jest w końcu moim zwierzchnikiem?

– Tak, najpierw ja muszę wyrazić zgodę. – W głosie von Rodewalda pojawił się ledwo tłumiony gniew. – I wyrażę, jeśli mi pan zaraz nie wytłumaczy swojego religijnego szału.

– Rozumiem. – Mock był rozluźniony i swobodny. – Już to czynię. Czy pana dziwi, generale, że w człowieku, który jest odsunięty od obowiązków służbowych, pojawia się uczucie depresji i zniechęcenia? A czy to z kolei nie może powodować naporu myśli ostatecznych? A co lepiej odpowiada na pytania eschatologiczne niż Biblia? Stąd moje zachowanie. Nie mam nic więcej do dodania.

– Wspaniale pan to wyjaśnił, Mock... – wysyczał Kraus.

– Kapitanie Mock – przerwał mu von Rodewald. – Nie chcę upominać oficera SS równego mi stopniem, ale zawieszenie kapitana Mocka w obowiązkach służbowych nie unieważnia jego szarży.

– Tak... kapitanie Mock – Kraus mówił z zaciśniętymi zębami. – Pytania eschatologiczne... Tak... Bardzo ładnie... – Nagle podskoczył w fotelu. – A jak pan wyjaśni swoje niedawne zachowanie wobec strażniczki obozu na Bergstrasse, sierżant Waltraut Hellner?

– Nie słyszałem o tym – powiedział zdumiony von Rodewald, zwracając się do Krausa. – To jakaś świeża sprawa, panie SS-Sturmbannführer?

– Bardzo świeża. – Triumf rozjaśnił oblicze Krausa. – Pański kapitan Mock torturował tę strażniczkę.

– Czy to prawda, kapitanie? – zapytał von Rodewald.

– To nie były tortury, lecz zabawa seksualna, panie generale – odpowiedział Mock. – I bardzo wątpię, aby ta strażniczka oficjalnie mnie oskarżyła o cokolwiek...

– Ach, zabawa seksualna – powtórzył von Rodewald i w myślach ujrzał swoje własne ubiegłonocne zabawy z panną Junggebauer. – A dlaczego wątpi pan, kapitanie, aby ta strażniczka podtrzymała oskarżenie?

– Ponieważ wyszłyby wówczas na jaw okoliczności, w jakich się z nią zabawiałem – odparł Mock.

– No wie pan, kapitanie! – wykrzyknął Kraus. – Czy nie zdaje pan sobie sprawy z ohydy tych poczynań? W pańskim wieku, na pańskim stanowisku torturować kobietę! To wstrętne! To nie licuje z godnością niemieckiego oficera!

– To była zabawa, panie generale. – Mock zwracał się wyłącznie do von Rodewalda. – Poza tym ona nic nie powie... Wspominałem już o pewnych okolicznościach... Chcą panowie je poznać?

– Nie! – krzyknął Kraus. – One nie zmieniają faktu, że pan torturował tę kobietę!

– A właśnie, że tak – odpowiedział von Rodewald. – Trzeba poznać dobrze całą sprawę... Swoją, miejmy nadzieję, chwilową, aberrację religijną już pan wyjaśnił, kapitanie... A teraz czas na te okoliczności, o których pan mówił...

– Strażniczka Hellner uczestniczyła w orgii seksualnej – Mock starał się mówić krótko i rzeczowo – która odbywała się w sali gimnastycznej dawnej szkoły żydowskiej przy Rehdigerplatz. Obecnie jest tam szpital polowy. Leżałem w nim. Późnym wieczorem dnia 6 kwietnia nie mogłem zasnąć z bólu i poszedłem do tego szpitala po lekarstwo przeciwbólowe. Nie spotkałem oddziałowej. Powiedziano mi, że widziano ją gdzieś koło sali gimnastycznej...

– Kto tak powiedział? – Kraus był bardzo podejrzliwy.

– Nie wiem. Jakiś żołnierz z obandażowaną głową. – Mock założył nogę na nogę, wysoko machając lśniącą cholewą. – Poszedłem zatem do sali gimnastycznej. Znam dobrze tę szkołę...

– Skąd? – Kraus nie ustępował.

– Mieszkałem kiedyś niedaleko. Poza tym, jako były wysoki funkcjonariusz policji, byłem kilkakrotnie tam zapraszany na pogadanki dla młodzieży...

– Wróćmy do rzeczy, kapitanie. – Von Rodewald był bardzo zainteresowany. – Co z tą orgią?

– Udałem się do sali gimnastycznej w poszukiwaniu oddziałowej – kontynuował Mock. – Kiedy tam dochodziłem, usłyszałem odgłosy orgii...

– Jakie to były odgłosy? Dokładnie! – Von Rodewald stukał nerwowo palcami o blat biurka, a Kraus krzywił się pogardliwie.

– Sapanie i krzyki orgazmu. Przez szparę w drzwiach przyglądałem się orgii. Oprócz Hellner uczestniczyło w niej

siedem osób. Czterech mężczyzn i cztery kobiety. Wśród
uczestników był komendant obozu na Bergstrasse, SS-Obersturmbannführer Hans Gnerlich... Kobiety chyba rekruto-
wały się z personelu szpitala...

Generał trzasnął otwartą dłonią o blat biurka, aż podskoczył kałamarz i zagrzechotały kościane obsadki w kuflu
z nadrukiem „Festiwal Piwa Breslau 1935". Mock przerwał
i spojrzał na swojego szefa ze zdumieniem. Podobne uczucie pojawiło się we wzroku Krausa, który porzucił studiowanie raportu. Von Rodewald nie mógł sprzed oczu odpędzić pewnego widoku: oto śliczna panna Junggebauer
klęczy na parkiecie sali gimnastycznej, oto idzie na czworakach, a za nią kuca jakiś podniecony satyr. Nie potrafił
zebrać myśli, nie wiedział, jakiej użyć aluzji, by wypytać
Mocka o uczestników orgii. Gorące szpilki kłuły go po skro-
niach. Oczywiście, mógł wypytać Mocka, kiedy ten będzie
wychodził albo przy jakiejś innej okazji – dziś, jutro lub
kiedykolwiek. Nie wytrzymam, myślał, jeśli tego nie uczy-
nię zaraz, teraz, już!

– Mam do pana pytanie, kapitanie – mówiąc to, generał
instynktownie zakrył prawą dłonią swoją ślubną obrączkę.
– Czy w orgii uczestniczyła siostra Rose Junggebauer?

Kraus spojrzał surowo na generała i – zobaczywszy jego
pomieszanie – dmuchnął z wściekłością dymem, strącając
z liści palmy obłok kurzu.

– Ależ skąd, panie generale – odpowiedział Mock bez
chwili wahania. – Takie cudowne zjawisko jak siostra
Rose?! W orgiach uczestniczą dziwki albo stare raszple...

– Idźmy dalej. – Von Rodewalda aż rozsadzała duma.
– Co dalej z tą orgią?

– Orgia się skończyła. – Mock zapalił nowego papierosa.
– Gnerlich dał wszystkim jakiś narkotyk, a sam wyszedł
z magazynku.

– Nie natknął się na podglądacza, czyli na pana kapitana? – Kraus za wszelką cenę próbował złapać Mocka na kłamstwie.

– Zdążyłem się ukryć...

– Gdzie?

– W sąsiednim pomieszczeniu.

– Co to za pomieszczenie?

– Szatnia męska i prysznice.

– Skąd pan wie, że akurat męska?

– Już panu mówiłem, panie SS-Sturmbannführer, że znam dobrze tę szkołę.

– Czy możemy kontynuować przesłuchanie w sprawie tej Hellner, czy będzie pan jeszcze wypytywał o działanie natrysków? – Von Rodewald zwrócił się do Krausa i widząc jego niechętne skinięcie głową, zadał następne pytanie: – Wszyscy wzięli jakieś narkotyki i co dalej?

– Usnęli. Wtedy ja... – Mock spojrzał nerwowo na Krausa. – Krępuję się... To sprawy bardzo intymne...

– Darujcie sobie relację o waszych zboczeniach. – Kraus wstał i zaczął chodzić po schronie. – Nie musimy tego słuchać...

– Dochodzimy do owych tortur – powiedział von Rodewald. – Mówcie, kapitanie Mock, co było dalej.

– Obudziłem Hellner i poszliśmy we dwoje do męskiej szatni. Tam położyłem ją na stercie materaców...

– Tak po prostu z panem poszła? – zdumiał się generał. – Znaliście się wcześniej?

– Tak – odparł kapitan. – Była moją długoletnią kochanką... Wątpi pan, generale, że moją oszpeconą twarzą mogą się interesować kobiety? Zapewniam pana, że nie twarz je interesuje...

– No tak – generał uśmiechnął się szeroko. – Chłop może nie mieć ręki ani nogi, byleby nie był kaleką...

– Mówcie, Mock, o szczurach! – wrzasnął Kraus.

– Kapitanie Mock – poprawił go von Rodewald. – Jakie szczury? Co znowu? Proszę natychmiast mi to wyjaśnić!

– W szatni była klatka ze szczurami – powiedział Mock.

– Waltraut lubi być straszona, lubi się bać... Więc ją trochę postraszyłem szczurami, ot i wszystko... To była nasza zabawa...

– Robi pan z nas idiotów, kapitanie? – Tym razem zareagował generał. – Skąd klatka ze szczurami w szatni gimnastycznej?

– Nie mam pojęcia, kto je łapał i po co, panie generale – odpowiedział Mock bez zająknięcia. – Ale wiem jedno. Nikt z personelu szpitalnego nie przyzna się do hodowania szczurów w szatni gimnastycznej. Jak panowie świetnie wiedzą, przepisy sanitarne i epidemiologiczne zabraniają hodowania wszelkich gryzoni.

– Ma pan jeszcze jakieś pytania, panie SS-Sturmbannführer? – von Rodewald zwrócił się do Krausa. – Bo ja nie. – Kraus milczał. – No to kończymy, panowie. Kapitanie, proszę nas zostawić samych! Zaraz podejmę decyzję w pańskiej sprawie.

– Mam jedno pytanie. – Kraus wydłubał zapałką resztki papierosa, które się przykleiły do cygarnicy. – Dlaczego pana nie było przez dwa dni w domu? Ukrywał się pan?

– Tak – odparł krótko Mock.

– Przed kim i dlaczego? – Von Rodewald był nieco poirytowany, że nie może zakończyć tej drażniącej go rozmowy.

– Przed komendantem Hansem Gnerlichem – odrzekł kapitan. – Waltraut Hellner jest jego kochanką i mógł być zazdrosny... Mógł się mścić... Wie pan, to chyba bardzo boli, gdy ukochana kobieta zdradza z takim pokraką jak ja... Poza tym z Gnerlichem mam od dawna na pieńku...

– Poruszył pan, kapitanie, dwa ciekawe wątki. – Kraus powoli wracał do równowagi. – Zacznę od pierwszego. Jak to, się mścić? Skąd komendant Gnerlich mógł wiedzieć, że jego kochanka zdradziła go, jak to pan ujął, z takim pokraką?

– Muszę się zastanowić przez chwilę, jak nie urazić surowych zasad moralnych pana SS-Sturmbannführera – powiedział Mock po chwili namysłu. – Ujmę to tak: komendant Gnerlich jest bardzo zazdrosny, a panna Hellner miała na ciele rozmaite ślady po naszej erotycznej zabawie... Komendant zna różne metody, które mogą zmusić człowieka do przyznania się do winy... Zresztą terminował przez kilka lat w gestapo u pana SS-Sturmbannführera Krausa... Prędzej czy później panna Hellner przyznałaby się do zdrady. Wtedy byłbym w bardzo niewesołej sytuacji. Wolałem się ukryć. A teraz drugi wątek, panie SS-Sturmbannführer...

– Proszę nie kierować tą rozmową, kapitanie. – Kraus założył ręce za plecy i znów rozpoczął spacer w ciasnym bunkrze. – To ja pana przesłuchuję, a nie odwrotnie. Dlaczego ma pan z Gnerlichem na pieńku?

– Bo odkryłem jego prawdziwe pochodzenie – wycedził Mock. – On jest Żydem i nazywał się kiedyś Bresler, które to nazwisko jest urobione od „Breslauer". To zaś jest typowym nazwiskiem żydowskim. Na wszystko mam dowody.

– No to chyba ma pan kolejną sprawę, panie SS-Sturmbannführer. Mamy Żyda w szeregach SS, i to wśród pana byłych współpracowników... Ładnie, ładnie... – powiedział von Rodewald.

– Zaraz, zaraz... – Gestapowiec nie ustępował. – Jakież to niby dowody?

– Podczas orgii widziałem jego przyrodzenie – Mock dalej cedził. – Jest obrzezany. Dowód jest zatem w jego spodniach. Poza tym mam wyciąg z Urzędu Stanu Cywilnego o zmianie nazwiska Bresler na Gnerlich.

Zapadła cisza. Kraus zagryzał wargi ze wściekłości, von Rodewald rozmyślał o wiernej i ślicznej pannie Junggebauer, a Mock szukał na szorstkich, szarych ścianach bunkra jakiegoś oparcia dla oczu.

– O tym, kto jest Żydem – Kraus mówił cicho, ale jego głos drżał od furii – decyduję w tym mieście ja, rozumiecie panowie, tylko ja!

– Dziękujemy panu, kapitanie Mock – powiedział znużony von Rodewald. – Chyba że pan SS-Sturmbannführer ma jeszcze jakieś pytania...

Kraus nawet nie raczył pokręcić głową. Generał dał znak Mockowi. Ten ukłonił się i wyszedł do sekretariatu, gdzie zasypiał nad kubkiem herbaty znużony nocnym życiem adiutant von Rodewalda.

– Nie widzę w Mocku ani choroby psychicznej – powiedział generał – ani żadnej innej winy. Przywracam go do czynnej służby. To skandal, że taki wnikliwy i inteligentny oficer tak długo pozostawał bez zadań.

– Poniesie pan odpowiedzialność za swoją decyzję. – Kraus podniósł się z fotela, oparł zaciśnięte pięści na blacie biurka i wpatrywał się w swojego rozmówcę wściekłym wzrokiem.

– Grozi mi pan? – Von Rodewald bez trudu wytrzymał jego wzrok. – Niech pan lepiej pomyśli o swoich zaniedbaniach... Nie wiem, czy szef gestapo w Breslau, SS-Obersturmbannführer Scharpwinkel, pochwaliłby pańskie butne zapewnienie „Kto jest Żydem, decyduję ja". Co wolno Führerowi, tego nie wolno Sturmbannführerowi... A o dalszych losach Mocka decyduję ja. I tylko ja!

Von Rodewald otworzył drzwi i wezwał Mocka. Ten stanął na baczność na środku pokoju.

– Oto moja decyzja – powiedział dobitnie generał. – Wraca pan do dawnych obowiązków. Proszę się jutro zameldować u mnie o ósmej rano. Dostanie pan nowy mundur.

Ten proszę zostawić u Mürtinga. Zostanie pan skoszarowany i oddany do mojej dyspozycji. Mürting! – krzyknął do adiutanta. – Proszę do mnie! Podyktuję ci pismo w sprawie kapitana Mocka. – Spojrzał na swoich rozmówców. – Żegnam panów!

Obaj wykonali przepisowe „heil Hitler!" i wyszli z kwatery von Rodewalda. Generał przez chwilę stukał ołówkiem o biurko, uśmiechając się szelmowsko. Nagle ołówek zamiast w blat stuknął w czoło generała. Von Rodewald wstał i rzucił się do pokoju adiutanta.

– Natychmiast wołać do mnie Mocka! – krzyknął. – Może jeszcze nie zdążył wyjść...

– Tak jest – mruknął zaspany Mürting, zakręcił korbą telefonu, a jego głos stał się potężny. – Wezwać kapitana Mocka! Generał von Rodewald chce się z nim widzieć! No to zatrzymać go na bramie! Wykonać!

Po chwili Mock zapukał do kwatery swojego szefa.

– Wejść! – krzyknął von Rodewald i widząc swojego podwładnego, uśmiechnął się filuternie. – Wie pan co? – Podszedł do Mocka i klepnął go przyjaźnie w ramię. – W pańskim wieku takie fiku-miku... Ho, ho, ho... No proszę... – zagwizdał.

– Jakoś nie chce mi się jeszcze umierać – Mock też się uśmiechnął.

– To dobrze, Mock – powiedział von Rodewald i plasnął w czoło otwartą dłonią. – Przez te pańskie opisy orgii zapomniałem o bardzo ważnej sprawie...

– Tak, słucham. – Mock wciąż się uśmiechał.

– Niech pan się już nie obawia Gnerlicha – powiedział generał. – Decyzją gauleitera Hankego obóz na Bergstrasse został wczoraj ewakuowany... Więźniowie cudzoziemscy są w Burgweide, nielicznych Niemców włączono do prac w twierdzy. Gnerlich przestał być komendantem i został dowódcą jednego z batalionów liniowych. Może się pan teraz spokojnie zająć swoją Hellner... O ile jej gdzieś nie odkomenderowano...

Wiceszef SS i policji uśmiechnął się łobuzersko i ze zdziwieniem obserwował, jak uśmiech znika z ust Eberharda Mocka.

Breslau, niedziela 8 kwietnia 1945 roku,
druga po południu

Mocka dręczyło sumienie i odbywał swoją podróż sentymentalną do kamienicy, w której kiedyś mieszkał. Wspinał się po schodach bardzo powoli, próbując każdym krokiem trwałości drewnianej konstrukcji. Kamienica przy Rehdigerplatz drżała od niedalekich eksplozyj, przez wybite okna na klatce schodowej wgryzał się kurz i wpadały placki sadzy. Schody trzeszczały jednakowo i niezmiennie – jak zawsze. Od dwudziestu czterech lat stopnie wydawały te same dźwięki, lecz dzisiaj wyczulona imaginacja Mocka odróżniała je precyzyjnie. Oficerki Mocka wybiły na najniższym stopniu dwusylabowe imię jego pierwszej żony. „Sophie" – zadźwięczał stopień. Mock przystanął i spojrzał na brudną ścianę. To do niej przyciskał niespełna dwadzieścia lat temu swoją przepiękną żonę, a ona obejmowała go w pasie udami. To wtedy jego sąsiad, adwokat doktor Fritz Patschkowsky, wychodząc na spacer ze swoim szpicem, spłoszył kochanków. Teraz działacz spod znaku „Rodła" Fryderyk Paczkowski powiększa w niebie zastęp Polaków, a żona Eberharda zyskuje w coraz brudniejszych łóżkach szlify weteranki.

Kolejny stopień wyskrzypiał nazwisko „Anwaldt". W pustej rurze klatki schodowej rozległo się rzężenie pijanego policjanta Herberta Anwaldta, który opierał się na ramieniu starszego przyjaciela. W przeciągu studni schodów wzmagał się bełkot młodego berlińczyka, którego pięćdziesięcioletni Mock wlókł po schodach. Anwaldt przebywa w szpitalu psychiatrycznym w Dreźnie, a ramię, na którym się wtedy – w lipcu 1934 roku – wspierał, teraz było przestrzelone i pulsowało bólem. Następne stopnie stukały jednostajnie „Karen, Karen". Mock znów przystanął, ponieważ nie mógł znieść tego dźwięku. Aby zwiększyć dawkę cierpienia, przywoływał sceny pocałunków na półpiętrze, kiedy wracali z niedzielnych spacerów, drażnił swój mózg widokiem jej białego od księżyca ciała, które obejmował tak zachłannie, że prawie odbierał jej dech. A teraz Karen nie ma. Zaginęła lub zginęła, podobnie jak służąca Marta Goczoll. On sam jest przyczyną jej śmierci, ponieważ wzgardził jej pragnieniem bezpieczeństwa, ścigając uparcie zbrodniarza, aby go zabić. Zemsta go przerosła, zemsta nieudana, zemsta beznadziejna. Po trupie Karen wściekle i zapamiętale zmierzał ku zagładzie, straciwszy już wszystko, nawet cel swojej gonitwy. Nie ma Gnerlicha, nie ma obozu na Bergstrasse, nie ma celu, do którego powinien dążyć. Czuł się podle, ponieważ sądził, że jego rozpacz z powodu Karen jest zbyt płytka i nieautentyczna. Wiedział, skąd się bierze to destrukcyjne uczucie.

Kolejny stopień schodów też o tym wiedział, trzeszcząc trzysylabowo: „Gertruda, Gertruda". Hrabina von Mogmitz pokazywała mu drogę. Jej dobrowolne szlachetne poddanie się cierpieniu i jej godność – jeszcze mocniejsza przez to, że zbrukana – były dla niego światłem wśród ciemnych wątpliwości. Jakże musiał nienawidzić jej oprawca Bresler, który przyjął jej panieńskie nazwisko! Pewnie się w niej kiedyś kochał nieszczęśliwie i dziko, czego dowodem było naznaczenie się do końca życia, napiętnowanie się jej mianem – jak krwawym tatuażem. Potem ją upokarzał i gwałcił, lecz nie mógł upokorzyć jej wzniosłego ducha. Ona była światłem. Mock przywoływał wciąż cierpienie, aby nie poddać się myślom o Gertrudzie. To przez ciebie, mówił do niej w myślach, zostawiłem Karen, to twoja wina, że dałem się ponieść jakimś mrzonkom o błogosławieństwach i ocaleniu. Karen, Karen, powtarzał, chcąc zagłuszyć trzysylabowe trzaskanie schodów, może Karen jest w ich dawnym mieszkaniu? Nikogo nie było oprócz gołębi, które uwiły sobie gniazdo w sienniku.

Mock porzucił swe dawne, puste teraz mieszkanie i powlókł się noga za nogą do swojego nowego mieszkania na Zwingerplatz. Nie reagował na ryk torped, które startowały z wózków ustawionych na Rehdigerplatz, ani na trzask pancerfaustów. Obojętnie kroczył po Augustastrasse, nie przejmując się wcale kulami rosyjskich strzelców wyborowych. Z całkowitym spokojem wszedł w piwnice, którymi udał się do centrum miasta – do swojego nowego mieszkania. Może tam będzie Karen?

Za pół godziny Mock otworzył drzwi kluczem i wszedł do wyziębionego mieszkania. Karen nie było. Był za to ktoś całkiem inny.

Breslau, niedziela 8 kwietnia 1945 roku,
dwadzieścia minut na trzecią po południu

Pierwszy cios rzucił Mockiem o ścianę. Poczuł silne pieczenie na policzku i ciepły wysięk na górnej wardze. Upadając pod lustro, schował głowę w ramiona i zamknął oczy. Kamienica zadrżała w posadach. Ze ściany zsunęło się lustro, uderzyło o podłogę i pękło na pół. Kolejny cios nadszedł z góry. Mock miał wrażenie, że został uderzony hakiem. Jakiś metalowy czub przebił filcowy kapelusz i zanurzył się w naskórku ciemienia Mocka. Ktoś chwycił go za kołnierz płaszcza i wlókł do jego gabinetu. Ponieważ płaszcz przy tym naciągnięto mu na głowę, Mock niczego nie widział. Strzygł oczami na boki, ale – ku swojemu przerażeniu – zobaczył jedynie plamę krwi rozlewającą się na aksamitnych wyłogach kołnierza. Po chwili poczuł na policzku chłód parkietu. Był w gabinecie. Po jego nerkach i żebrach zadudniły buty. Za oknem wybuch wstrząsnął drzewami na skwerze. Do uszu Mocka dotarły suche trzaski spadających gałęzi. Usłyszał również pisk butów na parkiecie. Ciosy obracały go na wszystkie strony. Leżąc na brzuchu, wzniósł oczy i zobaczył swoich oprawców. Waltraut Hellner podniosła pogrzebacz, Hans Gnerlich naciągnął płaszcz na ramiona Mocka, unieruchamiając go w tym kaftanie bezpieczeństwa. Obydwoje byli ubrani w polowe panterki Waffen SS. Okienna rama wykrzywiła się w romb i wysypała z siebie okruchy szkła wprost na głowę Mocka. Ktoś zdarł mu maskę, a potem wcisnął jego twarz w szkło. Kapitan zacisnął powieki. Kilka szklanych okruchów wciągnął wraz z oddechem do nosa. Rozerwana śluzówka zareagowała krwawym katarem, który bezlitośnie barwił teraz garnitur i koszulę.

Coś go zdziwiło – w gabinecie panowało ciepło. Przewrócił się na bok i skamieniał ze zgrozy. Waltraut Hellner rozgrzewała w piecu pogrzebacz. Ogień lizał obwolutę siedemnastowiecznego dzieła *Młot na czarownice* i trzaskał spośród żółtych kart osiemnastowiecznego wydania *Makbeta*.

Gnerlich chwycił Mocka za ramiona i posadził na krześle. Następnie uczynił z marynarką to samo, co wcześniej z płaszczem – zablokował nią związanego jeszcze ściślej. Potem szarpnął za koszulę i rozdarł ją na piersi, na wysokości rany postrzałowej. Hellner wyciągnęła z pieca rozpalony do czerwoności pogrzebacz i przesunęła nim przed twarzą Mocka. Kratery jego twarzy, którymi płynęły teraz małe strumyki krwi zmieszanej z potem, zareagowały gwałtownie. Delikatna różowa błona poruszyła się jak membrana głośnika.

– Czego chcecie? – wyszeptał Mock.

– Doświadczyć cię – powiedziała Hellner i dotknęła rozpalonym prętem twarzy Mocka.

Swąd palonej skóry przypomniał Mockowi o bombardowaniu Hamburga i Drezna. Ból rozlał się w stronę nosa i oka. Mockowi zdawało się, że rozkruszają się chrząstki nosowe, a oko zostaje wysadzone z oczodołu. Wiatr wdarł się przez rozbite okno gabinetu i zaszeleścił rozrzuconymi po podłodze książkami. Paroksyzm bólu wdarł się w spojenia kości czaszki i szarpnął szczękami Mocka. Podmuch uniósł lotne kulki kurzu. Zazgrzytał zębami i zamknął oczy. W poszarpane otwory po szybach wdarł się czarny, tłusty dym. Płyty kostne czerepu Mocka poprzedzielane były płonącymi ogniskami.

– Masz teraz na mordzie wypalony znak zapytania – uśmiechnęła się Hellner. – To znamię pasuje do ciebie. Przecież jesteś śledczy. Ciągle o coś pytasz. Chcesz zobaczyć, jak to jest wziąć kogoś na tortury?

Mock widział rozpalony pogrzebacz zbliżający się do rany postrzałowej. Świetlisty pomarańczowy czubek dotknął opatrunku i nad ramieniem Mocka wzniósł się niebieskawy dymek. Potem już nie było dymu, nie było swędu, nie było gabinetu, rozbitych okien i płonących starodruków. Nawet Rosjanie przestali bombardować Breslau. Potem była już tylko głucha i pusta studnia bólu.

Breslau, niedziela 8 kwietnia 1945 roku,
wpół do trzeciej

Twarz owionął mu lodowaty podmuch wiatru. Jego szyja leżała na parapecie kuchennym. Za okno wystawała tylko głowa. Poruszył nią i zobaczył dłoń ozdobioną pierścionkiem. Dłoń dzierżyła kankę na mleko. Z kanki zamiast mleka wylewały się strugi zimnej wody. Rzadkie siwe włosy Mocka zlepiały się w mokre pasma. Szarpnął całym ciałem. Nie mógł się ruszyć. Ktoś go całym ciężarem przyciskał do parapetu.

– Ocknął się. – Usłyszał głos Gnerlicha, a potem poczuł na karku jego ciężką rękę.

Upadł bezwładnie na czarno-białe kafelki podłogi. Kilka mocnych kopnięć rozłożyło go w kuchni na płask. Skóra twarzy kurczyła się mimowolnie. Z rany postrzałowej, rozerwanej pogrzebaczem, wypływała limfa. Nie mógł się już bronić przed powietrzem, które nagromadziło się w płucach. Zaczął jęczeć. Kanały łzowe wezbrały słoną cieczą. Mock rozpłakał się z bólu.

– No proszę, jakie słodkie bobo. – Waltraut Hellner pochyliła się nad Mockiem. – Popłakało się bobo? Nie szkodzi... Zaraz osuszymy łezki... Przysypiemy je czymś...

Hellner stanęła w rozkroku nad twarzą torturowanego. Wciąż się uśmiechała. W dłoni trzymała jakiś mały, połyskliwy szklany przedmiot. Z chrzęstem odkręciła dekielek. Potem uklękła i unieruchomiła głowę Mocka między kolanami, obdarzając jego pokaleczone nozdrza wonią swoich pachwin. Nie mógł się ruszyć. Zrozumiał, że usiadł na nim Gnerlich. Cierpię dla ciebie, Karen, myślał, Bóg mnie ukarał za cierpienie, jakie ci zadałem, błagam Cię, Boże, ześlij na mnie jeszcze większy ból, niech odkupię swoją winę wobec Karen, niech cierpię tak jak Gertruda...

Hellner oparła kciuk na oczodole leżącego i nie pozwoliła mu zamknąć lewego oka. Potem sypnęła solą w otwarte oko i w wypalone znamię. Krzyk Mocka był krzykiem dziękczynienia. Bóg go wysłuchał.

Breslau, niedziela 8 kwietnia 1945 roku,
trzecia po południu

Mock obudził się w lodowatej wodzie. Na brzegu wanny siedziała Waltraut Hellner i burzyła wysmukłymi palcami powierzchnię wody. Gnerlich stał nieco dalej i przyglądał się obojętnie całej scenie.

– Och, jaki miły widok – powiedział Gnerlich. – Starszy pan w wannie, a obok niego jego opiekunka, pielęgniarka, anioł miłosierdzia...

– Nie jestem pielęgniarką tego starucha, Hans – warknęła Hellner. – I nigdy nie będę. Mogę mu jedynie zamknąć oczy po raz ostatni. – Po chwili jej usta rozciągnęły się w słodkim uśmiechu. – I co, bobasie, chcesz kąpiel z pianką? – mówiąc to, wysypała do wanny szufelkę jakiegoś proszku.

Mock z przerażeniem zauważył leżącą obok wielką puszkę ługu, używanego przez służącą Martę do czyszczenia urządzeń sanitarnych. Spojrzał na wodę w wannie i czekał na pieczenie ciała. Na razie nie czuł niczego oprócz dreszczy zimna i obrzydzenia na widok swego pomarszczonego przyrodzenia.

– Czego ode mnie chcesz? – zapytał strażniczki. – Powiem wszystko i jeszcze będę żałował, że tak mało wiem...

– Patrz, Hans, na tego starucha. – Hellner spojrzała na Gnerlicha. – Wciąż gada i gada... I jeszcze jaki dowcipny... Zaraz zepsujemy mu nastrój. – Znów spojrzała na Mocka. – Za mało pianki w kąpieli, bobasie?

- Nie, nie! - wrzasnął Mock. - Jest tyle, ile trzeba!

- Wszystko mi zaraz powiesz - warknęła grubym, męskim głosem. - Tak jak ja ci wszystko powiedziałam, wtedy przy szczurach...

- Co to znaczy wszystko? - Gnerlich pociągnął Hellner za włosy, zmuszając ją, aby na niego spojrzała. - Co mu powiedziałaś, Trauti? Czy o tym też?

W łazience zaległa cisza, przerywana jedynie monotonnym kapaniem wody do wanny i świstem „organów Stalina" za oknami. Gnerlich, trzymając ją wciąż za włosy, oparł się o ścianę w pozie dandysa, a Hellner wpatrywała się w niego z niepokojem.

- Tak, Hans - teraz głos strażniczki był pełen bólu - o tym też... Zmusił mnie, przykładał mi szczury... Ale przecież z nim kończymy... On już nic nikomu nie powie...

- Ale najpierw nam wszystko powie, prawda, Trauti? - Gnerlich pogłaskał ją po głowie. - Komu i co na mnie naszczekał...

- Słyszałeś, skurwysynu? - warknęła Hellner do Mocka i ku jego przerażeniu uniosła do góry puszkę. - Twoja służąca zgromadziła trochę ługu... Zapobiegliwa kobieta... Mów, komu i co powiedziałeś o komendancie!

- Powiedziałem von Rodewaldowi, zastępcy szefa SS i policji w Breslau, i Krausowi z RuSHA, że jest pan Żydem. - Mock poczuł teraz lekkie pieczenie skóry i spojrzał na swoje ciało: było zaczerwienione, a z rany postrzałowej wypływały nitki krwi, które wiły się i rozpuszczały w brudnej wodzie. - A dowodem jest pańskie obrzezanie...

Gnerlich uśmiechnął się, lecz pod skórą coś się na jego twarzy poruszyło. Węzły mięśni zadrżały, opięte natychmiast czerwieniejącą gwałtownie skórą. Wyjął ręce z kieszeni i podniósł je do oczu. Patrzył uważnie, jak zaciskają się pięści i jak bieleją kostki dłoni.

– Nie jestem Żydem, Mock – powiedział cicho. – Pochodzę z rzymskokatolickiej rodziny – jeszcze bardziej ściszył głos. – O przeklętym nazwisku Bresler... A to moje obrzezanie miało charakter zdrowotny, a nie rytualny... Miałem stulejkę, rozumiecie!!!

– Tak, wiem o tym, Hans – Hellner była przerażona. – I na pewno się łatwo obronisz przed zarzutami...

– Gdyby nie ty, stara kurwo – głos Breslera znów opadł – toby nie było żadnych zarzutów.

Hellner gwałtownie wstała. Wielka puszka z ługiem wpadła do wody. Mock, widząc to, usiłował wyleźć z wanny. Hellner rzuciła się na niego z pazurami. Huk wystrzału wstrząsnął łazienką, a kula, miotana rykoszetem, rozbiła kafelek z niebieskim wędrowcem maszerującym w sobie tylko wiadomym kierunku. Nad głową Hellner pojawiła się różowa mgła. Kiedy rzucała się na Mocka, w jej oczach malowało się bezbrzeżne zdumienie. Całym ciężarem runęła na niego i znaleźli się razem w wannie. Spośród jej skołtunionych włosów wypływała ciemna krew w regularnych pulsacjach. Mock szybko wydostał się z wanny i wyjąc z bólu, przesunął dźwignię prysznica. Lał po sobie zimną wodę, a mokre siwe włosy na jego ciele układały się smugami jak wodorosty. W ługowej kąpieli ciało Hellner podrygiwało w agonii. W łazience rozeszła się woń spalenizny.

Gnerlich obojętnie obserwował Mocka i zupełnie się nie przejmował strumieniami wody, które pryskały po łazience, mocząc również jego świeżo odprasowane spodnie. Mock wyłączył prysznic i wyczołgał się z łazienki. Jego mokre czerwone ciało owiały podmuchy zimnego przeciągu. Gnerlich wyszedł również i nadepnął Mockowi na kark. Kapitan leżał rozpłaszczony na brudnych kamiennych płytkach i zaczął bezgłośnie prosić o miłosierną kulę.

– Nie zabiję cię, Mock – powiedział Gnerlich, jakby czytając w jego myślach. – Przecież wciąż musisz mnie ścigać... Wciąż musisz łaknąć sprawiedliwości... Znikam, ale ty mnie ścigaj. Przecież jeśli nie tropisz ludzi, nie istniejesz.

Breslau, niedziela 8 kwietnia 1945 roku,
piąta po południu

Mock siedział w kuchni i zanurzał co chwila poparzoną twarz w zlewie wypełnionym zimną wodą z octem. Drżał od chłodu, chociaż rozpalił pod kuchnią i ubrał się ciepło w kilka warstw czystej bielizny. Okrycie wierzchnie miał w fatalnym stanie: jasny płaszcz z wielbłądziej wełny był zbryzgany krwią, podobnie jak kołnierz i klapy brązowej marynarki, a rozdarta prawie na pół koszula wisiała na zaciśniętym węźle krawata.

Mock kolejny raz włożył policzek do zimnej wody. Jego ucho wyłapywało pod powierzchnią jakieś odległe dźwięki: eksplozje, drżenia, regularne dudnienia – jakby ktoś uderzał w rury. Ból poparzonej twarzy ustawał, by znowu powrócić, kiedy wynurzał głowę z lodowatej wody. Wtedy też niecała woda wylewała się z uszu i tworzyła filtr, który wytłumiał zewnętrzne odgłosy, odgradzając Mocka od świata płonącego Breslau.

Nie słyszał zatem ani szczęknięcia zamka w drzwiach, ani lekkich kroków w przedpokoju. Znów zanurzył twarz w wodzie. Tym razem jedno i drugie oko znalazło się pod wodą. Przez przejrzystą, drgającą i zniekształcającą warstwę płynu zauważył, że lampa naftowa w kuchni gaśnie, a potem znowu płonie dawnym blaskiem. Trzymając wciąż głowę w wodzie, zrozumiał, dlaczego tak się dzieje. Jakaś postać przesłaniała lampę, a potem, odchylając się, znów pozwalała jej rozświetlać całe pomieszczenie. To na pewno

Karen... przyszła, powiedział do siebie, wywołując bulgot w zlewie, albo nie, to na pewno uwolniona hrabina.

Mock gwałtownie wyciągnął głowę z wody, a jego włosy chlapnęły po ścianie cienkimi strużkami. W kuchni była jeszcze jedna osoba. Nie była to ani jego żona, ani Gertrud von Mogmitz. Profesor Rudolf Brendel był reprezentantem innej płci.

– Wiara pana wybawiła, drogi kapitanie – powiedział profesor, patrząc ze łzami w oczach na Mocka. – Ocalał pan z Festung Breslau.

– Nie rozumiem, profesorze. – Mock ocierał dłonią twarz, unikając kontaktu z wypalonym znakiem zapytania.

– Chodźmy, szybko! – Brendel objął Mocka wpół i zaczął podnosić go do góry.

– Nigdzie nie idę. – Mock odepchnął ręce profesora i usiadł ciężko na krześle. – Teraz wszystko mi pan wytłumaczy albo nie rozmawiam z panem w ogóle...

– Tutaj jest nieprzyjemna woń. – Profesor pociągnął nosem. – Jakby jakaś dama przypaliła sobie włosy żelazkiem...

– Ta dama jest w łazience... A zresztą nieważne... Zapalimy sobie, co? – powiedział spokojnie Mock. – I zabijemy tę woń... Ale nie mam już papierosów...

Profesor sięgnął do kieszeni płaszcza i w jego ręku znalazła się miękka paczka prawdziwych lucky strike'ów. Zapalniczka Brendla, przystawiona do papierosa Mocka, owiała jego skórę gorącem. Kapitan odłożył papierosa na stół.

– Nie palę – mruknął.

– Widzę, że ostatnio wiele pan przeżył – rzekł Brendel z troską w głosie. – Ale nie będę o nic wypytywał. Teraz co innego stało się ważniejsze. Jest pan jednym z czterech ocalonych z Breslau.

Mock spojrzał na Brendla obojętnie. Ten uśmiechał się triumfalnie, tajemniczo i szeroko. Zacierał dłonie i obcasami wystukiwał na deskach podłogi jakiś powolny, majestatyczny rytm, w którym Mock – interpretujący dzisiaj różne dźwięki desek – słyszał trąby pogrzebowego marsza.

– Jak pan na pewno wie – Brendel zaciągnął się głęboko papierosem – mój ojciec, Rudolf Brendel senior, jest fizykiem i twórcą pocisku z rdzeniem uranowym...

– Tak, wiem – Mock przerwał rozmyślania o cierpieniu i zainteresował się wyraźnie. – I co z tego?

– Niech pan słucha dalej. – Filozof zgniótł niedopałek i pocierał dłonią zarośnięty policzek. – Mój ojciec zorganizował dla mnie pomoc. Dziś rano do nadbrzeża przy politechnice przypłynęły ze Stettina dwie miniaturowe łodzie podwodne typu „Seehund". Załoga każdej z nich składa się tylko z jednego człowieka... Oprócz niego w łodzi mogą się pomieścić dwie osoby. Ojciec wysłał te łodzie po mnie i moją rodzinę...

– A pan ma jakąś rodzinę? – Mock przestał odczuwać ból w policzku i przypłynęła doń nadzieja. – O ile wiem, to pańska żona i matka zginęły, prawda?

– Taka była wola Najwyższego – powiedział Brendel smutnym głosem. – Mam zatem cztery miejsca dla czterech sprawiedliwych z Breslau...

– Jak to, cztery? – Mock uruchomił liczydło w głowie, ale ono zacinało się ciągle. Piekła go podrażniona ługiem skóra, kurczyły się boleśnie brzegi rany zadanej pogrzebaczem. – Nie mogę się doliczyć...

– Dwie trzyosobowe łodzie – profesor tłumaczył cierpliwie – to sześć miejsc, tak?

– Tak.

– Dobrze. Są dwaj marynarze. Jeden kieruje jedną łodzią, drugi – drugą. Ile jest zatem wolnych miejsc w każdej łodzi?

– Po dwa miejsca – odpowiedział po chwili Mock, a jego zmarszczone brwi sugerowały, że odpowiedź ta sprawiła mu taki kłopot, jakby rozwiązywał skomplikowane równanie trygonometryczne.

– W pierwszej łodzi – krzyknął Brendel – odpłynę ja z hrabiną von Mogmitz. Widzi pan, kobieta, która wypełnia dziewięć błogosławieństw, ocaleje. A zatem w pierwszej łodzi ja z nią, a w drugiej pan... Ale z kim? Kto jest jeszcze wart uratowania z tego piekła?

– Zaraz, zaraz... – Mock zacisnął powieki i poczuł pod nimi palące ziarenka soli. – O czym pan mówi? Gdzie ona jest?

– Jest u mnie, w moim mieszkaniu. – Z oczu profesora spadły binokle i zachybotały na łańcuszku. – Wczoraj zlikwidowano obóz na Bergstrasse, Gnerlich trafił na front, a większość więźniów ewakuowano do Burgweide... Kryminaliści zgłosili się na ochotnika do pułku SS-Besslein... Hrabina od wczoraj jest u mnie... A teraz niech pan się skupi, kapitanie, dzisiaj, najdalej za dwie godziny, musimy stąd odpłynąć... Los czwartego sprawiedliwego jest w pańskich rękach...

Mock zanurzył głowę w zlewie aż po szyję i poruszył kilkakrotnie powiekami. Wraz z resztkami soli, które wymywał spod powiek, opuszczały go złogi i toksyny ponurych myśli. Wśród bąbelków, które wypuszczał, widział dwie postaci: swoją żonę Karen, której marzeniem było opuszczenie tego miasta, i jeszcze jedną osobę, której to było całkowicie obojętne. Wyjął głowę ze zlewu i spojrzał przez płynne soczewki wody na profesora Brendla.

– Moja żona zaginęła – powiedział wolno. – Ale znam kogoś, kto jest wart opuszczenia Breslau.

– No to idziemy! Szybko!

– I co ciekawsze, pan też go zna... – powiedział Mock, lecz profesor już tego nie słyszał.

Breslau, niedziela 8 kwietnia 1945 roku,
szósta po południu

Zapadał zmierzch. Robert Kutzner, dowódca brygady robotniczej budującej barykady na Schwertstrasse, dał sygnał do zakończenia pracy. Jego ludzie odkładali łopaty i kilofy, a potem przysiadali na skrzynkach i deskach opartych o kamienie, aby wypalić papierosa na rozchodne. Weterani okaleczeni na wojnie, starzy mężczyźni niezdolni już do noszenia broni oraz młodzi chłopcy wygrażający pięściami rosyjskim samolotom sięgali do kieszeni i wyciągali stamtąd pogniecione papierosy lub kulki tytoniu owinięte obierkami z jabłek. Zaciągali się chciwie, śliniąc nieelegancko ustniki, i co chwila kierowali pogardliwy wzrok ku staremu profesorowi, który nie pracował wraz z nimi, nie witał się z nimi ani nie rozmawiał, tylko siedział na gruzach po dziesięć godzin dziennie i zasmarowywał kolejne kartki ołówkiem. Czynił to z takim napięciem i tak gorączkowo, jakby zaraz miała go trafić rosyjska bomba i rozdmuchać na cztery strony świata jego gryzmoły.

Profesor Knopp nie przejmował się zbytnio wrogimi spojrzeniami kolegów z Volkssturmu i ostrzył kolejny ołówek. Podczas tej czynności zastanawiał się nad pewnymi niedoskonałościami tradycyjnych koncepcji teodycei. Wczoraj już się uporał z teorią Leibniza, rzucając w myślach gromy na wyznawcę optymizmu, ulubieńca książąt i księżniczek, siedemnastowiecznego człowieka sukcesu, który nie widział nigdy rozpadu wartości przy łóżku umierającego dziecka. Dzisiaj pasja polemiczna Knoppa przybierała postać kunsztownych, długich i rozczłonkowanych zdań, którymi miotał w Leibniza z taką siłą, z jaką wczoraj spadały bomby na Breslau. Właśnie wynajdywał antynomie w koncepcji cierpienia jako mniejszego dobra, kiedy do jego uszu doszedł warkot silnika, a jego oczom przedstawił się widok dwóch mężczyzn zsiadających z motocykla z bocznym wózkiem. Obaj ruszyli w jego stronę, co go trochę zaniepokoiło.

– Dobry wieczór, panie profesorze – powiedział niższy z nich znajomym głosem.

– Dobry wieczór – odrzekł profesor, przyglądając się dwóm cywilom i wytężając swoją fotograficzną pamięć. Nie odmówiła mu ona posłuszeństwa. Przed nim stał starszy człowiek w masce na twarzy, z którym kilka dni temu rozmawiał o swojej koncepcji dziewięciu błogosławieństw. Nosił jakieś krótkie nazwisko na „M". Drugi mężczyzna stał nieco z boku i nie odzywał się ani słowem. Jego twarz ukryta była za motocyklowymi goglami, a głowę opinała za mała czapka pilotka.

– Pan pozwoli, panie profesorze – niższy mężczyzna zdjął kapelusz, w którym ziała wyszarpana czymś dziura – że przedstawię panu profesora filozofii Rudolfa Brendla.

Przedstawiani sobie mężczyźni wyciągnęli prawice. Człowiek w masce kontynuował:

– Ta prezentacja jest chyba niepotrzebna. Panowie się świetnie znają...

– Czyżby? – zapytał profesor i przyjrzał się uważnie kierowcy motocykla.

– Miałem już zaszczyt poznać pana profesora z jego prac, a zwłaszcza z doskonałego artykułu w „Wörter und Sachen" na temat symboliki zwierząt. – Kierowca zdjął czapkę i gogle, po czym przyklepał swoje niezbyt gęste włosy. – Ale dopiero teraz mam honor poznać pana osobiście.

– Naprawdę? Panowie się nie znają? – zapytał „ten-na-M".

– Musieli się panowie już poznać!

Mężczyźni przyglądali się sobie uważnie i kręcili przecząco głowami.

– Nie, nie znam pana profesora – powiedział Knopp.

– Wiem z całą pewnością, że nigdy nie spotkałem osobiście profesora Knoppa – powiedział przedstawiony. – Takie spotkanie zapamiętałbym do końca życia...

– Niemożliwe – głos człowieka w masce zadrżał z emo-
cji. – Panowie się już poznali...

– A to niby kiedy? – Knopp się zirytował.

Człowiek „na M" stał jak skamieniały. Gwałtownym ruchem ściągnął maskę z twarzy. Na jego policzku wypalony
był jakiś znak, który Knoppowi przypominał starogrecką
literę „koppa". Kratery i poparzenia spływały potem.

– Już mówię – sapnął poparzony. – Kiedy byłem u pana
profesora, tutaj na gruzach, ponad tydzień temu, mówił mi
pan, że pańską koncepcją dziewięciu błogosławieństw interesowała się jakaś kobieta. Przychodził do pana profesora
jej wysłannik, który przynosił kartki z jej pytaniami... Czy
tak właśnie było?

– Nie zmyśliłem tego, mój drogi panie! – gniewnie prych-
nął profesor Knopp, przypominając sobie, że jego rozmówca miał stopień kapitana.

– Dobrze – kontynuował kapitan. – Ja zapytałem wtedy
pana profesora, czy człowiek ten nazywał się Brendel,
a pan to potwierdził, przyznaję, po dłuższym zastanowie-
niu, ale jednak pan potwierdził... A oto właśnie stoi przed
panem Brendel, a pan mówi, że nigdy go nie widział...

– Czy ja jestem o coś oskarżony, kapitanie? – Profesor
Knopp wstał i wziął się pod boki. – Kim pan właściwie jest,
że bierze mnie pan w jakiś krzyżowy ogień pytań?

– Ależ nie, drogi profesorze – wtrącił się profesor Brendel. – Nie jest pan o nic oskarżony... Przyszliśmy tutaj, aby
pana uratować... Mock – zwrócił się do kapitana – o co
panu właściwie chodzi? Miał pan wskazać człowieka, który
jest wart opuszczenia tej przeklętej twierdzy... Nawet w naj-
śmielszych marzeniach nie sądziłem, że może chodzić

o profesora Knoppa... A kiedy już przyjeżdżamy po profesora, to pan się bawi w jakieś przesłuchanie!

– Przepraszam – powiedział Mock i wystawił swe popalone oblicze na podmuchy dymu unoszącego się z gruzów. Dym ten niósł ze sobą smród i sadzę, ale Mockowi było to obojętne. Byle tylko coś dmuchało w poparzoną twarz, pomyślał. – Miałem dziś wypadek – powiedział wolno. – I jestem trochę rozstrojony. Ale do rzeczy. – Potrząsnął głową. – Panowie się nie poznają, czyli musiała zajść jakaś pomyłka... Pamiętam, że pan profesor Knopp przekręcił raz czy dwa moje nazwisko... – I tu zwrócił się do teologa: – Proszę mi wybaczyć to pytanie... Ale... Czy panu profesorowi nie mylą się czasami nazwiska?

– Owszem – mruknął udobruchany Knopp. – Mylą mi się nazwiska... Ale, podkreślam, wyłącznie nowożytne. Nigdy mi się nie pomylił Meliton z Sardes z Romanem Melodosem!

– Czyli istnieje możliwość – ciągnął Mock – że ten wysłannik kobiety zainteresowanej dziewięcioma błogosławieństwami nazywał się inaczej, nie „Brendel"? Czy mógł pan w rozmowie ze mną przekręcić jego nazwisko?

– Tak, to możliwe.

– Może było ono podobne do „Brendel"?

– Pewnie podobne. Myli się to, co jest podobne.

– A teraz mam do pana ogromną prośbę, profesorze – powiedział wolno Mock. – Proszę się skoncentrować...

– Ja zawsze jestem skoncentrowany, mój panie. – Knopp znów się nastroszył.

– Może ten człowiek nazywał się Bresler? – Mock wypowiedział to nienaturalnym, suchym głosem.

– Bresler? – przerwał profesor Brendel. – Tak się kiedyś nazywał Gnerlich!

– Dlaczego pan mi o tym nie powiedział? – Przez twarz Mocka przebiegały skurcze bólu.

– Nie wiem dlaczego... Czy to ważne? – Brendel wzniósł oczy ku górze, by pokazać, jak wielką ma w sobie cnotę cierpliwości.

– A dajcie wy mi wszyscy święty spokój! – wrzasnął profesor Knopp. – Obaj zwariowaliście! Jeden mnie wypytuje jak na policyjnym przesłuchaniu, a drugi bredzi coś o ocaleniu... Mam was wszystkich – i tu padło zgoła nieprofesorskie słowo – głęboko w dupie!

Teolog wrzucił swoje materiały do pudła, a pudło wsunął pod pachę. Potykając się, ruszył przez ruiny, a z jego ust padały dalsze nieprofesorskie soczyste frazy.

– Proszę poczekać, panie profesorze! – Mock chwycił go za rękaw. – Jeszcze jedno pytanie. Kiedy przychodził do pana ten wysłannik od kobiety?

– Kilka miesięcy temu... – odparł Knopp, zaskoczony mocnym chwytem Mocka. – Jeszcze leżał śnieg...

– Od kiedy Gertruda von Mogmitz przebywała w obozie na Bergstrasse? – z tym pytaniem Mock zwrócił się do Brendla.

– Od listopada ubiegłego roku.

– Jeszcze jedno pytanie, profesorze Knopp. – Mock nie puszczał rękawa jego jesionki.

– Miało być jedno. – Teolog, wyraźnie zdenerwowany mocnym uchwytem Mocka, uderzył go delikatnie po dłoni.

Kapitan posłusznie puścił rękaw profesora Knoppa i zaczął przeszukiwać kieszenie. Po dłuższej chwili w jego dłoni znalazło się przedarte na pół zdjęcie.

– Czy to ten? – zapytał Mock.

– Tak, to ten do mnie przychodził – odparł profesor Knopp, widząc dumną twarz Gnerlicha. – To ten bydlak. – I znów padł wyraz niemający wiele wspólnego z uniwersytecką aulą.

Knopp spojrzał przeciągle na Brendla.

– No co, profesorze, z tym ocaleniem z Breslau? – zapytał pogardliwie. – Już ocalałem czy za chwilę ocaleję?

– Pańska wiedza pana ocaliła – powiedział cicho Brendel.

Zadrżała ziemia, między ruinami pojawiły się języki ognia. Pełzały jak lawa. Sto metrów od nich uderzył w niebo słup dymu. Pochylili głowy. Okruchy gruzu zastukały po ceratowym płaszczu Brendla.

– Tędy – krzyknął Brendel i wszyscy trzej potruchtali wśród ruin w stronę motocykla. Mock trzymał pod pachą kartonowe pudło z notatkami profesora. W tym uchwycie była jakaś pieszczota – jakby w pudle znajdowały się nie materiały o Melitonie z Sardes, lecz relikwie świętych.

Breslau, niedziela 8 kwietnia 1945 roku,
ósma wieczór

Mock nie wypuszczał pudła z rąk, nawet kiedy weszli do mieszkania profesora Brendla na Borsigstrasse. Ściskał je mocno, także w profesorskiej toalecie. Gdy przerażony filozof miotał się po pustym mieszkaniu i płakał z powodu nieobecności hrabiny von Mogmitz, Mock przyciskał pudło do piersi, zadziwiając teologa swoim uwielbieniem dla Melitona z Sardes. Dopiero kiedy profesor Brendel znalazł kartkę od hrabiny z informacją, że wszyscy udali się na nadbrzeże przy politechnice, Knopp stanowczo wyrwał pudło Mockowi i poniósł je sam pod pachą.

Przystań przy politechnice była niegdyś celem niedzielnych wycieczek mieszkańców Breslau. Tutaj wiosną, latem i wczesną jesienią kawiarnia „Villa Josephsburg" zapraszała na wielki taras, wiszący nad leniwymi wodami Odry. Kupcy, rzemieślnicy, arystokraci i kirasjerzy siadali pod kraciastymi parasolami i raczyli się struclami makowymi i kawą z palarni Emmerichera. Damy wyciągały papierosy, wkładały je do długich cygarniczek, a dżentelmeni doskakiwali z płonącymi zapałkami. Potem przystań przejął Narodowosocjalistyczny Związek Studentów i tutaj dzielne dzieci Führera zaprawiały w zawodach wioślarskich swe stalowe mięśnie. Teraz nie było smug wonnego dymu ani spojrzeń iskrzących flirtem. Nie było również zawołań „ahoj", wydobywających się z dzielnych młodych gardeł. Pod złamanym parasolem, prawie w zupełnej ciemności, siedziały trzy postaci, zwieszając głowy nad wielką walizką z błyszczącymi okuciami. Scena, którą Mock ujrzał, była odwzorowaniem dawnych czasów, ale smutnym i nieudolnym, była parodią świetności tego lokalu. Oto, tak jak niegdyś, dwaj żołnierze rzucali się z gazowymi zapalniczkami w stronę damy. Oprócz tego wszystko było inne: wynędzniała dama ubrana była w poszarpany płaszczyk i wytarty kapelusz, a dwaj wojskowi nie mieli na sobie mundurów galowych, lecz pomazane smarem mundury polowe. Nikt nie podawał lodów, a po drugiej stronie rzeki nie rozsypywały się na niebie sztuczne ognie, lecz wznosiły się płomienie wybuchów. Do przystani nie były przycumowane statki turystyczne ani szerokie łodzie spacerowe, lecz na targanej wiatrem fali kiwały się dwa cygara miniaturowych łodzi podwodnych typu „Seehund".

Mock podbiegł do hrabiny von Mogmitz, przypadł do jej stóp i pocałował w obie ręce. Pogłaskała go po głowie, a potem po spalonym policzku. Syknął z bólu, ale tego nie usłyszała. Wyjęła notatnik i napisała coś gorączkowo. Brendel oświetlił latarką stenograficzny zapis.

– Tak jest, pani hrabino – powiedział drżącym ze wzruszenia głosem. – Będzie tak, jak pani sama sobie życzy. A to jest – wskazał na teologa – profesor Knopp...

Hrabina podskoczyła z radości jak dziewczynka i wyciągnęła rękę do profesora. Ten tak długo przyciskał usta do jej wątłej dłoni, jakby chciał wargami policzyć wszystkie kruche kości. Hrabina usiadła znów przy stoliku i nakreśliła szybko kilka fal, linij i kropek.

– To cud. Bóg tak chciał – odczytywał Brendel. – Był pan moją inspiracją, a teraz Bóg pana ocalił.

Teolog rozejrzał się dokoła, a z jego ukradkiem rzucanych spojrzeń łatwo można było wywnioskować, że chętnie jeszcze raz przywitałby się z hrabiną. Po chwili całą jego uwagę skupił Brendel.

– Panie profesorze – powiedział Brendel – będę miał zaszczyt towarzyszyć panu w naszej podróży. My popłyniemy razem pierwszą łodzią, a kapitan Mock z hrabiną von Mogmitz.

Knopp zbliżył się do Mocka i wyciągnął do niego dłoń.

– Przepraszam za opryskliwość – rzekł. – Nie wiem, jak panu dziękować, że pan pomyślał o moim ocaleniu.

– Wie pan, profesorze... – Mock wstał, wziął profesora pod ramię i podprowadził do barierki tarasu. – Znam dobrze to miasto – wskazał ręką na pejzaż od Wzgórza Holteia do wieży wodnej Am Wiedendamme. – Wiem, że ono nie zasługuje na pana, pan przerasta to miasto, i szkoda, by pan poległ pod jego gruzami. Meliton z Sardes nie powinien ginąć za Hitlera...

Knopp ujął dłoń Mocka oburącz i mocno ją ścisnął. W jego oczach pokazały się łzy, które równie dobrze mogły być blaskiem i odbiciem dalekich eksplozyj. Odwrócił się i, dźwigając pudło pod pachą, ruszył ku łodzi podwodnej, poprzedzany przez sternika. Brendel, po czułym pożegnaniu z hrabiną, podszedł do Mocka i powiedział:

– Do zobaczenia, kapitanie, w lepszych czasach...

– W najlepszym z możliwych światów – powiedział Mock i uściskał filozofa.

Stał na tarasie przystani i obserwował, jak obaj uczeni gramolą się do włazu. Marynarz odcumował i również zniknął w łodzi. „Seehund" zaczął się zanurzać. Przez chwilę widać było zmęczone oczy marynarza. Mock podziwiał jego wytrzymałość i umiejętności. Nie najlepiej znał się na ubootach, ale był pewien, że kierowanie łodzią w pojedynkę jest bardzo trudne. Po chwili łódź zniknęła za zakrętem rzeki na wysokości Ogrodu Zoologicznego.

Drugi marynarz podszedł do Mocka.

– Płyniemy? Pani jest już gotowa? – zapytał.

– Posłuchajcie, marynarzu. – Mock objął marynarza za szyję. – Jak się nazywacie?

– Bosman Lothar Fabiunke.

– Dobrze – Mock pociągnął za sobą marynarza w to samo miejsce, w którym stał przedtem z profesorem Knoppem. – A ja jestem kapitan Eberhard Mock, oficer kripo, rozumiecie, sierżancie?

– Tak jest, panie kapitanie – marynarz spojrzał z niedowierzaniem na sfatygowany cywilny ubiór Mocka.

– Mam do was prośbę, bosmanie – na poparzonej twarzy Mocka sztuczny uśmiech przez chwilę walczył z bolesnymi drgawkami skóry. Stary policjant wyjął z teczki butelkę koniaku i wręczył ją żołnierzowi. – Chciałbym z tą panią porozmawiać bez świadków... Sam na sam... Rozumiecie? Idźcie na spacer i wróćcie za godzinę, dobrze?

– Tak jest – krzyknął Fabiunke i mrugnął do Mocka porozumiewawczo. – Jeśli będzie państwu zimno, proszę wejść do łodzi... Zapalę silnik...

Mock mrugnął również, włożył na twarz maskę i klepnął bosmana w plecy. Ten upchnął w kieszeni butelkę koniaku otrzymaną od Mocka, zasalutował hrabinie i ruszył w stronę potężnego gmachu Technische Hochschule.

Breslau, niedziela 8 kwietnia 1945 roku,
wpół do dziewiątej wieczór

Eberhard Mock i hrabina Gertruda von Mogmitz leżeli obok siebie w przedziale maszynowo-gospodarczym łodzi podwodnej i stykali się bokami. Od silnika rozchodziło się przyjemne ciepło.

– Pani hrabino – powiedział Mock – po tym, co pani przeżyła, nie śmiałbym pani męczyć, ale zanim opuścimy to miasto, muszę pani zadać kilka pytań... Jak pani wie, jestem policjantem i łaknę sprawiedliwości... Nie chciałbym zatem mieć żadnych wątpliwości, że postępuję słusznie... Czy mogę więc zadać pani kilka pytań? – Zapalił światło w łodzi i podał jej swój notes. – Nie znam się na stenografii. Proszę zatem o kilkuzdaniowe pisemne odpowiedzi, dobrze?

Hrabina skinęła głową. Światło zadrżało na jej pełnych wargach.

– Hans Bresler alias Gnerlich po tym, jak mnie sponiewierał – zaczął Mock – na drugi dzień nieoczekiwanie zgodził się na nasze spotkanie. Strażniczka Hellner zauważyła, że wyraził on zgodę, mimo że, jak powiedziała, poprzedniego dnia mocno go zirytowaliśmy. Czyli Gnerlich był dla nas bardzo łaskaw, poszedł nam na rękę, prawda? Umożliwił wtedy pani przekazanie mi swojego przesłania: „Łaknij sprawiedliwości, Mock!" Zapytam jeszcze raz. Czy sądzi pani, że pomógł wtedy naszemu ocaleniu?

– Moje milczenie – powiedziała hrabina – było moim wyborem. Pan nasz powiedział: „Błogosławieni cisi". Teraz już jestem pobłogosławiona, bo ocalałam i uciekam z Breslau. Mogę mówić...

Zapadła cisza. Mock oniemiał, a jego oczy płonęły w dziurach aksamitnej maski. Zebrał myśli i jeszcze raz zadał pytanie:

– Ma pani piękny głos – powiedział, licząc na jakiś jej uśmiech; niestety przeliczył się: blade, pełne usta hrabiny tworzyły linię prostą. – Przepraszam – powiedział. – Miasto płonie, my uciekamy, a ja prawię pani komplementy... Jeszcze raz zapytam. Gnerlich nam wtedy pomógł, nie sądzi pani? A właściwie pomógł pani być błogosławioną... Czy tak?

– Zło się często odmienia w dobro w rękach Boga – odrzekła. – Gnerlich mnie nienawidził, ale wciąż czuł przede mną respekt. Mógł mnie okrutnie doświadczać, ale wciąż, nawet jako komendant, był moim kamerdynerem Hansem, a ja jego panią. Myślę, że kochał mnie na swój zbrodniczy sposób – zamyśliła się. – Czasami miał takie oczy pełne psiego oddania. Jak wtedy gdy prosił mnie, bym pozwoliła mu przyjąć moje panieńskie nazwisko... – Wstrząsnęła głową, jakby zrobiło się jej zimno. – To straszne. Zbrodniarz pomaga nam być błogosławionymi. Nie pomyślałam o tym. Bardzo trafnie pan to ujął, kapitanie. Jest pan człowiekiem niezwykle przenikliwym.

– Dziękuję. – W piersi Mocka rozlał się balsam. – Gnerlich bardzo mocno pani pomagał w urzeczywistnieniu błogosławieństw. Dzisiaj, kiedy omal mnie nie zakatowała strażniczka Hellner, uratował mi życie, a strażniczka wciąż leży w mojej wannie przy Zwingerplatz...

– To straszne, Boże, jakie to wszystko straszne. – Hrabina zaczęła płakać. – Przebaczyłam już dawno tej nieszczęsnej kobiecie i wiadomość o jej śmierci mnie przygnębia – mówiła wśród łkań.

Mock patrzył na nią i poczuł nieprzezwyciężoną ochotę, aby ją przytulić. Całym swoim ciałem chciał do niej przylgnąć i poczuć na swojej twarzy jej łzy. A potem odgarnąć jej włosy i przesunąć wargami po zamkniętych oczach. Chciał poczuć pod ustami ruchy jej gałek. Aby tego nie uczynić, przykrył twarz dłońmi i wpatrywał się w nią spomiędzy rozcapierzonych palców. Hrabina uspokoiła się i cicho oddychała rozchylonymi ustami. Paroksyzm bólu wstrząsnął obliczem Mocka, a potem rozszedł się po całym ciele. Przed jego oczami pojawiła się Waltraut Hellner z dziurą w głowie. Zrobiło mu się niedobrze i przełknął kilkakrotnie ślinę. Znał sposób na wszelki ból. Tym sposobem było śledztwo, przesłuchanie, dochodzenie do prawdy.

– Mogę dalej panią pytać? – Oderwał dłonie od twarzy i widząc jej skinięcie głową, kontynuował: – Czy on już jako komendant wykonywał pani polecenia?

– Tylko jedno polecenie – szepnęła. – Napisał do mnie list ze szpitala. W strasznych słowach groził, że pana zabije. Wtedy ja mu odpisałam, a Brendel ten list mu zaniósł. W liście nie prosiłam go, lecz rozkazałam mu oszczędzić pana... Nie wiedziałam, że skończy się to śmiercią strażniczki Hellner...

– Wściekłej suki Hellner – nie wytrzymał Mock i natychmiast się zreflektował. – Pani hrabina rozkazywała komendantowi obozu, w którym była pani więźniarką? To przecież niepojęte!

– Mówiłam już panu, że Bresler był jednocześnie oprawcą i podnóżkiem, katem i służącym... Niestety, najczęściej... Prawie zawsze tym pierwszym... Niekiedy zmieniał oblicze... Kiedyś podsłuchał moją rozmowę z Brendlem o błogosławieństwach. Sam się zaoferował, że będzie nosić do Knoppa moje pytania...

– Proszę mi wybaczyć – powiedział Mock. – To będzie straszne, co teraz powiem. Błagam panią o wybaczenie... Muszę o to zapytać... Muszę dojść do prawdy... Kiedy do niej dojdę, skończy się moje ostatnie dochodzenie w życiu i będę mógł za sobą zostawić Breslau...

– Niech pan pyta, teraz nic nie jest straszne...

– A zatem – szeptał Mock, z wyraźnym trudem artykułując głoski – teraz mnie pani znienawidzi... Ale muszę... –

jego głos nagle stał się zdecydowany i tubalny. – Pani hrabino, po śmierci siostrzenicy pani cierpiała. Przez to cierpienie osiągnęła pani jedno z dziewięciu błogosławieństw. Czyli jeszcze raz Gnerlich pomógł pani w uzyskaniu błogosławieństwa... Można powiedzieć, że przyczynił się do pani ocalenia, bo przecież ośmiokrotnie błogosławieni na pewno opuszczą to piekło, jakim jest Breslau... Jego straszna zbrodnia, zamordowanie Berty Flogner, pomogła pani w osiągnięciu dziewiątego błogosławieństwa. Czy Gnerlich wiedział o tym, że zabijając Bertę Flogner, obdarza panią dobrem? A oto moje okrutne pytanie: czy zrobił to dobrowolnie, czy...

– Czy ja mu to rozkazałam zrobić, tak? O to chciał pan zapytać, tak? – Hrabina wpatrywała się w Mocka w napięciu.

– Niezupełnie – powiedział wolno. – Jakim ja jestem idiotą! Przecież Gnerlich przynosił Knoppowi pani pytania i odnosił jego odpowiedzi. Mógł to wszystko czytać... I dlatego sam z własnej woli mógł zacząć działać... Robić wszystko, aby pani była błogosławiona. Nawet zabić pani siostrzenicę... Ta bestia była narzędziem w rękach Boga...

Hrabina odwróciła się od Mocka. Łódź zakołysała się gwałtownie. Poruszyły się wskaźniki na podświetlanych zegarach. Mock przytulił się do hrabiny i objął jej kruche ramiona. Znajdowali się w odmętach rzeki, z daleka od oblężenia, z daleka od bomb i płomieni. Kołysali się jak w bezpiecznych wodach płodowych, a ich stalowy kokon rozgrzewał się od serca maszynerii.

Mock odgarnął włosy z jej ucha i szepnął do czułej małżowiny:

– Czasami trzeba wyrządzić zło, aby być błogosławionym. Ja sam wyrządziłem zło mojej żonie... – Odniósł wrażenie, że teraz zamiast niego mówi ktoś inny. – Ale to zło mnie zbawiło. Ocaliło mnie z oblężenia Breslau...

– Już nie ma twojej żony. – Hrabina odwróciła się i objęła kapitana za szyję. – Tak chciał Najwyższy... I nie ma zła. Wokół nas tylko dobro. Zdejmij tę maskę – szepnęła. – Chcę widzieć twoje oczy!

Mock zdarł maskę z twarzy. W oczach hrabiny rozsnuwała się mgła. Jej wargi dotknęły jego nosa i oczu. Koniuszek jej języka wdarł się w kącik jego ust. Zamknął oczy i poczuł potężne napięcie. Zdawało mu się, że łódź unosi się nad mętnymi wodami. Wtedy hrabina odsunęła się od niego.

– Uderz mnie! – powiedziała głośno. – No bij!

Mock spojrzał w jej oczy, które już nie były zamglone, lecz jasne i przejrzyste. Hrabina naparła łokciami na jego piersi i kopiąc nogami, odsunęła się od niego o pół metra. Stalowe cygaro opadało w odmęty rzeki, a Mock już nie widział hrabiny von Mogmitz. Nie przebywał też w małej łodzi podwodnej, lecz w kuchni mieszkania umierającej Irmy Potempy, a jej brzydka córka Elsa mówiła: „Hans jest zły, bo bije panią... Jak to, jaką panią? Naszą panią, Gertrudę von Mogmitz". Skóra na twarzy Mocka skurczyła się jak czuła membrana. Pod mocno zaciśniętymi sznurówkami butów delikatna skóra stóp oddała zadany ługiem ból.

– Przeze mnie twoja żona zginęła – syczała hrabina. – Przeze mnie ta suka zginęła. No uderz mnie!

Przez stalową ścianę kadłuba przenikał chłód. Mock przyłożył poparzony policzek do zimnego metalu. Czuł ten metal w głowie, w gardle, metaliczny smak ogarniał jego język i przedostał się do brzucha wraz z metaliczną śliną. Zaczęło go wszystko boleć: od dziury w głowie do małego obtarcia na pięcie. Znał jeden sposób na metaliczny ból – śledztwo, przesłuchanie, prawda. Oderwał policzek od ściany kadłuba i powiedział:

– Mam cię uderzyć tak jak Gnerlich, tak? Lubiłaś, jak cię bił jeszcze w Kanthen, kiedy twój mąż już spał, co?

Lubiłaś, jak cię bił na Bergstrasse, prawda? Mam cię uderzyć tak mocno jak on? Potrafię to zrobić. Mam cię tak mocno uderzyć? Tak? Skąd wiedziałaś, że ja lubię bić kobiety?

Gertruda von Mogmitz zaciskała oczy i kiwała twierdząco głową. Wysuwała przy tym szczękę. Mock nie uderzył hrabiny. Odsunął się od niej, jak mógł najdalej, i sięgnął do wewnętrznej kieszeni podartej marynarki. W ciasnej przestrzeni rozszedł się zapach wilgotnego tytoniu.

– Nie chciałem tego robić – powiedział Mock, trzymając w dłoni dwie kartki. – Nie chciałem porównywać tego pisma maszynowego...

– O czym pan mówi, kapitanie? – Hrabina poprawiła sobie włosy; była już doskonale opanowana.

– Chciałem ci uwierzyć... Tak bardzo chciałem ci wierzyć... Że to wszystko Gnerlich robił z własnej woli, że on sam chciał ciebie obdarzyć błogosławieństwem poprzez popełniane przez siebie zbrodnie... Że ty nie masz z tym nic wspólnego... Nie chciałem porównywać tych kartek...

– O czym pan mówi?

Receptory bólu reagowały na najlżejsze poruszenia łodzi. Mock odsunął się jeszcze bardziej i zapalił latarkę. W jednej ręce trzymał list do swojego brata Franza Mocka, w drugiej listę z pytaniami hrabiny do profesora Knoppa. Na pierwszej kartce ktoś wystukał na maszynie: „Przeszukaj mieszkanie nr 7 na Viktoriastrasse 43. Jest tam coś, co pomoże ci odnaleźć mordercę twojego syna. Śpiesz się, dopóki nie weszli tam Rosjanie". Na drugiej kartce, podpisanej „Gertrud hrabina von Mogmitz" zadano pytanie: „Czy pan profesor sądzi, że błogosławieństwa można rozumieć dosłownie?" I na jednej, i na drugiej kartce mała litera „t" przypominała prawosławny krzyż, ponieważ podwojona była jej poprzeczka, zarówno duże, jak i małe „o" składały się z dwóch okręgów oddalonych od siebie o pół milimetra, a „r" chwiało się raz w jedną, raz w drugą stronę.

– Obie kartki ty napisałaś – powiedział wolno. – Na tej samej maszynie. A list do mojego brata został napisany dzień przed śmiercią twojej siostrzenicy. To znaczy, że zaplanowałaś to. Rękami Gnerlicha zabiłaś Bertę Flogner. Zaplanowałaś sobie coś jeszcze... Czytałaś o mnie i o sprawie zboczeńca Roberta, wszystkie gazety pisały, że dopuściłem się samosądu. Dziennikarze spierali się, czy mój uczynek był sprawiedliwy czy też nie... I wszyscy bez wyjątku pisali, że sprawiedliwość jest moją obsesją, że popycha mnie ku niej ślepy instynkt... Wszyscy, którzy czytają gazety, ty też, wiedzieli, że mój bratanek zginął dwadzieścia lat temu w niewyjaśnionych okolicznościach. Pisząc list do mojego brata, mogłaś być pewna, że ja, „ślepy pies sprawiedliwości", poruszę niebo i ziemię, by dotrzeć do mieszkania przy Viktoriastrasse, gdzie wykrwawiała się twoja siostrzenica. Kazałaś Gnerlichowi tak ją skatować, aby pies złapał trop... Aby ogarnęła go obsesja sprawiedliwości... Cóż się do tego lepiej nadaje niż siedemnastoletnia dziewczyna z butelką wbitą między nogi! Nawet gdyby powiedziała, że zrobił to Gnerlich, gdyby nawet go rozpoznała pod sowieckim mundurem, to i tak on byłby poza moim zasięgiem... Ale to nie o to chodziło, abym zabił Gnerlicha, chodziło o to, bym go ścigał... Bo wtedy, zgodnie z interpretacją Knoppa, znalazłabyś drugiego człowieka, który by łaknął sprawiedliwości, i ocalałabyś wraz z nim z Breslau...

– Przestań już – szepnęła. – To wszystko nieprawda... Nie możesz wyciągać takich wniosków z pisma maszynowego... Jest wiele maszyn z obluzowanymi czcionkami...

– Wszystko stało się nie tak, Gertrudo... Dziewięć błogosławieństw nie zapewni ci ocalenia – powiedział Mock, gramoląc się na czworakach. – Pomyliłaś się...

Hrabina von Mogmitz leżała spokojnie, założywszy ręce za głowę. Patrzyła na Mocka i źle interpretowała spokojny ton jego głosu, jego ciemną, tubalną intonację. Nie mogła wiedzieć, że jego mózg odtwarza teraz scenę sprzed miesiąca. Nie miała pojęcia, że ze zwojów szarej substancji, schowanych za dziurawą potylicą, wychodzi upiór – młoda dziewczyna kiwająca na Mocka zakrwawionym kikutem.

– Nie pomyliłaś się tylko co do jednego. – Mock znalazł się w przedziale bojowym i zgasił silnik łodzi. – Ja nigdy nie daję za wygraną. Ja łaknę i pragnę sprawiedliwości.

Szybko zamknął gródź oddzielającą przedział maszynowo-gospodarczy od przedziału bojowego. Otwierając zawory denne, słyszał, jak Gertruda von Mogmitz wali pięściami o gródź. Gwałtownie wspiął się na drabinę i wyszedł z kiosku łodzi. Łódź zachybotała się tak mocno, że omal nie wypadł za burtę. Klęcząc na zimnym i mokrym cygarze, odbił się od kadłuba. Szarpiący ból ręki uniemożliwił mu przedostanie się na pomost. Kiedy wpadał w zimne wody Odry, w Breslau trafiały kolejne pociski. Kiedy łódź wchodziła pod powierzchnię wody, rzeka się rozkołysała. Mock odniósł wrażenie, że zaraz wyrzuci go na brzeg – w miejsce, gdzie przed chwilą była przycumowana łódź z Gertrudą von Mogmitz. Z trudem dopłynął do pomostu. Nie mógł utonąć. Nie mógł zostawić tego miasta. „Pies sprawiedliwości" miał jeszcze coś do załatwienia w twierdzy Breslau. Nikt go nie zwolnił z policyjnych obowiązków, a policjant ma zawsze coś do załatwienia w wielkim mieście.

Wrocław, wtorek 25 kwietnia 1950 roku,
jedenasta przed południem

Kapitan Wacław Baniak, pomimo uzyskania obietnicy poufności, długo nie mógł się zdecydować na wyjawienie szczegółów sprawy. Kiedy otwierał usta, aby o wszystkim powiedzieć swojemu rozmówcy, w otwór gębowy kapitana wdzierało się powietrze i wysuszało gardło oraz język pokryty szarym nalotem. Tak się potęgowało dodatkowo uczucie gryzącego kaca, które kapitan chwilowo wytłumił setką wódki i płuckami na kwaśno. Baniak uświadomił sobie nagle, że im prędzej powie wszystko Manfredowi Hartnerowi, tym szybciej pozbędzie się go ze swojego gabinetu i wychyli pół szklanki wódki, by zapomnieć o kacu na kolejną godzinę.

– Koło przystani przy politechnice – spojrzał do teczki od Fridmana i szybko relacjonował jej zawartość – na dnie znaleziono małą łódź podwodną. Były w niej zwłoki kobiety... W momencie śmierci między trzydziestką a czterdziestką... Zwłoki zidentyfikowano... Dzięki zębom... To znana antyfaszystka Gertruda von Mogmitz, której mąż był zamieszany w zamach na Hitlera. W bratnim NRD są ulice Mogmitzów... Bez tego cholernego „von". List znaleziono w szczelnie zamkniętej raportówce. To wszystko... A tera powiedzcie, co tam jeszcze jest oprócz tych bredni „Błogosławieni tacy, a tacy..."

Manfred Hartner znów pomyślał o swoim ojcu. Widział teraz, jak Leo Hartner siedzi przy reprezentacyjnej Schenkendorfstrasse, w swoim zielonym gabinecie, w którym półki biblioteczne uginały się pod ciężarem arabskich i perskich rękopisów. To była przepiękna willa, myślał Hartner, godna dyrektora Biblioteki Uniwersyteckiej. Teraz jest w niej przedszkole, a starodruki posłużyły jako opał. Tak, przypominał sobie, często siedział mój ojciec w gabinecie nad szachami – sam lub ze swoim najlepszym przyjacielem, wysokim funkcjonariuszem policji, z którym nigdy nie przeszedł na „ty". Ten policjant nazywał się Eberhard Mock i mieszkał obecnie – jak twierdził Kurt Smolorz, znajomy autochton, który powrócił z wyrębu tajgi – albo w NRD, albo w Ameryce. Hartner widział teraz to nazwisko na kartce zapisanej przez kobietę zamkniętą w grobowcu unieruchomionym na dnie rzeki. Widział też poważną twarz ojca, który mówi – tak jak wtedy, gdy syn informował go o decyzji pójścia na ochotnika na front afrykański: „Drogi Manfredzie, wszystko jest w zakresie twoich możliwości. Możesz niszczyć lub powoływać do życia. Jaki jest twój wybór?"

– Jest tu jeszcze jedna ważna rzecz – powiedział wolno Hartner, rozgniatając papierosa górnik w popielniczce i przyglądając się, jak wychodzi z niego kawałek patyka i rozrywa szarą bibułkę. – Tutaj ta kobieta pisze, kto ją zabił... Podaje nazwisko...

– Jakie to nazwisko? – Baniak podskoczył i spojrzał na kartkę. – Co to za pismo? Nie znacie normalnych liter?

– Tak nas uczyli. To pismo gotyckie. Tu jest napisane „Ekkehard Mark".

– Jak? Zapiszcie mi to!

Hartner zaczernił przepięknym gotykiem kartę, którą Baniak natychmiast włożył do teczki.

– No to dobrze się spisaliście, doktorku. – Kapitan schylił się i wyjął z biurka butelkę wódki i dwie szklanki. Naklejka z napisem „Czysta" przekrzywiła się romboidalnie na butelce, a szklanki były pomazane. – Macie teraz milczeć! – Nalał do szklanek. – A tak w moich stronach potwierdza się ustalenia... No to siup!

Manfred Hartner skrzywił się, przełykając ciepłą wódkę. To rozbawiło podpitego Baniaka.

– Jesteście dobry chłop – powiedział, błyskając przekrwionym okiem. – Tylko zmieńcie to szwabskie imię!

*Wiedeń, czwartek 1 kwietnia 1954 roku,
dziewiąta rano*

Walter Kridl, recepcjonista z hotelu „Kärntnerhof" usiadł za ladą i odruchowo sięgnął po gazety, które abonował właściciel hotelu pan Alfred Anhauser. Na wierzchu leżał „Wiener Kurier" z ogromnymi zdjęciami, przedstawiającymi prawdopodobnie tego samego mężczyznę w różnych okresach życia. Na jednej fotografii czterdziestokilkuletni mężczyzna ubrany był mundur SS i czapkę z trupią główką, na drugiej – ten sam człowiek nosił elegancki garnitur, a wokół jego twarzy krzewiła się bujna siwa broda. Pod fotografią biegły wielkie litery: „Czy salzburski kupiec Helmut Crestani jest komendantem obozu koncentracyjnego w Breslau-Bergstrasse?" Kridl zaciekawiony i nieco zaniepokojony zajrzał na stronę trzecią gazety, gdzie miały być zamieszczone dalsze informacje na temat siwowłosego i siwobrodego mężczyzny. Recepcjonista szybko odnalazł artykuł i czytał z wypiekami: „Dnia 31 marca w hotelu „Carantania" zostały znalezione bestialsko zmasakrowane zwłoki kupca z Salzburga, 57-letniego Helmuta Crestaniego. Z dobrze poinformowanego policyjnego źródła wiemy, że Crestani był podejrzany o zbrodnie, jakich się miał rzekomo dopuścić w obozie koncentracyjnym Breslau-Bergstrasse, jako SS-Obersturmbannführer Hans Gnerlich komendant tego obozu. Naszym zdaniem zdjęcia zamieszczone na s. 1 przedstawiają tego samego człowieka, a Państwo jak sądzą? Gdyby nie okoliczności dokonania zbrodni (ciało obnażone do połowy pozbawione było prawej dłoni), można by sądzić, że morderstwo jest aktem zemsty ze strony jakiegoś więźnia prześladowanego przez Gnerlicha. Wszyscy, którzy pomogą policji w ujęciu sprawców, mogą liczyć na nagrodę w wysokości 40 000 szylingów, jaką zaoferował zarząd firmy „Cresto", której prezesem był Helmut Crestani. Swoją drogą, jesteśmy bardzo ciekawi, czy firma nie boi się spadku obrotów, gdyby wyszła na jaw hitlerowska przeszłość jej szefa".

Kridl odłożył gazetę i rozejrzał się po swoim kantorku, w którym tydzień temu miotał nim jakiś olbrzym. Czuł jeszcze ciosy jego butów. A teraz jego obolałe nerki i żebra udzielały mu dobrych rad. Kridl mógłby wiele powiedzieć o starym podsłuchu, założonym jeszcze przez gestapo, o Crestanim, który był przetrzymywany w jego hotelu przez trzy dni i noce, oraz o siwym eleganckim starcu z poparzoną twarzą, który powiedział „Mamy go!", wychodząc w towarzystwie olbrzyma. Kridl mógłby przy tym nieźle zarobić. Mógł, ale nie chciał.

Podziękowania

Bardzo dziękuję za konsultację medyczną, jakiej udzielił mi doktor Jerzy Kawecki z Akademii Medycznej im. Piastów Śląskich we Wrocławiu, oraz za konsultację historyczną, jaką uzyskałem od doktora Tomasza Głowińskiego z Instytutu Historycznego Uniwersytetu Wrocławskiego. Za wnikliwe uwagi literackie i redakcyjne jestem ogromnie wdzięczny moim pierwszym czytelnikom: Pawłowi Janczarskiemu, Zbigniewowi Kowerczykowi, Gościwitowi Malinowskiemu i Przemysławowi Szczurkowi. Dziękuję również Bogdzie Balickiej za życzliwość, z jaką dzieliła się ze mną bogactwem swojego prywatnego archiwum. Za ewentualne błędy winę ponoszę wyłącznie ja.

Indeks nazw topograficznych

Gabitzstrasse – ul. Gajowicka i ul. Stysia
Gandau – Gądów
Gartenstrasse – ul. Piłsudskiego
Glatz – Kłodzko
Gräbschener Strasse – ul. Grabiszyńska
Gustav-Freytag-Strasse – ul. Dyrekcyjna

Höfchenstrasse – ul. Zielińskiego
Hohenzollernplatz – pl. Szeli

Kaiserstrasse – pl. Grunwaldzki
Kanthen – Kąty Wrocławskie
Kletschkaustrasse – ul. Kleczkowska
Königsplatz – pl. Jana Pawła II
Kupferschmiedestrasse – ul. Kotlarska

Langeholzgasse – ul. Krowia
Lanisch – Łany

Märkischestrasse – ul. Robotnicza
Mozartstrasse – ul. Lipińskiego
Museumplatz – pl. Muzealny

Neumarkt – pl. Nowy Targ
Nicolaistrasse – ul. św. Mikołaja
Nikolaivorstadt – Przedmieście Mikołajskie

Ohlau – Oława
Oppeln – Opole
Opperau – Oporów

Rehdigerplatz – pl. Pereca

Sadowastrasse – ul. Swobodna
Scheitnig-Park – Park Szczytnicki
Schenkendorfstrasse – ul. Orla
Schuhbrücke – ul. Szewska
Schweidnitzer Stadtgraben – ul. Podwale
Schweidnitzer Vorstadt – Przedmieście Świdnickie
Schweidnitzerstrasse – ul. Świdnicka
Schwertstrasse – ul. Nabycińska
Stettin – Szczecin
Striegauerplatz – pl. Strzegomski

Taschenstrasse – ul. Kołłątaja
Tauentzienstrasse – ul. Kościuszki
Teichstrasse – ul. Stawowa
Tschantsch – Książe Małe

Viktoriastrasse – ul. Lwowska

Waldenburg – Wałbrzych
Wallstrasse – ul. Włodkowica
Wilhelmsruh – Zacisze

Zwingerplatz – pl. Teatralny

Polecamy bestsellerowe powieści Marka Krajewskiego:

Pasjonujące, mistrzowsko skonstruowane kryminały Krajewskiego rozgrywają się w malowanej ciemnymi barwami, skrupulatnie odtworzonej scenerii przedwojennego Wrocławia. Zniewalają gęstą, niepokojącą atmosferą i starannie budowanym napięciem. Autor mnoży zagadki, gwałtowne zwroty akcji, powołuje do życia galerię intrygujących, niebanalnych postaci, zaś sylwetka Eberharda Mocka, bezkompromisowego policjanta ze skłonnością do przemocy, alkoholu i rudowłosych kobiet, z każdą kolejną książką nabiera głębi i zyskuje na wyrazistości.
Festung Breslau to ostatnia część czterotomowego cyklu o Eberhardzie Mocku.

Redakcja: Donata Lam
Korekta: Joanna Młodzińska, Agata Kurkus-Soja
Redakcja techniczna: Urszula Ziętek

Projekt graficzny serii: Marek Goebel
Fotografia wykorzystana na I stronie okładki
i reprodukcja mapy na stronie 6
ze zbiorów Muzeum Architektury we Wrocławiu
Fotografia autora: © Piotr Hawałej

Wydawnictwo W.A.B.
02-502 Warszawa, ul. Łowicka 31
tel./fax (22) 646 01 74, 646 01 75, 646 05 10, 646 05 11
wab@wab.com.pl
www.wab.com.pl

Skład i łamanie: Komputerowe Usługi Poligraficzne
Piaseczno, ul. Żółkiewskiego 7
Druk i oprawa: Opolgraf S.A.,
Opole ul. Niedziałkowskiego 8-12

ISBN 83-7414-210-3
978-83-7414-210-6